# VERS DES JOURS MEILLEURS

## DE LA MÊME AUTRICE
## CHEZ LE MÊME ÉDITEUR

*Les Échos du souvenir*, 2021.

### ROMANS AUSTRALIENS

*Lune de Tasmanie*, 2020.
*La Route de Savannah* Winds, 2019.
*Une pluie d'étincelles*, 2018.
*Les Fleurs du repentir*, 2017.
*Les Orages de l'été*, 2016.
*l'Île aux mille couleurs*, 2015.
*L'Or du bout du monde*, 2014.
*Les Pionniers du bout du monde*, 2013.
*La Terre du bout du monde*, 2012.
*L'Héritière de Jacaranda*, 2011.
*Le Chant des secrets*, 2010.
*Éclair d'été*, 2009.
*La Dernière Valse de Mathilda*, 2007.

### SAGA « LA PENSION DU BORD DE MER »

*L'avenir nous appartient*, 2020.
*Quand on ne peut oublier*, 2019.
*Où le cœur se pose*, 2018.
*L'espoir ne meurt jamais*, 2017.
*Si loin des siens*, 2016.
*Et le ciel sera bleu*, 2015.

TAMARA McKINLEY
*alias* Ellie Dean

# VERS DES JOURS MEILLEURS

*traduit de l'anglais
par Danièle Momont*

l'Archipel

Ce livre a été publié sous le titre
*Some Lucky Day*
par Arrow Books, Londres, 2014.

Notre catalogue est consultable à l'adresse suivante :
www.editionsarchipel.com

Éditions de l'Archipel
92, avenue de France
75013 Paris

ISBN 978-2-8098-4251-7

*L'ATA (Air Transport Auxiliary) comptait dans ses rangs 166 femmes pilotes. À toutes, je dédie ce livre, mais plus particulièrement aux quinze d'entre elles qui donnèrent leur vie pour la Grande-Bretagne. Il s'agissait de femmes extraordinaires, plongées dans une période extraordinaire dont elles surent relever les défis, prouvant par là même qu'elles méritaient ô combien qu'on les qualifiât d'héroïnes.*

# À l'origine de l'ATA

Durant la Seconde Guerre mondiale, Winston Churchill, alors Premier ministre du Royaume-Uni, ne tarda pas à comprendre que seule une large supériorité aérienne permettrait de remporter la victoire. À cette fin, il expédia une note au secrétaire d'État dépendant du ministre de la Défense, pour exiger de lui la création, sans délai, d'une force aérienne deux fois supérieure à la Luftwaffe allemande.

Aussitôt, une gigantesque chaîne de production se mit en branle. La fabrication d'avions en très grandes quantités se trouva d'abord financée par le programme Lend-Lease («Loi prêt-bail» en français), mis en place par les États-Unis pour fournir du matériel de guerre aux pays amis. Cela dura jusqu'à l'attaque de Pearl Harbor par les forces aéronavales japonaises, à la suite de quoi les Américains entrèrent de plain-pied dans le conflit. Mais si les pilotes de chasse affluaient en masse pour intégrer la RAF (Royal Air Force), on manquait cruellement de pilotes de transport pour acheminer les aéronefs ou les soldats.

Une pénurie que Gerard d'Erlanger, banquier d'affaires, passionné d'aviation et président de la BOAC (British Overseas Airways Corporation, qui, plus tard, deviendrait British Airways), avait jugée inéluctable dès le début des hostilités avec l'Allemagne. Sauf à autoriser les pilotes civils, dont il faisait partie, à rejoindre les forces armées. Ayant confié ses préoccupations, en mai 1938, au Premier ministre de l'époque, il lui suggéra la mise en place d'une réserve militaire de l'armée de l'air, ouverte aux détenteurs d'un brevet de pilote comptant au moins deux cent cinquante heures de vol, mais inaptes à l'engagement dans la RAF. Cette unité auxiliaire de transport aérien pourrait, selon lui, assurer le service postal pour les personnalités importantes, transporter des médicaments et des blessés, afin de permettre aux pilotes de chasse de se consacrer tout entiers à la défense de la Grande-Bretagne. On ne tarda pas à constater que l'unité auxiliaire aurait surtout pour tâche de transporter les avions entre les usines, les unités de maintenance et les escadrilles mises en œuvre sur les différents fronts.

Gerard d'Erlanger ayant eu gain de cause, on prit contact avec un millier de détenteurs d'un brevet de pilote. Cent d'entre eux répondirent. On en sélectionna trente qui, en septembre 1939, rejoignirent l'ATA (Air Transport Auxiliary), après avoir subi une série d'entretiens, ainsi que des tests de pilotage effectués à l'aérodrome de Whitchurch, où la compagnie BOAC s'installa jusqu'à la fin du conflit. Ces premières recrues détournèrent, non sans humour, le sigle ATA, qui signifiait désormais selon eux «*Ancient and Tattered Airmen*». Autrement dit, «les Vieux pilotes décatis». Leur groupe se composait en effet de quelques excentriques, d'intellectuels, d'artistes, de directeurs de banque, de fonctionnaires, de vétérans blessés au combat – certains y avaient laissé un bras ou une jambe, d'autres avaient la vue basse –, de gérants de pub, d'un champion de moto, et même d'un amiral à la retraite.

Mais ce que l'état-major de la RAF voyait d'un mauvais œil, c'était la branche féminine de l'ATA, qui comptait huit membres, dont la célèbre aviatrice Amy Johnson. Pauline Gower, l'ambitieuse fille du député Robert Gower, en avait pris la tête, l'impérieuse Lettice Curtis passant outre les réticences de ces messieurs. Parce qu'elles avaient appris à piloter avant la guerre, les huit jeunes femmes représentaient une élite au sein d'une élite, mais au même titre que leurs homologues masculins, jamais elles ne furent officiellement rattachées à la RAF, et c'est la BOAC qui finança leurs actions au début du conflit. D'autres aviatrices vinrent grossir leurs rangs, et l'on détourna de nouveau les trois lettres ATA. Ces dames devinrent les «*Always Terrified Airwomen*», les «Aviatrices terrorisées». Ce qui ne les empêcha pas de dépasser bientôt, de la tête et des épaules, les «Vieux pilotes décatis».

La Royal Air Force jugeant la gent féminine trop émotive et trop faible physiquement pour prendre les commandes d'un avion de chasse, on commença par les cantonner au DH.60, à cockpit ouvert. Plus tard, elles furent autorisées à piloter des Miles Magisters. Il fallut deux ans aux jeunes femmes, deux années passées à faire pression sur leurs supérieurs avec l'aide de leurs soutiens, pour se voir accorder le droit de voler sur des chasseurs. Trois ans encore, et elles purent se rendre en Europe à leur bord.

Ces pionnières qui, pour la plupart, étaient issues de familles fortunées ou de l'aristocratie, s'étaient connues à l'école, avant de fréquenter, en leur qualité de débutantes, les mêmes cercles de la haute société, mais aussi Stag Lane, Heston et Brooklands, trois des plus célèbres clubs d'aviation londoniens.

Ces huit-là formaient donc un groupe extrêmement uni, fermé, dont les façons volontiers autoritaires intimidaient les jeunes femmes qui se joignaient à elles, venues d'Amérique, de Pologne, du Chili, d'Argentine et d'Australie. Les chroniqueurs mondains du *Daily Sketch* ou du *Picture Post* adoraient ces huit jeunes snobs, mais il n'y avait rien de superficiel dans le courage et la détermination dont elles faisaient preuve, car, en plus de leur tempérament d'acier, toutes avaient le patriotisme chevillé au corps.

Pendant la guerre, les hommes et les femmes de l'ATA transportèrent au total 309 000 aéronefs de 147 types différents, sans radio, sans armes, à la merci de n'importe quel ballon de barrage, des tirs antiaériens ou des attaques ennemies, ainsi que de l'effroyable climat britannique.

En 1943, les femmes pilotes se virent conférer le privilège, sans précédent jusqu'alors, de recevoir le même salaire que celui de leurs homologues masculins de rang égal, mais il leur fallut attendre septembre 2008 pour obtenir la reconnaissance officielle du gouvernement britannique. Ce jour-là, on remit un insigne spécial à tous les vétérans encore en vie, lors d'une cérémonie organisée au 10 Downing Street, résidence officielle du Premier ministre britannique.

# 1

*Douzième section de l'ATA à Cosford, près de Wolverhampton, mai 1942*

L'officier pilote Kitty Pargeter était âgée de vingt et un ans, mais en cet instant précis, elle se faisait l'effet d'une écolière dans le bureau de la directrice. L'humiliation lui brûlait le visage, tandis que, plantée au garde-à-vous à côté de Charlotte Bingham, sa meilleure amie, elle essuyait la verte semonce de Marion Wilberforce, commandant de la section de Cosford. Il n'était rien que Charlotte et elle pussent dire pour leur défense. Elles étaient entièrement coupables. Et puisque ce n'était pas la première fois qu'on leur reprochait ce genre de frasques, Kitty savait qu'un seul mot de sa part ou de celle de son amie risquait de déchaîner, au-dessus de leurs têtes, rien moins que la colère divine.

Marion Wilberforce posa sur les jeunes femmes un regard glacé.

— C'est la troisième fois, au cours de ces onze derniers mois, qu'on vous surprend en train de voler en dépit du bon sens, déclara-t-elle sur un ton tout aussi glacial. Vous ne faites pas partie d'une équipe de voltige aérienne, que je sache. Et, surtout, il n'a jamais été question que vous intégriez cette unité pour vous y amuser. Chaque appareil qu'on vous confie joue un rôle vital dans l'effort de guerre. Autrement dit, en lui faisant faire des tonneaux et des boucles, non seulement vous risquez de l'endommager, mais, par ailleurs, vous ternissez la réputation de notre unité tout entière.

Prise dans le faisceau de l'implacable regard, Kitty éprouvait des picotements sur la nuque. Elle osait à peine respirer.

— Une réputation déjà peu reluisante, enchaîna Marion avec sécheresse. Nous avons eu toutes les difficultés du monde à convaincre la RAF de nous permettre de piloter ses chasseurs. Vos sottises ne font qu'apporter de l'eau au moulin de ces messieurs, qui tiennent les femmes pour des écervelées inaptes au pilotage de leurs précieux engins. Et j'avoue qu'à cette seconde, je ne suis pas loin de leur donner raison.

Kitty tressaillit, horrifiée qu'une femme pût, fût-ce l'espace d'un instant, partager la misogynie patentée de l'état-major de la RAF. Il fallait que Marion Wilberforce fût réellement hors d'elle pour tenir de tels propos, elle qui comptait parmi les huit pionnières à avoir imposé, malgré les oppositions, cette unité féminine au sein de l'ATA.

Kitty y avait été acceptée pour son dix-neuvième anniversaire, au printemps 1940, se joignant aussitôt au combat des aviatrices, qui réclamaient à cor et à cri qu'on les autorisât enfin à piloter les avions de chasse de la RAF, au même titre que les petits appareils d'entraînement et les aéronefs de liaison. Et la lutte n'était pas terminée, car il fallait encore que les jeunes femmes obtinssent le droit de piloter les énormes bombardiers quadrimoteurs. À l'idée que ses acrobaties aériennes pussent réduire ces efforts à néant, Kitty éprouvait une terrible honte. Elle regrettait ses exploits prétentieux.

Si seulement elle parvenait à contenir cette exubérance et ce goût immodéré pour la compétition qui, de tout temps, lui avaient joué des tours, elle s'épargnerait – et épargnerait aux autres – de nombreux ennuis. Mais ces défauts, elle les promenait depuis l'enfance, attisés alors par le véritable culte qu'elle vouait à Freddy, son frère aîné, son héros, par son désir de l'égaler dans tous les domaines, voire de le surpasser. C'était d'abord pour cette raison qu'elle avait appris à piloter.

Il régnait maintenant dans la pièce un silence pesant – lorsque à nouveau, le regard de Marion se posa sur elle, Kitty entendit son sang lui battre aux oreilles.

— Eh bien ? Qu'avez-vous à dire pour votre défense ?

— Je suis désolée, répondit Kitty, en écho aux excuses que son amie était en train de présenter elle aussi. Tout est ma faute, alors, je vous en prie, ne punissez pas Charlotte. Je puis vous assurer que, cette fois, j'ai retenu la leçon. Je ne recommencerai pas, se hâta-t-elle d'ajouter. Je vous en fais la promesse.

Elle ne lut, sur le visage de Marion, que de l'incrédulité :

— Cette promesse, vous l'avez déjà faite par le passé, Pargeter, et cela ne vous a nullement empêchée de faire passer un Spitfire sous les arches du Severn Bridge. À deux reprises.

Kitty s'empourpra, incapable désormais de soutenir le regard de sa supérieure.

— Il est temps pour vous deux de vous mettre un peu de plomb dans la cervelle, enchaîna Marion avec dureté. Votre insubordination est proprement inadmissible, Pargeter. Et quant à vous, Bingham, rien ne vous obligeait à la suivre dans ses facéties.

Les jeunes femmes ne soufflèrent mot. Le commandant Wilberforce croisa les doigts sur les dossiers ouverts devant elle.

— Vous avez eu la chance, Pargeter, d'obtenir une bourse d'études qui vous a permis d'effectuer votre scolarité au sein de l'un des meilleurs établissements d'Angleterre, où les maîtres mots sont discipline, devoir et décence. Vos parents, j'en suis certaine, se sentiraient pour le moins déconcertés d'apprendre que leur fille a fait fi de ces enseignements.

Le sang reflua du visage de Kitty.

— Je vous en supplie, madame, n'écrivez pas à mes parents. J'ai tellement honte. Je ne supporterai pas de les savoir contrariés par ma faute.

Marion referma les dossiers.

— Peut-être auriez-vous dû y penser avant de vous donner en spectacle dans le seul but d'éblouir les Américains. Je vais transmettre ces rapports à Margot Gore, votre commandant, en charge de la section de Hamble, et ils seront ajoutés à vos états de service. Vous avancez l'une et l'autre sur le fil du rasoir, j'insiste. Encore un incident du même genre, et l'on vous congédiera sur-le-champ.

Kitty avala sa salive avec peine, tandis que Charlotte émettait un petit cri épouvanté. Piloter était leur passion, et elles avaient rêvé de faire partie de cette unité d'élite dès l'instant où elles en avaient appris la création, en 1939. Perdre cette place durement gagnée reviendrait pour elles à tout perdre.

Marion s'étant levée, elle rajusta sa veste d'uniforme – la lumière de la lampe fit briller ses épaulettes dorées.

— Vous êtes l'une et l'autre de bons pilotes, des aviatrices nées, et malgré votre extrême jeunesse et votre regrettable manque de retenue, vous avez tout pour devenir d'excellents éléments. Cessez donc ces loufoqueries de garçons manqués, qui pourraient vous être fatales. Perdre l'une ou l'autre d'entre vous constituerait pour nous une véritable tragédie.

Kitty rougit jusqu'à la racine des cheveux, non plus de honte, mais de plaisir – un pareil compliment, dans la bouche d'une femme pour laquelle elle éprouvait un immense respect, la réjouissait.

— Merci, répondit-elle. Et pardon de vous avoir déçue.

— Alors, reprenez vos esprits, Pargeter. Toute règle possède sa raison d'être, et l'heure est venue pour vous d'accepter que les nôtres s'appliquent à vous autant qu'à vos camarades.

Kitty hocha la tête, avant d'oser lever le nez : les traits de Marion s'étaient radoucis. On devinait même sur ses lèvres l'ébauche d'un sourire. Les deux jeunes femmes s'en étaient tirées de justesse, et, dorénavant, tout se passerait bien.

— Je ne vous retiens pas plus longtemps. Allez dîner, puis tâchez de vous coucher tôt. On annonce pour demain une météo favorable. Autrement dit, vous n'allez pas chômer.

— Et pour ce qui est des lettres à nos parents… ? hasarda Charlotte sur un ton craintif.

— J'espère qu'il ne sera pas nécessaire d'en arriver là, et que vous vous montrerez désormais dignes de ma confiance. Rompez.

Après un salut précipité, Kitty et Charlotte quittèrent le bureau en hâte, pour ne rouvrir la bouche qu'une fois à l'extérieur du bâtiment. La soirée était chaude, et, venue de la caserne, de la musique flottait au-dessus de l'aérodrome. Mais en raison du black-out, seules la lune et les étoiles éclairaient les lieux.

— Ouf, fit Charlotte en ôtant sa casquette, avant de desserrer sa cravate, puis de déboutonner le col de sa chemise. J'ai bien cru que, cette fois, nous étions fichues.

— Moi aussi, avoua Kitty – elle ouvrit sa veste, fourra sa casquette dans l'une de ses poches, ébouriffant ensuite ses cheveux blonds et courts.

Elle alluma deux cigarettes, en souffla aussitôt la fumée, dont une brise légère anima les volutes.

— Une lettre à nos parents…, reprit-elle. Tu imagines un peu ? J'en étais malade.

— Et moi, donc. Papa ne dirait sans doute pas grand-chose, mais ma pauvre mère en ferait une affaire d'État. Elle qui se navre déjà de mon tempérament frondeur…

Kitty adressa un sourire affectueux à Charlotte, sa complice et son amie depuis le jour où elle avait, en sa qualité de boursière, franchi les portes d'un pensionnat de jeunes filles, dans le Sussex. Alors âgée de treize ans, Kitty débarquait à peine d'un navire en provenance d'Argentine, où son père s'occupait d'un élevage de poneys pour le polo. Désemparée par la solennité des lieux, elle avait eu aussitôt envie de faire demi-tour pour regagner l'Amérique du Sud, mais, par bonheur, Charlotte, qui avait décelé en elle une âme sœur, s'était empressée de la prendre sous son aile.

C'était grâce à elle que la nouvelle venue avait survécu à l'ignominie de son statut de boursière, qui lui valait d'être ignorée de presque toutes ses camarades, ainsi qu'à un dangereux entrelacs de règles tacites. Et que dire de cette incompréhensible importance conférée aux liens familiaux comme aux relations sociales ?... Bien que Kitty eût renoncé à singer l'accent snob en vigueur au pensionnat, bien qu'elle n'eût pas non plus adopté les façons arrogantes de la plupart de ces demoiselles, son allégresse et ses exploits sportifs finirent par la rendre populaire. Entre-temps, Charlotte et elle étaient devenues inséparables.

— Charlotte, murmura Kitty. Je suis vraiment navrée de t'avoir attiré des ennuis. Je n'aurais pas dû agir de cette façon.

Charlotte haussa les épaules, presque avec désinvolture, tandis qu'elle retapait son chignon.

— Je n'avais qu'à ne pas te suivre, mais je l'ai fait, et je suis assez grande, maintenant, pour endosser la responsabilité de mes actes.

— Peut-être, mais ces sottises seront mentionnées dans tes états de service, alors que tout est ma faute.

Une lueur amusée brilla dans l'œil de Charlotte, qui posa sur le bras de son amie une main rassurante :

— Voyons, Kitty, tu sais bien que les torts sont partagés, alors arrête de te flageller.

Elle eut un large sourire espiègle :

— On s'est bien amusées, non ? Comme au bon vieux temps, tu te souviens ? Juste après l'obtention de notre brevet de pilote. Nous volions en rase-mottes au-dessus des terrains de sport de l'école, jusqu'à obliger les entraîneurs à interrompre leurs matches de hockey sur gazon.

Kitty, à son tour, sourit de toutes ses dents.

— Et déjà, à l'époque, nous avons fini dans le bureau de la directrice. Ah là là, soupira-t-elle. Dire qu'alors, nous la prenions pour un dragon. Elle n'arrivait pourtant pas à la cheville de Marion Wilberforce. Jamais encore on ne m'avait passé un tel savon.

Son amie acquiesça.

— On l'a sans doute mérité, mais je suis prête à parier qu'on leur en a bouché un coin, aux aviateurs américains, quand on a survolé leur terrain de base-ball sur le dos.

Kitty s'esclaffa.

— Leur commandant, en revanche, n'a pas dû apprécier notre prestation, puisqu'à l'évidence c'est lui qui a couru prévenir Marion.

Après avoir tiré une dernière fois sur sa cigarette, elle l'écrasa sous le talon de l'une de ses chaussures noires à lacets.

— Viens, allons voir s'il reste un petit quelque chose à se mettre sous la dent. Je meurs de faim.

Ayant à son tour fini sa cigarette, Charlotte prit par le bras son amie qui, plus petite qu'elle d'une dizaine de centimètres, possédait le corps maigre et nerveux d'un jeune garçon.

— Tu as toujours faim, commenta-t-elle, tandis qu'elles se dirigeaient sans hâte vers le réfectoire, et je me demande bien où s'évapore tout ce que tu ingurgites. Tu es mince comme un fil.

— Tu n'es pas bien grosse non plus, commenta doucement Kitty. J'ai un excellent appétit, voilà tout. Maman a toujours dit que je devais ma carrure d'ablette à l'énergie nerveuse que je dépense.

Elle gloussa.

— C'est dans les petits pots qu'on trouve les meilleurs onguents ! J'ai l'air d'un modèle réduit, que veux-tu que j'y fasse ? Mais avoue que, du côté des proportions, tout est absolument parfait.

— Au moins, personne ne risque de t'accuser de modestie, Kitty Pargeter ! Tout ça parce que ces types qui te regardent en bavant dans l'espoir d'obtenir un rendez-vous galant t'ont fait tourner la tête.

Kitty lui assena un coup de coude amical dans les côtes.

— La jalousie ne vous mènera nulle part, mademoiselle Bingham. Par ailleurs, tu n'as jamais eu d'yeux que pour mon frère, alors tu ne peux pas réellement te plaindre.

— J'ai reçu hier une lettre de Freddy, répondit Charlotte d'un air absent. Il a été envoyé un peu plus loin sur la côte. Bien sûr, le censeur a fait disparaître le nom de l'aérodrome, j'ignore donc où il se trouve exactement, mais il m'a promis d'essayer de se rendre à Hamble avant la fin du mois, pour que nous puissions passer quelques heures ensemble.

— Il est à Cliffe, l'informa Kitty.

Son amie ayant froncé les sourcils, elle se hâta de poursuivre :

— Je m'apprêtais à te le dire. Je t'assure. Mais, une chose en entraînant une autre, ça a fini par me sortir de la tête. Ce matin, à Croydon, j'ai croisé Roger Makepeace au réfectoire, après avoir déposé le Fouga Magister. Comme il attendait un avion-taxi, nous avons déjeuné ensemble – et, comme d'habitude, j'ai ri d'un bout à l'autre du repas. Si je n'avais pas dû livrer le Spitfire à Ringway, puis le Mosquito ici même, je l'aurais accompagné pour rendre une petite visite à mon frère.

Charlotte soupira.

— Nous ne nous sommes pas vus depuis une éternité. Freddy enchaîne les missions à bord de son chasseur de jour comme de nuit, et je travaille treize jours sur quatorze. Il est rare que nos journées de repos coïncident.

— C'est bien pour cette raison que je préfère m'amuser au lieu de m'encombrer d'une histoire d'amour impossible, commenta Kitty avec légèreté. Chaque jour, Freddy risque sa vie. Comme nous, d'ailleurs. C'est déjà assez difficile à supporter à mon goût pour ne pas, en plus, me mettre à trembler pour un petit ami.

Après avoir traversé la cour pavée bras dessus, bras dessous, les jeunes femmes pénétrèrent dans le réfectoire faiblement éclairé. À cette heure tardive, la grande salle était déserte. Elles piochèrent, sur le chauffe-plats, une nourriture un peu desséchée, avant de se diriger, une assiette à la main, vers l'une des tables.

Kitty plongea sa fourchette dans le parmentier de mouton, presque dépourvu de viande. Elle eut soudain une folle envie d'un steak bien tendre, accompagné d'une salade croquante. Puis viendrait un bol rempli, plus qu'à ras bord, de fruits délicieux tels qu'on en trouvait en Argentine. Sa famille avait quitté l'Angleterre pour s'installer là-bas peu après son deuxième anniversaire, si bien que, jusqu'à ce qu'on l'expédiât dans son pays natal pour y parfaire son éducation, elle n'avait rien connu d'autre que la vie dans la pampa. On y était toujours dehors, sauf durant la saison des pluies, et l'on prenait les repas à une longue table, sous un berceau de treillage couvert de plantes grimpantes, qui courait sur toute la longueur de la maison en bois, elle-même dominant une gigantesque piscine, ainsi que la clairière de poussière rouge menant aux stalles nombreuses, aux luxuriants paddocks ombragés d'arbres.

Le fait d'avoir parlé de Freddy, puis de songer aux interminables et paresseux repas, aux journées baignées de soleil… Tout cela fit affluer des souvenirs de l'existence qu'elle avait abandonnée derrière elle. Assise ici, dans ce réfectoire désert et silencieux, Kitty pouvait presque entendre les voix mélancoliques des *gauchos*, les cris des oiseaux exotiques dans la chaleur torpide, le chant des cigales dès la nuit tombée, à l'heure où les lucioles se mettaient à briller dans les buissons.

Elle voyait les vastes étendues sauvages et miroitantes de la majestueuse pampa, qu'avec Freddy elle parcourait à cheval. Et que dire des fêtes autour de la piscine, lorsque tous leurs amis venaient passer le week-end chez eux ?… Kitty se remémorait les juments et leurs poulains dans les paddocks, leurs queues fouettant l'air tandis qu'ils dévoraient le foin. Leur robe, superbe, resplendissait au soleil… Et les matches de polo… Son enthousiasme à relever le gant face à son frère et ses camarades, joueurs chevronnés et pleins de détermination. Et tous, alors, vifs comme l'éclair, de rivaliser d'ardeur pour remporter la victoire. Cette vie lui parut soudain si lointaine que son regard s'embua. Elle avait le cœur très lourd, et l'Argentine lui manquait.

— Kitty ? Que se passe-t-il ?

Clignant des yeux pour en chasser les larmes, elle s'efforça de repousser cette irrésistible envie, tout à coup, de se pendre au cou de sa mère.

— Je pensais à mes parents, confia-t-elle à son amie. Je ne les ai pas vus depuis tellement longtemps. Il m'arrive de regretter d'être revenue ici pour m'inscrire à l'université. Nous savions tous qu'une guerre allait éclater. Dès qu'elle a été déclarée, mes parents m'ont interdit de rentrer chez nous. Le voyage aurait été trop risqué. Résultat, je me retrouve coincée en Angleterre.

— Mais tu ne regrettes tout de même pas d'avoir rejoint l'ATA ? Ce que tu n'aurais pas pu faire si tu étais retournée en Argentine.

Kitty secoua la tête, avant de poser sa fourchette – elle avait à peine touché à la nourriture.

— Jamais de la vie, répondit-elle avec fermeté. Mais ma famille et ma maison me manquent, Charlotte, et si, par malheur, il arrivait quelque chose à Freddy, je ne sais pas ce que je ferais.

— Tu ne devrais pas parler de cette façon, Kitty. Ce sont des propos défaitistes.

Charlotte ayant à son tour renoncé à son dîner insipide, elle repoussa son assiette pour saisir la main de son amie.

— Je t'assure que je comprends ce que tu éprouves, et tu te doutes bien, vu mes sentiments pour lui, que je tremble aussi pour Freddy. Mais nous devons rester fortes, nous convaincre que nous allons surmonter ces épreuves. Sinon, cela voudra dire que Hitler aura gagné.

Kitty serra les doigts de Charlotte entre les siens, aux lèvres un sourire pâle.

— Bien sûr qu'on va y arriver, et pardon de t'ennuyer avec mes états d'âme.

— Inutile de t'excuser, voyons, nous avons toutes le droit de flancher de temps à autre. Rends-toi compte. Chaque jour nous apporte son lot de difficultés, nous pilotons des avions dans lesquels nous n'étions jamais montées avant, il nous faut parfois atterrir avec un vent de force 9…

Elle se leva.

— Viens, j'ai fourré une petite bouteille de brandy dans mon sac de voyage. Je crois que nous avons bien mérité d'en avaler quelques gorgées.

Kitty ayant débarrassé la table, les deux amies lavèrent leurs assiettes, qu'elles abandonnèrent sur l'égouttoir de bois avant de quitter les lieux. L'air avait fraîchi, un reliquat d'hiver s'accrochant à la brise, bien que le mois de mai touchât à sa fin. Les jeunes femmes se hâtèrent en direction de la chaleur toute relative qui régnait dans les dortoirs de la caserne.

Le fuselage des avions au sol luisait sous les gigantesques ballons de barrage argentés, qui se balançaient mollement au bout de leurs câbles. Il régnait une paix totale. Paix trompeuse, cependant, lourde de menaces, comme si la région tout entière retenait son souffle. Car les clairs de lune étaient propices aux attaques ennemies.

Kitty choisit d'ignorer le frisson glacé qui venait de lui parcourir l'échine. Freddy, Roger, Charlotte et elle avaient beau ne représenter que d'infimes rouages au sein de cette vaste machine de guerre occupée à défendre la Grande-Bretagne contre l'Allemagne nazie, ils tiendraient bon.

Tout compte fait, il n'y eut pas de raid cette nuit-là, et, avec l'aide du brandy de Charlotte, Kitty dormit comme un loir. Elle s'éveilla avant l'aube. Lorsque parurent les premières lueurs du jour, elle avait eu le temps, à l'instar des autres femmes qui avaient passé la nuit là, de se laver, de se vêtir et de prendre son petit-déjeuner. Elles piaffaient, galvanisées par la promesse de deux journées consécutives de beau temps, après plusieurs semaines de pluie et de nuages bas.

Par-dessus son uniforme, Kitty enfila une salopette bleue, ajouta, pour avoir plus chaud, un blouson en cuir et doublé de mouton retourné. Des bottes fourrées, un casque en cuir, des lunettes d'aviateur, des gants, ainsi qu'un encombrant parachute et son harnais complétaient sa tenue. Son sac de voyage à ses pieds, elle fumait à présent une cigarette devant la salle des opérations, en compagnie de ses consœurs qui, toutes, attendaient qu'on leur confiât leurs tâches du jour.

Suivant leur niveau d'expérience et de qualifications, elles allaient effectuer plusieurs vols, à bord d'appareils différents, dont certains ne leur seraient pas forcément familiers. Dans ce cas, elles devraient consulter le manuel à l'usage des pilotes de transport. Un Avro Anson ou un Fairchild Argus, qui servirait d'avion-taxi, les déposerait sur le lieu de leur première mission, puis, si possible, les reprendrait en fin de journée. Dans le cas contraire, elles passeraient la nuit sur la base où elles se trouveraient alors, voire dans une chambre d'hôtel ; à moins, si les lignes de chemin de fer n'étaient pas endommagées, qu'elles ne prissent un train pour regagner le lieu de leur affectation. Pour toutes ces raisons, les jeunes femmes ne se déplaçaient jamais sans leur baise-en-ville.

Celui de Kitty contenait son nécessaire de toilette, ainsi que sa trousse à maquillage, la jupe de son uniforme et des dessous propres, à quoi elle ne manquait jamais d'ajouter sa robe de soirée en soie crème, car il se trouvait toujours, partout où elle allait, une fête où se distraire le soir. Cette robe attirait nettement moins les regards que celle de Dorothy Furey, l'Américaine, mais elle faisait l'affaire et Kitty se sentait délicieusement femme chaque fois qu'elle l'arborait.

Charlotte et elle ayant récemment pris du galon, on les autorisait désormais à voler sur des appareils de première, deuxième et troisième classes, parmi lesquels on trouvait les avions d'entraînement, les courts et les moyen-courriers, de même que les Moth, les Spitfire et les Hurricane. Aucune femme n'avait encore obtenu le droit de piloter les énormes bombardiers quadrimoteurs, mais une rumeur, qui enflait chaque jour, laissait entendre que c'était pour bientôt. Chaque aviatrice rêvait de devenir la première à s'installer aux commandes de l'un de ces engins.

Les volets de la salle des opérations s'ouvrirent. Les jeunes femmes s'agglutinèrent. Kitty ayant jeté un coup d'œil au feuillet qu'on venait de lui remettre, elle se hâta de rejoindre Charlotte, qui se dirigeait déjà vers l'avion-taxi le plus proche :

— Je dois aller chercher un Spitfire sur le terrain d'aviation de l'usine située tout près de Castle Bromwich, pour le déposer à Peterborough, avant de grimper à bord d'un Typhoon pour filer plein sud, jusqu'à Wayfaring Down, qui ne se trouve qu'à une poignée de kilomètres de Cliffehaven. Si quelqu'un accepte de m'y emmener, je pourrai peut-être voir Freddy.

— Veinarde, commenta Charlotte, la mine sombre. De mon côté, je conduis un avion d'entraînement à White Waltham, puis un Moth à Croydon, où il doit subir des réparations. Pour finir, je livrerai un Hurricane à Salisbury.

Elle exhala un lourd soupir.

— Je ne dormirai pas à la base ce soir, c'est réglé.

— Ne t'en fais pas, tenta de la consoler son amie. Nous nous retrouverons très vite. Fais bien attention à toi, Charlotte.

— Toi aussi, Kitty. Et si tu vois ton frère, embrasse-le de ma part, et dis-lui qu'il me manque.

Après s'être brièvement étreintes, elles embarquèrent chacune à bord d'un avion-taxi différent. Bientôt, Kitty s'élançait dans un ciel limpide – nulle trace de l'épaisse couverture nuageuse, ennemie de tous les pilotes et qui, si souvent durant ces deux dernières semaines, avait cloué les appareils au sol.

L'usine de Castle Bromwich fabriquait trois cent vingt Spitfire par mois et, les bâtiments et leur terrain d'aviation comptant parmi les cibles favorites de la Luftwaffe, on s'efforçait d'en éloigner les chasseurs à mesure qu'ils sortaient des chaînes de production. Kitty se présenta au commandant, et, quelques minutes plus tard, elle s'installait dans le cockpit fermé de l'un d'eux, avant de se harnacher.

Au sol, le Spitfire au nez lourd risquait de basculer vers l'avant si le pilote freinait trop brusquement, mais une fois en l'air, il se révélait parfaitement équilibré ; Kitty en était folle. Assise derrière son manche à balai, elle distinguait le vaste demi-cercle noir où se donnaient à voir les six instruments de bord dont étaient équipés tous les avions, ainsi qu'un ciel en forme de dôme. Le chasseur ne comportait pas d'armement ni de radio qui pût permettre à la jeune femme de communiquer avec l'extérieur. Pourtant, Kitty se sentait à son aise entre les flancs de ce qu'elle tenait pour la plus belle des machines. Elle avait hâte de décoller.

Comme l'avion fonçait sur la piste avant de décoller, Kitty reconnut ce frisson familier qui la mettait en joie. Rien ne pouvait se comparer aux sensations qu'un pilote éprouvait aux commandes d'un Spitfire. D'abord, il y avait la formidable poussée du moteur Rolls-Royce Merlin, qui vous plaquait contre votre siège à l'instant où l'on relâchait les freins. Et il y avait la portance, à nulle autre pareille, due à ses ailes elliptiques.

Il suffit à Kitty d'effleurer le manche à balai pour ajuster l'altitude de son appareil, avant de virer de bord en direction de Peterborough.

Les moteurs vibraient, le soleil jetait des feux sur les ailes en aluminium… Kitty se sentait au comble du bonheur. Voler ainsi, par un clair matin de mai, au-dessus de la mosaïque des champs de la campagne anglaise l'enchantait. Sa solitude l'enivrait, tandis qu'elle suivait des yeux les sinuosités des cours d'eau et le tracé des voies ferrées, sans, néanmoins, cesser de consulter les instruments de bord et les caprices éventuels de la météo. Les journaux, certes, ne tarissaient pas d'éloge sur les courageuses aviatrices de l'ATA, mais pour celles-ci – et Kitty ne faisait pas exception à la règle –, il s'agissait surtout d'un plaisir égoïste. Loin de tenir leur engagement pour de l'héroïsme, elles estimaient surtout qu'elles avaient eu une chance folle, qui leur permettait à présent d'assouvir leur passion – et tant pis si, dans leurs rangs, le nombre de décès augmentait chaque mois.

Scrutant au sol les repères qui la mèneraient bientôt à Peterborough, elle se mit à songer à son frère, Freddy, de cinq ans son aîné, et qui, de son avis et de celui de Charlotte, se révélait le pilote de chasse le plus brillant de la RAF.

Kitty l'adorait. Dès qu'elle avait su marcher, elle s'était mise à trotter derrière lui, avec l'espoir de partager ses jeux de garçon. Freddy ne s'en agaçait pas, et jamais il ne s'était lassé de lui enseigner ce qu'il avait appris avant elle : monter à cheval, jouer au polo, vaincre sa peur pour enfin enfourcher ces motos surpuissantes que ses amis et lui pilotaient. Pour tout dire, il avait même fini par éprouver pour elle de l'admiration, voire par la jalouser un peu.

La passion de Kitty pour la vitesse s'était révélée lorsque le riche patron argentin de son père avait insisté pour que les enfants de tous les employés de son haras apprissent à conduire, afin qu'en cas d'urgence, il se trouvât toujours quelqu'un pour aller chercher de l'aide, et ce, quel que fût son âge. Kitty avait six ans le jour où elle s'était installée pour la première fois derrière un volant, rehaussée par des coussins, assise sur la pointe des fesses pour atteindre les pédales. C'était le même Señor Fernandez qui avait encouragé Freddy, ainsi que son propre fils, à apprendre à piloter le Gypsy Moth qu'il avait acheté pour couvrir le plus rapidement possible de longues distances – il avait des affaires à mener loin du haras. À l'instant où Kitty l'avait vu s'envoler à bord de ce petit avion, elle avait compris qu'elle était née pour manœuvrer de tels engins.

Ce qui n'enthousiasma guère ses parents, non plus que le Señor Fernandez, mais Kitty se sentait résolue à leur prouver qu'une adolescente de quatorze ans était aussi capable de piloter un aéronef qu'un garçon plus vieux de cinq ans. Elle alla jusqu'à faire chanter Freddy et l'ami qui l'accompagnait : s'ils acceptaient de lui apprendre à voler, elle ne soufflerait mot à personne de ce qu'elle les avait vus faire avec des jeunes filles dans la grange à foin.

Kitty sourit en vérifiant son altitude – elle suivait alors la longue ligne droite d'une voie ferrée. Il avait fallu ruser pendant près de deux ans, mais en 1937, durant les grandes vacances, elle obtint, à seize ans, son brevet de pilote, à la grande surprise de son père, qui aussitôt s'en félicita. De son côté, Charlotte, refusant d'être en reste, convainquit son propre père, débonnaire et fortuné, fier jusqu'à l'excès de son petit garçon manqué, de lui offrir des leçons de pilotage. Quelques mois plus tard, elle décrochait son brevet à son tour.

D'un point de vue financier, les parents de Kitty n'avaient pas les reins aussi solides que ceux de son amie. L'argent qu'ils faisaient parvenir chaque mois à leur fille n'aurait pas suffi à lui permettre de voler en Angleterre. Elle commença donc par persuader le père de Charlotte d'amadouer assez la directrice du pensionnat pour qu'elle permît aux deux jeunes filles de quitter l'établissement après les cours, ainsi que le dimanche. Puis elle circonvint les propriétaires d'un petit aérodrome tout proche : bientôt, elle y donnait, le soir, des cours de navigation aux pilotes débutants, en échange de quoi, pendant trois heures tous les dimanches, elle volait à bord de l'un des avions.

Elle exhala un profond soupir de satisfaction. Le grondement des moteurs était rassurant, et le soleil continuait de briller dans un ciel limpide. Ces dimanches miraculeux avaient illuminé son existence, et celle de Charlotte. Elles quittaient l'école en trombe, enfourchaient leurs bicyclettes, leurs carnets de route soigneusement rangés dans les petits paniers, et ne revenaient qu'à l'heure où le soleil se couchait sur la Manche. À peine Charlotte eut-elle reçu son diplôme de pilotage que son père lui acheta un De Havilland, que, dès lors, les deux amies se partagèrent, accumulant rapidement les heures de vol.

Ce fut au cours de cette période, peu avant le début de la guerre, qu'elles apprirent à piloter avec le seul concours des instruments de bord, sans radio, ce dont les nouvelles recrues de l'ATA se révélèrent incapables – on supposa que leurs supérieurs espéraient ainsi dissuader les pilotes les plus audacieux de s'engager au cœur d'un nuage épais, voire de grimper plus haut que lui. Kitty et Charlotte, pour leur part, remerciaient chaque jour en silence le pilote à la retraite qui leur avait transmis son savoir à Shoreham, car, plus d'une fois, elles s'étaient tirées, grâce à lui, d'une masse nuageuse soudainement apparue, les contraignant à voler à l'aveugle.

Quelques minutes plus tard, elle atterrissait sans encombre à Peterborough. Kitty s'extirpa du Spitfire avec raideur, son sac de voyage à la main, son parachute et son harnais en bandoulière. Malgré sa veste épaisse et ses bottes, elle mourait de froid – elle ne rêvait plus que d'une tasse de thé bien chaud et d'un petit quelque chose à manger. Elle se hâta en direction du bureau, munie de son ordre de mission et de son carnet de route, fit son rapport, puis se rendit à la cantine.

Elle y engloutit une copieuse assiettée d'un fricot qui ressemblait à du mouton bouilli, accompagné d'oignons et de pommes de terre, qu'elle fit descendre avec une grande tasse de thé. Ensuite, elle alluma une cigarette. On bavardait autour d'elle, ce qui lui permit, grâce aux quelques jeunes filles dont elle avait fait la connaissance au siège de l'ATA, à White Waltham, de se tenir au courant des dernières nouvelles. Enfin, elle regagna la piste.

L'après-midi commençait à peine, et, les jours rallongeant, Kitty disposait de tout le temps nécessaire pour piloter le Typhoon jusqu'à Wayfaring Down. Avec un peu de chance, l'occasion lui serait donnée de se rendre à Cliffehaven, pour y voir Freddy. Un détour qui, certes, l'obligerait probablement à prendre un train de nuit pour Hamble, dans le Hampshire, si elle tenait à s'y présenter à temps pour sa mission du lendemain. Bah... Elle dormirait dans son compartiment. De toute façon, la joie de passer un peu de temps avec son frère valait tous les sacrifices – à condition qu'il ne se trouvât pas lui-même en opération, ce qui, hélas, était plus que probable.

Surnommé « Tiffy », le Typhoon était un petit appareil d'interception, comptant parmi les plus rapides de la RAF dans sa catégorie, capable de rivaliser avec le Focke-Wulf 190 de la Luftwaffe. Toutefois, ses ailes « en mouette » avaient tendance à le ralentir lors d'un piqué ou d'un virage serré. La plupart des aviateurs le jugeaient difficile à piloter.

Kitty s'introduisit dans le cockpit, dont elle ne tarda pas à fermer la verrière. Quelques minutes encore, et l'avion rugissait sur la piste pour s'élever bientôt dans le ciel bleu clair. Aucun signe de la bruine ou des nuages bas qu'on signalait plus au sud. Kitty pria pour que ces derniers se fussent dissipés quand elle se rapprocherait de Wayfaring Down.

Piloter un Typhoon se révélait presque aussi grisant que de se trouver aux commandes d'un Spitfire. Délicieux après-midi... Le soleil projetait l'ombre de l'appareil sur les champs et les villages en contrebas.

La jeune femme volait depuis une vingtaine de minutes, lorsque le compteur de vitesse s'affola, indiquant soudain près de 650 kilomètres par heure. Son cœur, qui s'était serré sous l'effet de la peur, se mit à battre la chamade – à cette vitesse, il lui serait impossible de sortir le train d'atterrissage au moment d'atteindre Wayfaring Down, dans moins de cinq minutes. Elle allait se crasher, sans le moindre espoir de s'en tirer vivante.

Elle tenta de réduire les gaz, puis de désactiver le booster. En vain.

La sueur lui piquait les yeux derrière ses lunettes, et elle ne respirait plus qu'à peine. Elle s'efforça de rester calme. Elle se mit à décrire de larges cercles en prenant de l'altitude, dans l'espoir de perdre de la vitesse. Hélas, lorsqu'elle amorça de nouveau sa descente, l'avion volait encore plus vite.

Kitty distinguait à présent Wayfaring Down, ainsi que la côte et son chapelet de villes et de villages. Il n'était plus question de sauter de l'appareil, son parachute sur le dos, car, en s'écrasant, le Typhoon risquait de faire de nombreuses victimes au sol. Elle survola le terrain d'aviation à pleine puissance. Quelques minutes plus tard, elle se rapprochait de celui de Cliffe, plus modeste, cherchant, l'œil fou, un endroit où se poser sans provoquer trop de dégâts.

Déjà, l'un des véhicules d'intervention d'urgence fonçait à vive allure, cependant que la jeune femme virait au-dessus des bâtiments de l'aérodrome. Elle ouvrit la verrière du cockpit, coupa le moteur. Certes, elle perdait de l'altitude, mais la vitesse de l'engin ne diminuait qu'à peine. Après avoir débouclé sa ceinture, elle opéra une série de montées et de descentes. Elle jouait là son va-tout – il ne lui restait plus d'autre solution pour parvenir, peut-être, à ralentir l'appareil. Elle entama son approche finale.

La piste, sous le ventre de l'engin, était floue, et Kitty frôla les bâtiments de l'aérodrome, avant de se diriger tout droit vers le clocher d'une église. Au prix de rudes efforts, elle parvint *in extremis* à l'éviter d'une poignée de centimètres. Elle survolait maintenant des champs, où des vaches terrorisées couraient follement.

Enfin, l'hélice, à l'avant du Typhoon, heurta la boue, et l'appareil changea brusquement de direction. Deux énormes chênes se rapprochaient à toute vitesse. Guidée par son instinct de survie, Kitty s'extirpa du cockpit, chutant de plusieurs mètres pour s'aplatir dans la fange avec un bruit sourd.

Sonnée, tétanisée par l'effroi, elle ne se releva pas tout de suite. Hors d'haleine et commotionnée, elle regarda l'une des ailes de son engin, qui poursuivait seul sa course, se briser contre la branche basse de l'un des chênes.

Le Typhoon ne s'immobilisa pas pour autant. Parvenu à hauteur d'un fossé, il parut le franchir d'un petit bond, prit d'assaut un bosquet, projetant de tous côtés, tels des confettis, des branches et des feuilles. Il écrasait tout sur son passage, jusqu'à ce qu'un autre chêne, immense, le stoppât définitivement dans sa course. Le choc fut formidable.

Kitty ôta son casque et ses lunettes. L'avion allait-il prendre feu, bien qu'elle eût coupé l'arrivée du carburant ?... Non. Il demeurait là, pareil à une créature blessée. Peu à peu, le moteur, tournant encore, refroidit. Les jambes de la jeune femme tremblaient si fort qu'elle éprouva toutes les peines du monde à se mettre debout, et ce fut d'une main maladroite qu'elle défit le harnais de son parachute, pour laisser tomber celui-ci sur le sol. Après avoir pris plusieurs profondes inspirations, dans l'espoir de se ressaisir un peu, elle traversa, chancelante, le champ boueux en direction de l'épave du Typhoon, sous l'œil nerveux et déconcerté des vaches.

Il avait perdu ses deux ailes, son hélice et sa queue, la verrière était brisée et le fuselage avait tant souffert qu'il serait impossible de le réparer. Après avoir récupéré son sac de voyage à l'intérieur de l'appareil, Kitty alla s'asseoir sur un rondin, où elle s'offrit une cigarette amplement méritée. Ensuite, seulement, elle rejoindrait l'aérodrome de Cliffe à travers champs.

*Encore heureux que je n'aie pas peur des vaches*, songea-t-elle, tandis que ces dernières s'approchaient lentement, piquées par la curiosité. *Cela dit, j'aimerais autant qu'elles n'essaient pas de me donner des coups de langue.*

— Fiche le camp, ordonna-t-elle en se soustrayant aux effusions humides de l'une d'elles.

Dès lors, les vaches la laissèrent en paix. Elle termina sa cigarette. Comme elle rassemblait ses affaires, elle entendit un cri, puis aperçut, au loin, des hommes en train de courir dans sa direction. Pour les rassurer, elle grimpa sur le rondin en agitant les bras. Puis elle se dirigea vers eux, le pas mal assuré.

L'un des hommes se détacha du groupe, fonçant à présent au triple galop.

Kitty l'eût reconnu n'importe où. À son tour, elle piqua des deux.

— Freddy! s'écria-t-elle. Tout va bien. Je ne suis pas blessée.

Sur le beau visage de son frère se lisait beaucoup d'inquiétude, et la jeune femme laissa tomber son bagage pour se jeter dans les bras qu'il venait d'ouvrir.

— J'ignorais que c'était toi, souffla-t-il, la voix brisée par l'émotion.

Il l'étreignait de toutes ses forces.

— On a vu disparaître le Tiffy, puis on a entendu le crash. Nous avons tous craint le pire.

Kitty se cramponnait à lui, les jambes en coton, réconfortée par la puissance qu'elle discernait dans chacun des muscles de Freddy.

— Sincèrement, j'ai bien cru ma dernière heure arrivée, fit-elle en claquant des dents. Je n'ai jamais eu autant la trouille de toute ma vie.

Il sembla ne s'aviser qu'alors de l'alanguissement de sa sœur, car, tandis qu'il s'écartait un peu pour examiner son visage, il la soutint avec plus de fermeté encore. Il était blanc comme un linge, et son œil bleu s'assombrissait sous l'effet d'une terreur qu'il se refusait à exprimer.

— Qu'est-ce qui t'est passé par la tête? aboya-t-il, soudain hors de lui. Tu aurais pu te tuer avec de pareilles acrobaties!

Kitty le repoussa avec force:

— Je n'y suis pour rien, se défendit-elle vigoureusement. Il s'agissait d'un problème mécanique. L'avion refusait de ralentir.

De nouveau, le jeune homme l'étreignit.

— Pardon de m'être emporté, s'excusa-t-il d'un ton bourru. Mais j'ai eu tellement peur…

— Pas autant que moi, répondit-elle.

Ce fut alors que Roger Makepeace les rejoignit, les traits blêmes et tirés par l'angoisse :

— Tu es blessée ?

Kitty s'obligea à sourire au meilleur ami de son frère.

— Un copieux verre de gin et un bon bain chaud devraient suffire à me remettre sur pied, décréta-t-elle, bravache.

Il lui décocha un large sourire, avant de s'emparer du harnais de son parachute et de son sac de voyage :

— Tu es vraiment insupportable, Kitty, lui assena-t-il avec tendresse. Elles doivent se compter sur les doigts d'une main, les gamines capables de maîtriser leur coucou avec une telle précision, puis de s'en tirer sans une égratignure. Tu les as bien mérités, ton verre de gin et ton bain chaud.

Les jeunes gens se mirent en route. Les deux garçons flanquaient l'aviatrice, et cette dernière, en dépit de sa crânerie, s'aperçut que, si elle ne les avait tenus l'un et l'autre par le bras, ses jambes se seraient dérobées sous elle.

# 2

Suivant le protocole prévu pour les pilotes de transport en cas d'urgence, Kitty s'était immédiatement présentée aux services administratifs de l'aérodrome pour y transmettre son rapport à Wayfaring Down, puis attendre les ordres. Ensuite, elle avait couché ce rapport sur le papier, afin, cette fois, de le faire parvenir à son commandant. Chaque minute comptait, car la perte d'un appareil représentait un incident très grave, qui contraignait souvent les autorités à réviser l'emploi du temps de leurs pilotes.

Soulagée d'en avoir fini avec la paperasse, la jeune femme échangea quelques mots avec l'officier de service, avant d'aller déposer ses affaires sur un lit vacant dans le dortoir des femmes. Ayant décidé qu'elle avait plus besoin d'un bain chaud que d'un verre de gin, elle se rendit aux lavabos, où elle se déshabilla avant de s'installer, avec un soupir extatique, dans les quelques centimètres d'eau réglementaires – les restrictions ne souffraient aucune exception. Certains muscles la faisaient souffrir, dont, jusqu'alors, elle n'avait pas même soupçonné l'existence. Elle découvrit, au niveau de sa tempe, une bosse de la taille d'un œuf de pigeon. L'eau chaude, cependant, eut tôt fait de soulager ses douleurs. Elle se sentit bientôt plus apaisée. Prête à déguster finalement ce verre de gin auquel elle songeait depuis le crash.

Elle passa en hâte des sous-vêtements et une chemise propres, enfila sa jupe et sa veste d'uniforme bleu marine. Enfin, elle noua sa cravate. Ses épaulettes et ses galons dorés, ses bas de soie noire, l'insigne rutilant sur sa casquette, les ailes cousues au-dessus de sa poche de poitrine… Autant de détails qui rendaient les aviatrices de l'ATA éminemment attirantes – bien que, de l'avis de la plupart d'entre elles, leur mission ne laissât aucune place à la séduction. Elles savaient néanmoins que leur tenue faisait se tourner les têtes, et que, grâce à elle, elles obtenaient sans peine la meilleure chambre d'un hôtel, ou la table la mieux placée d'un restaurant. Tout bien considéré, cet uniforme constituait la vitrine alléchante d'une tâche dont elles tiraient une immense fierté.

Kitty ayant fait gonfler un peu son épaisse chevelure blonde, courte comme l'exigeait le règlement, elle ajusta sa casquette avec soin. Un peu de rouge à lèvres, de la poudre de riz pour tenter de dissimuler la vilaine bosse… Elle était fin prête.

Lorsqu'elle pénétra dans le mess des officiers, dont la fumée de cigarette épaississait l'atmosphère, le vacarme lui fit l'effet d'un coup de poing en pleine figure. Elle demeura debout près de la porte, en compagnie des autres aviatrices de l'ATA, tandis que leurs homologues masculins s'amusaient, comme des gosses, à essayer de faire le tour de la pièce sans poser le pied par terre.

Freddy, bien sûr, était du lot, ses cheveux ébouriffés lui tombaient sur les yeux, il avait retroussé les manches de sa chemise et desserré sa cravate, à présent de guingois. Se balançant à une poutre, il atterrit avec grâce sur une chaise, qu'il parvint à faire tenir en équilibre sur deux pieds, avant de bondir jusqu'au rebord étroit d'une fenêtre, qu'il longea pour se suspendre ensuite à une autre poutre.

Roger Makepeace, dont la carrure évoquait celle d'un pilier de rugby, s'était lancé à ses trousses, et il se débrouillait fort bien, jusqu'à ce qu'il eût la mauvaise idée de vouloir imiter les acrobaties de son ami sur la chaise… Il s'affala au beau milieu d'une table.

De grands éclats de rire jaillirent, tandis que le malheureux garçon qui, dans sa chute, avait brisé la table, voyait maintenant se déverser sur lui le contenu des verres, des bouteilles et des cendriers. D'autres cris s'élevèrent quand Freddy, de son côté, atteignit le bar, choisi plus tôt comme point d'arrivée de la course. Il glissa prestement d'un bout à l'autre du comptoir, pour atterrir au final sur le tabouret du piano, dont il se mit immédiatement à marteler le clavier désaccordé pour régaler son auditoire d'une valse à la mode.

Kitty échangea avec sa collègue la plus proche un regard entendu. Roger, pour sa part, se relevait avec l'aide de ses camarades, qui brossèrent grossièrement ses habits, avant de lui remettre une pinte de bière. Dans tous les mess où ils passaient, c'était le même tapage et les mêmes facéties. Ils se défoulaient, car, le reste du temps, ils vivaient sur le fil du rasoir, et la longue liste de leurs amis tombés au combat les exhortait à vivre pleinement jusqu'à leur dernier souffle. Personne ne savait de quoi le lendemain serait fait.

Émue encore d'être passée si près de la mort, Kitty se rendit au bar, demanda à boire. On ne servait pas de gin, uniquement de la bière. Excellente, au demeurant, sans commune mesure avec la lavure qu'on imposait aux civils dans la plupart des pubs. Elle en commanda une de bon cœur.

Freddy et Roger la repérèrent. Quelques minutes plus tard, la jeune femme se trouvait très entourée, et on la taquina gentiment sur le tas de ferraille à quoi elle avait réduit son avion – il allait sans doute falloir à ces pauvres vaches, ajouta-t-on, terrorisées par son numéro de voltige, une bonne semaine pour réussir à donner de nouveau du lait. Des remarques fusèrent, invitant les femmes à se cantonner à la cuisine et au tricot, au lieu de s'obstiner à rivaliser avec les garçons. Kitty avait beau savoir que ceux-ci plaisantaient, elle ne tarda pas à prendre la mouche, l'accident l'ayant momentanément fragilisée.

— Si je ne portais pas cette jupe, je te défierais à chat perché ! brailla-t-elle à Freddy, par-dessus le raffut ambiant. Tu sais bien que c'est toujours moi qui gagne.

Le jeune homme sourit en lui passant un bras autour des épaules :

— Ça, c'est ce que j'appelle un défi alléchant ! Quand es-tu censée quitter Cliffe ?

— Demain, en fin d'après-midi. Pourquoi ?

Comme il se tournait vers Roger, son sourire s'élargit :

— Tu entends ça, Roger ? Qu'est-ce que tu en dis ? Tu crois qu'elle pourrait être à la hauteur ?

Une étincelle s'alluma dans l'œil de son ami qui, se lissant la moustache, toisa longuement Kitty :

— Son regard me dit que oui. Mais à ta place, mon vieux, je me méfierais. Elle pourrait bien te damer le pion sur ce coup-là.

La jeune femme examina les deux garçons l'un après l'autre, s'esclaffa en avisant leurs sourires bêtes :

— Allez, vas-y, crache donc le morceau.

— Demain, répondit Freddy, il y a une course de motos, sur un circuit situé juste à côté de Cliffehaven. Comme Roger et moi avons droit à une permission de douze heures, nous avons à cœur de les utiliser à bon escient. Moi, j'ai mon Ariel NG, et Roger sa vieille Montgomery Greyhound. Je parie qu'il ne verra aucun inconvénient à te la prêter pendant une matinée.

— Dis donc, mon vieux, s'insurgea ce dernier. Je veux bien croire que Kitty soit une pilote compétente, mais ma Montgomery est un véritable objet de collection. Je ne suis pas certain…

— Je ne l'abîmerai pas, Roger, si c'est ce qui t'inquiète, s'empressa de le rassurer Kitty. J'étais encore à l'école primaire quand j'ai commencé à piloter des motos.

Roger, que l'argument ne convainquait guère, se laissa distraire entre-temps par une charmante petite aviatrice, qui le dévorait des yeux depuis une bonne demi-heure.

— Ne t'inquiète pas, Kitty, fit Freddy d'un air entendu. Je vais te dénicher une bécane. À condition, évidemment, que tu aies vraiment envie de relever le gant.

Croisant les bras sur sa poitrine, sa sœur le fusilla du regard :

— M'est-il déjà arrivé, une seule fois dans ma vie, de refuser l'un des défis que tu aimes me lancer ? Et qu'est-ce qu'on gagne, au fait ?

— L'immense joie de me voir remporter la course, répondit le garçon avec un clin d'œil.

— L'espoir fait vivre, commenta Kitty, avant de commander une autre pinte de bière.

Au bout d'une heure, parce qu'elle se ressentait encore de la violence du crash, la jeune femme abandonna Freddy et Roger à leurs verres, ainsi qu'à leurs jeux tapageurs, puis, après être passée par la cantine pour y grignoter un petit quelque chose, elle alla se coucher. Cinq autres aviatrices partageaient le dortoir avec elle, mais elles ne s'y trouvaient pas encore lorsqu'elle régla l'heure de la sonnerie de son petit réveil de voyage, avant d'éteindre la lumière. Elles revinrent beaucoup plus tard, sur la pointe des pieds. Assoupie, Kitty n'entendit rien.

Elle rouvrit les yeux aux premières lueurs du jour, fraîche et dispose. Il lui tardait déjà de passer la journée avec son frère et son ami, de grimper à nouveau sur une moto. Cette fois, c'était ses camarades qui dormaient à poings fermés, aussi fit-elle sa toilette sans hâte, avant d'enfiler son pantalon et sa chemise. Enfin, elle refit son sac de voyage, puis s'en fut en quête d'un petit-déjeuner copieux.

Dans le réfectoire bondé, elle ne tarda pas à repérer Freddy et Roger, en pleine forme et l'œil brillant, malgré la quantité d'alcool qu'ils avaient ingurgitée la veille au soir. Ils étaient en train d'engloutir de formidables assiettées d'œufs et de bacon.

— Où avez-vous réussi à dénicher ces mets de roi ? souffla-t-elle avec envie.

— La RAF met un point d'honneur à bien nourrir ses pilotes, répondit son frère en trempant dans le jaune d'œuf une tartine grillée à souhait. Je parie que nos supérieurs ne nous en voudront pas si nous partageons ces agapes avec toi, même si tu as réduit en miettes l'un de leurs Typhoon.

Sans se faire prier, Kitty se rendit au comptoir, dont elle revint bientôt avec une assiette débordante de victuailles, accompagnée d'une grande tasse de thé. À peine assise à la table, elle se mit à dévorer, sans plus prononcer une parole avant d'avoir avalé la dernière bouchée. Comme elle repoussait son assiette vide pour s'emparer de sa tasse, elle s'aperçut que ses compagnons la dévisageaient avec insistance.

— Que se passe-t-il ?

— Je n'arrive toujours pas à comprendre comment une fille de ton gabarit est capable d'absorber une pareille quantité de nourriture, déclara Roger, impressionné.

— Dégommer des Typhoon m'ouvre l'appétit.

Elle lui lança un regard effronté, avant de boire une gorgée de thé.

— Alors, enchaîna-t-elle, s'adressant à Freddy. Quel genre de bolide m'as-tu trouvé ?

— Puisque Roger a finalement décidé de s'aligner lui aussi au départ de la course, j'ai réussi à convaincre l'un de nos pilotes américains de me prêter son Ariel Square 4. Il s'est cassé la jambe il y a quelques semaines, ce qui signifie qu'il ne pilote plus guère que sa table de travail. Il n'a pas besoin de son engin pour le moment.

— Il sait que c'est pour moi que tu lui as emprunté sa moto ? s'enquit la jeune femme avec méfiance.

Son frère hocha la tête.

— Ça m'a coûté une bouteille de whisky et une cartouche de cigarettes, alors arrange-toi pour la lui rapporter en un seul morceau.

Son œil bleu étincelait, et il sourit à sa cadette.

— C'est une moto sacrément puissante pour une petite bonne femme comme toi. Tu crois que tu vas savoir t'en montrer digne ?

Kitty écarta sa chaise de la table :

— Il n'y a qu'un moyen de le savoir. Montre-la-moi.

Le bolide dormait sous une bâche, au fond d'un hangar, et, lorsque la jeune femme le découvrit, elle frissonna de plaisir. Il était splendide. Son frère, cependant, avait raison sur un point : il s'agissait d'une moto extrêmement lourde, que, sans l'avouer à Freddy, elle peina à pousser à l'extérieur du hangar. Elle allait avoir un mal de chien à la manœuvrer.

Passant une jambe par-dessus la large selle en cuir, elle dut bander tous ses muscles pour que l'Ariel ne s'affalât pas sur le flanc. Elle ne tarda pas à s'apercevoir, en outre, qu'une fois la moto enfourchée, elle devait presque se coucher à plat ventre sur le réservoir pour parvenir à en saisir le guidon.

Freddy lui présenta l'ensemble de ses caractéristiques, lui enseigna les secrets de la boîte à quatre vitesses. Pendant ce temps, Kitty ne tenait plus l'équilibre que du bout de sa botte, et ses bras commençaient à trembler sous l'effort. Toutefois, il n'était pas question qu'elle perdît la face, aussi, pour éviter de tomber, s'empressa-t-elle de faire tourner la clé de contact, puis d'actionner le levier de démarrage d'un coup de pied.

Le rugissement du moteur résonna aux quatre coins de l'aérodrome, et, après avoir ajusté la manette des gaz, Kitty s'élança sur la piste. Quelle énergie sous elle, que, par surcroît, la moto délivrait sans le moindre à-coup. Et cette vitesse… Lorsqu'elle regagna le hangar, elle rayonnait de bonheur.

— Eh bien…, commenta Freddy. Je constate qu'il ne sera pas question, pour Roger et moi, de nous endormir sur nos lauriers. Cela dit, ajouta-t-il, mon Ariel NG saura tenir la cadence.

Après avoir déplié la béquille, la jeune femme mit pied à terre, inquiète de constater qu'elle avait dû ferrailler si fort pour domestiquer sa monture que ses bras tremblaient affreusement.

— Bah…, fit-elle pour taquiner son frère. Ce n'est pas la vitesse qui compte. Tout repose sur l'adresse du pilote.

Avisant la mine réprobatrice de Freddy, elle pouffa.

— À quelle heure les courses commencent-elles ? Et combien coûte l'inscription ?

Il consulta sa montre.

— Il ne nous reste qu'une heure. Dans dix minutes au plus tard, on file. C'est deux shillings par course, et les profits servent au financement par les habitants de Cliffehaven de la fabrication d'un Spitfire. Je te conseille d'emporter ton casque et tes lunettes de vol. La piste se compose d'un mélange de cendre et de terre. Autant te dire qu'avec la pluie qui est tombée ces derniers temps, elle doit être affreusement collante.

Kitty s'exécuta, ajoutant à son paquet sa combinaison de vol – si elle maculait de boue son uniforme, elle n'aurait pas le temps, au retour, de le nettoyer avant d'embarquer à bord de l'avion-taxi qui la ramènerait à Hamble.

Le trajet entre l'aérodrome de Cliffe et le circuit établi dans les collines situées derrière Cliffehaven enchanta la jeune femme. Le temps était clair, et elle caracolait joyeusement derrière les deux garçons, se familiarisant peu à peu avec sa moto d'emprunt.

Une foule considérable se pressait déjà autour du circuit, l'air bruissait d'impatience et la brise agitait des fanions. Des familles s'installaient sur l'herbe, avec des paniers de pique-nique et des chaises longues. Devant ce spectacle, on peinait à croire qu'une guerre faisait rage, et Kitty se remémora les kermesses auxquelles, pendant les vacances de la Toussaint, puis de Pâques, elle assistait naguère avec Charlotte.

Les jeunes filles s'étaient parées de leurs plus beaux atours, les femmes plus âgées arboraient de jolis chapeaux, et des robes d'été sous leurs manteaux. Elles s'affairaient autour des victuailles en bavardant. Les organisateurs de l'événement avaient dressé des stands où l'on vendait du thé, des casse-croûte, de la bière, ou bien encore des pièces détachées pour les motos, des vestes en cuir d'occasion, des bottes et des casques. Des groupes d'adolescentes coulaient des regards aux Américains paradant à côté de leurs engins tape-à-l'œil. On croisait des uniformes de tous les pays alliés, et les hommes qui ne participaient pas aux courses examinaient les motos avec envie.

— Je te présente Rita, fit Freddy à sa sœur, en lui désignant une jeune et jolie brune, vêtue d'un pantalon et d'un blouson d'aviateur datant de la Première Guerre mondiale. C'est elle qui a eu l'idée d'organiser tout ça.

Il passa un bras autour de ses épaules :

— Vous avez déjà récolté combien d'argent ?

— Nous avons presque atteint la somme requise, répondit Rita en se dégageant. Encore cinquante livres, et nous pourrons faire inscrire le nom de notre ville sur le flanc de l'un de vos Spitfire.

Elle sourit à Kitty :

— Je suis ravie qu'une autre fille participe aux courses du jour. La plupart du temps, je suis la seule.

— Tu as quoi, comme moto ?

— Une Triumph, déclara Rita avec fierté. Mais elle ne joue pas dans la même catégorie que ton monstre. Nous ne nous affronterons pas sur la piste, sauf lors de la dernière course, à laquelle tout le monde peut participer.

— Il me tarde d'y être !

Rita sourit.

— Et moi, j'ai hâte de voir comment tu te débrouilles.

Après avoir récupéré l'argent que le frère et la sœur lui tendaient, elle leur remit la liste des courses, dactylographiée avec soin.

— À bientôt sur la piste, lança-t-elle gaiement, avant de s'éloigner, puis de se perdre dans la foule.

— Elle m'a l'air d'une chic fille, observa Kitty. Et elle a eu une idée de génie.

Freddy acquiesça d'un signe de tête.

— Elle loge chez la belle-mère du commandant Black. C'est comme ça que j'ai entendu parler de ces courses.

Il désigna du doigt une petite bonne femme aux cheveux sombres, âgée d'une quarantaine d'années, en train de servir des tasses de thé.

— Elle, c'est Peggy Reilly. La logeuse de Rita. Une femme épatante.

Kitty la regarda un moment s'affairer, rire et bavarder avec les uns et les autres. Elle ne connaissait des propriétaires que le portrait qu'en dressaient les acteurs comiques ou les cartes postales humoristiques. À l'évidence, Peggy Reilly ne correspondait pas à ces clichés peu élogieux.

— Dimanche dernier, le commandant nous a emmenés prendre le thé dans sa pension de famille, enchaîna Freddy avec un sourire. Nous avons passé un très bon moment, et Roger et moi en avons profité pour faire la connaissance des quatre filles qui habitent là-bas.

Il se pencha à l'oreille de sa sœur :

— J'ai l'impression que Roger a le béguin pour l'infirmière aux cheveux roux, murmura-t-il.

Kitty ne s'en étonna pas. Roger enchaînait les aventures, traînant toujours dans son sillage quelque tendron que sa compagnie faisait glousser de plaisir.

Lorsqu'on annonça le départ de la première course, les bavardages cessèrent, et l'on s'approcha des barrières de bois entourant la piste sinueuse. Au niveau de chaque virage s'entassaient de volumineuses piles de vieux pneus, pour éviter aux pilotes de se faire trop mal en cas de dérapage intempestif. On était allé jusqu'à dresser une petite tribune, à côté du poteau d'arrivée, où l'on pouvait s'asseoir, moyennant une somme un peu supérieure à celle qui permettait de s'installer sur les bancs de bois dur.

Les premiers concurrents enfourchèrent leurs motos pour se diriger vers la ligne de départ. Moteur en marche, ils attendaient à présent que Rita abaissât son drapeau. Kitty avait le cœur battant. Le silence tomba. La tension augmentait… À peine les premiers bolides s'étaient-ils élancés que la foule éclata en cris d'encouragement – les engins moins puissants bondissaient, rugissant dans la première courbe.

Lorsque le leader provisoire de la course manqua un virage, pour atterrir dans un tas de pneus, des clameurs s'élevèrent, puis des salves d'applaudissements – l'homme s'était relevé et, la honte au front, redressait sa moto. Un mélange de cendre et de boue giclait sous les roues des bolides, aspergeant copieusement le public et barbouillant les lunettes des pilotes. Des hourras formidables accueillirent le premier d'entre eux à franchir la ligne d'arrivée.

À mesure que les courses se succédaient, Kitty devenait plus nerveuse. Elle n'avait pas couru depuis plusieurs années, et elle avait à peine eu le temps de faire connaissance avec l'engin qu'on lui avait confié. Il se trouvait, parmi les pilotes engagés ce jour-là, de vraies pointures, et si elle devait abandonner la victoire à son frère, après s'être haussée du col la veille au soir, elle se sentirait humiliée. Le poison du doute s'insinua dans ses veines alors qu'elle enfilait sa combinaison.

— Tu peux encore laisser tomber, lui fit observer Freddy, tandis qu'ils poussaient leurs machines dans la foule pour se rendre sur la ligne de départ.

— Loin de moi cette idée, mentit Kitty en dépliant la béquille de son Ariel Square 4.

Elle ajusta la mentonnière de son casque, chaussa ses lunettes de vol avant d'enfiler ses gants.

— Je t'attendrai de l'autre côté de la ligne d'arrivée, taquina-t-elle son aîné.

Cependant, elle avait la bouche sèche, et son cœur cognait douloureusement contre ses côtes. Ayant enfourché sa moto, elle mit le moteur en marche. Il y avait, en tout, auprès d'elle, huit compétiteurs, huit hommes fermement résolus à remporter la victoire. Elle observa la piste, s'attarda sur le traître virage qui, depuis le début de la rencontre, avait déjà provoqué de nombreux accidents. Il n'était pas question d'échouer. Elle devait à tout prix garder son sang-froid.

Les moteurs rugissaient, étouffant les vivats de l'assistance. Le drapeau flottait au vent…

Enfin, il s'abaissa, et la jeune femme démarra si promptement que sa roue arrière dérapa – elle eut du mal à maîtriser son engin et à ne pas caler. Ses adversaires en avaient profité pour la devancer. Elle changea de vitesse, puis, penchée sur le réservoir, se mit à foncer, déterminant à chaque instant la meilleure trajectoire, celle qui lui permettrait de gagner du temps sans pour autant risquer de glisser ou d'entrer en collision avec un autre concurrent.

Elle ne tarda pas à comprendre que ces derniers ne lui feraient pas de cadeau sous prétexte qu'elle était une femme, et, tandis qu'elle recollait au peloton de tête, Freddy accéléra. Elle prit un virage à la corde, qui lui permit de se rapprocher de lui.

Roger suçait la roue de son ami. Kitty poussa les gaz dans la ligne droite, avant de négocier en douceur la courbe menant au pied d'une colline, qu'elle gravit, accompagnée par le rugissement splendide de son engin. Au sommet de l'éminence, elle s'éleva brièvement dans les airs avant de retomber brutalement sur le sol – sans son expérience et son talent, elle eût vidé les étriers. Son coup d'éclat lui avait valu de dépasser deux concurrents, et, à présent, elle avait Roger en ligne de mire.

L'exaltation l'emportait sur la peur, ainsi que sur toute prudence. Elle négocia un virage sans se résoudre à ralentir, au point que son genou frôla la piste. Sa vision se trouvait largement altérée par les éclaboussures de boue sur ses lunettes, mais elle n'osait pas en frotter les verres, car un virage en épingle à cheveux se présentait.

Elle réduisait peu à peu l'écart qui la séparait du troisième pilote, et Freddy demeurait en tête. Mais soudain, parce qu'il roulait beaucoup trop vite, sa roue arrière chassa, et Roger, qui le suivait de très près, manqua de le percuter. Le troisième larron en profita pour les dépasser tous les deux.

Il franchit en vainqueur la ligne d'arrivée, Roger sur ses talons. Freddy, qui, entre-temps, avait rattrapé son retard, se trouvait au coude-à-coude avec Kitty. Qui s'arrogerait la troisième place ? Le suspense était à son comble.

Le cœur de la jeune femme battait la chamade, l'adrénaline bouillonnait dans ses veines. Elle prenait autant de plaisir à parcourir ce circuit qu'à piloter un Spitfire. Jamais elle ne se sentait plus vivante que dans ces moments-là. Elle ralentit enfin pour retourner vers la ligne d'arrivée, qu'elle venait de franchir à son tour.

— Qui a gagné ? demanda-t-elle, tandis qu'elle coupait le moteur de son bolide.

— Billy Smith, répondit Rita, désignant, d'un mouvement du menton, un grand gaillard juché sur une puissante Triumph. Mais il s'en est fallu d'un cheveu que Roger le coiffe au poteau.

Elle sourit à Kitty.

— Je suis navrée, mais je n'ai pas réussi à vous départager, ton frère et toi. Je vous déclare donc troisièmes ex aequo.

Kitty s'esclaffa en ôtant ses lunettes.

— Bravo à Billy, et dommage pour Roger. Quant à toi, Freddy Pargeter, tu vas peut-être admettre enfin que nous nous valons tous les deux.

— Il reste trois courses, répondit le jeune homme. Ne te réjouis pas trop vite.

Kitty ne grimpa sur aucun podium, mais peu lui importait. Son frère venait de lui offrir une merveilleuse journée, la meilleure depuis de longues semaines, et les heures précieuses qu'elle avait passées avec lui constituaient un remède efficace contre son vague à l'âme.

Après avoir salué Rita, qui lui fit promettre de participer à nouveau à ces compétitions dès que son emploi du temps le lui permettrait, la jeune femme regagna sans hâte, avec

Freddy, l'aérodrome de Cliffe. Ils nettoyèrent les motos, les remisèrent dans le hangar, où ils les couvrirent avec soin de leurs bâches, avant de se diriger vers leurs lavabos respectifs.

Il suffit à Kitty d'un seul regard dans le grand miroir fixé au dos de la porte du dortoir des femmes pour éclater de rire : à l'instar de Freddy ou de Roger, elle était éclaboussée de fange de la tête aux pieds – seuls ses yeux et leurs contours, grâce à ses lunettes, avaient échappé à l'aspersion. Elle ressemblait à un panda après un bain de boue.

Elle fit sa toilette, qui la débarrassa de ses douleurs musculaires, enfila de nouveau son uniforme, rangea son linge sale dans la poche latérale de son sac de voyage. Elle le laverait à Hamble.

Le soleil brillait toujours. À la cantine, la jeune femme engloutit un sandwich puis s'offrit un verre de bière au mess des officiers, avant de rejoindre Freddy à l'extérieur. Installés sur des chaises longues, ils parlèrent de Charlotte, de leur famille et de l'existence qu'ils avaient laissée derrière eux en Argentine. Ils attendirent ensemble l'arrivée de l'avion-taxi.

Lorsque celui-ci se fut posé, ils se dirigèrent vers lui à contrecœur. Le jeune homme prit sa sœur dans ses bras et l'étreignit longuement, avant de lui piquer un baiser sur le crâne.

— Dis à Charlotte que je l'aime, et que, si tout se passe bien, nous nous verrons le week-end prochain. Et toi, ajouta-t-il avec gravité, fais attention à toi. Je t'interdis de nous refaire de telles frayeurs.

Kitty lui adressa un petit sourire vaillant.

— Je n'en ai pas l'intention, figure-toi. Prends soin de toi, Freddy, fit-elle encore, au bord des larmes. Sois prudent.

Sans attendre sa réaction, elle lui tourna le dos pour grimper à bord de l'avion. Ayant rangé son bagage, elle choisit un siège près du hublot et regarda dehors, dans l'espoir d'échanger un dernier sourire, un dernier geste de la main avec son frère. Mais celui-ci, qui s'éloignait déjà, ne tarda pas à disparaître dans l'ombre épaisse d'un hangar. Il détestait les adieux autant qu'elle.

# 3

*Cliffehaven*

Cela faisait deux semaines que Peggy Reilly n'avait pas prêté main-forte à Rita durant les courses de moto, et, bien qu'elle eût été ravie d'y participer à nouveau, elle se sentait rompue. Le trajet était long, de son domicile à la gare, puis de la gare à la pension. Elle se réjouissait de pouvoir s'appuyer un peu sur le landau de Daisy. Même si plusieurs semaines s'étaient écoulées depuis son intervention chirurgicale, elle éprouvait une douleur sourde – une hystérectomie n'était pas une mince affaire. Elle allait arriver épuisée chez elle, pressée de s'asseoir, puis de se réconforter à l'aide d'une tasse de thé.

Comme elle atteignait l'extrémité de Camden Road, où elle attendit que passât, dans un lourd vacarme, un convoi de camions militaires, elle tamponna son visage brûlant à l'aide d'un mouchoir. Peut-être aurait-elle dû renoncer à ce périple, d'autant plus qu'il faisait étonnamment chaud pour un mois de juin. Mais elle n'avait pas eu le choix, car Ruby et sa mère étaient arrivées de Londres le matin même, en sorte qu'il lui avait fallu les accueillir à la pension, puis remettre à la jeune femme les nombreuses lettres que le facteur avait distribuées pour elle durant son absence.

Elle traversa la chaussée, gravit péniblement la colline, jusqu'à l'étroite allée courant à l'arrière des maisons de son quartier. La logeuse sourit. Les missives venaient toutes du charmant soldat canadien qui avait fait tant de bien à la jeune Londonienne. Il ne restait plus qu'à prier pour que leur histoire naissante s'épanouît lorsqu'il reviendrait à Cliffehaven au terme de sa formation.

Les voyageuses avaient découvert un tout petit comité d'accueil, composé de Peggy elle-même, bien sûr, de Daisy, son bébé, de Rita, et, surtout, de Stan, le chef de gare. Veuf d'une soixantaine d'années, ce dernier n'avait poursuivi son activité professionnelle qu'en raison de la guerre. À l'instant où Ruby, si jeune et si vulnérable, était descendue à Cliffehaven pour la première fois, au beau milieu d'une nuit d'hiver glacée, l'homme avait fondu. Elle avait le visage tuméfié par les coups que lui assenait régulièrement son mari, ne portait pas même de manteau et n'avait nulle part où aller. Stan avait peu à peu tenu, pour elle, le rôle de grand-père de substitution, et c'était grâce à lui qu'elle était parvenue à échapper aux griffes de son premier logeur, un prédateur sexuel, pour s'installer, en sécurité cette fois, à la pension du Bord de mer.

Ruby s'était réjouie de retrouver cette maison, si chère à son cœur, et la présence de Rita, devenue sa meilleure amie, avait encore accru son plaisir. Elle avait ensuite salué Stan avec beaucoup d'émotion – Peggy était convaincue d'avoir vu briller des larmes dans les yeux du chef de gare, tandis qu'il se laissait timidement étreindre par sa protégée, pendue à son cou.

La logeuse s'arrêta à la barrière, au fond du jardin, pour reprendre son souffle. Pour le moment, la pension ne s'en était pas trop mal tirée, songea-t-elle en observant la demeure. Après l'explosion d'une bombe, qui avait gravement endommagé le sous-sol et failli lui coûter la vie, ainsi qu'à Daisy et Mme Finch, les amis et les voisins des Reilly avaient conjugué leurs efforts pour réparer les dégâts en moins de temps qu'il n'en avait fallu pour le dire. Face à tant de gentillesse désintéressée, la maîtresse de maison s'était sentie bénie des dieux.

Se redressant, elle admira, une fois de plus, le résultat des récents travaux de maçonnerie, ainsi que la robuste gouttière flambant neuve. Il se trouvait, dans son arrière-cuisine, une nouvelle fenêtre en verre dépoli, auprès d'un évier en pierre dont on leur avait fait cadeau. Un autre de leurs bienfaiteurs avait déniché une porte, qu'il avait pris le temps de peindre. Quant au mur en silex, qui fermait le jardin à l'arrière de la maison, il avait été remis en état d'une main experte, et la barrière, qui s'était vue offrir une seconde jeunesse, ne ballottait plus au bout de sa charnière unique. On avait aussi remplacé les vitres brisées, barrées maintenant de ruban adhésif dans l'éventualité d'un autre bombardement. Les tuiles du toit avaient été remises en place ou remplacées. Enfin, on avait consolidé la cheminée, afin qu'elle ne risquât pas de s'effondrer sur la demeure.

Peggy exhala un long soupir de gratitude. Car d'autres, un peu plus loin dans la rue, n'avaient pas eu autant de chance. Il avait fallu, parce que les dégâts se révélaient trop importants, abattre deux maisons, dont les habitants avaient dû s'installer dans des logements d'urgence situés à l'autre bout de la ville. Des échafaudages ceignaient une troisième bâtisse, une bâche couvrant un énorme trou dans le toit. La logeuse frissonna. En cette funeste nuit, ses proches et elle avaient frôlé la mort de très près.

Après avoir ouvert la barrière, elle s'engagea, avec son volumineux landau, dans l'allée centrale du jardin, qui longeait l'affreux abri Anderson, ainsi que le potager de Ron, son beau-père. Bientôt, elle atteignit la corde à linge, chargée de couches et de draps propres et secs, puis la porte du sous-sol. Ron avait réparé le poulailler. Les poules, à peine perturbées par les récents événements, continuaient à pondre profusément, et le coq donnait toujours de la voix. En revanche, le vieil homme n'avait pas encore eu le temps de reconstruire les toilettes extérieures, ce qui constituait un réel inconvénient.

Peggy ouvrit la porte, poussa le landau à l'intérieur du sous-sol, qui, outre l'arrière-cuisine, comportait deux chambres. Ron dormait dans l'une d'elles, avec son chien Harvey et ses deux furets – il flottait dans l'air une vilaine odeur de chien mouillé, de chaussettes sales et de paille souillée. Avant la guerre, la seconde pièce était occupée par les deux fils de la logeuse. Chaque fois qu'elle venait ici, il lui semblait que Bob et Charlie allaient surgir à toute allure en réclamant à manger.

Ils se trouvaient à présent si loin, dans le Somerset, et ils étaient partis depuis tellement longtemps… Leur absence lui pesait atrocement. Anne, sa fille aînée, les avait rejoints pour se mettre avec eux en sécurité, maintenant qu'elle était mère à son tour. Cela ne rendait pas la séparation moins douloureuse. Et que dire de Jim, l'époux de Peggy, et de son frère Frank, que l'armée avait réquisitionnés ? Ils étaient cantonnés dans le nord du pays, sans grand espoir d'obtenir bientôt une permission.

Sans plus se soucier du fouillis de bottes et de manteaux accumulés par Ron, ni du reste de son impressionnant bric-à-brac, elle retira la housse de pluie du landau, avant de soulever les couvertures. Daisy se réveillait. Cette horrible guerre avait dispersé les membres de sa famille à tous les vents… Mais si elle voulait tenir le coup, elle allait devoir chasser au plus vite ces pensées accablantes.

Elle s'engagea dans l'escalier de pierre menant au rez-de-chaussée, avec, dans les bras, la fillette qui, à présent, gigotait tant et plus. Elle resterait forte, elle se le promettait, elle résisterait coûte que coûte jusqu'à la fin du conflit. Pour se ragaillardir un peu, elle songea à sa fille Cissy et au commandant Martin Black, qu'Anne avait épousé, et qui, par bonheur, s'étaient tous deux vus affectés à l'aérodrome de Cliffe, situé à moins d'une heure de route – cela signifiait que, de loin en loin, l'un et l'autre pouvaient lui rendre visite.

La cuisine était déserte, ce qui se produisait rarement. Nulle trace de Ron ni de son grand chien tapageur. Peggy en conçut un certain soulagement. La pension, pleine comme un œuf, se révélait bruyante la plupart du temps, animée plus que de raison. Or, pour le moment, elle ne souhaitait que profiter au calme de sa petite Daisy, puis, les doigts de pied en éventail, déguster une tasse de thé en fumant une cigarette.

Elle changea la fillette, lui fit boire de l'eau sucrée, avant de lui offrir une biscotte à mâchonner, puis elle l'installa dans son parc, qui occupait un coin de la pièce. Maintenant âgée de six mois, l'enfant parvenait depuis peu à marcher à quatre pattes. Elle se déplaçait à une vitesse surprenante. Il avait fallu équiper le fourneau d'un pare-feu, et placer hors de sa portée tous les objets de valeur.

Tandis que Daisy bavait avec satisfaction sur sa biscotte, sa mère posa la bouilloire sur la plaque chauffante, avant de sortir récupérer le linge sur sa corde. De retour dans la cuisine, elle n'en referma pas la porte, puis ouvrit la fenêtre car la cuisinière dégageait une chaleur épouvantable – il fallait cependant la laisser allumée en toute saison, car c'était grâce à elle qu'on avait de l'eau chaude et que l'on pouvait faire cuire les aliments. Ayant posé le linge propre sur la table, Peggy plia les couches et les draps, qu'elle empila ensuite avec soin. Enfin, elle emplit d'eau frémissante la théière, dans laquelle elle laissa tomber quelques feuilles déjà infusées, qu'on avait mises à sécher pour les réutiliser à cause des restrictions. Elle ajouta une goutte de lait, un soupçon de sucre – denrée précieuse entre toutes. Enfin, elle s'assit, poussant un soupir de soulagement. Elle alluma une cigarette.

La pension du Bord de mer appartenait à sa famille depuis deux générations. Peggy s'y était réinstallée après avoir épousé Jim, et, lorsque ses parents avaient pris leur retraite pour s'en aller vivre dans une maisonnette située un peu plus loin sur la côte, le couple en avait repris les rênes. Son père et sa mère étaient morts depuis plusieurs années, mais, dans ses rares moments de tranquillité, elle les pleurait encore.

Une fois la guerre déclarée, les touristes cessèrent de fréquenter Cliffehaven, et, bien que la vieille Mme Finch occupât une chambre à la pension depuis très longtemps, bien que Suzy et Fran, deux infirmières, eussent à leur tour pris leurs quartiers chez Peggy, celle-ci ne tarda pas à constater que, mis bout à bout, la retraite de Ron et le maigre salaire perçu par Jim en sa qualité de projectionniste au cinéma de la ville ne leur permettraient pas de vivre décemment. C'est ainsi qu'elle eut l'idée de se présenter à l'office de logement, où l'on cherchait des propriétaires prêts à accueillir des réfugiés. Bientôt, la pension du Bord de mer affichait complet.

Peggy soupira. Elle se rappelait l'hiver 1939, quand on s'imaginait encore que les discours sur la guerre n'étaient que des paroles en l'air, que seuls une poignée d'oiseaux de mauvais augure passablement dérangés croyaient dur comme fer à l'imminence de bombardements. Peut-être même, affirmaient-ils, Hitler envahirait-il le pays. Cette période d'insouciance semblait remonter à une éternité… Aujourd'hui, l'Angleterre était presque à genoux. La Luftwaffe la pilonnait sans relâche, et chaque jour était une lutte, on se battait pour nourrir sa famille, pour l'habiller, pour lui permettre de conserver un toit au-dessus de sa tête. Et pour que le feu continuât de brûler dans le fourneau. Un bombardement avait réduit à néant le cinéma de Cliffehaven, ce qui avait valu à Jim, maintenant sans emploi, d'être appelé sous les drapeaux. La charmante station balnéaire était méconnaissable.

Certaines choses, toutefois, ne changeaient pas, songea gaiement Peggy. La cuisine restait miteuse, équipée de meubles qui, sans le moindre doute, avaient connu des jours meilleurs. Les motifs de la toile cirée, sur la table abîmée, se décoloraient doucement, s'évanouissant sans bruit. Le linoléum jaune pâle, en revanche, avait été posé récemment, et les rideaux de vichy bleu et blanc, à la fenêtre et sous l'évier, conféraient aux lieux une touche printanière. Cette cuisine constituait le cœur de la maison, et Peggy savait pouvoir y trouver, en toutes circonstances, du réconfort et de l'apaisement.

Elle laissa courir son regard sur les étagères usées garnissant la niche de la cheminée, qui ployaient sous le poids du service de table dépareillé et des casseroles. Sur le manteau de cette cheminée s'entassaient des tickets de rationnement, des photos de famille, de vieilles lettres, des bibelots bon marché et une quantité impressionnante de notes ou de listes de courses que personne ne consultait jamais.

Il y avait encore le poste de radio, qui délivrait aux occupants des lieux son lot de divertissements, quand il ne leur transmettait pas les dernières nouvelles du monde. Peggy sourit à sa fille, avant de considérer le garde-manger d'un œil navré. Il ne s'y trouvait plus grand-chose, car chaque semaine, les navires chargés de marchandises peinaient un peu plus à traverser l'Atlantique sans encombre. Tous les jours, on se serrait un peu plus la ceinture. Dénicher une boîte de conserve, quel qu'en fût le contenu, tenait de l'exploit ; devant les magasins, les files d'attente s'allongeaient inexorablement, et il arrivait souvent qu'au terme d'une attente interminable, on repartît bredouille.

Renversée sur sa chaise, la maîtresse de maison fuma sa cigarette, une Park Drive, trop flapie pour que lui vînt une idée de menu pour le dîner. À chaque repas, c'était le même éreintant casse-tête – comment parvenir à nourrir autant de gens avec si peu de victuailles ? Comment réussir encore à varier les menus ? Sans les activités de braconnage de Ron, sans les légumes de son potager et les œufs que pondaient les poules, ils crieraient presque famine.

Cependant, en dépit de sa lassitude et des défis quotidiens qu'elle avait à relever, Peggy demeurait optimiste. Certes, Ron n'était qu'un vieux brigand irlandais mal fagoté, qui promenait ses furets dans l'une des poches de son grand manteau de braconnier et autorisait son chien à dormir sur son lit, mais, et ce dès avant que l'armée contraignît Jim à quitter la demeure, il en constituait le pilier. C'était un roc, sur lequel chacune des femmes qui peuplaient la pension s'était appuyée un jour ou l'autre.

Quant à Cordélia Finch, elle était devenue la grand-mère qui leur manquait à tous – sa gentillesse, la vivacité de son esprit et son humeur enjoué la rendaient irrésistible et chacun, dans cette maison, la chérissait.

Peggy, à présent, songeait à ses autres locataires. Bien que venues d'horizons très différents, elles avaient noué entre elles des liens étroits. Elles faisaient front commun contre les difficultés de chaque jour, instillaient de l'humour dans les situations les plus préoccupantes, au point que leur logeuse n'imaginait plus l'existence sans elles à ses côtés. L'élégante Suzy et son amie Fran, une Irlandaise à la chevelure flamboyante, occupaient l'une et l'autre un poste d'infirmière à l'hôpital de la ville, où elles s'échinaient de longues heures durant. Depuis quelque temps, Suzy sortait avec Anthony, un garçon exquis et réservé, qui n'était autre que le neveu de la maîtresse de maison. Il y avait encore les petites-nièces de Cordélia, Sarah et Jane. Élevées en Malaisie, elles avaient réussi à fuir le pays juste avant la chute de Singapour, et, contre toute attente, eu égard au changement radical de vie qu'elles avaient dû consentir en arrivant ici, elles s'étaient accoutumées sans mal aux mœurs de Cliffehaven. Sarah avait décroché un emploi au sein du Women's Timber Corps, le Corps des forestières[1], qu'elle exerçait sur le domaine de lord Cliffe. Jane, de son côté, livrait du lait le matin et travaillait, l'après-midi, au service comptable de la fabrique d'uniformes.

Enfin venait Rita, la chère petite Rita de Peggy. Amie d'enfance de Cissy, Rita avait perdu très tôt sa mère, et son père, à présent, œuvrait pour l'Angleterre dans le Corps des ingénieurs royaux. Peu après son départ, leur maison avait été soufflée par une explosion. Aussitôt relogée, cette pauvre

---

1. Voir *Quand on ne peut oublier*, L'Archipel, 2019.

Rita avait vu, quelques semaines plus tard, la bâtisse où on l'avait installée, avec d'autres sans-abri, partir à son tour en fumée. N'écoutant que son grand cœur, Peggy l'avait ramenée chez elle. La jeune femme qui, un peu garçon manqué, préférait les motos aux bals du samedi soir, avait la chance de conduire maintenant l'un des camions de pompier de la caserne.

Peggy écrasa sa cigarette, mais, comme elle s'apprêtait à prendre Daisy dans ses bras pour l'emmener au jardin, afin d'échapper à la chaleur excessive du fourneau, la porte d'entrée claqua.

— Ce n'est que moi ! lança Cordélia depuis le hall. Il y a quelqu'un ?

— Je suis rentrée depuis un petit moment, répondit Peggy, qui l'accueillit sur le seuil de la cuisine. Alors, ce tournoi de bridge ? Ça vous a plu ?

Mme Finch hocha la tête en souriant, puis elle retira son chapeau, qu'elle posa prudemment sur la table, hors de portée des petits doigts fureteurs de Daisy.

— Je me suis beaucoup amusée, déclara-t-elle.

Elle suspendit sa canne au dossier d'une chaise, tapota les boucles brunes de la fillette.

— Je n'avais pas joué depuis longtemps, mais je n'ai rien perdu de mon talent, et, Dieu merci, Albert Marsh s'est révélé un partenaire à la hauteur.

Cette fois, elle sourit d'une oreille à l'autre, et se mit à fourrager dans son volumineux sac à main :

— Regardez ce que j'ai gagné.

Le spectacle de l'orange que la vieille dame venait de lui dévoiler subjugua la logeuse.

— Je n'en avais plus revu depuis l'été 1939, souffla-t-elle.

— Albert en a gagné une, lui aussi. Nous n'aurons donc pas à nous sentir coupables de la manger tout entière, précisa Cordélia en remettant le fruit à Peggy avec solennité.

Cette dernière ferma les yeux, huma le parfum de l'orange, oublié depuis longtemps. Elle mourait d'envie de mordre à belles dents dans cette chair pulpeuse, afin de sentir le jus sucré lui couler dans la gorge.

— Mais…, fit-elle soudain. D'où vient-elle?

— Cadeau de Mme Fullerton.

Cette fois, Peggy écarquilla de grands yeux:

— Le vieux dragon qui vit dans le manoir caché derrière sa haie de rhododendrons, au bord de la route principale?

— Ce dragon-là, oui. En personne. Une vieille bique épouvantablement snob, mais il n'empêche qu'elle possède une orangeraie à l'arrière de sa maison, et qu'elle a, dans son immense bonté, décidé d'offrir deux de ses fruits en guise de premier prix.

Peggy, secouant la tête avec admiration, posa l'orange au centre de la table, comme s'il se fût agi d'une œuvre d'art.

— Ma sœur Doris et elle se connaissent bien et nous prennent de haut, murmura-t-elle. Ces deux-là font la paire.

Elle adressa à Cordélia un sourire espiègle:

— Elles passent leur temps à rivaliser l'une avec l'autre. Mais, sur ce coup, je dois avouer qu'Agatha Fullerton a remporté la palme. Jamais Doris ne réussira à faire mieux.

Mme Finch, renâclant discrètement pour exprimer sa piètre opinion des deux femmes, se versa une tasse de thé clairet. Elle n'avait jamais apprécié Doris, qui le lui rendait bien, et leurs relations s'étaient encore tendues lorsque la sœur aînée de Peggy, sans que personne l'y eût invitée, s'était installée à la pension du Bord de mer sous prétexte de la gérer pendant que Peggy se trouvait à l'hôpital. Par bonheur, la harpie avait fini par rentrer chez elle et ne s'aventurait plus que rarement dans le quartier, qu'elle tenait pour le moins salubre de la ville. Ni sa cadette ni Mme Finch n'avaient plus à la supporter.

— Ruby et sa mère sont-elles arrivées à l'heure? s'enquit Cordélia en s'installant devant sa tasse de thé – elle contemplait l'orange.

Peggy, qui, elle non plus, ne pouvait en détacher les yeux, hocha la tête.

— Ruby m'a semblé en excellente forme, et manifestement ravie de retrouver Cliffehaven. Quant à Stan, il était aux anges. Il avait repassé avec soin son uniforme de chef de gare et ciré ses chaussures pour la grande occasion. Et il était rasé de frais, s'il vous plaît. Quand Ruby l'a présenté à sa mère, il m'a paru tout intimidé.

Le petit visage rayonnait, l'œil bleu pétillait de curiosité :

— À quoi ressemble Ethel ?

Peggy s'obligea à détourner le regard de l'orange.

— C'est une petite femme très maigre, aux cheveux noirs et bouclés, aux yeux marron, comme ceux de Ruby. De la nourriture en quantité suffisante, le bon air de la mer et des conditions de vie acceptables devraient lui permettre de se remplumer un peu et de reprendre des couleurs.

La logeuse gloussa :

— Elle n'est pas bavarde, mais quand elle se lance, c'est une vraie mitraillette, et, vu son accent à couper au couteau, j'ai bien du mal à la comprendre.

— Elle a dû se sentir impressionnée de se retrouver nez à nez avec vous trois sur le quai de la gare.

— C'est possible, même si je suis à peu près sûre que Ruby l'avait prévenue que nous serions sans doute là pour les accueillir à la descente du train.

De nouveau, Peggy loucha vers l'orange.

— Ethel est plus jeune que je ne l'imaginais, enchaîna-t-elle. Elle ne doit pas avoir plus de trente-huit ou trente-neuf ans. La vie ne lui a pas fait de cadeaux, mais j'ai l'impression que, malgré tout, elle n'a rien perdu de son courage. C'est une vraie survivante.

Elle sourit.

— J'ai bien compris qu'elle appréhendait un peu de repartir à zéro, mais il m'a suffi de jeter un coup d'œil à son chapeau pour deviner qu'elle est déjà résolue à foncer tête baissée. Un chapeau magnifique, avec des roses en soie assorties à ses boucles d'oreilles et à son rouge à lèvres.

— Cela me rappelle un peu trop la mère de notre chère petite Sally, se rembrunit Mme Finch. Cette vilaine gourgandine.

Se remémorant à son tour la mère de la première évacuée qu'elle avait accueillie sous son toit, Peggy se hâta de secouer la tête.

— Oh non, je vous assure qu'il n'y a aucun rapport. Ethel adore sa fille, elle serait prête à la défendre bec et ongles s'il le fallait. Rien à voir avec l'horrible Florrie.

Elle se mit à rire en songeant au regard ébahi de Stan :

— En tout cas, je crois bien qu'elle a tapé dans l'œil de notre chef de gare.

Cordélia grimaça :

— Il a passé l'âge de ce genre de sottise, déclara-t-elle avec fermeté.

— Pourquoi donc ? Ron est de la même génération, et tout se passe merveilleusement bien avec Rosie Braithwaite.

Elle fronça les sourcils :

— Où se cache-t-il, d'ailleurs, notre gredin irlandais ? Il n'était pas censé refaire les toilettes extérieures ?

— En effet, mais son chien a de nouveau disparu. Il est parti à sa recherche.

— Ça ne ressemble pas à Harvey, de jouer ainsi les filles de l'air, s'étonna Peggy.

Mme Finch piqua un fard.

— Ron pense qu'il est allé conter fleurette, fit-elle, un peu troublée.

— Je vois, commenta Peggy en s'empêchant de rire. Tel maître, tel chien, en somme. Les voilà partis tous les deux à la recherche de leur jeunesse perdue. Je ne peux que leur souhaiter bonne chance. Une idylle par-ci par-là pimenterait notre quotidien.

Mais ces élucubrations sans conséquence n'amusaient pas Cordélia.

— Revenons à des sujets plus sérieux, voulez-vous, intervint-elle avec raideur. Pensez-vous qu'Ethel se plaira dans la maison d'Amélia ? Après tout, il règne à Cliffehaven une quiétude à laquelle elle n'est pas habituée. Les lumières de la capitale et son agitation permanente risquent de lui manquer, non ?

Son amie secoua la tête :

— Pour le moment, les lumières les plus impressionnantes, à Londres, sont celles des incendies qui consument l'East End et celles des projecteurs des batteries antiaériennes traquant les bombardiers ou les chasseurs. Ethel me semble être une femme de bon sens. Malgré le volumineux couvre-chef qu'elle arborait tout à l'heure, je ne pense pas que la frivolité soit son fort, et m'est avis qu'elle apprécie déjà, à sa juste valeur, la chance qui lui est offerte de s'offrir une nouvelle vie dans la maison de votre sœur.

Elle sourit à Cordélia.

— À condition, toutefois, que la mère et la fille survivent aux folies de Rita, qui a exigé de les y conduire à bord d'une moto avec side-car empruntée tout exprès pour elles.

La vieille dame laissa échapper un petit rire.

— Elles sont plus courageuses que moi, c'est indéniable. Pour rien au monde je ne grimperais sur l'un de ces affreux engins.

— Bah, je parie que vous vous laisseriez faire si vous en aviez l'occasion, la taquina affectueusement Peggy. Nous savons tous, ici, que vous raffolez des défis.

— Peut-être, après tout, répondit Cordélia, et une lueur venait de s'embraser dans son regard espiègle. Cela dit, j'ai mes limites.

Après avoir avalé une gorgée de thé, elle changea de sujet.

— Nous avons fait des miracles avec la maison d'Amélia, n'est-ce pas ?

— C'est le moins qu'on puisse dire, acquiesça Peggy, songeant aux longues heures que tous les habitants de la pension avaient passées aux côtés de Ruby, afin de l'aider à remettre en état la demeure, avant qu'elle se rendît à Londres pour persuader sa mère de quitter son appartement de Bow et de refaire sa vie à Cliffehaven.

Ethel avait longuement hésité à tout abandonner derrière elle – il avait fallu à sa fille plus de deux semaines de patience et de détermination pour la convaincre. Pendant ce temps, Ron et Stan avaient réparé les gouttières, replacé un certain nombre de tuiles, débarrassé le jardin des tas de détritus qui l'étouffaient, taillé la haie, remis en état les toilettes extérieures, puis créé un potager de bonne dimension.

À l'intérieur de la maisonnette, on avait commencé par balayer les crottes de souris, jeter les ordures en tout genre et les restes de nourriture putréfiée. Alors, seulement, on s'était attaqué aux murs, peints à la détrempe. On avait frotté les planchers à la paille de fer, avant de les revernir. Les vitres à présent étincelaient, garnies de rideaux d'un blanc immaculé, et les chambres sentaient bon le linge frais lavé et l'encaustique. La cuisine était comme neuve et, au salon, bien que les meubles ne fussent plus de la première jeunesse, le poste de radio, lui, fonctionnait parfaitement, et l'on avait ramoné la cheminée. Le soleil se déversait à flots dans la pièce.

— Cette pauvre Amélia devait être malade depuis longtemps pour qu'à sa mort, on découvre sa maison dans un pareil état, murmura Cordélia. Elle qui était autrefois si méticuleuse, tellement à cheval sur la propreté…

— Votre sœur était très mal en point, confirma Peggy avec douceur. Dommage qu'elle se soit peu à peu éloignée de ses voisins. Personne n'a pu se rendre compte de quoi que ce soit, jusqu'à ce qu'elle commence à errer dans les rues du quartier en chemise de nuit.

— Je continue à m'en vouloir de ne pas être restée en contact avec elle, se navra Mme Finch. Elle luttait toute seule contre la démence, pendant que moi, je vivais heureuse et bien entourée à la pension du Bord de mer.

— Vous avez tort de voir les choses de cette façon, insista sa logeuse, en lui prenant la main. Amélia vous battait froid depuis de nombreuses années, elle avait coupé les ponts avec tous les membres de votre famille. Rappelez-vous qu'elle a catégoriquement refusé d'aider Sarah et Jane à leur arrivée à Cliffehaven.

— Je sais, mais il s'agissait de ma sœur aînée, et même si nous ne nous entendions pas et que je ne l'appréciais guère, j'aurais dû faire des efforts pour ne pas laisser se rompre totalement nos derniers liens.

Peggy considéra calmement Cordélia.

— Chacun d'entre nous a de quoi nourrir des regrets, de quelque ordre qu'ils soient. Mais s'appesantir sur ce qu'on aurait pu faire et qu'on n'a pas fait ne sert à rien. Le passé est le passé. Pour ce qui est d'Amélia, je crois qu'elle était à elle-même sa pire ennemie, et vous n'avez rien à vous reprocher.

— Vous avez sans doute raison, concéda la vieille dame avec tristesse. Pauvre Amélia. Je me réjouis d'autant plus de ne pas vieillir seule.

Lorsqu'à son tour, elle serra entre les siens les doigts de sa logeuse, des larmes brillaient dans ses yeux.

— Vous n'imaginez pas combien je vous sais gré de tout ce que vous avez fait pour moi, Peggy, dit-elle, la voix chargée d'émotion. Vous n'êtes avare ni de votre gentillesse ni de votre temps. Nous avons tous beaucoup de chance, dans cette maison, de vous avoir à nos côtés.

Ces effusions soudaines embarrassaient la logeuse.

— Pour être tout à fait honnête, se confia-t-elle à sa locataire, j'ai plutôt l'impression d'être une sale bonne femme, en ce moment.

La surprise agrandit les yeux de Cordélia.

— Mais pour quelle raison, grands dieux ?

— Par exemple, j'aurais pu proposer à Ethel et Ruby de dîner avec nous ce soir, mais hélas, je n'ai pas de quoi nourrir tout le monde. J'espère qu'elles ne m'en voudront pas de ne pas les avoir invitées à notre table.

— Voyons, ma chère, bien sûr que non.

Une expression presque farouche se peignit sur le visage menu de Mme Finch :

— Vous êtes une femme généreuse, Peggy, et c'est grâce à vous que Ruby a pu quitter la demeure de cet homme aux instincts bestiaux après qu'il eut tenté de…

Elle hésita, puis rougit.

— Bref, vous savez aussi bien que moi ce qu'il a essayé de faire, fit-elle sur un ton précipité. Tout ce que je veux dire, c'est que vous en avez fait suffisamment, croyez-moi, et qu'Ethel et sa fille en sont parfaitement conscientes. Si vous vous avisiez d'en faire davantage, peut-être finiraient-elles par vous trouver trop généreuse, et elles se sentiraient d'autant plus gênées de ne pas pouvoir vous rendre la pareille.

— Il ne manquerait plus qu'elles me confondent avec ma sœur Doris, s'épouvanta la logeuse à mi-voix. Vous êtes la sagesse même, Cordélia. Moi, j'ai tendance à foncer tête baissée, mais je ne veux que leur bonheur. La situation doit être tellement terrible, à Londres, et d'après ce que m'a raconté Ruby, sa pauvre mère n'a jamais eu la vie facile.

— Laissez-les prendre leurs marques, s'installer peu à peu et s'habituer à leur nouvel environnement. Arrêtez de jouer les mères poules, lui conseilla la vieille dame avec un doux sourire.

Peggy se leva, s'empara des deux tasses pour les poser dans l'évier.

— Toujours aucun signe de Ron ou d'Harvey, murmura-t-elle en jetant un coup d'œil par la fenêtre donnant sur le jardin. Pourquoi ne pas en profiter pour nous accorder un peu de bon temps ? suggéra-t-elle à sa pensionnaire. Nous dînerons plus tard, voilà tout. Il fait trop chaud dans cette cuisine pour y rester plus longtemps.

— Excellente idée, la félicita Mme Finch, avant de ranger, avec d'infinies précautions, la précieuse orange dans le garde-manger.

Elle y observa un moment les bouteilles de bière noire additionnée de lait alignées sur l'étagère, puis s'en fut chercher sa canne et son sac à ouvrage.

— Peut-être pourrions-nous en profiter pour boire un verre de cette bière au lait que vous avez refusé d'ingurgiter alors que le médecin vous avait vivement conseillé de le faire ? C'est bon et c'est froid. Le breuvage idéal pour les journées chaudes.

Peggy haussa un sourcil. Elle détestait la bière noire additionnée de lait, et Cordélia le savait.

— Faites-moi plaisir, insista la vieille dame. Vous avez besoin de reprendre des forces, et je puis vous assurer que cette bière ne vous tuera pas.

La logeuse lui ayant coulé un regard plein de tendresse, elle alla chercher Daisy, récupéra une bouteille au passage. Il faisait trop chaud pour se rebiffer…

Ron avait eu tôt fait de comprendre pourquoi son chien disparaissait régulièrement. Après avoir posé des questions aux uns et aux autres, il découvrit que l'objet du désir d'Harvey était une femelle lévrier Whippet avec pedigree, appartenant à la vieille snobinarde installée dans la grande maison en retrait de la route principale menant à Cliffehaven.

Dressée derrière des haies de rhododendrons entourant un jardin d'au moins un hectare, une belle pièce d'eau, ainsi que des bois, la bâtisse avait été construite, à plus d'un siècle de là, pour un riche marchand soucieux de son intimité. Cela expliquait que seules les hautes cheminées et le faîte du toit pussent être vus de la route, cependant que l'habitation la plus proche – un vaste manoir dont l'armée avait fait un hôpital –, se situait à près de deux kilomètres de là.

Pourtant, Ron connaissait bien les lieux, ayant découvert, quelques années plus tôt, que les bois de la propriété abritaient une imposante population de lapins, quelques cerfs et du gibier à plumes échappé du domaine de lord Cliffe. Les bords du lac attiraient les canards, qui y pondaient leurs œufs, tandis que dans l'eau se déplaçaient des anguilles de bonne taille, piégées là après avoir parcouru les nombreux ruisseaux qui irriguaient les zones boisées. Au contraire du domaine de lord Cliffe, celui-ci n'était surveillé par aucun garde-chasse à la gâchette facile. Ron avait profité de l'aubaine pour devenir un visiteur régulier.

Dans sa jeunesse, il avait travaillé pour le compte du propriétaire – un peu de jardinage, divers menus travaux, dont il s'acquittait lorsque le temps l'empêchait de s'en aller pêcher sur son bateau. Autant dire qu'il était un familier des lieux. À l'époque, M. Fullerton, qui vivait encore, se rendait souvent à Londres par le train, coiffé d'un chapeau melon, armé d'un parapluie et d'une serviette. Il occupait un poste important dans le secteur bancaire.

Ron avait fini par l'apprécier, car il prenait régulièrement le temps de bavarder avec lui en fumant la pipe. En outre, il possédait de solides connaissances en matière de jardins. Hélas, le pauvre homme était affligé d'une épouse acariâtre, véritable tyran domestique, qui mettait un point d'honneur à interrompre systématiquement ses conversations avec Ron en l'appelant d'une voix suraiguë.

Comme il gravissait la colline, chaussé de ses bottes en caoutchouc, Ron se sentait de fort mauvaise humeur, parce qu'il avait manqué le déjeuner, et parce qu'il aurait pu s'occuper à mille autres choses plutôt que de sillonner le secteur en quête de cet incorrigible chien énamouré. Rosie lui avait demandé de changer les tonneaux avant l'ouverture de L'Ancre, Peggy comptait sur lui pour que, le soir venu, on pût à nouveau utiliser les toilettes du jardin… Quant à ses furets, ils grossissaient à vue d'œil, faute d'exercice.

Comme il atteignait enfin la haie de rhododendrons, il prit le temps d'admirer la vue – toute la ville de Cliffehaven se déployait en dessous de lui, suivant la courbe de la baie en fer à cheval. Elle s'étendait, au nord, vers les collines environnantes. À l'est se dressaient des falaises de craie, cependant qu'à l'ouest, d'autres collines ondoyantes dégringolaient presque jusqu'à la promenade. D'où il se trouvait, Ron distinguait l'ensemble des canons qui parsemaient ces collines – la carcasse d'un avion ennemi, abattu depuis longtemps déjà, rouillait maintenant dans l'eau, auprès des derniers vestiges de la jetée.

Si l'on n'y regardait pas de trop près, Cliffehaven demeurait un endroit attrayant, mais la ville avait grandi à mesure que la guerre s'éternisait – d'affreuses usines étaient sorties de terre, ainsi que des logements d'urgence, là où naguère s'étendaient des champs verdoyants, destinés à celles et ceux que les bombardements privaient, du jour au lendemain, de leur habitation. Des ballons de barrage étincelaient au soleil, dont les rayons éclairaient durement les quartiers bombardés.

L'homme poussa un lourd soupir, avant de revenir à ses moutons : il devait mettre la main sur Harvey. Mais celui-ci se trouvait-il bel et bien auprès de sa dulcinée ? Dans le cas contraire, son maître aurait perdu un temps précieux. Il songea qu'il serait plus prudent de pénétrer dans la propriété par les bois situés à l'arrière – il y risquerait moins d'être rapidement repéré par Agatha Fullerton. Néanmoins, il abandonna presque aussitôt cette idée. Pour ce faire, il lui aurait fallu marcher encore longtemps, or, il n'était pas d'humeur à poursuivre ainsi son périple le ventre vide.

Après avoir remonté son pantalon en velours côtelé, il considéra la route déserte, puis, satisfait qu'elle semblât décidée à le rester un moment, il se fraya un passage entre les rhododendrons. Il faisait frais parmi les branches entrelacées, et l'ombre était profonde. L'homme, en outre vêtu de brun, se savait en sécurité. Il s'accroupit, examinant le terrain devant lui en tâchant d'élaborer un plan d'action.

Si Harvey se trouvait dans les parages, il ne faisait aucun doute qu'il devait être en train de tourner autour de la maison dans l'espoir de parvenir à y entrer. Si Agatha Fullerton le surprenait, les conséquences se révéleraient désastreuses. L'animal, en effet, était connu comme le loup blanc à Cliffehaven. À peine la mégère l'aurait-elle identifié qu'elle irait sonner à la porte de la pension du Bord de mer. Qui savait jusqu'où elle serait capable d'aller pour assouvir sa vengeance ?

Ron mordillait le tuyau de sa pipe éteinte en observant l'étang entre la demeure et lui. Si Harvey surgissait, son maître n'aurait pas le temps de contourner le plan d'eau pour lui mettre la main dessus. L'animal aurait détalé de nouveau. Quant à le siffler pour qu'il revînt vers lui comme il en avait l'habitude, il ne fallait même pas y penser : la chienne en chaleur requérait toute son attention. Il ne restait plus à Ron qu'à dénicher une autre cachette, plus proche cette fois du manoir, puis à prier pour qu'Agatha ne fût pas justement en train de regarder dehors par l'une de ses nombreuses fenêtres.

Il se reconcentra sur la pièce d'eau. Peut-être pourrait-il d'abord se réfugier derrière ces bouquets d'iris et de joncs, avant de traverser l'allée jusqu'à la maison, pour se dissimuler ensuite dans le renfoncement du porche. Cela ne changeait rien au fait qu'il lui faudrait agir avec une rapidité peu commune, car Harvey était capable de courir à toute vitesse, et il n'était pas un chien au monde plus doué que lui pour l'évasion.

Ron constata qu'un petit groupe de canards, sur l'eau, paraissait étonnamment nerveux. Étrange. L'homme fronça les sourcils pour tenter de mieux voir ce qui pouvait ainsi les avoir alertés. S'il s'agissait d'une grosse anguille, peut-être reviendrait-il le soir même pour essayer de la pêcher – cela faisait bien longtemps qu'il n'y avait pas eu d'anguille en gelée sur la table de la pension. Ron en eut soudain l'eau à la bouche.

Puis quelque chose remua sous les nénuphars, au milieu de l'étang, et une tête bringée, flanquée de deux grandes oreilles, creva la surface, aussitôt suivie par une paire d'yeux, ainsi qu'un long museau pointu.

Ron faillit éclater de rire. Voilà qu'Harvey utilisait des tactiques de commando pour parvenir à ses fins ! Que Dieu lui vienne en aide, car il fallait que ce vieux coureur de jupons se sentît tout près de mourir d'amour, pour en venir à de telles extrémités.

La tête et les oreilles demeuraient immobiles sous les nénuphars, cependant que le chien jetait des regards de droite et de gauche. Ses sourcils broussailleux s'agitaient sans relâche, et l'eau frissonnait doucement tout près de son museau à chacune de ses respirations. Camouflage parfait. Harvey n'avait plus qu'à passer à l'action.

Ron demeura totalement immobile, fasciné. Combien de temps Harvey allait-il rester là ? Que se passerait-il ensuite ?

Il n'eut pas à attendre longtemps. Quelques minutes plus tard, la porte d'entrée s'ouvrit, et la redoutable Agatha Fullerton s'avança dans l'allée gravelée, son élégante levrette grise dans les bras. Elle commença par balayer les environs d'un œil suspicieux, puis, ayant estimé que le terrain était dégagé, elle posa la chienne sur le sol.

— Vas-y, Princesse, cours, ma fille.

La princesse en question, réputée pour son obéissance, détala joyeusement vers l'autre bout de l'étang, où elle se mit à renifler la végétation avec ardeur, tandis que sa maîtresse souriait doucement sur le seuil de sa maison.

Ron jeta un coup d'œil rapide au plan d'eau. Harvey n'avait pas bougé d'un poil, mais son regard courut de la propriétaire des lieux à la levrette qui, maintenant, se dirigeait d'un pas vif vers les bois soigneusement clôturés.

Agatha Fullerton, qui, à l'évidence, avait conclu de ses récentes observations que sa chienne ne risquait pas de croiser quelque vilain mâle errant en maraude, regagna l'intérieur de la demeure, dont elle referma la porte derrière elle.

C'est alors qu'Harvey jaillit hors de l'eau à la vitesse de l'éclair, pour traverser la pelouse au triple galop – un mélange d'eau sale et de boue giclait en gouttelettes autour de lui. Résolu à mettre enfin la patte sur l'objet de sa convoitise, il ne tarda pas à disparaître entre les troncs.

Ron entendit bientôt les jappements ravis de la jeune chienne, puis recula dans la haie. Lorsqu'il retrouva la lumière du soleil, il prit le temps d'allumer sa pipe. Il n'était plus rien qu'il pût faire, sinon attendre le retour d'Harvey au bercail.

La pipe au bec, il sourit en redescendant la colline en direction de la pension. Son vieux compère avait encore de la ressource, cela ne faisait pas le moindre doute, mais, sans en avoir conscience, il avait boxé hors de sa catégorie – la levrette devait coûter une fortune. Ron n'avait plus qu'à espérer que jamais, au grand jamais, Agatha ne découvrirait l'identité du sacripant qui, en cet instant précis, était en train de déflorer, avec beaucoup d'enthousiasme, sa précieuse Princesse.

La mine toujours épatée, l'homme secouait la tête, amusé, en se rappelant ce brave Harvey dissimulé au beau milieu des nénuphars. Une fois encore, l'animal venait de prouver au monde son intelligence supérieure, autant que son art consommé de la débrouillardise. Il n'empêche. Il y aurait à coup sûr des représailles, et Ron, désormais, devrait tenir son chien en laisse chaque fois qu'il le sortirait.

Comment allait-il s'y prendre pour qu'Harvey acceptât un pareil fil à la patte? Pour l'heure, il n'en avait aucune idée – mais il n'était pas inquiet: lorsque son compagnon daignerait revenir chez lui, il trouverait une solution.

# 4

On avait établi les quartiers de la section de Hamble entre le Solent, bras de mer séparant l'île de Wight de l'Angleterre, et la rivière Hamble. Quant à son aérodrome, il était devenu le point de départ indiscutable pour les centaines de Spitfire qui sortaient des chaînes de production de l'usine Vickers, à Southampton. Chaque jour, on faisait atterrir ces chasseurs flambant neufs sur des terrains d'aviation situés en pleine campagne, où ils subissaient des tests, avant qu'on les armât. Rien, cependant, n'était simple dans ces livraisons, Southampton comptant parmi les cibles favorites de la Luftwaffe.

Lorsque les sirènes se déclenchaient, annonçant l'imminence d'un raid aérien, les ballons de barrage s'élevaient immédiatement, pour protéger les chasseurs alignés sur l'herbe, au bord de la piste. Ne demeurait dès lors qu'un étroit couloir pour les pilotes de l'ATA désireux d'atterrir. Pour des questions de sécurité, la position exacte de ces couloirs se trouvait modifiée chaque jour, contraignant les aviatrices à de véritables manœuvres de voltige pour parvenir à se poser sans encombre. Des accidents survenaient quelquefois, car toutes ne maîtrisaient pas forcément l'art de l'acrobatie aussi bien que Kitty ou Charlotte.

Trois semaines s'étaient écoulées depuis que Kitty avait vu Freddy pour la dernière fois. Ce jour-là, elle avait livré un Spitfire à High Post, un Mosquito à Aston Down, puis conduit un Mitchell endommagé jusqu'à une unité de maintenance située dans le Surrey, où on avait prévu de le désosser pour n'en conserver que les pièces détachées encore intactes. Kitty était exténuée, et la maisonnette située juste à côté de la piste qu'elle partageait avec Charlotte lui semblait bien vide en l'absence de son amie. Comme elle n'avait pas envie de s'imposer une interminable partie de bridge au mess des officiers ni d'écouter la radio, elle avait décidé de s'offrir une courte promenade. De quoi se dégourdir les jambes et prendre l'air avant de se mettre au lit.

C'était une soirée agréable, mais encore assez fraîche. Kitty ayant fourré ses mains dans les poches de son manteau, elle emprunta la ruelle qui traversait le village en direction du bord de l'eau. Ni la puanteur émanant des raffineries ni les toits abominables de l'usine de Southampton ne parvenaient à ternir le charme de cet endroit. La jeune femme contempla le bras de mer, l'oreille tendue vers les cris incessants des mouettes. La quintessence même de l'Angleterre, songea-t-elle, convaincue qu'en dépit des événements en cours, rien, ici, n'avait réellement changé depuis de nombreuses décennies.

Quelque chose de l'avant-guerre demeurait dans les treillages ombragés où il faisait bon s'asseoir les jours de forte chaleur, dans les boutiques minuscules blotties entre les cinq pubs au fond desquels, depuis le début des raids aériens, on se réfugiait volontiers pour attendre la fin de l'alerte. Le Bugle, face au Solent, à deux pas du yacht-club, était le plus célèbre, car, bien avant le début du conflit, on y affluait déjà pour déguster des homards qu'on tenait alors pour les meilleurs de la région.

En cette soirée paisible du début de l'été, Kitty se représentait sans mal les lieux tels qu'ils se donnaient à voir jadis – elle imaginait des voiliers, entendait les rires jaillissant du yacht-club et des pubs, tandis que de vieux loups de mer, installés dans des fauteuils, échangeaient, avec quiconque souhaitait les écouter, leurs avis sur les marins du dimanche. Des enfants jouaient, au bord de l'eau, avec leurs pelles et leurs seaux.

Des oiseaux marins barbotaient, et le vent ébouriffait les cheveux de Kitty. Le soleil disparaissait peu à peu derrière les cheminées de l'usine, offrant à l'observatrice un ciel strié de rose et d'orangé, qui, peut-être, annonçait du beau temps pour le lendemain. Kitty s'aperçut tout à coup qu'elle avait froid au visage, et que la nuit tombait. Tournant le dos à la quiétude du décor qu'elle venait d'admirer, elle gravit une ruelle escarpée, en direction de son logis.

Certes, ces cottages se révélaient pleins de charme, mais les règles en vigueur à Hamble ressemblaient à s'y méprendre à celles d'un pensionnat de jeunes filles. Emploi du temps strict, petites coteries, hiérarchie jalousement établie. Toutefois, l'ATA demeurait une organisation civile, ce qui signifiait que ses membres ignoraient superbement la plupart de ces règles. Seules les infractions les plus graves pouvaient valoir à la contrevenante un licenciement immédiat, mais cette mesure extrême était rarement appliquée, car les pilotes de transport jouaient un rôle essentiel dans l'effort de guerre.

Freddy et Charlotte étaient finalement parvenus à passer ensemble un week-end entier. La jeune femme ne regagnerait Hamble que le lendemain matin, à bord du premier train, et Kitty lui souhaita en silence de pouvoir quand même dormir un peu avant de devoir entamer sa journée de travail, car la fatigue entraînait des négligences, qui, elles-mêmes, favorisaient les accidents.

Même si Kitty chérissait son indépendance et fuyait les bluettes qui, selon elle, risquaient d'interférer avec sa mission, elle enviait un peu le couple formé par Charlotte et Freddy. Ils étaient faits l'un pour l'autre, au point qu'elle ne doutait pas que, sans cette maudite guerre, Freddy eût déjà demandé son amie en mariage. Cette dernière, d'ailleurs, n'espérait pas autre chose, mais Kitty savait que son frère préférait attendre, au vu des circonstances – il ne s'agissait pas de s'engager à la légère. Qui, en effet, n'avait pas entendu parler de telle ou telle, dont l'époux ou le fiancé était mort au combat ? Freddy avait confié à sa sœur qu'il aimait trop Charlotte pour lui infliger un pareil chagrin s'il devait lui arriver quelque chose aux commandes de son chasseur.

— Que tu es bête, murmura-t-elle comme elle se rapprochait de son logement. Tu ne comprends donc pas qu'elle serait dévastée de toute façon, avec ou sans bague à son doigt ?

— On parle toute seule, Pargeter ?

Kitty sursauta. Elle n'avait pas repéré Alison King, officier d'opération, sur le seuil du cottage voisin, dont elle avait laissé la porte ouverte.

— Je sais, répondit-elle avec un sourire ironique, c'est le premier symptôme de la folie. Mais, au moins, je suis certaine d'avoir toujours raison.

Alison lui rendit son sourire.

— Je vois très bien ce que vous voulez dire. En revanche, je vous conseille de vous coucher tôt. Les prévisions météo pour demain sont excellentes. La journée risque d'être chargée.

Kitty lui ayant souhaité la bonne nuit, elle se retira dans son cottage. Moins d'une heure plus tard, elle dormait comme un loir en rêvant qu'elle pilotait un Spitfire au-dessus de la pampa argentine.

Le lendemain matin, Charlotte se présenta, hors d'haleine, au moment où l'on communiquait à Kitty la liste de ses missions du jour.

— Bonté divine, souffla-t-elle, j'ai failli manquer l'appel. Le train a été retardé.

Avisant son regard étincelant et son visage radieux, son amie lui décocha un large sourire.

— Je constate que tu as bien profité de ton week-end, fit-elle, taquine. Sur ce, dépêche-toi de récupérer tes papiers. Nous filons dans quelques minutes.

Charlotte s'exécuta sur-le-champ, après quoi les deux jeunes femmes quittèrent la file d'attente à la hâte.

— Je vais piloter des Spitfire toute la journée, dit Charlotte, encore essoufflée. Et toi ?

— Je commence par récupérer un Mosquito à Whitchurch pour le livrer à Leeds, puis je vais chercher un Tiffy à Blackpool. De là, je prendrai les commandes d'un Oxford pour le livrer à Kidlington.

Kitty mourait d'envie que Charlotte lui fît des confidences :

— Allez, vas-y, grouille-toi. Comment s'est passée ta permission ? Vous êtes allés où ? Et vous avez fait quoi ?

Charlotte gloussa en s'empourprant, le visage rayonnant de bonheur.

— Freddy avait emprunté la voiture de Roger, ce qui nous a permis de faire une belle balade dans la campagne, suivie d'un déjeuner dans un petit pub adorable qui surplombe une rivière. Ensuite, nous nous sommes promenés le long de la berge, après quoi Freddy m'a emmenée dans un hôtel très chic, où nous avons dîné aux chandelles. Nous avons même un peu dansé. Dimanche, nous avons fait à peu près la même chose.

Rouge comme une tomate à présent, elle retira son gant gauche :

— Il a m'a demandé en mariage, Kitty, souffla-t-elle, montrant à son amie le diamant qui brillait à son doigt.

— Oh, Charlotte, c'est la plus belle nouvelle de tous les temps !

Kitty étreignit son amie avec maladresse, gênée par les harnais de leurs parachutes et leurs tenues épaisses.

— Je suis d'accord avec toi ! s'exclama Charlotte avec un rire charmant. Bientôt, nous serons sœurs pour de bon.

— Pauvre Freddy, plaisanta Kitty. Il ne va pas comprendre ce qui lui arrive quand il va se retrouver avec, sur le dos, deux casse-pieds pour le prix d'une, toujours à vouloir le remettre dans le droit chemin.

Des larmes se mirent à scintiller dans les yeux de Charlotte, et elle serra la main de son amie.

— Je suis tellement heureuse, souffla-t-elle. Tellement, tellement heureuse.

— Et tu as bien raison de l'être, répondit Kitty en examinant la bague de Charlotte. Mon frère est un type en or, et tu es une fille formidable. Vous formez un couple idéal.

Elle sourit encore, au comble de la joie.

— Oh, Charlotte… Si tu savais à quel point je suis ravie pour vous.

— Pargeter et Bingham ! Cessez donc de papoter et mettez-vous au travail.

Les deux amies firent volte-face, pour se retrouver sous le feu du regard de Margot Gore.

— Pardon, bredouilla Charlotte, mais je viens de me fiancer avec le frère de Kitty, et nous étions en train d'en parler.

— Félicitations, fit leur supérieure avec sécheresse. Hélas, la guerre, elle, se poursuit sans se soucier de fiançailles. Vous perdez un temps précieux. Dépêchez-vous.

Kitty étreignit brièvement son amie avant de se séparer d'elle en hâte.

— À ce soir ! lança-t-elle. La première tournée sera pour moi.

— Compte sur moi pour te le rappeler au besoin ! répondit Charlotte en se dirigeant vers les Spitfire.

Ragaillardie par l'immense bonheur de son amie, Kitty souriait encore en se hissant à bord de l'avion-taxi.

L'orange qu'ils avaient partagée tous ensemble une semaine plus tôt n'était plus, désormais, qu'un lointain souvenir, mais bien que chacun n'eût dégusté qu'une infime portion de ce merveilleux cadeau, on l'avait savouré jusqu'à la dernière goutte de jus, allant jusqu'à en utiliser le zeste pour parfumer l'eau sucrée de Daisy. Tous les membres de la maisonnée s'étaient léché les doigts, avant de demeurer un moment immobiles et silencieux à la table de la cuisine, désireux de ne pas rompre le charme, tandis que le parfum du fruit continuait de flotter dans la pièce.

Mais ce matin, l'atmosphère de la cuisine, à l'heure du petit-déjeuner, n'était plus au beau fixe, et les convives attablés ne souriaient pas. Les cris déchirants d'Harvey montaient du sous-sol, et Daisy commençait à donner de la voix, comme pour le soutenir dans l'épreuve.

— Pour l'amour du Ciel, Ron, soupira Peggy, excédée. Il n'existe vraiment aucun moyen de le faire taire ? Nous supportons ses lamentations depuis une semaine, et pour un peu, je finirais par leur préférer les hululements des sirènes annonçant les raids aériens. Et voilà qu'il a même réussi à faire sortir Daisy de ses gonds.

Ron agita ses sourcils broussailleux en bourrant le fourneau de sa pipe.

— Pour sûr que je ne peux rien faire. Il a le mal d'amour, qu'est-ce que tu veux.

— Vous auriez dû le faire castrer quand il n'était encore qu'un chiot, rétorqua sa bru.

Elle s'empara de sa fille, qui s'époumonait dans sa chaise haute, pour tenter de l'amadouer avec un morceau de pain grillé.

Ron haussa les épaules :

— Le fait est que, maintenant, il est trop tard. Pardon pour le barouf, mais si je ne l'enferme pas dans ma chambre, il va forcément reprendre la poudre d'escampette, et ça risque de drôlement barder avec Agatha Fullerton. Ne me dis quand même pas que tu as envie de te retrouver avec cette sorcière à ta porte.

— Bien sûr que non, répondit la logeuse en élevant assez la voix pour couvrir un instant les clameurs conjuguées de Daisy et du chien, mais je refuse de croire qu'on ne puisse vraiment pas clouer un peu le bec à Harvey.

Son beau-père mâchouilla le tuyau de sa pipe.

— Je suppose que les chaleurs de la levrette ne vont plus tarder à se terminer. À ce moment-là, mon grand benêt la bouclera, pour sûr.

— Les malheurs de la retraite? s'insurgea Mme Finch en fronçant les sourcils. Vous avez un sacré culot, Ronan Reilly, permettez-moi de vous le dire. Votre retraite, après tout, vous en profitez pleinement, que je sache.

Fran et Rita se mirent à pouffer à qui mieux mieux, Peggy esquissant un sourire qu'elle s'empressa de réprimer, mais personne, cependant, ne conseilla à la vieille dame d'allumer sa prothèse auditive, car cet oubli lui permettait de n'être gênée ni par les plaintes d'Harvey ni par les récriminations suraiguës de Daisy. Autant qu'elle en profitât le plus longtemps possible.

— Ah là là, Cordélia, brailla Ron au beau milieu du vacarme. Si vous n'existiez pas, il faudrait absolument vous inventer.

Mme Finch se rembrunit de nouveau:

— M'inviter? Mais enfin, Ron, pour qui me prenez-vous?

Ce dernier renonça, haussant nonchalamment les épaules, pendant que les jeunes pensionnaires n'en finissaient plus de rire.

Sarah repoussa sa chaise, avant de récupérer l'imperméable qui faisait partie de son uniforme du Women's Timber Corps, le Corps des forestières.

— Il fait tellement beau que je vais partir plus tôt pour profiter de mon périple jusqu'au domaine de lord Cliffe, déclara-t-elle avec tact. La balade dans les collines me permettra de me vider la tête avant d'entamer l'inventaire.

— Je suis désolée pour le chahut, ma pauvre chérie, s'excusa Peggy qui, ayant ramassé le morceau de pain grillé sur lequel Daisy avait copieusement bavé, le déposa dans le creux de son tablier. Espérons qu'il se sera calmé un peu d'ici ce soir et que nous pourrons retrouver un semblant de paix.

Sarah lui adressa un mince sourire, avant d'embrasser sur la joue sa grand-tante Cordélia.

— À plus tard! lança-t-elle, puis elle se dirigea vers la porte d'entrée, Ron ayant interdit à tout le monde de quitter les lieux par le sous-sol, par crainte qu'Harvey s'échappât de nouveau.

Suzy se versa une deuxième tasse de thé.

— Pensez-vous qu'il pourrait faire moins de bruit si vous le laissiez entrer dans la cuisine, Ron? Si ça se trouve, il déteste simplement être enfermé, lui qui a toujours eu le droit de circuler partout dans la maison.

— Pour sûr que j'ai déjà essayé, parole, répondit le vieil homme, la mine sombre. Mais comme la fenêtre de la cuisine était ouverte, il a bondi sans que j'aie eu le temps de dire ouf, et salut la compagnie.

Il poussa un soupir à fendre l'âme.

— Il a eu une veine insensée de ne pas se rompre le cou... En tout cas, je suis vraiment désolé pour le désagrément.

Peggy ne décolérait pas, faisant sauter sa fillette sur ses genoux dans l'espoir de la calmer.

— Votre chien ne constitue qu'un désagrément parmi tant d'autres dans cette maison, Ronan Reilly, assena-t-elle à son beau-père. Les toilettes extérieures ne sont toujours pas terminées, alors que vous vous étiez engagé, il y a déjà plusieurs semaines, à vous en occuper.

— Que veux-tu, j'ai été drôlement pris ces derniers temps.

Il se tortillait sur sa chaise, évitant le regard de Peggy.

— On a marné comme des fous pour remettre la pension en état après le bombardement. Il a aussi fallu que je veille sur mes furets, et que je coure après Harvey... Sans compter les tâches qu'on m'assigne en ma qualité de membre de la Home Guard, et...

— Ça va, ça va, l'interrompit sa bru d'une voix lasse. Je me demande encore, depuis le temps que je vous connais, pourquoi j'ai cru pouvoir compter sur vous. Votre chien et vous êtes aussi peu fiables l'un que l'autre. À la moindre distraction, vous déguerpissez sans demander votre reste.

— Vas-tu m'écouter, oui ou non, Peggy Reilly ? Arrête de te faire du mouron. Je t'ai promis de m'occuper des toilettes aujourd'hui, et c'est ce que je vais faire. Dès que j'aurai aidé Rosie à changer ses tonneaux de bière, et que j'aurai emmené Harvey et les furets faire un brin d'exercice.

Peggy roula des yeux en s'efforçant de maîtriser la vague d'impatience prête à la submerger. C'était toujours la même rengaine dès qu'il était question de travaux à la pension du Bord de mer. Quant au fait qu'en revanche, Ron eût, depuis longtemps déjà, repeint l'appartement de Rosie Braithwaite, situé au-dessus de son pub, il ne faisait que l'irriter davantage.

— Je vous préviens que si vous n'avez toujours pas fini d'ici la fin de la semaine, menaça-t-elle le vieil homme, j'irai chercher un marteau et des clous, et je m'en occuperai moi-même.

— Allons, allons, Peggy, inutile de monter sur tes grands chevaux, s'efforça-t-il de l'apaiser. Je te parie tout ce que tu veux que tu risques de te blesser, ce qui, cela dit, te fournirait une raison supplémentaire de te plaindre.

— C'est plutôt vous qui allez avoir de quoi vous lamenter si vous continuez à me traiter avec une pareille condescendance, fulmina la quadragénaire, l'œil noir. Faites bien attention, Ron. Je suis tout à fait capable de finir par prélever une part de votre pension pour payer un ouvrier qui se chargera du boulot à votre place.

L'homme écarquilla de grands yeux épouvantés sous ses sourcils buissonneux :

— Jamais tu n'irais jusque-là…, souffla-t-il.

— Si cette perspective vous terrifie autant, déclara Peggy, catégorique, décidez-vous à retaper ces fichues toilettes et qu'on n'en parle plus.

Rita se leva de table, s'empara de son casque d'aviateur en cuir datant de la Première Guerre mondiale, ainsi que du blouson doublé de peau de mouton qu'elle portait toujours sur son uniforme de pompier lorsqu'elle s'apprêtait à prendre sa moto.

— Vous venez de vous faire remettre à votre place, oncle Ron, dit-elle gaiement. Si j'étais vous, je m'inclinerais et je ferais ce qu'elle vous demande. Et puis, dites, pour le moment, mamie Finch passe son temps à monter et descendre l'escalier pour aller aux toilettes. Tante Peggy, elle, est complètement débordée. Ce serait pour vous l'occasion de la soulager un peu.

— Drôlement bien envoyé, approuva Fran en rejetant vers l'arrière sa crinière rousse, avant de récupérer sa cape d'infirmière. Mais si ça se trouve, oncle Ron, le boulot est trop costaud pour vous, et c'est pour ça que vous passez votre temps à tergiverser.

— En voilà, une vilaine petite effrontée, répliqua le vieil homme en réprimant un sourire.

Il exhala un lourd soupir, comme si la planète entière reposait sur ses robustes épaules.

— Je me rends, fit-il, vous avez gagné. Ça doit être pour me punir de mes péchés que le bon Dieu m'oblige à vivre dans une baraque pleine de bonnes femmes autoritaires et exigeantes.

— Comme si on n'était pas punies aussi à devoir écouter toute la journée ce fichu clébard, chuchota Fran. Sur ce, en route pour l'hôpital, Suzy.

— Mais il n'est pas encore l'heure de partir, se récria la jeune femme. Et il est hors de question que je me présente à l'infirmière en chef avec les cheveux en bataille.

— Si tu veux mon avis, l'infirmière en chef, aujourd'hui, c'est vraiment un moindre mal, répliqua Fran en ajustant sa cape sur sa robe à rayures et son tablier amidonné. Une minute de plus à supporter les clameurs d'Harvey, et pour sûr que je vais finir dans un asile de dingues.

— Attendez, je viens avec vous, intervint Rita en embrassant à la hâte Peggy et Cordélia sur la joue.

Et, déjà, elle emboîtait le pas à ses amies, chaussée de ses lourdes bottes.

Peggy observa Ron en train d'allumer, la mine radieuse, sa pipe malodorante. Il se renversa contre le dossier de sa chaise avec des façons de propriétaire. Comment, s'exaspéra sa bru, avait-il le culot de se prélasser de la sorte quand il y avait tant à faire ?

— Oh, mon Dieu, soupira Cordélia qui, ignorante du raffut et imperméable à l'atmosphère électrique qui régnait dans la pièce, lisait, comme tous les matins, le *Telegraph*. Rommel et son armée ont atteint El Alamein. Je suppose qu'à présent, les Alliés vont livrer une longue et terrible bataille pour tenter de reprendre la ville égyptienne. Dieu merci, Jim et Frank sont toujours en sécurité en Angleterre.

Peggy sourit avec tendresse à la vieille dame, priant, dans le secret de son âme, pour que son époux et son beau-frère pussent bel et bien rester là-bas jusqu'au terme du conflit. L'idée que l'un ou l'autre dût partir se battre à nouveau, après ce qu'ils avaient vécu lors de la Première Guerre mondiale, lui était insupportable.

Chaque fois qu'elle songeait à sa famille dispersée, elle éprouvait une douleur dans la poitrine. Jim n'avait plus reparu chez eux depuis qu'il avait été appelé sous les drapeaux, et les garçons grandissaient loin de leur mère, dans une ferme du Somerset. Bob avait déjà quinze ans – autant dire qu'il s'apprêtait à devenir un homme. Cela signifiait en outre que d'ici trois toutes petites années, il aurait à son tour atteint l'âge de combattre pour sa patrie.

*Mon Dieu, faites que cette guerre ne dure pas aussi longtemps*, se remit-elle à prier en silence. Il lui semblait qu'en cette période funeste, les chagrins succédaient aux chagrins, et que les difficultés de tous ordres s'accumulaient. Peggy avait le cœur lourd. Assourdie par le double tintamarre du chien et de Daisy, qui gigotait sur ses genoux, refusant de se calmer, elle ne rêvait plus que de paix – elle rêvait de renouer avec les certitudes rassurantes de l'avant-guerre. Les Reilly n'avaient jamais roulé sur l'or, mais, alors, ils étaient heureux, il y avait toujours de quoi manger sur la table, et l'on pouvait aller danser sur la jetée, où des lumières colorées brillaient jusque tard dans la nuit.

Incapable de tolérer plus longtemps ces pensées asphyxiantes, elle quitta la cuisine pour installer la fillette dans son landau. Ignorant ses cris, elle retourna chercher des couches propres et un biberon dans la cuisine. Ron s'était volatilisé, et Harvey s'était tu – ce qui signifiait que son maître l'avait emmené en promenade au bout d'une laisse.

Peggy ôta son tablier, qu'elle rangea dans son filet à provisions, avec son porte-monnaie, les couches, le biberon et sa liste de courses. Un foulard sur les cheveux, elle enfila un gros gilet pour se prémunir de la fraîcheur du matin, puis se pencha pour dire au revoir à Mme Finch :

— Je vais me promener, fit-elle d'une voix claire et forte. Ensuite, j'irai à la mairie. Je serai de retour pour le déjeuner.

— Tout va bien, ma chère ? lui demanda Cordélia, manifestement inquiète.

— Oui, oui, mentit Peggy. J'ai seulement besoin d'un peu d'air frais avant de passer trois longues heures dans la salle bondée de l'hôtel de ville.

— Vous en faites trop, maugréa la vieille dame. Le médecin vous a déjà conseillé à plusieurs reprises de lever le pied.

Peggy se contenta de hocher la tête. Elle aurait tout le temps de se reposer lorsque, couchée dans son cercueil, on l'aurait enfouie six pieds sous terre. D'ici là, elle avait beaucoup trop à faire pour rester assise.

— Promettez-moi seulement d'utiliser la chaise percée qui se trouve dans ma chambre au lieu d'emprunter l'escalier pour aller aux toilettes. Je ne veux pas que vous preniez des risques inutiles quand vous êtes seule à la maison.

— Je vous le promets, ma chère.

Mais la logeuse ne connaissait que trop bien ces grands yeux écarquillés et pleins d'innocence – comme à l'accoutumée, Cordélia n'en ferait qu'à sa tête. Il faut dire, et l'on pouvait aisément la comprendre, que la vieille dame haïssait la chaise percée. Ah là là… Si seulement Ron avait…

Agacée par ses propres ruminations, Peggy retourna dans le couloir, ouvrit la porte d'entrée, puis poussa le landau jusque sur le trottoir. Elle disposait de presque deux heures avant de devoir se présenter au centre du WRVS installé à la mairie. C'était finalement assez peu pour tenter de retrouver, au plus profond d'elle-même, le calme et le courage sur lesquels, autrefois, elle pouvait toujours compter mais, qui, aujourd'hui, lui manquaient cruellement.

Il faisait beau, en dépit d'une brise un peu fraîche venue de la mer. Les goélands et les sternes menaient leur tapage habituel sur les toits. C'était là des sons que Peggy connaissait depuis l'enfance, de sorte qu'au lieu de lui mettre les nerfs à vif comme les clameurs d'Harvey, ils l'apaisèrent, tandis qu'elle se dirigeait sans hâte vers la promenade.

Daisy se tut peu à peu, à mesure que le mouvement du landau la berçait. Elle finit par s'endormir, pendant que sa mère respirait l'air salin. Cela lui faisait un bien fou. Elle allait s'offrir une longue balade le long de l'esplanade. Peut-être même s'arrêterait-elle dans l'estaminet, s'il était ouvert, pour y prendre une tasse de thé. De quoi se requinquer suffisamment pour affronter, sans flancher, les cas difficiles qui l'attendaient à l'hôtel de ville.

La matinée s'était bien déroulée, et après un déjeuner plutôt fade à la cantine de Blackpool, constitué de corned-beef et de purée de pommes de terre, Kitty était parvenue à éviter les journalistes omniprésents, indiscrets, et toujours armés de leurs appareils photo, avant de prendre les commandes d'un Airspeed Oxford – affectueusement surnommé « Ox Box » par les pilotes. Elle décolla sous un soleil radieux en direction de Kidlington, situé à huit kilomètres au nord d'Oxford. On avait signalé des nuages bas plus au sud, mais le phénomène, jugé temporaire, ne poserait sans doute aucun problème à la jeune femme.

L'Ox Box était, par comparaison avec les chasseurs plus petits qu'elle avait déjà pilotés, un appareil lourd et lent, mais il comptait parmi les avions les plus fiables et les plus robustes de la RAF, aussi possédait-il une importance capitale au sein de sa flotte. Il servait aussi d'avion-école aux mitrailleurs, aux pilotes, aux navigateurs et aux cameramen. Il faisait encore office, si nécessaire, d'avion-taxi ou d'ambulance aérienne.

À son bord, Kitty se sentait minuscule, et, surtout, très seule, car l'appareil comportait, à côté du sien, un siège destiné à un éventuel copilote, un troisième, derrière elle, accueillant, s'il le fallait, un navigateur. L'Ox Box pouvait, en outre, accueillir six passagers en plus des membres d'équipage. Les deux moteurs ronronnaient, le ciel demeurait clair. Comme à l'accoutumée, la jeune femme gardait un œil sur les instruments de bord.

À ce rythme-là, songea-t-elle, elle serait de retour à sa base suffisamment tôt pour prendre un bain avant l'arrivée de Charlotte, à laquelle elle offrirait ensuite le verre qu'elle lui avait promis – avec un peu de chance, peut-être même parviendrait-elle à s'entretenir par téléphone avec Freddy, pour le féliciter à son tour.

Kitty volait depuis plus d'une heure lorsque, sans préavis, elle se trouva face à un abondant rideau de pluie. Modifiant sa vitesse, elle réduisit son altitude. Plus bas, hélas, la visibilité se révélait à peine meilleure. Deux choix s'offraient à elle : faire demi-tour pour se poser sur l'aérodrome le plus proche, ou continuer avec l'espoir que cette puissante averse ne constituait qu'un caprice du climat, qui cesserait aussi soudainement qu'il avait commencé. Elle décida de poursuivre sa route.

Mais la pluie allait s'intensifiant et, bientôt, l'avion se trouva littéralement englouti par une épaisse couche de nuages. En une poignée de minutes, le sol se déroba à la vue de la jeune femme, la contraignant à voler à l'aveugle.

Poussant les gaz, elle tira le manche à balai pour entreprendre une montée à quarante-cinq degrés. Elle ne tarda pas à constater que l'aiguille de l'altimètre indiquait déjà plus de 2 000 pieds. Quelques secondes encore, et elle dépassait les 3 000.

Kitty avait presque atteint 4 000 pieds lorsque enfin, les nuages se déchirèrent, dévoilant un soleil radieux. L'aviatrice stabilisa l'appareil. Mais au-dessous de lui, elle ne distinguait que des nuages cotonneux s'étirant dans toutes les directions, ainsi que l'ombre de l'Airspeed Oxford, éclairé d'en haut par le soleil.

Elle se sentit soudain terriblement vulnérable, car jamais elle ne s'était trouvée dans une telle situation. Elle avait, par ailleurs, enfreint la règle la plus stricte de l'ATA, en « crevant le plafond ». Il ne lui restait plus qu'à prier pour qu'un trou, dans la couche nuageuse, lui permît de redescendre bientôt. Mais alors qu'elle vérifiait ses instruments, la terreur s'empara d'elle : les deux réservoirs s'étaient inexplicablement vidés de la moitié de leur carburant. Sans doute la brutale ascension avait-elle occasionné des fuites. Kitty n'avait plus le choix : elle devait descendre, traverser les nuages avec l'espoir de ne pas se crasher contre un obstacle invisible.

Son expérience lui permettait de savoir qu'elle se trouvait encore à une heure environ de Kidlington, mais, pour s'y être déjà rendue à plusieurs reprises, elle se rappelait, par endroits, des hauteurs, sans compter un nombre considérable de villes et de villages, qu'elle devrait éviter coûte que coûte pour épargner les civils.

Elle s'humecta les lèvres, s'obligea à cramponner un peu moins fort le manche à balai, l'œil rivé sur la couverture nuageuse, en quête d'un trou, n'importe lequel – même une tête d'épingle ferait l'affaire. Les réserves de carburant diminuaient à une vitesse effarante. Elle devait se poser à tout prix.

Son cœur battait la chamade et la sueur lui piquait les yeux derrière ses lunettes de vol. Elle réduisit les gaz, amorça la descente. Les nuages s'accrochaient à l'appareil, tandis que l'altimètre, telle une horloge démoniaque, égrenait le nombre de pieds. 3 000… 2 000… 1 500… 1 000… 600.

Chacune de ses cellules hurlait à Kitty de renoncer à cette folie et de remonter. Mais, sous peu, le carburant viendrait à manquer… N'écoutant que son courage, la jeune femme contraignit l'Oxford à descendre encore. Si ses calculs étaient exacts, elle devait se situer assez loin des collines, se rapprochant en revanche de la ville d'Evesham, située dans la vallée, et de la rivière Stour. Dans le cas contraire, elle allait peut-être passer de vie à trépas d'ici quelques secondes.

Dans dix minutes, les réservoirs seraient vides. Kitty transpirait abondamment. La couverture nuageuse se révélait plus épaisse que jamais, alors qu'elle volait maintenant à moins de 400 pieds au-dessus du sol. Le clocher d'une église bâtie sur une colline suffirait à la tuer.

Soudain, les nuages s'entrouvrirent, dévoilant, juste devant elle, la chaîne de collines des Cotswolds. Elle tira de nouveau sur le manche à balai, grimpa, en augmentant sa vitesse, dans l'intention de les éviter.

Les moteurs hurlaient et l'Oxford se mit à vibrer. Les nuages, à nouveau, avalèrent l'avion et son pilote. Il ne faisait aucun doute que l'appareil n'appréciait guère le traitement que Kitty lui faisait subir, de sorte que, quand elle eut atteint les 1 000 pieds, elle stabilisa son altitude, pour se diriger vers l'est.

Une fois de plus, elle volait à l'aveugle, et, dans moins de cinq minutes, il ne se trouverait plus une goutte de carburant à l'intérieur des réservoirs. Elle devait atterrir immédiatement – en dépit des dangers, de quelque nature qu'ils fussent.

Après avoir pris une profonde inspiration, elle essuya son visage en sueur en s'obligeant à garder son sang-froid. Elle abaissa lentement le manche à balai…

Lorsque l'avion perça les nuages, la jeune femme laissa échapper un sanglot de soulagement. Les collines avaient disparu de son champ de vision, et, au loin, elle distinguait un aérodrome. Tant pis s'il ne s'agissait pas de celui de Kidlington. Hélas… L'aiguille des jauges de carburant, ce violent tremblement des moteurs, qui commençaient à brouter… Elle n'atteindrait pas la piste. Les réservoirs étaient à sec, et elle volait trop bas pour espérer pouvoir sauter en parachute.

Kitty avisa alors un champ, où, du haut de ses 300 pieds, elle ne repéra pas le moindre dispositif antiaérien. Elle allait tenter sa chance.

Un frémissement parcourut l'appareil, tandis qu'elle débouclait sa ceinture, avant d'ouvrir la verrière du cockpit, afin de pouvoir, une fois sur le plancher des vaches, s'échapper au plus vite. Puis, murmurant une prière, elle vira sur l'aile et sortit le train d'atterrissage.

Elle se trouvait à 100 pieds au-dessus du sol, avec le champ devant elle, lorsque les moteurs s'arrêtèrent, et que l'hélice cessa de tourner. L'Oxford fit une embardée, piqua du nez, offrant à la jeune femme une vue imprenable sur les piquets antiaériens et les rouleaux de fil de fer barbelé qui s'apprêtaient à l'accueillir. Si le train d'atterrissage heurtait l'un de ces pièges, l'avion se retournerait, aussi Kitty reprit-elle un peu d'altitude, luttant pour maintenir l'appareil à niveau, quand, faute de combustible, il descendait avec détermination vers le sol.

La jeune femme réfléchissait à toute vitesse. Si elle demeurait en l'air assez longtemps pour dépasser le champ, puis franchir la haie, elle avait peut-être une chance. Car la parcelle voisine, labourée de frais, ne comportait aucun piège. Elle tira pour la énième fois sur le manche à balai, jetant ses ultimes forces dans la manœuvre.

La pesanteur, malheureusement, l'emporta, et le ventre de l'Oxford heurta le terrain avec un bruit sourd, creusant un profond sillon dans la boue, puis l'appareil vint s'écraser parmi les piquets et les barbelés. Comme prévu, il se retourna, et se brisa le dos en traversant les vestiges d'un vieux mur de silex dissimulé par la haie.

# 5

Peggy était parvenue à dénicher presque tout ce qui se trouvait inscrit sur sa liste de courses, y compris une copieuse portion de viande hachée, avant de prendre son service à la mairie. Sa promenade lui avait éclairci les idées. Elle se sentait à présent beaucoup mieux, et elle avait passé le reste de la matinée à aider les visiteurs à fouiller parmi les piles de vêtements déposés là par de généreux donateurs – il leur fallait un nouveau manteau, une robe, des vêtements de nuit, des chaussures. De quoi remplacer ce qu'ils venaient de perdre lors des derniers bombardements. Les familles privées de toit se révélaient de plus en plus nombreuses, il fallait s'assurer qu'elles pussent au moins obtenir l'essentiel.

Dans l'hôtel de ville régnait une activité de ruche, car on y avait établi le centre du WRVS, ainsi que celui du Women's Institute, dont les bénévoles ne ménageaient pas leurs efforts pour récupérer des vêtements, des ustensiles de cuisine, des jouets, des livres et de la literie.

On ne tolérait aucun gaspillage : on détricotait les pull-overs trop usés pour en réutiliser la laine, et des robes, des jupes et des chemises élimées, on faisait des chiffons, à moins que les diverses chutes ne servissent à confectionner des courtepointes. Un cordonnier à la retraite s'efforçait de réparer les chaussures abîmées, cependant que le propriétaire du magasin de jouets récemment bombardé venait régulièrement chercher des jouets cassés pour les remettre en état dans sa cabane de jardin, dont il avait fait un atelier.

Il y avait encore la buvette à gérer, qui ne désemplissait pas, les colis destinés aux soldats combattant à l'étranger, qu'on remplissait de friandises et de chaussettes épaisses. On confectionnait des sandwiches et l'on préparait du thé, qu'on servait à la gare aux troupes en transit entre deux affectations. Un aumônier dispensait, à ceux qui en avaient besoin, des conseils pratiques de tous ordres, à propos de leurs enfants, de la recherche d'un logement ou d'un travail. Le soir, on disposait des matelas sur le sol du hall principal de l'édifice, afin que les sans-abri pussent y dormir à titre provisoire, en attendant d'être relogés.

Peggy, qui avait obtenu la permission de garer son landau dans un coin de la salle pendant qu'elle s'affairait, trouvait toujours quelqu'un avec qui bavarder, et le thé et les biscuits ne coûtaient pas bien cher. Seule ombre au tableau : Doris, sa sœur, qui, sous prétexte qu'elle appartenait au conseil d'administration de l'antenne locale du WRVS, s'estimait supérieure aux autres, trop importante pour faire quoi que ce fût qui risquât de lui salir les mains.

Fidèle à ses vilaines habitudes, elle parut dans la salle en fin de matinée, nullement gênée, semblait-il, par le scandale récemment causé par son époux. Ce dernier l'avait quittée pour une femme beaucoup plus jeune qu'elle, aux façons effrontées, qui travaillait comme vendeuse dans le magasin Home & Colonial qu'il dirigeait. Doris, vêtue de l'uniforme vert foncé du WRVS, qu'elle avait, bien entendu, fait réaliser sur mesure, se dirigea droit vers Peggy, au moment où celle-ci tentait de dénicher une jupe à une grosse femme qui se refusait à croire qu'elle ne rentrait pas dans un 38.

— Margaret, lança l'aînée sur un ton impérieux. Il faut que je te parle.

Elle jeta à la grosse dame un regard méprisant.

— En privé.

Peggy détestait qu'on l'appelât Margaret et sa sœur le savait. Sans mot dire, la logeuse serra les dents, sourit à sa cliente, avant de lui présenter une jupe dont le tour de taille eût pu rivaliser avec la circonférence d'un ballon de barrage :

— Essayez donc celle-ci, dit-elle. Et si elle est trop grande, vous pourrez toujours la reprendre au niveau des coutures.

La femme lui arracha le vêtement des mains avec un regard noir. Peggy soupira en se tournant vers sa sœur :

— Que se passe-t-il ?

Ayant pris sa cadette par le bras, Doris l'entraîna à l'écart.

— Edward et moi avons eu une longue conversation hier soir, fit-elle à voix basse. Il a quitté sa greluche et emménagé dans l'un des appartements situés au-dessus de Home & Colonial.

Peggy se réjouit de cette nouvelle. L'infidélité de Ted s'était révélée, pour Doris, un terrible choc, d'autant plus que la malheureuse s'était trouvée, en raison du scandale, mise au ban de la bonne société de Cliffehaven, à laquelle, jusqu'alors, elle s'était sentie si fière d'appartenir. Peggy, pour sa part, y avait vu un mal pour un bien : elle haïssait cette coterie snob et fortunée, dont elle était convaincue que les membres les plus éminents se moquaient de sa sœur dans son dos, une parvenue à leurs yeux, lui confiant les tâches les plus contraignantes chaque fois qu'ils désiraient organiser un événement d'ampleur dans le cadre de l'une ou l'autre de leurs œuvres de charité. Bien entendu, ils s'arrogeaient ensuite tout le mérite de ces levées de fonds réussies, sans jamais associer Doris aux félicitations qu'ils recevaient.

— Au moins, Edward aura vite fait de se rendre à son boulot, s'amusa Peggy.

— Edward est le directeur régional de Home & Colonial, lui assena son aînée avec componction. Rien à voir avec le petit personnel.

Peggy s'abstint de tout commentaire.

— Et sa… greluche, comme tu dis ? Je suppose qu'elle ne travaille plus là-bas ?

Les lèvres de Doris se réduisirent à une ligne mince.

— Je crois qu'elle a trouvé un emploi à la laiterie. Une grosse truie au milieu des vaches, c'est parfait.

Peggy pouffa.

— Attention, Doris. À ce train-là, tu risques de faire craquer ton vernis de bonne éducation.

— Eh bien, tant pis, répondit sa sœur avec un soupir. De temps en temps, il faut que ça sorte.

Elle rajusta, sur son épaule, la sangle de son sac à main hors de prix et enchaîna :

— Quoi qu'il en soit, il n'est pas question, pour le moment, qu'Edward se réinstalle chez nous. Il devra d'abord me prouver qu'il est sincèrement navré de m'avoir fait tant de mal et jetée en pâture à l'opprobre. Toutefois, j'ai accepté qu'il vienne dîner à la maison deux fois par semaine et déjeuner le dimanche. Anthony est heureux comme un roi, tu penses bien. Mon cher fils a horriblement souffert de me voir ainsi traînée dans la boue.

— C'est formidable, Doris, souffla Peggy. Je suis tellement contente que vous vous parliez de nouveau.

Elle sourit.

— Comment va Anthony, au fait ? Nous ne le voyons pas beaucoup, ces jours-ci.

— Moi non plus, répondit son aînée avec, au fond des yeux, une lueur glacée. Tu imagines sans peine, je suppose, que son poste élevé au sein du ministère de la Défense l'occupe énormément. Cependant, je constate que, lors de ses rares moments de détente, il préfère à présent la compagnie de Suzy à la mienne. Tout de même… Délaisser sa propre mère…, ajouta-t-elle sur un ton réprobateur.

— Il est jeune, il est amoureux et nous sommes en guerre, répliqua Peggy. Suzy et lui forment un couple charmant, et, au lieu de ronchonner, tu ferais mieux de te réjouir de le voir si bien dans sa peau.

Doris la regarda avec froideur.

— J'ai déjà dit maintes fois tout ce que j'avais dire à ce sujet, dit-elle sèchement en enfilant ses coûteux gants de cuir. Je souhaitais simplement te faire part de l'évolution de mes relations avec Edward.

Sa cadette s'apprêtait à lui proposer de venir chez elle lui tenir compagnie un soir, mais, déjà, la visiteuse avait tourné les talons, se dirigeant vers la porte.

— Indécrottable Doris, murmura Peggy. Quelles que soient les circonstances, tu restes le centre du monde. Surtout, ne me demande pas comment je me sens, ni si Daisy et les autres membres de ma famille se portent bien.

La fillette, justement, se mit à pleurer au fond de son landau. Sa mère consulta l'horloge. Elle aurait dû avoir terminé son service depuis deux heures et, pour couronner le tout, elle avait sauté le déjeuner. Daisy avait toutes les raisons de se plaindre.

Peggy ôta son tablier, puis son foulard, qu'elle fourra dans son filet à provisions, avec les courses du jour. Elle fit descendre au landau les marches du perron, flanqué d'empilements de sacs de sable. La logeuse avait hâte de pouvoir enfin se laver les mains, pour les débarrasser de cette pénible odeur de vieux vêtements, puis de savourer un sandwich au pâté de jambon et à la sauce tomate.

Mme Finch, qui, durant l'absence de sa logeuse, s'était installée au jardin, sur une chaise longue, y somnolait paisiblement, protégée du soleil par le large bord de son chapeau de paille. Ron, pour sa part, lorsque Peggy parut, était en train d'huiler les charnières de la porte des toilettes extérieures, enfin revenues à la vie.

Harvey se tenait allongé, le museau sur les pattes, retenu par une corde que son maître avait solidement nouée à un anneau scellé dans l'un des murs de la maison. Le chien coula un regard triste à Peggy. Les oreilles tombantes et les sourcils sans repos, nageant en plein désarroi, il se mit à ramper dans sa direction, à plat ventre, avant de lever le nez vers elle dans l'espoir de l'attendrir, afin que, peut-être, elle mît fin à cette affreuse punition.

— Espèce de vieille fripouille, fit affectueusement Peggy en caressant le crâne soyeux de l'animal. Tu peux toujours te mettre en quatre, je ne céderai pas. Je t'apporterai un biscuit tout à l'heure, quand j'irai faire du thé.

— As-tu prévu de me remercier pour la construction de ce superbe édifice, Peggy ? s'enquit Ron, actionnant une dernière fois les charnières de la porte pour s'assurer qu'elles ne grinçaient plus.

— C'est absolument splendide ! lança sa belle-fille en riant. Il ne reste plus qu'à espérer que tout fonctionne.

— Pour sûr que ça fonctionne ! se récria Ron, l'œil très bleu sous ses sourcils en bataille. Cordélia a inauguré ces toilettes tout à l'heure, et elle m'a affirmé qu'elle s'y était sentie aussi à l'aise qu'une reine sur son trône.

Il ouvrit la porte. Peggy découvrit des toilettes rutilantes, en porcelaine blanche, ainsi qu'une chasse d'eau en fonte équipée d'une chaîne à l'extrémité de laquelle était une poignée en porcelaine ornée.

— Comme tu peux le constater par toi-même, jeune fille, on ne lésine pas sur la qualité pour satisfaire les besoins de cette famille.

L'homme semblait si content de lui que cela éveilla les soupçons de Peggy :

— Où avez-vous déniché ça ?

Ron ayant ôté sa casquette, il passa les doigts dans le désordre de sa tignasse raide et grisonnante, avant de détourner le regard.

— Tu n'as pas besoin de le savoir.

— Oh, que si.

Abandonnant le landau à côté du chien, elle pénétra dans la petite pièce pour examiner l'objet de plus près.

— Parce que je vous signale pour la énième fois, enchaîna-t-elle, que s'il s'agit de toilettes volées, non seulement vous aurez affaire à la police, mais à moi aussi, par la même occasion. Et croyez-moi, Ronan Reilly, dans ce cas, vous passerez un très sale quart d'heure.

— Ah là là, Peggy, tu as un cœur de pierre. Je construis enfin ces maudits gogues à propos desquelles tu me harcèles depuis je ne sais combien de temps, et tout ce que tu es capable de faire pour me remercier de mes efforts, c'est de te plaindre.

Sans daigner lui répondre, sa bru déchiffra les lettres gravées dans la fonte de la chasse d'eau, puis la poignée en porcelaine de la chaîne, joliment décorée et portant la même inscription.

— *Hôtel Impérial*, lut-elle à haute voix.

— Oh, mais je peux tout t'expliquer, se hâta d'intervenir Ron. Après le bombardement de l'hôtel, Fred le poissonnier et moi, on est allés y voir, au cas où il y aurait eu deux ou trois bricoles à récupérer. Eh bien, figure-toi que des toilettes comme celle-ci, on en a dégotté plusieurs dizaines. Intactes. Toutes. Avoue que ç'aurait été dommage de ne pas s'en servir. La femme de Fred est ravie, et Alf en a installé une chez lui aussi.

Peggy s'efforça de garder son sérieux en se tournant vers son beau-père.

— Ça s'appelle du pillage, Ron, fit-elle d'une voix mal assurée. Vous devriez avoir honte, tous les trois.

— C'est quand même pas un crime d'utiliser des trucs qui ne servent plus à personne. Pour ce qui est de la police, tu peux dormir sur tes deux oreilles : ils ne bougeront pas, vu que le sergent et deux de ses agents en ont récupéré aussi pour eux, des toilettes. Et puis tiens, je vais te dire : ils ont même demandé au propriétaire de l'hôtel s'ils avaient le droit de les embarquer. Ah ! Ça t'en bouche un coin, pas vrai ?

Jamais Peggy ne parvenait à se fâcher longtemps contre Ron… Elle éclata de rire et le serra dans ses bras.

— Je vous adore, Ronan Reilly, souffla-t-elle affectueusement.

— Allons, allons, répondit-il, soudain gêné. Sois donc pas gentille comme ça. Va-t'en plutôt nous faire du thé, ça vaudra mieux.

Kitty avait vaguement conscience d'entendre des voix tout près d'elle. D'abord, ces voix lui parvinrent étouffées, comme issues de profondeurs marines, et, l'espace d'un instant, elle se demanda pourquoi. Dans le même temps, elle avait l'impression de flotter au sein de ténèbres chaudes, en sorte qu'elle n'eut, finalement, ni l'envie ni la force d'ouvrir les yeux pour tenter de résoudre l'énigme.

Elle dérivait en ces lieux confortables, indifférente à tout, ignorante de tout, jusqu'à ce que la voix de Charlotte, qu'elle eût reconnue entre mille, parvînt à s'insinuer au cœur de sa solitude.

— Elle a l'air tellement menue, tellement fragile, sanglota la jeune femme. Oh, mon Dieu… Elle va mourir, n'est-ce pas ?

Prisonnière de l'obscurité, Kitty avait les membres trop lourds pour pouvoir les bouger. Elle se découvrait également incapable de parler. Elle brûlait, pourtant, dans le secret de son âme, de hurler à son amie qu'elle se trompait.

« Non, Charlotte, cria-t-elle en silence. Je ne vais pas mourir. Je t'entends. Je vais bien. »

L'instant d'après, cependant, tout lui fut de nouveau égal, et elle replongea avec soulagement dans sa douce inconscience. La notion de temps perdit bientôt tout son sens, et bien qu'elle naviguât à la frontière entre la lumière et la nuit, bien qu'elle captât, de loin en loin, des bribes de conversation, bien qu'elle devinât des présences autour d'elle, elle demeurait sans volonté. Sans le moindre désir de se diriger pour de bon vers cette lumière qu'elle savait se trouver au-delà de l'horizon gris devant elle, par-delà ce monde silencieux et exempt de douleur où elle se sentait en sécurité.

— Kitty, réveille-toi. Allez, sœurette. Ouvre les yeux, maintenant. Il est temps pour toi de revenir parmi nous.

La voix de Freddy pénétra à l'intérieur du cocon où elle continuait de flotter, ses mots l'attirant inexorablement, bien qu'avec douceur, vers l'aube qu'elle voyait poindre au loin. Elle souhaitait voir son frère, lui tendre la main, le rassurer en lui faisant comprendre qu'elle le savait à côté d'elle et qu'elle se portait bien. Hélas… Une lassitude intense l'empêchait de soulever les paupières, fût-ce pour contempler le visage adoré de son frère.

— Allez, Kitty, implora-t-il doucement. Je sais que tu m'entends, et je me doute que ça doit être très difficile pour toi d'ouvrir les yeux, mais il faut vraiment que tu arrêtes tes bêtises, maintenant. Réveille-toi.

Elle planait à l'extrême bord de cette obscurité ô combien rassurante, à tel point qu'elle redouta, pendant un moment, de quitter le cocon, à l'extérieur duquel, pourtant, Freddy l'appelait. Il l'attendait. Elle se devait d'aller vers lui.

Lentement, irrésistiblement, elle se sentit attirée par la lumière. Une lumière éblouissante, qui lui faisait mal aux yeux, tandis qu'à présent, des ondes de douleur lui traversaient le corps. Elle referma les paupières, se détourna, tentant de se blottir au cœur même de la souffrance. Mais cela ne fit qu'empirer la situation, et elle ne souhaitait plus, maintenant, que de retourner à la pénombre apaisante du néant.

— Salut, Kitty, murmura-t-il. Je sais que tu m'entends. Content de te revoir.

La douleur, pareille à un monstre en train de s'éveiller, embrasait le corps entier de la jeune femme, ses griffes se plantaient dans son ventre et dans ses jambes, comme si elles s'apprêtaient à les dévorer.

— Freddy ? fit-elle d'une voix rauque – une voix étrangement fluette, qu'elle ne reconnaissait pas.

— Oui, je suis là, Kitty.

Elle sentit la douceur de ses doigts sur sa joue.

— Tout va bien. Tu ne crains rien, et j'ai déplacé la lampe de chevet pour qu'elle ne risque pas de t'aveugler.

La jeune femme osa ouvrir les yeux avec lenteur, ahurie par la douleur et ce décor, autour d'elle, qui ne lui disait rien. Elle s'aperçut qu'elle était attachée dans un lit, autour duquel on avait tiré un rideau à fleurs, afin, sans doute, de l'isoler du reste de la pièce assombrie qu'elle devinait de l'autre côté de la tenture. Lorsque Freddy se pencha sur elle, elle distingua ses beaux traits réguliers, ainsi que son regard bleu. Son visage, néanmoins, disait une fatigue intense, et un indéfinissable chagrin jetait une ombre dans ses yeux. Soudain, Kitty prit peur.

— Il est arrivé quelque chose à Charlotte ? articula-t-elle tant bien que mal.

— Elle se trouve à Manchester, se dépêcha-t-il de la rassurer. Elle se porte à merveille.

Kitty, soulagée, referma les paupières.

— Mais... Elle était ici il y a à peine une minute ou deux, murmura-t-elle en fronçant les sourcils. J'ai entendu sa voix.

— C'était il y a plus longtemps que ça, lui expliqua Freddy posément.

Elle essaya de le croire, mais, en réalité, elle avait acquis la conviction que son frère se trompait. Charlotte était venue à son chevet, et elle avait parlé à quelqu'un. Toutefois, là encore, sa faiblesse la contraignit à abandonner ses investigations, d'autant plus que le monstre de la douleur, sans relâche, lui pétrissait le corps de ses doigts d'acier.

— Dormir, souffla-t-elle. Je veux dormir.

— Je sais, Kitty, mais le médecin dit qu'il faut que tu te réveilles, maintenant, parce qu'il a besoin de te parler.

Mais Kitty ne désirait parler à personne. Elle voulait au contraire qu'on la laissât seule, afin qu'elle pût retomber dans l'inconscience et chasser loin d'elle l'atroce souffrance.

— Kitty.

De nouveau, ses doigts effleurèrent sa joue.

— Il va arriver, Kitty. Il faut vraiment que tu te réveilles pour pouvoir écouter ce qu'il a à te dire. Allez, sœurette.

Elle rouvrit les yeux, considéra le visage inquiet de son frère.

— Que s'est-il passé, Freddy ? La douleur est… presque insoutenable.

— Le médecin va te donner quelque chose pour t'empêcher d'avoir mal, mais seulement après t'avoir parlé.

Le jeune homme se pencha sur elle encore, les boutons dorés et les épaulettes de son uniforme luisant dans le cône de lumière de la lampe, qui éclairait le lit, ainsi que le rideau qui le ceignait – c'était comme une oasis au cœur de la pièce sombre.

— En attendant, je vais te résumer brièvement ce qui s'est passé : tu as eu comme qui dirait un petit accident à bord de ton Oxford, au cours duquel tu t'es fait drôlement secouer, exposa Freddy d'une voix où la douceur le disputait à l'âpreté – il s'efforçait de contenir son émotion. Par bonheur, le crash a eu lieu à deux pas du terrain d'aviation d'une usine, une équipe d'urgence a donc aussitôt volé à ton secours. C'est probablement ce qui t'a sauvé la vie. Tu te trouves actuellement dans un hôpital réservé au personnel militaire, juste à côté de Cliffehaven.

Le brouillard, peu à peu, se dissipa suffisamment dans l'esprit de Kitty pour qu'elle se remémorât ces ultimes secondes terrifiantes, durant lesquelles elle s'était presque vue mourir. Mais… Mais Cliffehaven ne se situait pas à proximité du lieu de l'accident… Alors ? Que faisait-elle dans cet hôpital ? Elle n'y comprenait plus rien, mais, comme elle tentait de s'asseoir pour exiger de son frère de plus amples explications, elle crut recevoir un coup de poignard en pleine poitrine – la douleur lui coupa le souffle.

— Essaie de ne pas bouger, Kitty, lui conseilla Freddy sur un ton fébrile. Tu risquerais d'empirer ton état.

La jeune femme reposa sa tête sur les oreillers, en essayant d'identifier ses blessures. En se concentrant, elle finit par se rendre compte que, sous le drap blanc, elle était nue, pansée, du cou aux hanches. Elle avait aussi les deux bras dans le plâtre, tandis que des aiguilles, reliées à des tubes, hérissaient le dessus de ses mains.

Comme elle observait ses doigts dépassant des plâtres, elle y constata, outre leurs ongles cassés, les traces irrégulières de nombreuses coupures. Portant ensuite le regard vers le pied de son lit, elle découvrit l'une de ses jambes plâtrée, maintenue en l'air par un système de poulies – l'autre se trouvait protégée par une sorte de tunnel qu'on devinait sous le drap. À peine avait-elle tenté de bouger un peu ses orteils qu'elle ressentit une vive douleur qui monta jusqu'à l'aine. Elle avait, sans le moindre doute, une chance folle d'être encore de ce monde.

Elle voulut ensuite toucher prudemment son visage. Un bandage le recouvrait pour partie, de même que son crâne. La terreur l'envahit :

— J'ai été brûlée ? souffla-t-elle.

— Non, se hâta de répondre Freddy. Tu as été éjectée avant que l'aile ne s'enflamme.

Elle éprouva un soulagement qui lui tira un pâle sourire.

Son frère lui sourit en retour avec tendresse.

— Ta jolie petite bouille en a pris un coup, mais tu as réussi à ne te casser ni le nez ni les pommettes. Quant aux ecchymoses et aux tuméfactions, elles sont déjà en train de se résorber. Tu fais beaucoup moins peur que lorsqu'ils t'ont amenée ici.

Il s'était exprimé avec cet enthousiasme exagéré commun à tous les pilotes de chasse de la RAF, qui agaçait sa sœur.

— Ne t'en fais pas, ma vieille, enchaîna-t-il. En moins de temps qu'il n'en faudra pour le dire, tu seras redevenue aussi moche qu'avant.

— Merci, maugréa la jeune femme. Je savais que je pouvais compter sur toi pour me soutenir.

Freddy lui adressa un sourire un peu forcé.

— C'est à ça que servent les grands frères, figure-toi. Il n'empêche que tu as eu une veine insensée. L'équipe d'intervention d'urgence t'a découverte à plusieurs mètres de l'appareil, au beau milieu d'un fourbi de fils de fer barbelés et de piquets antiaériens. Il leur a fallu beaucoup de temps pour te sortir de là, mais le fait est que moins d'une heure après le crash, tu étais admise dans le petit hôpital le plus proche.

Kitty le devinait mal à l'aise. Il ne lui disait pas tout.

— Pourquoi m'a-t-on transférée à Cliffehaven ?

Avant que Freddy ait eu le temps de répondre, le rideau s'ouvrit sur un homme grand, aux cheveux gris, vêtu d'une longue blouse blanche sur son uniforme kaki, qui s'avança dans le cercle de lumière dont le lit était le centre. Il salua Freddy d'un signe de tête, refusa la chaise que celui-ci lui offrait pour se jucher plutôt au bout du lit de la patiente, à laquelle il adressa un sourire affable.

— Je suis le chirurgien général Thorne, se présenta-t-il. Je me réjouis de vous revoir parmi nous, officier pilote Pargeter.

Cette dernière se sentit aussitôt en confiance, car il avait à peu près le même âge que son père, la même sincérité dans le sourire et la même voix grave.

— Je vous en prie, appelez-moi Kitty. Pour le moment, je me fais moins l'effet d'une aviatrice que d'un sac d'os en petits morceaux.

— Cela ne m'étonne pas, commenta le médecin avec douceur. Vous souffrez d'un nombre conséquent de fractures.

— Comment se fait-il que je ne sois pas restée dans l'hôpital de campagne proche de Kidlington ?

— Cet établissement ne possédait pas les équipements nécessaires pour vous soigner correctement. C'est pour cette raison qu'ils vous ont transférée chez nous, à bord d'un avion sanitaire.

Il lui sourit de nouveau, comme pour la rassurer.

— Nous disposons ici des équipements les plus modernes, et nos chirurgiens, ainsi que notre personnel infirmier, comptent parmi les meilleurs d'Angleterre. Je puis vous affirmer que vous vous trouvez entre de très bonnes mains.

Kitty essayait toujours de se rappeler ce qui s'était passé juste après l'accident. En vain.

— Je suis ici depuis combien de temps?

— Deux semaines. Je sais que cette nouvelle constitue un choc pour vous, mais nous avons dû vous sédater fortement, ce qui explique que vous ne vous souveniez de rien.

Kitty le considéra d'un œil incrédule.

— Deux semaines?

Le chirurgien hocha la tête.

— Vous avez subi plusieurs opérations, Kitty, déclara l'homme avec solennité. Mieux valait vous plonger dans un coma artificiel, afin de donner à votre corps le temps d'entamer sa guérison à son rythme.

Il jeta un coup d'œil à Freddy, et Kitty, qui l'avait surpris, eut la certitude que les deux hommes venaient d'échanger un message tacite. Il se passait quelque chose de grave... Elle frissonna de terreur.

— Très récemment, reprit le chirurgien, j'ai commencé à diminuer les doses de morphine pour que vous puissiez vous réveiller. En effet, il faut à présent que je vous rende compte de la manière dont mon équipe et moi avons pris en charge vos blessures, et je tenais, pour cela, à ce que vous soyez pleinement capable de comprendre ce que je m'apprête à vous exposer.

Le cœur de Kitty commença à battre plus fort contre ses côtes, et l'effroi la glaçait un peu plus à chaque instant, tandis qu'elle se tournait vers son frère.

— Freddy... Freddy, qu'est-ce qui m'est arrivé?

Le jeune homme se rapprocha du lit, et posa une main sur les doigts de sa sœur. Il était au bord des larmes, et, à l'évidence, incapable de parler. Kitty mourait de peur.

— Surtout, Kitty, intervint le chirurgien, n'oubliez pas que vous êtes une jeune femme courageuse, à qui rien ne résiste. Vous êtes un pilote émérite et un trompe-la-mort.

— Parlez, je vous en prie, implora la jeune femme, au bord de la crise de nerfs.

— Vous souffrez, je vous l'ai déjà dit, d'un nombre important de fractures. Plusieurs côtes cassées, une clavicule… qui, pour l'heure, sont en train de se ressouder d'elles-mêmes sous leurs pansements bien serrés. Pour ce qui est de vos fractures aux bras, ainsi qu'à votre jambe droite, elles devraient, d'ici environ six semaines, n'être plus qu'un mauvais souvenir. Les cicatrices visibles pour le moment sur votre crâne, votre joue et votre oreille, auront pratiquement disparu le jour où vous quitterez cet hôpital. J'ai dû également intervenir sur votre rate, de même que sur plusieurs tendons au niveau de vos hanches, mais, là encore, le processus de guérison suit son cours.

Kitty le regarda. Les yeux écarquillés, elle ne respirait plus qu'à peine, à l'écoute de l'interminable liste des dégâts infligés à son corps. Elle ne voulait pas en entendre davantage… Hélas, il fallait aller jusqu'au bout, elle ne l'ignorait pas.

— Il y a encore autre chose, n'est-ce pas ? murmura-t-elle. Quelque chose dont vous redoutez de me parler.

— Kitty… Les blessures de votre jambe gauche se sont révélées extrêmement graves, continua l'homme sans élever la voix, ses doux yeux gris chargés de compassion. L'accident a littéralement broyé le tibia et le péroné. Quant au pied… Eh bien… Des membres de l'équipe d'intervention l'ont retrouvé à plusieurs mètres du lieu du crash.

Elle dévisagea son interlocuteur, cependant que l'horreur absolue de ces révélations se déversait en onde froide à l'intérieur de son cerveau.

— Mon pied… souffla-t-elle. J'ai eu le pied arraché ?

Le chirurgien hocha lentement la tête.

— J'aurais volontiers tenté de le greffer, mais, hélas, la jambe elle-même était trop abîmée pour que nous nous lancions dans une telle intervention, qui fait appel à des techniques innovantes, que nous ne maîtrisons pas encore parfaitement.

Il se rapprocha de sa patiente pour serrer doucement ses doigts dans sa main chaude.

— Je suis navré, Kitty, mais l'infection s'est installée, et j'ai dû procéder à l'amputation de votre jambe gauche au-dessous du genou.

La jeune femme, tétanisée, le fixait, et les mots insoutenables résonnaient dans sa tête à la façon d'un glas. Des larmes se mirent à rouler sur ses joues, mais au plus profond d'elle-même, elle demeurait figée par l'affreuse nouvelle.

— Non, souffla-t-elle. Non, non, non.

— Oh, Kitty, fit Freddy en tentant de retenir ses larmes. Je suis vraiment désolé, mais tu es forte, tu sais, et puis tu vas te remettre peu à peu et…

— Mais je ne serai plus qu'une infirme, sanglota Kitty. Une pauvre infirme qui ne servira plus à rien.

— Je vous interdis de dire une chose pareille, intervint le médecin avec fermeté. Je sais que vous venez d'entendre la chose la plus épouvantable de toute votre vie, et, pour le moment, il vous est impossible de l'accepter. Mais vous allez y parvenir, croyez-moi, d'autant plus que votre courage et votre force de caractère seront là pour vous aider à surmonter cette épreuve.

— Et après ? se fâcha la jeune femme d'une voix rauque à force de larmes et de chagrin. Je suis une aviatrice et une joueuse de polo. Je viens à peine de fêter mes vingt et un ans et j'adore la moto, j'aime nager et danser.

Elle laissa retomber sa tête sur l'oreiller, vaincue, mise en pièces par l'inhumaine vérité.

— Vous auriez mieux fait de me laisser mourir au lieu de m'obliger à vivre dans cet état, hoqueta-t-elle.

— Ne dis pas ça, sœurette, la supplia Freddy. Le ciel est en train de te tomber sur la tête, c'est entendu. Pour toi, il s'agit de la fin du monde. Mais tu possèdes une force peu commune, tu es obstinée… Je t'assure que, d'ici peu, tu trouveras le moyen de reprendre la lutte.

Il se pencha sur elle.

— Ta combativité, Kitty, tu ne l'as pas perdue. Alors, vas-y, sers-t'en. Jette-toi dans la bataille.

Mais les forces de Kitty l'avaient brusquement désertée. Sa détermination s'était évanouie à l'instant précis où le chirurgien lui avait exposé la situation. Elle ne supportait pas de lire la détresse sur le visage de Freddy, elle se refusait à contempler cet avenir glacé, cruel, qui s'étendait à présent devant elle. Elle ferma les paupières, puis s'enfouit au plus profond de son âme, en quête de réconfort et d'oubli.

C'est alors que, comme en réponse à sa prière muette, elle sentit une aiguille s'enfoncer dans son bras et, bientôt, les sombres nuées de l'inconscience l'appelèrent à elle de nouveau.

# 6

C'était un beau matin du début de juillet, et Peggy avait résolu de flâner sur la promenade avec Daisy. Maintenant, elle gravissait la colline avec lenteur, en direction de la pension du Bord de mer, tandis que la fillette gigotait dans son landau pour observer les mouettes, qui, planant dans le ciel bleu, poussaient des cris pareils aux miaulements d'un chat.

Malgré la chaleur et le soleil, Peggy n'en finissait pas de pleurer l'époque bénie d'avant la guerre, lorsqu'elle emmenait ses enfants à la plage. Elle préparait des casse-croûte, qu'elle plaçait dans son grand sac, et veillait toujours à avoir sur elle assez d'argent pour offrir, aux uns et aux autres, un soda ou une glace. Les bambins passaient là-bas, avec leur mère, presque toute la journée, creusant le sable humide et sombre, quand ils ne partaient pas à la chasse au trésor dans les flaques laissées entre les rochers par la mer quand elle se retirait, ou ne s'éclaboussaient pas dans l'eau. Enfin, hâlés et couverts de sable, ils regagnaient la pension, toujours chaperonnés par Peggy, avec leurs seaux, leurs pelles et leurs serviettes, pour prendre un bain chaud, puis un dîner copieux.

Depuis, tout avait changé, même si la Manche étincelait sous les rayons du soleil. La plage était désormais minée, et son accès rendu impossible par des rouleaux de fil de fer barbelé. De vilains ouvrages en béton, censés empêcher les ennemis de débarquer, défiguraient la baie, des batteries s'égrenaient le long de la promenade… Même l'air salin était à présent gâté par la puanteur des carburants dont on voyait les galettes flotter sur les vagues – les galets en étaient constellés. De quoi rappeler chaque jour aux habitants des lieux qu'un nombre considérable d'avions et de bateaux avaient déjà coulé depuis le début du conflit. De plus en plus d'hommes disparaissaient ainsi, à jamais, dans les flots.

Peggy gravit résolument la colline. Certes, il n'y avait pas de crème glacée, et l'on avait du mal à se procurer des bouteilles de soda. Certes, Daisy ignorait encore le plaisir de sentir le sable s'insinuer entre ses orteils, et jamais elle n'avait mis les pieds dans une flaque d'eau de mer. Néanmoins, la vie continuait, et l'on ne gagnait rien à s'appesantir sur son sort. Comme tout un chacun, Peggy se devait de tenir bon.

Elle releva ses lunettes de soleil aux verres copieusement rayés, avant de s'engager dans l'allée avec son landau jusqu'à la barrière du jardin. Une fois de plus, elle longea l'abri Anderson, dans lequel la maisonnée tout entière avait été contrainte de passer la nuit précédente, en raison d'une attaque aérienne. La logeuse, qui transpirait, avait besoin d'une tasse de thé.

Mme Finch se trouvait au jardin, assise à l'ombre d'un grand parasol que Peggy soupçonnait Ron d'avoir récupéré, comme les toilettes, parmi les ruines de l'hôtel Impérial, car elle croyait bien se souvenir d'en avoir vu de tels sur la terrasse de l'établissement, l'été précédent. Comment diable le vieux bougre avait-il fait pour ne pas mettre aussi la main sur l'une des tables en fer forgé ? Et sur quelques chaises, pendant qu'il y était… Sa bru eut un sourire ironique. Après tout, les chaises longues se délabraient, et la table de jardin consistait en un tabouret à trois pieds.

— Bonjour, ma chère, fit Cordélia en abandonnant son tricot. Avez-vous fait une agréable promenade ?

Peggy extirpa une Daisy gazouillante de son landau, rajusta son bonnet de coton, puis l'installa dans son parc, sur une couverture qu'on avait déployée sur l'herbe, puisque le temps était radieux.

— La Manche est toujours aussi belle, répondit-elle en déplaçant le parasol, afin qu'il fît aussi de l'ombre à la fillette. Mais, dans l'ensemble, je trouve le décor un peu déprimant, entre les barbelés et les hôtels bombardés du front de mer.

Elle s'installa dans le second transat, plutôt branlant, avant de dénouer les lacets de ses vieilles sandales, dont la toile se déchirait par endroits.

— De quelque côté qu'on se tourne, les ravages de la guerre sont partout, fit la vieille dame en désignant, d'un mouvement de tête, la bâche qui couvrait encore le toit de la maison d'en face. Mais il n'est pas question de gâcher pour autant une aussi belle journée. Par cette chaleur, mes vieux os revivent, et voilà plusieurs semaines que mon arthrose me fiche la paix.

Levant soudain les yeux, elles virent passer, qui rugissaient au-dessus de leur tête, plusieurs escadrilles de bombardiers et de chasseurs. L'espace d'un instant, la quiétude de cette douce matinée vola en éclats. Daisy battit des mains en riant au spectacle des avions – elle s'était dès longtemps accoutumée à leurs fréquents passages, et le raffut qu'ils faisaient ne l'effrayait pas.

— On dirait que nos garçons sont sur le point d'assener un coup supplémentaire aux nazis, commenta Cordélia une fois que les appareils eurent disparu au-dessus de la Manche. Je m'étonne que Hitler ne se soit pas encore résigné à se rendre, depuis le temps que nos avions bombardent l'Allemagne de jour comme de nuit.

— Ce pauvre Martin doit être éreinté, soupira Peggy en saisissant la théière posée entre elles, sur le petit tabouret. Quand je pense qu'il a sous ses ordres tous ces jeunes gens, et que c'est à lui qu'incombe la mise en œuvre des missions qui se succèdent continuellement… Sans compter la liste des morts et des disparus, qui ne cesse de s'allonger… Il y a de quoi mourir de fatigue.

— Bah… Je crois que lorsqu'on se trouve au cœur de l'action, on finit par oublier son épuisement.

La vieille dame sourit à sa logeuse.

— Votre gendre est plus costaud que vous ne le pensez, déclara-t-elle avec fermeté. Ce garçon est un meneur d'hommes. D'ailleurs, ceux qui se trouvent sous ses ordres l'adorent. Tout se passera bien pour lui, croyez-moi.

Peggy espérait de tout cœur que Mme Finch voyait juste, car elle aimait beaucoup Martin, et, surtout, c'était du bonheur de sa fille aînée qu'il était question. Ayant avalé une gorgée de l'infect thé recuit, elle grimaça.

— Je vais monter en refaire un peu, dit-elle, puis je préparerai des sandwiches au pâté de jambon pour le déjeuner.

Elle s'avisa tout à coup qu'il régnait autour d'elle un calme inhabituel.

— Où sont-ils tous passés ? s'enquit-elle auprès de Mme Finch.

— Rita a sauté sur sa machine infernale pour aller chercher Ruby. Je suppose qu'elles vont rejoindre la petite Lucy Kingston pour aller pique-niquer ensuite à Havelock Park.

— Oh, quelle charmante idée, fit Peggy. Je me réjouis vraiment de la vitesse à laquelle Ruby s'est adaptée à sa nouvelle existence. D'autant plus qu'elle peut maintenant compter sur de fidèles amies. Après tout ce qu'elle a vécu malgré son jeune âge, elle a amplement mérité son bonheur.

— J'ai l'impression qu'Ethel se sent très bien à Cliffehaven, elle aussi, répondit Cordélia. Elle a déniché un emploi dans la même usine que sa fille, où elle a déjà sympathisé avec d'autres ouvrières originaires de l'East End comme elle. À peu de chose près, elle est maintenant chez elle.

— Oui, je sais, répondit sa logeuse. Je l'ai croisée il y a quelques jours. Elle sortait de la gare et j'ai failli ne pas la reconnaître. Elle s'est un peu remplumée, et maintenant qu'elle a réussi à se débarrasser de sa mine de papier mâché, elle m'a paru plus jeune qu'à son arrivée à Cliffehaven. Et plus heureuse, surtout. Sa nouvelle maison l'enchante.

Cordélia fronça les sourcils.

— Que faisait-elle à la gare ? Elle ne va quand même pas s'amuser à faire des allers et retours entre ici et Londres ?

Peggy secoua la tête :

— Apparemment, elle s'entend très bien avec Stan. Elle m'a expliqué qu'elle lui faisait un peu de ménage et de cuisine. Un homme seul est incapable de se nourrir correctement, que voulez-vous, et il avait besoin de reprendre du poil de la bête.

— Ça alors, souffla Cordélia. On ne peut vraiment pas dire que Stan ait la peau sur les os, et il m'a toujours semblé capable de prendre soin de lui.

La logeuse haussa les épaules.

— Peut-être apprécie-t-il, tout simplement, de voir une femme s'affairer autour de lui, murmura-t-elle. Après tout, il est veuf depuis longtemps.

Mme Finch la considéra par-dessus ses lunettes en demi-lune et gloussa.

— Pour l'amour du Ciel, ma chère, fit-elle en soupirant, on jurerait que vous les voyez déjà mariés. Il a presque le double de son âge !

Peggy sourit.

— C'est vrai, mais je crois qu'Ethel a à cœur de choyer Stan pour le remercier de la façon dont il a pris sa fille sous son aile à son arrivée à Cliffehaven. Et puis, si j'en crois ce que m'a raconté Ruby, sa mère s'est retrouvée, elle aussi, prise au piège d'un mariage déplorable. Son époux la battait, entre autres. Alors, si elle se sent bien avec Stan, je ne peux que m'en féliciter.

— De mon temps, les choses étaient très différentes, déclara Mme Finch avec raideur. Les femmes mariées savaient se tenir, jamais il ne leur serait venu à l'idée de se conduire de cette façon.

Peggy, qui comprenait combien l'évolution des mœurs pouvait choquer parfois sa vieille pensionnaire, renonça à tenter de lui faire considérer la situation d'un autre œil. Elle préféra changer de sujet.

— Au fait, où sont passés les autres? Sont-ils censés revenir pour le déjeuner?

— Cela m'étonnerait. Suzy passe la journée avec Anthony. Sarah et Jane sont parties se promener dans les collines en emportant des casse-croûte, et Ron a emmené Harvey à L'Ancre, maintenant que la pauvre bête est revenue à la raison. Je suppose qu'il a prévu d'emmener Rosie prendre le thé, cet après-midi, au café du bout de la promenade. Ils regagneront le pub pour la réouverture de 18 heures.

— Et Fran?

Cordélia fronça les sourcils, la mine réprobatrice.

— Une énorme voiture s'est arrêtée devant la pension cinq minutes après votre départ. Il en est descendu un officier de l'armée américaine. Un garçon aux dents beaucoup trop blanches à mon goût, et qui se pavanait sur le trottoir. Fran a filé tellement vite que je n'ai pas eu le temps de lui demander ni qui il était ni où il avait prévu de l'emmener.

Elle pinça les lèvres.

— J'ai eu la très nette impression qu'elle ne voulait surtout pas que j'apprenne quoi que ce soit au sujet de ce bellâtre. Ce qui, si vous voulez mon avis, est on ne peut plus suspect.

Peggy acquiesça en silence. Le soir venu, elle aurait une petite conversation avec sa locataire, pour s'assurer qu'elle n'était pas en train de faire des bêtises. Car les beaux Américains faisaient volontiers tourner la tête des jeunes femmes, surtout celles qui, comme Fran, avaient subi une éducation un peu trop rigoriste.

Après avoir fait manger Daisy, sa mère la déshabilla, afin qu'elle pût barboter avec ses canards en plastique dans une vieille baignoire en fer-blanc, reléguée dans la cabane de jardin depuis qu'on avait refait la salle de bains. Peggy ayant en outre décrété que cette journée était décidément trop belle pour la sacrifier tout entière sur l'autel des tâches ménagères, elle alla chercher sa boîte à repriser au terme du déjeuner, puis rejoignit Mme Finch sous son parasol.

Elle était en train de recoudre l'un des boutons d'une chemise de Ron usée jusqu'à la trame, lorsqu'elle entendit s'ouvrir la barrière.

— Martin ! lança-t-elle, aux anges. Quelle bonne surprise. Nous parlions justement de toi tout à l'heure.

Martin était un grand gaillard aux larges épaules, très élégant dans son uniforme de la RAF. Comme il embrassait sa belle-mère sur la joue, celle-ci sentit le chatouillement de son opulente moustache.

— En bien, j'espère, commenta-t-il, taquin. C'est que je me préoccupe de ma réputation, voyez-vous.

— Nous n'avons fait que chanter tes louanges, répondit Peggy, la gorge soudain serrée.

— Comment se porte la demoiselle de mon cœur ? demanda-t-il à Cordélia.

Cette dernière piqua un fard, pépiant à la manière d'un petit oiseau nerveux, tandis que le garçon, galant, lui faisait le baisemain.

— À merveille dès que je vous vois, jeune impudent, répondit-elle en minaudant.

— Formidable ! lança Martin avec un large sourire. Et je vous trouve prodigieusement guillerette, en cette belle journée.

Il ôta sa casquette, qu'il plaça avec précaution sur le tabouret, avant de se tourner vers Daisy, qui riait en le regardant depuis sa piscine de fortune.

— Bonjour, ma puce, fit-il doucement. Bonté divine… N'aurais-tu pas encore grandi, par hasard ?

Ayant posé sur le sol son porte-documents, il prit dans ses bras la fillette, ravie, sans s'émouvoir de l'eau qui coulait à présent sur son uniforme immaculé, dont elle ternissait les boutons de cuivre.

— Tu me fais tellement penser à Rose, murmura-t-il en laissant l'enfant tirer sur sa moustache et tapoter son visage de ses petites mains mouillées.

Des larmes montèrent aux yeux de Peggy, qui devinait, à son regard, ainsi qu'à cette pointe de mélancolie dans sa voix, combien sa propre fille lui manquait.

— Elle va tacher ton uniforme, fit-elle.

— C'est sans importance, répondit-il en chatouillant le ventre de Daisy – l'enfant rit de plus belle. Un uniforme, ça se nettoie, mais un câlin avec un bébé n'a pas de prix, et je n'y renoncerais pour rien au monde.

Il embrassa le petit visage joufflu de Daisy, puis s'amusa à lui tremper les orteils dans l'eau, puis à la soulever de nouveau, et à de nombreuses reprises. La fillette se mit à agiter les jambes en gazouillant de plaisir. Enfin, Martin la rassit dans la baignoire, avant de lui tendre l'un de ses jouets en caoutchouc.

— Nous jouerons encore tout à l'heure, promis, quand nous aurons séché tous les deux.

Peggy se mit à rire en se levant de sa chaise longue :

— Je vais te chercher une autre serviette. Celle de Daisy est un peu petite pour toi.

— Non, attendez, Peggy.

Il s'empara de son porte-documents.

— J'ai là-dedans quelque chose qui me semble parfait pour une belle journée comme celle-ci.

Il extirpa de sa serviette une bouteille de gin et trois autres de tonic.

— J'ai pensé que nous pourrions siroter quelques verres au soleil, déclara-t-il, en échangeant les dernières nouvelles.

Il posa les bouteilles sur le sol, replongea dans sa serviette.

— J'ai également réussi à me procurer ceci, ajouta-t-il avec un sourire radieux.

— Juste Ciel…, souffla Mme Finch.

Peggy s'empara de l'un des citrons, dont elle huma le parfum, ce qu'elle n'avait plus eu l'occasion de faire depuis des lustres.

— Où diable les as-tu dénichés ?

— Eh bien… Je ne devrais probablement pas vous le dire, hésita-t-il en tortillant l'une des pointes de sa moustache humide. Disons qu'ils sont tombés d'un avion de transport américain.

Peggy et Cordélia s'esclaffèrent.

— Tu commences à ressembler à Ron, s'amusa sa belle-mère.

Le jeune homme cligna de l'œil avec un petit rire.

— Je prends cela comme un compliment, Peggy. Ron est un homme épatant, et le talent dont il fait preuve pour offrir de temps à autre des articles de luxe à ses proches est devenu légendaire.

Martin se leva pour aller admirer le potager du vieil homme. Peggy récupéra Daisy dans la baignoire, l'essuya. Après lui avoir mis une couche, elle lui fit enfiler un gilet léger, avant de nouer le cordon de son bonnet sous son menton. Enfin, elle l'installa, avec un biberon d'eau légèrement sucrée, dans son landau, dont elle abaissa la capote pour la protéger du soleil.

— Allons-nous, oui ou non, avoir droit à un gin tonic? s'impatienta Mme Finch. Il fait une chaleur accablante et je meurs de soif.

— Je vais chercher les verres et couper des rondelles de citron, répondit sa logeuse. Martin! Il reste une chaise longue au sous-sol. Fais comme chez toi.

Peggy regagna prestement le rez-de-chaussée, où, dans le placard de la salle à manger, elle dénicha trois verres dépareillés. Ils n'avaient plus servi depuis la merveilleuse fête organisée par Ron et Martin la veille du départ de Jim et Frank pour le camp d'entraînement que les autorités militaires leur avaient donné l'ordre de rejoindre.

Happée par ses souvenirs, la logeuse demeura un moment dans la pièce encombrée, qu'on n'utilisait plus. Ç'avait été une journée magnifique, car Martin était parvenu à faire venir, pour une courte visite surprise, Anne, Rose et les deux jeunes fils de Peggy. À l'heure des adieux, bien sûr, la joie était retombée – on ne savait même pas combien de temps s'écoulerait avant d'autres retrouvailles.

Après s'être brièvement affairée à la cuisine, elle regagna le jardin, où Martin, qui avait tombé la veste, retroussé les manches de sa chemise et ôté sa cravate, s'était aussi démené. Il se trouvait à présent cinq transats à l'ombre du parasol, le jeune homme ayant en outre récupéré, dans la chambre de Ron, une vieille table de chevet qu'il avait garnie d'un carré de soie d'un bleu éclatant.

Comme sa belle-mère l'interrogeait du regard, il lui sourit :

— Je me suis dit que les autres allaient peut-être rentrer bientôt, d'où les chaises supplémentaires, expliqua-t-il. Pour ce qui est du foulard, je l'ai apporté exprès, pour égayer un peu notre petite collation.

— Il est bien trop joli pour faire office de nappe, se récria Peggy en lui tendant la serviette. Je vais aller chercher l'une des miennes.

Cordélia, à qui Martin venait d'offrir le foulard bleu, ne se sentait plus de joie.

— Quel garnement tu fais, minaudait-elle. Il est splendide. Mais tu n'aurais pas dû.

— Il était fait pour vous, répondit Martin avec affection. Regardez, sa couleur correspond très précisément à celle de vos yeux.

— Tu en racontes, des bêtises, gloussa Peggy, de retour, en lissant la nappe sur la table, avant d'y disposer les bouteilles, les verres et la soucoupe où elle avait placé les rondelles de citron. Mme Finch est dans tous ses états. Tu me fais de plus en plus penser à mon Jim. Toujours en train de débiter des boniments.

Le jeune homme se contenta de sourire, puis il remplit les verres, avant de lever le sien :

— Buvons à ce bel après-midi ensoleillé. Santé !

Peggy avala une gorgée, puis soupira de plaisir. Rien ne valait un gin tonic dégusté au jardin quand il y faisait si délicieusement chaud.

Une heure plus tard, Cordélia dormait, le menton sur la poitrine, son chapeau de paille de travers. Elle ronflotait. Peggy rajusta doucement son couvre-chef, lui prit de la main le verre vide qu'elle tenait encore.

— Je crois que tu y es allé un peu fort sur le gin, Martin. Cette pauvre Cordélia n'y est pas habituée. Même moi, je me sens un peu pompette. Bah… Tant pis, je me suis régalée. Merci.

— De rien, voyons.

Le jeune homme étira ses longues jambes, se pencha en arrière et ferma les yeux face au soleil :

— Je n'ai pour ainsi dire jamais l'occasion de me détendre vraiment, et avec Anne et Rose dans le Somerset, je suis ravi de venir ici, où je me sens presque chez moi.

Cette déclaration, qui lui faisait chaud au cœur, émut beaucoup sa belle-mère.

— Tu sais que tu es toujours le bienvenu à la pension du Bord de mer, Martin.

Elle alluma une cigarette, puis alla s'assurer que Daisy dormait encore, avant de se rasseoir.

— As-tu réussi à te rendre dans votre maison ces derniers temps ?

— Elle est suffisamment proche de l'aérodrome de Cliffe pour que je puisse y passer à intervalles réguliers. Aucune canalisation n'a éclaté et aucun visiteur indésirable ne s'est introduit chez nous. Je sais que je ferais mieux de la louer, cela rendrait forcément service à quelqu'un, mais je continue à croire que, bientôt, Anne et moi pourrons retourner y vivre avec Rose.

— Penses-tu que cette guerre va bientôt finir, maintenant que les Américains sont entrés dans le conflit ? À la radio, on ne nous dit pas grand-chose.

Martin changea légèrement de position.

— Les actualités se trouvent soumises à la censure, parce qu'une bonne partie de nos opérations doit rester secrète. Comme vous l'avez sans doute deviné, vu le nombre d'avions que vous voyez passer en ce moment, nous bombardons l'Allemagne nuit et jour depuis plusieurs semaines. Mais pas seulement. La RAF a mené des attaques nocturnes sur un front allant de la Norvège à la France, mais nos principales cibles ont été Brême, Essen et Bremerhaven. Le nord de la France compte aussi parmi nos objectifs majeurs, du fait de la présence d'usines allemandes à Lille.

Il plissa les yeux vers le soleil, avant de chausser une paire de lunettes noires.

— Une nouvelle offensive sur le front de l'Est a commencé, car les Russes ont perdu le contrôle de la Crimée et les Allemands font route vers Stalingrad.

Il alluma une cigarette, poussa un lourd soupir.

— Vous pensez bien que nos bombardements ont provoqué des représailles. Avant-hier, Southampton a subi une terrible attaque, et il y a eu d'autres raids aériens dans l'ouest du pays, ainsi qu'ici et dans les Midlands. La RAF paie un lourd tribut, vous savez. La nuit dernière, par exemple, j'ai perdu huit de mes meilleurs hommes.

De l'angoisse se peignit sur les traits de Martin, et sa voix se brisa. Songeant à tous ces jeunes gens fauchés à la fleur de l'âge, sa belle-mère éprouva un profond chagrin. Elle posa une main sur l'avant-bras du garçon.

— Toi, Martin, comment te sens-tu ?

Il se redressa sur son transat, les coudes sur les genoux. Le regard lointain, il tirait sur sa cigarette.

— L'état-major de la RAF m'a ordonné de participer à moins de missions. J'en profite pour tenter de veiller au mieux sur mes gars.

Peggy se garda de l'interrompre, car elle le sentait aux prises avec de très fortes émotions.

Il enchaîna d'une voix mal assurée :

— Certains d'entre eux viennent à peine de quitter l'école, vous vous rendez compte ? Ce qui signifie qu'ils n'ont que quelques heures de vol en solo à leur actif. Lorsqu'ils se dirigent vers leurs appareils, ils ont le visage d'un blanc de craie, et ils tremblent comme des feuilles. Et pourtant… pourtant… je puis vous assurer qu'ils haussent le menton, et que, pour rien au monde, ils n'avoueraient à quiconque qu'ils sont morts de peur. Ils sont si farouchement déterminés à participer à l'effort de guerre que, chaque fois que l'un d'eux ne revient pas, cela me brise le cœur.

— Je me demande comment tu arrives à supporter ça, murmura Peggy.

Il écrasa sa cigarette sous son talon, se redressa de nouveau sur son siège.

— C'est mon travail, Peggy, et ce sont mes gars. Ils attendent de moi que je reste fort et que je sois toujours là pour les épauler, chaque fois que les choses tournent mal.

Martin se tut, mais sa belle-mère devinait à sa mine qu'il brûlait de se confier encore, d'exprimer ces craintes et ces tensions auxquelles il se trouvait soumis depuis maintenant trois ans. Le jeune homme, en effet, avait participé à la bataille d'Angleterre, il avait effectué d'interminables opérations au-dessus de la France et de l'Allemagne, et c'était à lui qu'était revenue la tâche peu enviable d'écrire aux parents de ses hommes tombés au combat, pour leur annoncer qu'ils ne reverraient plus leur enfant. Peggy, cependant, comprenait sa réticence à se livrer à elle, car elle le soupçonnait, une fois qu'il aurait commencé, de ne plus pouvoir s'arrêter.

Ainsi se tenait-elle assise dans son jardin baigné de soleil, non loin de sa fillette endormie dans son landau, tandis que Mme Finch ronflait doucement à côté d'elle et que les oiseaux chantaient gaiement dans les arbres alentour. Tout était paisible, on se trouvait, pour l'heure, dans un monde fort éloigné des horreurs auxquelles Martin avait dû faire face… Peggy ne pouvait qu'imaginer les mille pensées qui se bousculaient dans la tête de son gendre.

— Ces jours-ci, reprit-il, mes gars sont soumis à une pression croissante. Résultat, dès qu'on leur laisse la bride sur le cou, les débordements sont nombreux. Il leur arrive quelquefois d'exagérer un peu, mais se défouler leur fait du bien. Je les soutiens à cent pour cent, du moment que leurs frasques n'affectent pas leur jugement pendant les missions. Je sais pertinemment que leur exubérance ne leur sert qu'à dissimuler les tensions auxquelles ils sont soumis, et l'effroi sous-jacent que nous avons tous éprouvé un jour ou l'autre. Même les plus courageux et les meilleurs d'entre eux ont peur, et pourtant, la tête sur le billot, ils refuseraient de l'admettre.

Peggy comprit qu'en évoquant ses hommes Martin parlait aussi de lui, de tout ce qu'il dissimulait dans le secret de son âme. Combien de temps encore tiendrait-il, avant d'atteindre le point de rupture ? Personne n'était invincible, pas même Martin, et cette pensée tourmentait sa belle-mère. Toutefois, elle ne dit rien, car elle pressentait que le jeune homme avait encore des confidences à lui faire.

— Ils vivent au jour le jour, poursuivit-il. Ils parlent rarement de leur vie privée, des familles qu'ils ont laissées derrière eux, dans ce monde situé par-delà les aérodromes. Pourtant, chaque fois qu'ils reçoivent de mauvaises nouvelles de chez eux, ou qu'une petite écervelée les quitte, je le sais immédiatement. Je le lis dans leurs yeux, je le devine à leur soudaine baisse de concentration.

Il présenta son étui à cigarettes à Peggy, et quand il eut allumé leurs deux cigarettes, il se rassit, le regard perdu en direction du potager de Ron.

— Je pense à l'un des jeunes pilotes de mon escadrille... Il a à peine vingt-six ans, mais c'est l'un des meilleurs qu'il m'ait été donné de croiser jusqu'ici. Avant la guerre, il participait déjà à des meetings aériens. Eh bien... Figurez-vous qu'alors que ses prouesses lui permettent de prétendre dès maintenant à un emploi de bureau, ou à un poste de formateur de nos nouvelles recrues, il vient d'entamer sa deuxième série de vols opérationnels.

— Ce qui représente combien de sorties ?

— Une série en compte trente. Il en est donc à trente-quatre. Le fait qu'il soit encore de ce monde tient du miracle.

Il eut un pâle sourire.

— Les autres gars en ont fait leur mascotte, il leur tient lieu de patte de lapin, ou de trèfle à quatre feuilles, parce que c'est dans son escadrille qu'on recense, pour le moment, le moins de morts. Mais il s'agit là, selon moi, d'une responsabilité supplémentaire pour lui, dont il n'avait vraiment pas besoin.

Martin fumait sa cigarette, la mine grave.

— Le chef d'escadrille Pargeter a toujours fait preuve de mesure, et jusqu'ici, il a toujours gardé la tête sur les épaules. Pourtant, depuis deux semaines, il se montre distrait. Il a manqué de concentration à plusieurs reprises, et grâce soit rendue à Roger Makepeace, son fidèle ailier, d'avoir veillé au grain. L'autre jour, il a frôlé la catastrophe, ce qui l'a beaucoup secoué, mais quand je lui ai fait part de mon inquiétude, il s'est contenté de hausser les épaules avec un sourire, puis il est parti se saouler copieusement avec Roger.

— Ces problèmes sont sans doute dus à la fatigue, commenta Peggy. Vu son emploi du temps, ça n'aurait rien d'étonnant.

— J'ai su d'emblée qu'il y avait autre chose. J'ai donc attendu qu'il se remette de sa gueule de bois, avant de le traîner jusqu'à mon bureau pour que nous ayons ensemble une conversation d'homme à homme. À force de le travailler au corps, il a fini par m'avouer qu'il se tourmentait pour Kitty, sa petite sœur.

Martin avala une copieuse gorgée de gin tonic.

— Elle occupe un poste de pilote de transport au sein de l'ATA, et elle a été victime d'un terrible accident à bord d'un Oxford qu'on l'avait chargée de livrer à Kidlington. Le chirurgien lui a sauvé la vie, mais il n'a pas réussi à sauver sa jambe gauche. La malheureuse n'a que vingt et un ans.

— Tout s'explique. C'est épouvantable pour lui, comme pour elle. Pour elle, surtout. Pauvre gamine…

— En effet, soupira Martin. C'était une véritable athlète, un garçon manqué prêt à toutes les audaces.

La logeuse écouta, sans mot dire, son gendre lui résumer brièvement le parcours des deux Pargeter, élevés en Argentine.

— Ils ne peuvent compter que l'un sur l'autre, conclut le jeune homme. Ce doit être difficile.

Il eut un petit rire amusé.

— Il y a quelques semaines, elle a terminé troisième d'une des courses organisées par Rita, sur un énorme engin qu'on lui avait prêté. Un tel résultat a dû contrarier la plupart de ses adversaires masculins.

— Oh ! s'écria Peggy. Je crois bien que je me souviens d'elle. Une petite gosse toute menue, avec de courts cheveux blonds bouclés. Elle portait une combinaison bleue. C'est Rita qui a attiré mon attention sur la gamine, justement parce qu'à part elle, elle était la seule fille à courir ce jour-là.

Ses traits s'assombrirent.

— Elle était si pleine de vie et d'énergie… Comment va-t-elle parvenir à supporter l'amputation ?

— Pour le moment, elle n'accepte pas la situation, répondit Martin, qui finit son verre, avant d'écraser sa cigarette. Freddy m'a expliqué qu'elle était au fond du trou. La dernière fois qu'il lui a rendu visite avec Roger, elle leur a à peine adressé la parole.

— Ça vient tout juste de lui arriver. À sa place, n'importe qui se retrouverait au trente-sixième dessous.

Elle écrasa sa cigarette à son tour, puis posa une main sur l'avant-bras de son gendre.

— Les jeunes femmes attachent une grande importance à leur apparence et, vu le portrait que tu viens de me faire de Kitty, c'est une fonceuse, qui n'aime rien tant que de se retrouver au cœur de l'action. À l'heure qu'il est, elle doit estimer que l'existence n'a plus le moindre sens pour elle. Et qui pourrait le lui reprocher ? Elle a besoin de temps, Martin.

— Vous avez raison, soupira le jeune homme. J'ai déjà constaté ce genre d'abattement chez certains de mes pilotes blessés. Mais ils se rendent très vite compte qu'en dépit de leur infirmité, ils ont encore un avenir. Certes, l'ATA ne jouit pas du même prestige que la RAF, mais on n'y refuse pratiquement personne, et mes gars les plus amochés peuvent continuer à voler. L'ATA leur offre l'opportunité de rester dans la course.

Il s'interrompit un instant.

— Kitty et son frère vont avoir du mal, l'un et l'autre, à accepter la situation. Depuis qu'il a failli se crasher, je me suis arrangé pour qu'il reste à terre, mais ce n'est que temporaire. J'ai besoin de tous mes hommes derrière leur manche à balai. À condition qu'ils aient les yeux en face des trous.

— Il doit bien exister un moyen de regonfler cette pauvre Kitty… Je vais réfléchir à la question, et si je trouve une idée, je te passerai un coup de fil.

Son gendre lui tapota le dessus de la main, avant de lui resservir un verre.

— Je sais déjà que vous allez trouver, fit-il affectueusement. Vous trouvez toujours.

Martin resta pour le dîner, auquel se joignirent Jane, Sarah et Rita, qui se régalèrent à leur tour de gin tonic. Peggy, quant à elle, se tourmentait de ne pas voir rentrer Fran.

Résolue cependant à ne pas gâcher une si belle soirée, elle se tut, distribuant des tranches de pâté de jambon, et de la salade cueillie dans le potager de Ron. Elle ajouta, sur la table, des cornichons préparés l'année précédente. Elle alla jusqu'à ouvrir le dernier pot de confiture de mûres, qu'elle gardait pour une grande occasion, afin d'accompagner la crème de lait servie en dessert.

— Quel festin ! s'enthousiasma Martin en se renversant sur sa chaise, avant d'allumer une cigarette pour sa belle-mère et lui. Merci, Peggy.

— De rien, voyons.

Pendant ce temps, ses jeunes pensionnaires débarrassaient la table, Rita se chargeant de la vaisselle.

La logeuse leva les yeux vers l'horloge de la cheminée. Il était près de 19 heures. Toujours pas de Fran à l'horizon.

— Mais vous aviez peut-être des projets pour la soirée, Peggy ? s'émut soudain son beau-fils. Je ne vous retarde pas, au moins ?

— Bien sûr que non, s'empressa-t-elle de le rassurer. Depuis le départ de Jim, je ne sors que très rarement le soir, et si tu savais combien je suis ravie de t'avoir auprès de moi. Ça me change.

— Avez-vous eu des nouvelles de Jim récemment ?

La logeuse sourit.

— Il m'écrit très souvent.

— Comment va-t-il ? Cela ne doit pas être facile pour lui de retourner sous les drapeaux après ce qu'il a déjà vécu pendant la Première Guerre mondiale.

— Jim retombe toujours sur ses pattes, gloussa son épouse. L'occasion lui a été donnée de réparer la voiture d'un colonel, et il lui a fait si bonne impression que le colonel en question l'a embauché comme chauffeur. Ce qui lui évite de se salir dans les hangars de maintenance.

Son sourire était plein de tendresse :

— Il n'a rien perdu de sa débrouillardise, tu peux me croire. Par exemple, comme il a rendu quelques services au cuisinier du mess des officiers, celui-ci lui offre de temps à autre de petites gâteries pour améliorer son ordinaire – il paraît que la tambouille de la cantine n'est pas terrible. Tout bien considéré, j'ai l'impression qu'il s'amuse beaucoup.

— Rien ne permet de penser que l'état-major pourrait l'envoyer à l'étranger ?

— Pas pour le moment, mais quelque chose se prépare. Dans sa dernière lettre, il parle d'un entraînement qu'ils s'apprêtent tous à subir. Bien sûr, le censeur a largement caviardé ses feuillets, mais j'ai la nette impression que Jim n'est pas emballé.

Martin fuma un moment sa cigarette en silence, au point que sa belle-mère finit par se demander s'il ne lui dissimulait pas certaines informations.

— Je suppose que tu ignores la raison pour laquelle l'état-major organise cette formation? hasarda-t-elle, soudain pleine d'espoir.

— En effet. Ce que fait l'armée reste un mystère complet pour les membres de la RAF.

Il sourit à la logeuse:

— À votre place, je ne m'inquiéterais pas plus que ça. De toute évidence, Jim est utile là où il se trouve, et je doute qu'à son âge, on l'expédie à l'étranger.

— Je l'espère de tout mon cœur, en tout cas. Il a fait largement sa part en 14-18. Comme son frère Frank, d'ailleurs.

Elle soupira:

— Frank étant l'aîné, il a enfin passé l'âge d'être envoyé à l'étranger. Il aura cinquante ans au début de l'année prochaine. À ce moment-là, on le renverra dans ses foyers.

Martin hocha la tête, avant de sourire à Sarah, qui venait de poser la théière sur la table.

— Comment allez-vous, Jane et toi? Tu te sens toujours à l'aise au milieu des bûcherons?

La jeune fille éclata de rire en se recoiffant:

— Je m'amuse beaucoup, oui, sauf quand on me demande d'aider à charger les camions. Même avec de gros gants, je trouve toujours moyen de me casser les ongles. Mais les filles avec lesquelles je travaille sont épatantes et les soldats américains contribuent à mettre de l'ambiance sur le domaine.

— Et moi, s'immisça Jane, sa cadette, je me plais toujours autant à la laiterie. Les chevaux sont adorables, au point que je passerais volontiers toute la journée auprès d'eux. Mais le salaire est vraiment très bas, c'est pour cette raison que j'occupe maintenant, à temps partiel, le poste de comptable à l'usine d'uniformes.

— M. Goldman, son patron, lui a demandé de faire plus d'heures, déclara Sarah avec fierté.

Jane se mit à torturer l'ourlet de son gilet :

— Je ne sais pas encore si je vais accepter. Il n'est pas question pour moi d'abandonner la laiterie.

Sarah leva les yeux au ciel en soupirant.

— Je ne comprendrai jamais la passion que certaines personnes éprouvent pour les chevaux. On a l'impression que tu ne vis que pour eux.

Sa sœur haussa les épaules :

— C'est parce que tu n'as jamais essayé de les connaître.

— Où diable Fran est-elle passée ? fit soudain Mme Finch en posant, sur la table, le plateau chargé de tasses, avant de s'asseoir. Elle a filé très tôt ce matin, et il est presque 20 heures.

— Elle ne devrait plus tarder, tenta de l'apaiser Peggy, cachant sa propre inquiétude. Demain, elle prend son service aux aurores.

— Moi aussi, intervint Rita. John Hicks nous a ordonné de vérifier le bon fonctionnement de tous les équipements de la caserne. Je ferais mieux d'aller me coucher.

Elle embrassa Peggy et Cordélia, puis, comme elle allait passer la porte, elle se ravisa :

— Oh, j'ai failli oublier. Ruby a reçu d'autres lettres de son beau Canadien. Il est toujours aussi résolu à la retrouver dès qu'il aura terminé son entraînement. Ruby est heureuse comme une reine.

— Oh ! Comme ça me fait plaisir ! s'émut Peggy. Ce garçon est tellement gentil.

— Voilà de nouveau notre entremetteuse préférée sur le sentier de la guerre, marmonna Cordélia, une lueur amusée au fond des yeux. Franchement, Peggy, vous ne vous lasserez donc jamais ?

La logeuse sourit.

— Je ne crois pas.

— Sur ce, déclara Martin en se levant, même si j'adore votre compagnie à toutes, il est temps pour moi de regagner Cliffe.

Il boutonna sa veste, mit sa casquette, puis se pencha pour faire le baisemain à Mme Finch.

— Ne perdez jamais votre bonne humeur, lui murmura-t-il. Je reviendrai vous rendre visite dès que possible.

Peggy le suivit dans le hall après qu'il eut salué tout le monde et le regarda par l'entrebâillement de la porte de sa chambre se pencher sur Daisy, qui s'était endormie, pour effleurer ses cheveux d'un doigt. Une fois encore, son ardent désir de revoir sa petite Rose se peignit sur ses traits. Sa belle-mère avait mal pour lui.

— N'oubliez pas ce que je vous ai dit à propos du jeune Freddy et de sa sœur, fit-il sur le perron. Il faut à tout prix que Freddy ait l'esprit plus tranquille la prochaine fois qu'il grimpera dans son Spitfire.

Peggy hocha la tête, s'approcha de lui pour qu'il la prît dans ses bras – elle était si petite, et lui, si grand… Elle l'étreignit avec force. Enfin, elle le laissa partir, priant en silence pour qu'il ne lui arrivât rien.

# 7

Kitty désirait si fort que sa mère se trouvât auprès d'elle que cela lui faisait mal et, tandis que l'infirmière ôtait avec précaution les pansements autour de sa tête, la jeune femme sentait les larmes qu'elle refusait de verser lui serrer peu à peu la gorge. Elle était si faible, si seule, totalement impuissante. Elle ne possédait plus une once de volonté.

— Maintenant, je vais enlever les derniers points de suture, murmura le médecin avec douceur. Tout me semble parfaitement guéri, et, une fois que vos cheveux auront repoussé, on ne verra plus du tout vos cicatrices.

Kitty garda les yeux fermés. On lui avait rasé les cheveux, et cette violence qu'on lui avait faite par obligation n'en était qu'une, et sans doute la moindre, parmi la longue et terrible liste des atteintes corporelles que le chirurgien lui avait égrenées à son réveil. Elle ne désirait plus que de rester seule, pour s'enfouir au plus profond de son malheur.

— C'est très bien, continua-t-il en se penchant sur elle pour couper les fils minces des sutures. À présent, occupons-nous de votre joue. Il ne s'agissait que d'une petite lacération, j'ai donc utilisé une aiguille et un fil particulièrement fins. J'espère bien que les traces seront à peine perceptibles.

Elle sentit se décoller le pansement matelassé, puis les doigts délicats du médecin palpèrent sa joue, avant qu'elle entendît à nouveau cliqueter les ciseaux. Elle éprouva d'infimes picotements.

— De toute façon, fit-elle d'un ton las, qu'est-ce que ça peut faire ? Plus personne ne posera les yeux sur moi.

— Vous tenez un discours défaitiste, Kitty, et je refuse de vous suivre dans cette direction, répondit le chirurgien avec fermeté. Ce n'est pas pour me jeter des fleurs, mais le fait est qu'il s'agit d'une très belle cicatrice. Ouvrez les yeux, et vous pourrez constater par vous-même.

Elle secoua la tête.

— Je ne veux pas regarder. C'est inutile.

— Que vous le veuillez ou non, ma chère enfant, vous demeurez la charmante jeune femme que vous étiez avant l'accident.

Il se tut pendant quelques instants.

— Les ecchymoses se résorbent, ainsi que les tuméfactions.

La jeune femme gardait les paupières closes et détourna la tête. Elle refusait de contempler son reflet dans un miroir. Elle ne souhaitait pas davantage découvrir le visage de son médecin ni tout ce qui se trouvait par-delà le rideau derrière lequel elle se dissimulait. Elle voulait sa mère, et personne d'autre. Elle ne rêvait plus que d'entendre sa voix, de se blottir entre ses bras – puis de s'y rendormir pour n'avoir pas à affronter la cruelle réalité de sa situation.

— Très bien, soupira le docteur. Je vous laisse tranquille pour aujourd'hui, mais sachez que, tôt ou tard, vous allez devoir commencer à vous battre, Kitty. Je sais qu'en ce moment précis, vous vous sentez accablée de malheur, mais vous êtes jeune et forte, ne l'oubliez pas. Et même si vous passez vos journées à broyer du noir, dites-vous bien que vous avez énormément de chance.

Cette fois, Kitty ouvrit tout grand les yeux et fusilla le chirurgien du regard.

— De la chance ? se récria-t-elle.

Il lui sourit.

— Vous avez réchappé à un accident dont, logiquement, vous n'auriez pas dû sortir vivante. Moi, c'est ce que j'appelle avoir de la chance. Pas vous ?

— J'ai survécu, certes, mais pour quoi faire ? articula-t-elle avec amertume. Pour n'être plus qu'une estropiée inutile à la société ?

— Il va peut-être vous falloir un peu de temps pour vous habituer à la prothèse que nous vous proposerons bientôt. Mais cela ne signifie nullement que vous ne pourrez pas, ensuite, vous épanouir autant que n'importe qui d'autre.

Il s'assit au bord du lit.

— Vous pourrez tomber amoureuse, comme la plupart des jeunes femmes de votre âge, vous pourrez avoir des enfants. Je vous assure que vous pourrez continuer à mener presque la même existence que celle que vous meniez avant l'accident. Il ne vous suffit plus que d'accepter la nouvelle donne, et d'opérer les ajustements nécessaires. Si j'en crois tout ce que votre frère m'a raconté, vous n'avez jamais été du genre à refuser un défi. Pourquoi refuseriez-vous celui-là ?

Kitty ferma les yeux, et des larmes se mirent à rouler sur ses joues.

— Ça, murmura-t-elle, c'était avant. L'accident m'a privée de toute espèce de volonté.

L'homme referma sa main tiède sur les doigts glacés de sa patiente :

— Je vous assure que vous vous trompez, répondit-il avec douceur. Vous êtes une combattante, Kitty Pargeter, et bien que le combat qui vous attend compte sans doute parmi les plus rudes que vous aurez à livrer durant toute votre existence, je suis convaincu que vous trouverez la force de le remporter.

Comme elle l'observait à travers ses larmes, la jeune femme le devina à ce point convaincu qu'elle discerna soudain, au plus profond de son cœur, une étincelle, le réveil timide de quelque chose qu'encore une seconde plus tôt, elle croyait mort à jamais.

— Vous avez parlé d'un défi? murmura-t-elle.

— Un défi, parfaitement. Je vous jette le gant, Kitty. À vous, maintenant, de le relever. Ne me décevez pas, ajouta-t-il avec un sourire affectueux. J'adore la bagarre.

La jeune femme lui rendit timidement son sourire, tandis que la lueur en elle se faisait à chaque instant plus vive.

— Moi aussi, souffla-t-elle.

Mais, déjà, la petite flamme vacillait, le doute instillait son poison dans ses veines.

— J'ai peur, confia-t-elle au chirurgien.

— C'est on ne peut plus normal, répondit-il aussitôt, de sa voix douce et profonde. Quiconque se tient au sommet d'une montagne et s'apprête à la descendre tout schuss éprouve un moment d'indécision, l'effroi le gagne et l'adrénaline coule à flots. Mais ne laissez pas la peur vous affaiblir. Au contraire. Si vous savez la prendre, elle vous sera bientôt une précieuse alliée.

Kitty se remémora la terreur qu'elle avait éprouvée lorsqu'elle s'était crashée à bord du Typhoon. Et, le médecin avait raison, l'épouvante avait alors aiguisé son esprit et affermi son instinct de survie – peut-être, après tout, était-elle capable de réitérer cet exploit?

— Vous gambergez, n'est-ce pas? Vu l'activité que vous exercez, vous devez déjà savoir ce que c'est que de se faire de grosses frayeurs et, pourtant, jusqu'ici, vous les avez surmontées, n'est-ce pas?

Elle hocha la tête et son regard se posa sur le petit miroir à main. Peut-être le temps était-il enfin venu de faire confiance à son médecin et de se résoudre à affronter la réalité. Elle humecta ses lèvres sèches. Son pouls s'accéléra.

— Permettez-moi de juger par moi-même de vos talents de couturier, fit-elle à mi-voix.

L'homme s'empara du miroir, qu'il lui mit entre les doigts:

— Vous en êtes sûre?

Comme elle acquiesçait d'un signe de tête, il lui abandonna le miroir. Elle ne respirait plus qu'à peine. Elle souleva l'objet. Contempla son reflet.

Un immense soulagement la submergea, pareil à une vague, car la cicatrice, sur sa joue, ne constituait qu'une mince ligne rouge, dont elle ne doutait plus qu'elle s'estomperait encore, pour disparaître tout à fait. Quant à ses cheveux, c'était comme si quelque individu malfaisant les avait taillés à la va-vite avec un sécateur, et elle ressemblait plus que jamais à un adolescent... Mais le chirurgien n'avait pas menti : la repousse était manifeste. Son regard, en revanche, témoignait à lui seul de ce qu'elle avait vécu, et de l'épreuve qu'elle était en train de traverser, car elle le jugea terne et sans vie au milieu de son petit visage blême et amaigri.

— Alors ? s'enquit le médecin. Verdict ?

— Eh bien... Je pense qu'il y a, dans cet hôpital, quelqu'un qui ferait bien de prendre quelques cours de coiffure, répondit-elle avec un sourire mal assuré. C'est abominable.

Il lui prit le miroir des mains pour le reposer sur la table de nuit.

— Les cheveux poussent vite, croyez-moi. Bientôt, nous pourrons demander à la coiffeuse qui vient régulièrement ici de vous pomponner comme vous le méritez.

Kitty baissa les yeux sur la couverture. Certes, ses cheveux repoussaient, mais elle resterait à jamais privée de sa jambe gauche. À cette perspective, elle retomba dans le désespoir.

— Assez travaillé pour aujourd'hui, décréta le médecin en se remettant debout. Reposez-vous. De toute façon, une infirmière va bientôt vous apporter votre repas. Désirez-vous que j'ouvre le rideau, pour que vous puissiez enfin faire la connaissance des autres patientes ?

Elle avait, à plusieurs reprises, entendu bavarder ces dernières, et elles lui avaient paru plutôt sympathiques, mais l'idée de se dévoiler à des inconnues, dont elle lirait forcément la pitié dans le regard, se révélait au-dessus de ses forces.

— Pas maintenant, murmura-t-elle. Demain, peut-être.

Le chirurgien militaire hocha la tête avec compréhension, avant de s'éclipser, en compagnie de l'infirmière. Il tira derrière lui le rideau, afin que la jeune femme demeurât à l'intérieur de son cocon.

Kitty écoutait à présent les autres femmes. Elles papotaient gaiement, parlaient d'articles qu'elles avaient lus dans des magazines, évoquaient leur vie sentimentale, ou leurs vedettes de cinéma préférées, devant les photos desquelles elles se pâmaient. À l'évidence, aucune ne se trouvait dans le même état lamentable que Kitty, qui, pour cette raison même, leur en voulait d'exprimer ainsi leur bonne humeur.

Elle gigota contre les nombreux oreillers qui la soutenaient. Elle avait encore les deux bras dans le plâtre, mais du moins, puisque ses côtes s'étaient ressoudées, l'avait-on récemment débarrassée du bandage qui lui avait serré la poitrine plusieurs semaines durant. Cela signifiait qu'enfin, elle pouvait porter une chemise de nuit – bien que celle-ci remontât continuellement dans son dos, et qu'elle eût, à chaque fois, toutes les peines du monde à la tirer de nouveau sous elle.

Elle observa encore le tunnel métallique sous la couverture. Sa jambe droite, toujours plâtrée, demeurait suspendue à son système de poulies, mais la jeune femme n'avait pas encore vu la gauche – du moins ce qu'il en restait. Lorsque le chirurgien l'examinait ou que l'une des infirmières changeait ses pansements, elle fermait systématiquement les paupières.

Kitty souleva le coin de la couverture et du drap, aiguillonnée par le besoin impérieux de se gratter la cheville. On lui avait expliqué que ces démangeaisons « fantômes » entretenaient un rapport avec la mémoire et les terminaisons nerveuses, mais il n'en restait pas moins qu'en ce moment même, elle jugeait insupportable cette irritation. Sans plus réfléchir, elle rejeta le drap et la couverture… et découvrit sa jambe gauche.

Elle se trouvait emprisonnée dans un bandage serré, depuis l'aine jusqu'à son extrémité arrondie, au niveau du genou. Elle la fixa, éprouvant toujours la même démangeaison dans cette cheville pourtant à jamais disparue… Submergée par ses émotions, et les larmes ruisselant sur ses joues, elle se laissa tomber contre les oreillers. Rien à faire, jamais elle ne parviendrait à relever pareil défi. Des sanglots à présent la secouaient, venus du plus profond de son être, et elle enfouit son visage dans son oreiller.

— C'est une sacrée vacherie, hein ? fit une voix joyeuse à côté d'elle. Quand j'ai vu la mienne pour la première fois, j'ai bien cru que j'allais devenir zinzin.

À travers ses larmes, Kitty découvrit une petite bonne femme pulpeuse au visage couvert de taches de rousseur. Elle souriait de toutes ses dents, son rouge à lèvres était atroce, sa robe de chambre d'un rouge criard et ses cheveux roux flamboyaient.

— Allez-vous-en, lui ordonna Kitty d'une voix rauque. Fichez le camp.

— Te fais donc pas de mouron, ma chérie, répondit l'inconnue en écartant le rideau à l'aide de ses béquilles, avant de s'installer confortablement sur la chaise à côté du lit. Je sais exactement ce que tu ressens, va, alors te gêne pas pour piauler et beugler tout ton saoul. Ça me dérange pas. Si tu veux savoir, moi aussi j'ai chialé. J'ai braillé comme un bébé. Pour sûr que les autres filles autour de moi en pouvaient plus.

— Je vous interdis de rester auprès de moi, maugréa Kitty. Allez-vous-en.

Sourde à ces récriminations, l'inconnue secoua la tête.

— Non, j'irai nulle part.

Elle ajusta les plis de sa robe de chambre, effleura les dragons dorés qui se trouvaient brodés sur l'étoffe, et qui crachaient du feu.

— Ça fait plus de trois semaines que t'es coincée là-dedans, et c'est pas bon pour toi, c'est moi qui te le dis.

Elle sourit à Kitty.

— Au fait, je m'appelle Doreen Larkin. Et toi, t'es Kitty Pargeter, pas vrai ?

Cette dernière, sidérée par l'impudence de sa visiteuse, en oublia de continuer à pleurer.

Doreen fit surgir un mouchoir de sa poche.

— Te bile pas, il est propre, dit-elle, avant de tamponner le visage de Kitty, puis de placer le carré de tissu sur son nez. Vas-y, mouche-toi, exigea-t-elle, comme elle l'eût ordonné à un petit enfant.

Toujours médusée par ce cocktail détonant d'énergie, de couleurs vives et de raffut qui venait d'envahir sans préavis son espace vital, Kitty s'exécuta sans protester.

— Là… C'est mieux, non ?

Fouillant de nouveau dans sa poche, Doreen en sortit cette fois un paquet de cigarettes.

— Ça te dirait, une clope ?

Kitty ne put rien faire d'autre que de la regarder en secouant négativement la tête.

— Bah, je t'en veux pas, pour sûr, commenta la visiteuse avec une grimace. C'est des Pashas. Ça a un goût de…

Elle eut un large sourire.

— Elles sont franchement dégueulasses, mais c'est tout ce que j'ai réussi à barboter à la fille de salle. Qu'est-ce que tu veux… Quand on n'a pas ce qu'on aime, faut aimer ce qu'on a.

La fumée l'obligea à plisser ses yeux verts, tandis qu'elle examinait sans émotion le moignon de Kitty.

— Si je comprends bien, c'est la première fois que tu reluques ta guibole, pas vrai ? Qu'est-ce que t'en penses ? C'est comme qui dirait un peu esquinté, hein ?

Kitty sentit un rire timide monter de son gosier. Comment s'apitoyer encore sur son sort face à ce déferlement continu d'allégresse, à la fois exaspérant et bienvenu ?

— On peut dire ça comme ça, répondit-elle avec un sourire.

— Ouais… Ils ont scié la mienne tout pareil.

Elle écarta les pans de sa robe de chambre, révélant une chemise de nuit noire, ainsi que ce qui demeurait de sa jambe droite.

— Je me suis dit qu'elle aurait un peu meilleure allure avec ça.

Elle fit claquer une jarretière de dentelle écarlate et noire.

— T'en dis quoi ? C'est chicos, pas vrai ?

Elle eut un sourire coquin :

— Je peux t'assurer que ça en émoustille plus d'un, dans l'aile des bonshommes.

Contemplant la jarretière, Kitty demeura émerveillée par la désinvolture de Doreen face à ce qui lui était arrivé. Jamais, fût-ce en un million d'années, elle n'eût osé enfiler une jarretière sur son moignon – encore moins pour l'exhiber ensuite devant les patients de l'hôpital.

— Comment fais-tu pour avoir le cœur aussi léger ? demanda-t-elle sans animosité.

Doreen haussa les épaules en soufflant la fumée de sa cigarette.

— Bah… Ça sert à rien de se lamenter, pas vrai ? C'est pas de chouiner qui va me ramener ma guibole.

De nouveau, elle fit claquer sa jarretière, avant de lisser l'étoffe soyeuse et brillante de sa robe de chambre.

— Au moins, tout le reste est encore à sa place, pour sûr, alors je peux déjà te dire qu'une fois qu'on m'aura fourgué une prothèse, y'aura plus rien pour m'arrêter.

— Tu es drôlement courageuse, souffla Kitty.

— Ah ça, non, répondit Doreen avec fermeté. J'ai seulement décidé de voir le bon côté des choses, rien de plus. Tu sais, quand on a grandi dans l'East End, on apprend vite à se débrouiller tout seul, parce que là-bas, personne peut faire ta part à ta place.

Elle continuait à fumer, pendant que Kitty méditait cette leçon de sagesse :

— Comment… ? Je veux dire… Qu'est-ce qui s'est passé ?

Doreen sourit.

— Je transmettais des messages à moto entre Cliffe et Wayfaring, et je me suis fait surprendre par un Messerschmitt 109 qui se baladait tout seul. Je suppose que le pilote a trouvé marrant de me prendre pour cible, histoire de s'entraîner un peu. J'ai esquivé tant que j'ai pu, je me suis battue comme une lionne, mais il a fini par tirer dans mes pneus. Je me suis envolée. Je me suis retrouvée avec une guibole pleine de trous, à cause de toutes les balles qu'il avait mises dedans, et une commotion cérébrale par-dessus le marché, parce qu'en retombant, je me suis fracassé la caboche sur des gros cailloux cachés dans l'herbe.

Elle écrasa le mégot de sa cigarette dans le cendrier posé sur la table de nuit.

— Heureusement pour moi, les types d'une batterie toute proche ont vu ce qui s'était passé. Dès qu'ils ont eu descendu le Boche, ils sont venus s'occuper de moi.

Kitty se contenta de hocher la tête.

— Et toi, alors ? Qu'est-ce qui nous vaut ta présence ici, au palais des plaisirs ?

Kitty sourit à son tour.

— J'ai crashé un Airspeed Oxford au beau milieu d'un champ couvert de piquets antiaériens et de barbelés. Je ne peux m'en prendre qu'à moi-même, avoua-t-elle. J'aurais dû rebrousser chemin dès que les conditions météo ont commencé à se dégrader.

Elle observa un moment son misérable moignon. Elle avait certes enfreint les règles, mais elle l'avait payé très cher…

Doreen écarquilla de grands yeux.

— La vache… Tu fais partie des jolies poupées de l'ATA, souffla-t-elle. Il me semblait bien que ta bouille me disait quelque chose. Ta photo est passée dans plusieurs canards, pas vrai ?

L'aviatrice se tortilla un peu contre ses oreillers – elle s'était toujours sentie mal à l'aise avec cette publicité qui ne lui plaisait guère.

— Les journalistes nous harcèlent, grommela-t-elle. Aucune d'entre nous ne recherche la célébrité, au contraire. Toutes ces photos nous embarrassent beaucoup.

— Bon sang de bois, s'étonna Doreen. Moi, ça m'aurait pas dérangée. J'ai toujours rêvé d'avoir ma tronche dans le journal.

Elle considéra son interlocutrice avec un profond respect.

— Et tu as eu le toupet de me dire que j'étais courageuse, déclara-t-elle avec solennité. Tu parles. T'as plus de cran que j'en aurai jamais. C'est pas rien, dis donc, de piloter de pareils cerfs-volants qui filent à toute allure.

Assise à présent sur la pointe des fesses, elle ne lâchait plus Kitty du regard, dévorée par la curiosité.

— Ça fait quoi, de piloter un Spitfire?

Kitty sourit.

— Jamais il ne m'a été donné de faire quelque chose de plus formidable et de plus enthousiasmant.

Doreen se pencha encore plus près:

— Il paraît que c'est encore meilleur que de s'envoyer en l'air, chuchota-t-elle.

Kitty se remémora l'unique fois où elle avait cédé aux avances d'un homme, et la vive déception qu'elle en avait conçue.

— C'est le moins qu'on puisse dire, répondit-elle avec fougue, ajoutant: et puis ça dure beaucoup plus longtemps.

Les deux jeunes femmes s'esclaffèrent en chœur – il leur fallut un certain temps pour reprendre haleine, puis poursuivre leur conversation.

— Dis-moi, Doreen, comment se déroule la vie dans cet hôpital? demanda Kitty.

— Plutôt bien. Les infirmières sont adorables, et Thorne, le chirurgien, est un type en or. Par contre, gaffe à l'infirmière en chef. Une espèce de vieille toupie qu'on a sortie du formol de sa retraite à cause de cette foutue guerre.

Doreen posa un coude sur le lit, soutenant son menton de la main.

— Sans mentir, on jurerait un char d'assaut, elle a un cœur de pierre et je la trouve à peu près aussi aimable qu'un ours qui se taperait une bonne crise d'hémorroïdes.

Kitty gloussa – le langage imagé de la jeune Londonienne la comblait.

— Dieu seul sait pourquoi elle est devenue infirmière, enchaîna celle-ci. Elle aurait mieux fait d'être gardienne de prison.

— Elle doit être épouvantable, frissonna Kitty.

— Tu l'as dit. Je te déconseille de la mettre en pétard.

Le dos de nouveau calé contre le dossier de sa chaise, Doreen sourit :

— C'est drôlement bath d'avoir une nouvelle recrue avec qui causer. À force, ici, on finit par s'ennuyer un peu, tu comprends. Les autres filles, je connais déjà toutes leurs histoires. Par contre, tu verras ça bientôt, y'a un jardin épatant. Dès qu'ils t'auront débarrassée de toutes tes poulies, t'auras qu'à aller y faire un tour pour juger par toi-même. Il fait tellement chaud en ce moment, je bronze à vue d'œil.

Elle retroussa les larges manches de sa robe de chambre pour faire admirer à Kitty le hâle de ses avant-bras.

Mais, soudain, le rideau s'ouvrit sur une grande femme massive aux bras musculeux. Elle paraissait furieuse. Sa poitrine opulente se soulevait avec force sous son tablier blanc amidonné, cependant que les rubans de sa coiffe frémissaient à la façon d'un petit oiseau pris au piège de sa grosse tête.

— Que se passe-t-il ici ? tonna-t-elle.

— Ma parole, infirmière en chef, bredouilla Doreen. J'ai failli avoir une attaque.

— Vous ne devriez pas vous trouver ici, Larkin, décréta l'infirmière. Veuillez regagner votre lit immédiatement.

Songeant à l'ours dont Doreen venait de lui parler avec un réalisme saisissant, Kitty se mit à rire, ce qui, bien entendu, provoqua l'hilarité de son amie.

— J'peux pas, répondit cette dernière en hoquetant. J'ai la jambe en coton.

Kitty avait mal au ventre et aux côtes à force de rire, cependant que Doreen agitait lamentablement son moignon, dont la jarretière glissa.

— Ressaisissez-vous l'une et l'autre ! éructa la soignante. Et vous, Larkin, j'exige que vous quittiez ce box sur-le-champ.

— J'peux pas, j'vous dis ! s'esclaffa Doreen de plus belle. J'peux vraiment pas.

Saisissant sans ménagement le bras de la patiente, l'infirmière la contraignit à se remettre debout.

— Ne me provoquez pas, Larkin, lâcha-t-elle, l'œil menaçant, avant de placer les béquilles de Doreen sous ses aisselles. Sinon, vous ne tarderez pas à vous apercevoir que je ne suis pas aussi sympathique que vous semblez le penser.

Doreen ne riait plus.

— Lâchez-moi donc, vieille bique, s'exaspéra-t-elle en dégageant son bras.

Kitty, qui s'était calmée aussi, n'appréciait pas la façon dont cette vilaine bonne femme brutalisait son amie.

— Doreen me tenait gentiment compagnie, se récria-t-elle. Et je trouve vos méthodes excessivement brutales.

Le regard perçant de la soignante foudroya la jeune femme avec une telle force qu'il lui sembla que cette gorgone venait de la clouer à son oreiller.

— D'une, votre opinion ne m'intéresse pas. De deux, je la juge hors de propos.

Le ton était glacial.

— J'ajoute, pour votre gouverne, que c'est moi qui suis chargée de faire régner l'ordre dans cette aile de l'hôpital.

Ayant de nouveau agrippé le bras de Doreen, elle la poussa vers son lit.

La jeune femme tourna brièvement la tête, le temps de faire une grimace dans le dos de la harpie – Kitty eut bien du mal à ne pas se remettre à rire.

L'infirmière en chef fit asseoir la Londonienne sur une chaise, à côté de son lit, avant de lui confisquer ses béquilles.

Choquée, Kitty constata que les autres infirmières s'éloignaient prudemment du théâtre des opérations, et toutes trouvaient quelque chose de fort intéressant à faire, pour être bien certaines de ne pas croiser le regard terrifiant de leur supérieure hiérarchique.

On recensait, en tout, douze lits dans la salle, mais la jeune aviatrice ne distinguait que les patientes plâtrées, dont l'un des membres se trouvait suspendu à des poulies – les autres, supposa-t-elle, s'étaient empressées de déserter les lieux. Elle eût aimé pouvoir s'enfuir, elle aussi, car voilà qu'à présent, l'infirmière en chef, ayant tourné les talons, se dirigeait droit sur elle, son imposante poitrine se soulevant et s'abaissant à la manière d'un soufflet de forge.

Avant qu'elle eût le temps de prononcer une parole, elle se retrouva avec un thermomètre dans la bouche, tandis que, d'un index glacé, l'infirmière en chef lui prenait le pouls au niveau de la carotide. La jeune femme en profita pour l'examiner de plus près… Cette main épaisse, cette poitrine effarante… Cette ombre de moustache au-dessus des lèvres trop fines… Bonté divine… Jamais encore Kitty n'avait croisé de femme aussi laide, et dont le caractère s'accordait si bien à son physique disgracieux. Pourtant, songea-t-elle, il devait bien y avoir une contrepartie à cette accumulation de noirceur…

Dans un silence de plomb, l'infirmière en chef examina le thermomètre, avant de le secouer, puis de lui faire regagner la fiole en verre placée derrière le lit, contenant une solution antiseptique. Toujours muette, elle reporta la température de sa patiente sur une fiche. Elle retapa les oreillers avec rudesse. Enfin, elle rajusta les couvertures, et borda le lit avec tant de vigueur que Kitty, désormais, pouvait à peine bouger.

— Pourrais-je avoir un peu d'eau, s'il vous plaît ? se hasarda-t-elle poliment.

La femme lui remit un verre sans un mot, avant de le récupérer pour le poser sur la table de chevet, où il se trouvait hors de portée de la jeune aviatrice.

— M. Fortescue passera vous voir avant le dîner, fit enfin l'infirmière en rouvrant le rideau.

— Qui est M. Fortescue ? s'enquit la patiente.

— M. Fortescue est un spécialiste éminent et célébrissime, répondit son interlocutrice, l'œil soudain adouci par de l'adulation. C'est pour nous un immense honneur de l'accueillir dans cet établissement, j'attends donc de chacune d'entre vous qu'elle se comporte bien.

Ayant jeté à Kitty un regard entendu et terrible, elle s'éloigna d'un pas de grenadier.

La jeune femme parvint à garder son sérieux encore un moment, mais dès que l'infirmière en chef se trouva suffisamment loin, elle se laissa gagner par un autre fou rire. Certes, il lui faudrait sans doute beaucoup de temps pour guérir, et elle aurait, en cours de route, à supporter de grandes douleurs, mais Doreen, aujourd'hui, lui avait offert un cadeau inestimable : le rire. Le rire, plus efficace que n'importe quel traitement. Il lui sembla, pour la première fois depuis son réveil, qu'elle possédait assez de force pour livrer cette longue bataille, avec le vif espoir de la remporter.

# 8

À présent qu'on avait ouvert le rideau autour de son lit, Kitty put enfin observer les autres patientes et mettre un visage sur les voix qu'elle entendait fréquemment depuis plusieurs semaines. Le consternant spectacle lui donna à réfléchir, au point qu'elle ne tarda pas à se sentir coupable d'avoir mésestimé l'état de ses compagnes d'infortune, sous prétexte que leurs bavardages lui paraissaient joyeux. Car Doreen et elle n'étaient pas les seules à avoir subi une amputation.

À celle-ci, il manquait la moitié d'un bras, à celle-là un pied, une autre encore avait perdu une jambe entière. L'une des patientes, la tête et les yeux bandés, ne parvenait à clopiner sur ses béquilles qu'à condition que quelqu'un se trouvât auprès d'elle pour la guider. Et celle-là… Les deux jambes brisées… Et cette malheureuse à la mâchoire garnie de fil de fer, affublée d'une minerve… Dans cette salle de l'hôpital de Cliffehaven, toutes les patientes se trouvaient à la même enseigne, et Kitty eut honte d'avoir si longuement, si intensément pleuré sur son sort, face à la vaillance de ces femmes, dont la vie, pourtant, se trouvait à jamais changée du fait de leurs blessures.

Les patientes l'accueillirent avec chaleur, mais Kitty se rendit compte qu'après la visite exténuante de Doreen, elle manquait d'énergie pour tenir une conversation.

Vaincue par la fatigue, elle ferma les paupières, tandis que Doreen annonçait avec enthousiasme à ses camarades qu'elles comptaient dans leurs rangs une célèbre pilote de l'ATA. Kitty faisait confiance à sa nouvelle amie pour broder copieusement – à la fin de la soirée, elle serait sans doute devenue tout à la fois une impératrice de l'aviation, une femme fatale, ainsi que la chouchoute de tous les magazines.

Brusquement tirée de sa somnolence par la voix tonitruante de l'infirmière en chef, la jeune femme distingua, dans une brume, un homme aux manières affectées, au ton pontifiant, qu'elle identifia comme étant très probablement M. Fortescue. Résolue à ne pas provoquer le courroux de l'intraitable mégère, elle le laissa, sans broncher, l'examiner en silence de la tête aux pieds, comme si elle ne représentait pour lui qu'un morceau de choix sur le billot d'un boucher. Elle garda les yeux fermés pendant presque toute la durée de l'examen, en particulier lorsque le praticien défit les bandages de son moignon. Le deviner sous les pansements était une chose, mais Kitty ne se sentait pas prête à le découvrir nu.

Après le départ du spécialiste, elle se rendormit, pour être réveillée bientôt par le raffut métallique du chariot alimentaire que poussait une jeune employée du NAAFI[1]. Elle n'avait pas faim, et la vue de morceaux de poisson trop pâles et de pommes de terre bouillies flottant dans une sauce blanche liquide n'aiguisa pas son appétit. L'une des infirmières vint l'aider à manger.

La nourriture se révéla aussi insipide qu'elle en avait l'air, et, après quelques bouchées, Kitty renonça. Elle se cala de nouveau contre les oreillers, regarda, d'un œil ensommeillé, les employées du NAAFI débarrasser les assiettes, cependant

1. NAAFI (abréviation de Navy, Army and Air Force Institutes) : organisme chargé d'approvisionner les forces armées britanniques en biens de consommation.

que les infirmières se précipitaient pour remettre de l'ordre dans le service en prévision des visites.

Ni Freddy ni Roger ne pourraient sans doute venir la voir aujourd'hui, car la jeune femme avait récemment entendu vrombir, au-dessus de l'hôpital, une quantité impressionnante de bombardiers et de chasseurs – la RAF, une fois de plus, attaquait l'Allemagne. Elle se fût pourtant réjouie de voir l'un ou l'autre, à présent qu'elle commençait à reprendre courage, car, lors de leur dernière visite, elle avait lu sur leurs traits de l'inquiétude et de l'abattement.

Les autres patientes, qui papotaient avec ardeur, parlaient de plus en plus fort – elles s'entraidaient, pour se coiffer, pour appliquer du rouge sur leurs lèvres, enfiler de jolies liseuses sur leurs bandages et leurs chemises de nuit. Elles jetaient d'incessants regards à l'horloge murale, égrenant les minutes avec application dans l'attente qu'enfin, les portes s'ouvrissent sur le premier visiteur. Des rires fusaient de droite et de gauche, qui moururent à l'instant où l'infirmière en chef fit son apparition pour inspecter les lieux et les gens.

L'affreuse furie se mit aussitôt à aboyer des ordres, à récriminer, repérant la moindre broutille de son œil de lynx, pour le plaisir mauvais de distribuer des reproches. Les infirmières, terrorisées, se montraient maladroites et s'affairaient. À peine leur supérieure eut-elle quitté la salle commune qu'on exhala en chœur un profond soupir de soulagement.

— Hé, Kitty! lança Doreen depuis l'autre bout de la salle. Ton frère va venir, ce soir?

— Je crois plutôt qu'il est en mission.

— Il est drôlement beau, soupira Doreen. Je peux te dire que ça me dérangerait pas de m'accrocher à son bras, pour sûr.

Kitty sourit.

— Il est fiancé, Doreen.

— J'aurais dû le savoir, se lamenta la Londonienne avec emphase. Les plus chouettes sont toujours pris.

— Dis donc, Doreen, tu ne vas quand même pas essayer de me faire croire que tu n'as pas un homme dans ta vie.

— Sûrement pas un comme ton Freddy.

Et toutes ces dames de se pâmer à l'unisson.

Kitty haussa un sourcil. À l'évidence, le jeune homme avait noué quelques liens avec les autres patientes de la salle commune, au cours des deux semaines qu'elle avait passées dans le coma.

— Ne faites pas attention à Doreen, déclara sa voisine immédiate sur un ton un peu âpre. Des types lui tournent autour toute la sainte journée. Tiens, je suis prête à parier que ce soir, elle en aura au moins quatre à son chevet.

— Cela ne me surprend pas, répondit Kitty avec légèreté. Doreen est une jeune femme séduisante et pleine de vie.

— Si vous le dites, commenta méprisamment sa voisine. Mais avouez quand même qu'elle est très ordinaire.

Kitty connaissait bien ce genre de comportement, qu'elle avait mille fois observé durant ses années de pensionnat. Elle n'était pas sur la même longueur d'onde que cette petite pimbêche.

— C'est une fille adorable et joyeuse, qui m'a permis de considérer ma situation sous un meilleur jour, lâcha-t-elle avec froideur. Nous devrions toutes lui être reconnaissantes d'avoir mis un peu de gaieté dans cette salle.

Les yeux bleu pâle se posèrent sur elle pour la scruter, mais cette interminable phase d'évaluation se trouva interrompue par le bruit des portes battantes s'ouvrant sur le premier visiteur.

Kitty regarda, avec envie, les mères, les sœurs, les époux et les enfants arriver, chargés de fleurs ou de colis alimentaires. L'Argentine, soudain, lui manqua plus que jamais, et elle ne désirait plus que de voir apparaître ses parents. Comme elle eût aimé entendre leurs voix, sentir leurs bras autour d'elle et puiser en eux les forces qui lui faisaient encore défaut.

Les portes claquèrent à nouveau, et six soldats américains se dirigèrent vers Doreen, tous très beaux et bien mis, la coupe de cheveux réglementaire et les dents étincelantes. Doreen rosit exquisément en s'emparant des présents qu'ils lui offraient les uns après les autres – chocolats, bas en nylon et cigarettes. Puis elle leur enjoignit d'aller chercher des chaises supplémentaires pour s'asseoir tous à son chevet.

Des rires s'élevèrent bientôt du petit groupe, vers lequel se tournèrent un instant les autres patientes. La voisine de Kitty fit clapper sa langue pour exprimer sa réprobation. *Bravo, Doreen*, songea l'aviatrice, qui venait de découvrir la visiteuse de sa pénible compagne, une femme au visage acerbe, vêtue d'un tailleur bleu marine hors de prix, et affublée d'un chapeau ridicule. Le maquillage parfait, la coiffure impeccable et les diamants à ses doigts disaient son aisance financière, mais les mines affectées des deux femmes transpiraient le plus détestable des snobismes.

Kitty s'apprêtait à entamer la lecture du magazine dont l'une des patientes lui avait fait cadeau, lorsque les portes grincèrent à nouveau. Freddy se matérialisa sur le seuil. Comme il était grand, et superbe dans son uniforme de la RAF… Doreen l'ayant salué à grands cris, il lui adressa l'un de ses sourires ravageurs qui faisaient rougir les femmes. Puis il sourit à chacune, tandis qu'il se dirigeait vers le lit de sa sœur – on écarquillait les yeux dans son sillage, et l'on gloussait tant et plus.

Kitty posa sur son frère un regard à la fois tendre et las – combien de fois avait-elle déjà été le témoin de ce genre de scène ? C'était plus fort que lui. Leur mère affirmait que cela avait commencé au berceau, où il s'était aperçu qu'un sourire lui suffisait à obtenir de la gent féminine tout ce qu'il désirait. Cette pauvre Charlotte aurait fort à faire pour le maintenir dans le droit chemin, puis le traîner jusqu'à l'autel.

— Je constate que tu soignes toujours tes entrées, observa Kitty, lorsque son frère s'assit à son chevet.

— Et moi, je constate que tu te sens beaucoup mieux, répliqua le jeune homme en posant une petite boîte de bonbons sur le lit.

Il lui sourit d'une oreille à l'autre :

— De la part de Roger, qui te fait ses amitiés.

Il exhala un profond soupir satisfait :

— Quel bonheur de te retrouver, sœurette. Tu n'imagines pas combien nous étions inquiets.

— Tu n'as plus besoin de te tracasser, déclara la jeune femme avec assurance. Je suis en train d'accepter mon état, et avant que tu aies eu le temps de t'en apercevoir, j'aurai quitté ce lit pour reprendre mes activités.

— Promets-moi quand même de ne pas en faire trop, ni trop vite. Je te connais. Quand tu prends le mors aux dents, tu fonces tête baissée.

Kitty eut un petit rire.

— Ne t'en fais pas. Je serai une patiente modèle.

Elle eut soudain une affreuse pensée :

— As-tu informé papa et maman de ce qui s'était passé ?

— Je n'ai pas pu faire autrement, répondit Freddy avec gravité. Lorsque tu as été admise dans cet hôpital, personne ne savait si tu allais t'en sortir. J'ai tenu à les préparer au cas où…

Il prit une profonde inspiration.

— Depuis, je leur ai envoyé une longue lettre pour tout leur expliquer. Mais, bien entendu, vu les délais d'acheminement du courrier, j'attends toujours leur réponse.

— Oh, Freddy, gémit-elle, les larmes aux yeux. Ils vont se faire un sang d'encre. Comment ai-je pu être assez sotte pour contrevenir aux règles et prendre autant d'altitude ? J'aurais dû rebrousser chemin, au lieu de me croire invincible. Rien de tout ça ne serait arrivé…

— Les accidents font partie de notre quotidien, tenta de l'apaiser son frère en s'asseyant au bord de son lit. Et il nous arrive à tous de passer outre les recommandations. Remercie plutôt le bon Dieu d'être toujours en vie.

— Tu as raison, j'ai eu une chance folle, fit-elle en clignant des yeux pour en chasser les larmes. Ta petite copine

Doreen a réussi à me convaincre qu'on avait encore un avenir après...

Elle buta sur le mot.

— ... après une amputation, parvint-elle à articuler.

— Quel numéro, celle-là, pouffa Freddy.

Kitty lui adressa un sourire larmoyant :

— C'est une dure à cuire. Au même titre que l'infirmière en chef, d'ailleurs. Méfie-toi. Si elle te surprend installé sur mon lit, elle va te réduire en bouillie.

— Je serais curieux de voir ça. Nous nous sommes déjà pris de bec à plusieurs reprises et, pour le moment, je suis toujours sorti vainqueur de nos confrontations !

— Je te crois sur parole. Aucune femme ne reste insensible à ton charme.

— À propos... Charlotte t'embrasse et elle essaie d'obtenir un peu de temps libre pour pouvoir te rendre visite.

— Ça me ferait drôlement plaisir. Comment va-t-elle ?

Le jeune homme haussa les épaules.

— Elle n'arrête pas. L'autre jour, alors qu'elle se rendait en Écosse, un chasseur boche s'est lancé à sa poursuite.

Il eut un large sourire.

— Elle l'a semé dans un amoncellement de nuages, après quoi elle a eu la chance de tomber sur une trouée qui lui a permis d'atterrir sans encombre.

Une étincelle brillait à présent dans l'œil de Freddy.

— Comme quoi, tu n'es pas la seule à grimper trop haut à bord de ton coucou. Il ne te reste plus qu'à apprendre à te poser sans froisser trop de tôle.

Kitty lui assena un coup dans les côtes avec son plâtre.

— Si ma mémoire est bonne, le taquina-t-elle en retour, je connais quelqu'un qui a failli éliminer la moitié d'une escadrille en atterrissant trop vite.

— Failli seulement. J'ai rattrapé le coup *in extremis.*

Il serra de nouveau sa sœur contre lui.

— Si tu savais comme je suis heureux, fit-il d'une voix rauque. Pendant les deux premières semaines, j'ai vraiment cru que j'allais te perdre.

— On ne se débarrasse pas de moi aussi facilement, répondit-elle, la gorge nouée.

Elle leva les yeux vers lui :

— Comment se fait-il que tu ne sois pas de service ?

Il détourna le regard.

— Il me restait des congés à prendre. Le commandant Black m'a autorisé à les prendre maintenant, pour que je puisse te rendre visite.

Sa sœur le lorgna d'un air soupçonneux.

— On t'a interdit de voler, n'est-ce pas ? Que s'est-il passé ?

Le jeune homme se rassit sur la chaise, à côté du lit, avant de récupérer ses cigarettes dans sa poche. Comme s'il essayait de gagner du temps, il en alluma une, changea le cendrier de place sur la table de nuit.

— Freddy ?

— D'accord, je me rends, soupira-t-il. Le commandant Black m'a consigné à terre pour deux jours suite à un incident. Mais rien dont tu doives t'inquiéter, je t'assure. D'ailleurs, dès demain, je repars en opération.

— Quel genre d'incident ?

Le regard toujours fuyant, il joua un moment avec sa cigarette.

— Nous revenions de Lille, où nous avions bombardé les usines allemandes. J'étais mort de fatigue, et je me suis laissé déconcentrer pendant une minute. Il y avait de la brume sur la mer, et les falaises de Douvres…

Il décocha à sa sœur l'un de ses irrésistibles sourires de gosse.

— J'ai repris de l'altitude juste à temps. Pas de quoi en faire un plat.

Le cœur de la jeune femme se mit à battre douloureusement contre ses côtes – elle aussi avait failli le perdre.

— Il faut que tu arrêtes de voler, dit-elle, la mine sévère. Tu as déjà effectué plus de missions que quiconque. Ta vigilance s'émousse.

— Impossible, ma vieille, répondit Freddy sur un ton frivole. Mes gars ont besoin de moi. Je ne vais pas les laisser tomber sous prétexte que ma petite frangine essaie de me donner des ordres.

— Vous êtes plus têtus que des mules, tous autant que vous êtes, se fâcha Kitty.

— Ne te tourmente pas. Ne pense à rien d'autre qu'à te porter mieux, et laisse-moi m'occuper de ce que je sais faire.

Ils se trouvèrent interrompus par l'une des employées du NAAFI, qui leur apportait du thé. Jeune et plutôt quelconque, elle s'empourpra lorsque Freddy s'empressa de récupérer les deux tasses avec un sourire radieux.

— Les progrès de votre sœur doivent vous réjouir, lieutenant-colonel Pargeter, minauda-t-elle.

— En effet, Maureen, et j'apprécie votre sollicitude au même titre que vos excellents biscuits et votre thé délicieux.

Et Freddy de plonger son regard très bleu dans l'œil gris de l'employée.

— Oh…, souffla-t-elle, les joues à présent écarlates. Il n'y en a pas deux comme vous, lieutenant-colonel Pargeter.

Un gloussement, assorti d'un mouvement des hanches, et elle s'éloigna à contrecœur pour servir les autres patientes et leurs visiteurs.

Kitty considéra son frère.

— Vos excellents biscuits et votre thé délicieux ? répéta-t-elle. Franchement, Freddy, tu dépasses les bornes.

— Mais je l'ai fait sourire, et c'est bien tout ce qui compte, se justifia le jeune homme en trempant son biscuit rassis dans le thé trop clairet. Il n'y a pas de mal à embellir un peu la journée de quelqu'un.

— Je me demande comment fait Charlotte pour supporter de te voir flirter avec toutes les filles que tu croises.

— Elle sait que j'apprécie les femmes, mais que c'est elle que j'aime. Seulement elle. Au fait, reprit-il, tu ferais bien de quitter ce lit le plus tôt possible, car nous allons nous marier en décembre, et c'est toi que Charlotte a choisie comme demoiselle d'honneur.

— Vraiment ? Oh, Freddy, c'est merveilleux !

— N'est-ce pas ? J'ai beaucoup de chance.

Une infirmière ayant fait tinter la cloche annonçant la fin des visites, le jeune homme posa sa soucoupe et sa tasse.

— Je reviendrai te voir dès que possible, fit-il en glissant sa casquette sous son bras.

— Promets-moi de ne pas t'en faire pour moi, Freddy.

— Prends soin de toi, Kitty, répondit-il en lui baisant le front. Tu m'exaspères souvent, mais tu es mon unique sœur, et je tiens à ce que tu assistes à mon mariage.

Comme il coiffait sa casquette, Kitty vit briller une larme dans son œil bleu.

— Fais bien attention, lui lança-t-elle, la gorge serrée. Ne joue pas les héros.

Tournant une dernière fois la tête vers elle, il lui fit un clin d'œil avant de filer.

# 9

Il était près de 22 heures et tout le monde avait regagné sa chambre, y compris Suzy, qui, au terme de sa journée avec Anthony, était rentrée la mine radieuse et l'œil étincelant. Peggy s'étant assurée que Mme Finch se trouvait confortablement installée dans son lit, avec son livre et ses lunettes, elle redescendit pour jeter un coup d'œil à Daisy, qui dormait déjà dans son petit lit, où elle suçait son pouce.

La logeuse embrassa la petite joue chaude, huma la peau de son bébé, dont l'exquise odeur se mêlait à celle du talc, avant de rajuster la couverture sur les frêles épaules de l'enfant. Puis elle quitta la pièce, dont elle laissa la porte entrouverte, et se rendit à la cuisine. Elle s'assit à la table pour rédiger une longue lettre à Jim.

Une demi-heure plus tard, on appela son prénom à mi-voix. Relevant le nez de sa feuille, elle découvrit Sarah sur le seuil, en robe de chambre, tandis que sa superbe chevelure cascadait sur ses épaules. Elle avait les larmes aux yeux.

— Que se passe-t-il, ma chérie ?

— Oh, Peggy, je n'arrive pas à dormir, répondit la jeune femme en se tamponnant les yeux à l'aide de son mouchoir.

Elle s'assit à la table.

— Je n'arrête pas de penser à Philip et à mon père. Je me remémore sans cesse la dernière fois que je les ai vus, sur le quai, à Singapour, alors que notre bateau s'apprêtait à partir.

Peggy lui prit les mains.

— J'ose à peine imaginer l'épreuve que tu traverses, fit-elle avec douceur, et, malheureusement, je ne peux vraiment pas faire grand-chose.

— J'essaie de ne parler de rien à Jane, pour ne pas la tourmenter, mais notre pauvre mère est aux cent coups.

Des larmes, cette fois, roulèrent sur ses joues.

— Les rumeurs les plus effroyables circulent, mais rien ne nous permet de savoir si elles sont fondées. Nous ignorons s'il nous reste une petite chance de les revoir vivants.

Elle leva vers sa logeuse un visage marqué par l'angoisse.

— Pourquoi personne ne nous dit rien ?

— J'ai parlé aux gens de la Croix-Rouge, commença Peggy avec circonspection. Et cet après-midi même, Martin et moi avons discuté de ta situation. Sarah, ma chérie... Les Japonais continuent d'interdire à la Croix-Rouge de consulter le registre de leurs prisonniers de guerre. Et maintenant qu'ils ont fait main basse sur la région entière, il n'existe plus aucun moyen de savoir ce qui s'y passe au juste.

— Dans ce cas, comment ferons-nous pour avoir des nouvelles ? Pourquoi font-ils tous ces mystères ? Le Japon est censé respecter la convention de Genève comme tous les autres pays, non ?

— Je n'en sais rien, répondit Peggy sur un ton d'impuissance. On aurait pu penser que oui, mais j'ai bien l'impression que les Japonais n'obéissent qu'à leurs propres règles. Martin pense que, d'ici peu, des informations commenceront à filtrer grâce aux lettres que des pêcheurs locaux, ou des négociants chinois, feront parvenir à la presse sous le manteau.

— Mais les Japonais haïssent les Chinois, commenta Sarah. À l'heure qu'il est, ils ont déjà dû les jeter tous en prison.

Elle se moucha, avant de sécher ses larmes.

— Oh, Peggy, il me semble que je n'en verrai jamais le bout. Cette attente est intolérable.

— Jusqu'ici, fit Peggy en leur allumant chacune une cigarette, tu t'en es tirée comme un chef. Tu dépenses une énergie folle pour préserver Jane, et ta mère serait très fière de toi.

D'un geste affectueux, elle rajusta l'une des mèches de Sarah derrière son oreille.

— N'aie pas honte de tes larmes, et ne va surtout pas t'imaginer que tu es faible. Chacun d'entre nous trimballe ses peurs, et il nous arrive tous de pleurer. Même les grands garçons courageux et costauds comme Martin.

Sarah considéra la logeuse avec surprise.

Celle-ci hocha la tête :

— Cette guerre ne se déroule pas que dans les airs ou sur les champs de bataille. Elle se joue aussi dans nos cœurs et dans notre esprit. Nous pleurons, nous tremblons, c'est un fait, mais nous devons aussi puiser de nouvelles forces dans la conviction que nous ne sommes pas seuls.

— Oh, Peggy, soupira la jeune femme. Vous faites preuve d'une immense sagesse.

Peggy se mit à rire.

— Oh non, je t'assure. J'ai trop écouté les formidables discours de M. Churchill, c'est tout.

Elle quitta la table pour poser la grosse bouilloire sur la plaque chauffante.

— Je vais nous préparer du thé. Ensuite, tu retourneras te coucher. Qu'en dis-tu ?

Sarah acquiesça.

— Merci, Peggy. J'ignore comment les habitants de la pension du Bord de mer réussiraient à faire front si vous n'étiez pas là pour les soutenir.

Comme elle allait chercher les soucoupes et les tasses, le sourire de la logeuse mourut peu à peu sur ses lèvres. Il lui arrivait de sangloter contre son oreiller, le cœur brisé par le chagrin. De trembler si fort pour les membres de sa famille qu'elle se sentait flancher… Mais tant que demeurerait en elle un souffle de vie, elle ne l'avouerait à personne.

23 heures passées, et toujours pas de Fran. Assise à la lueur du fourneau, Peggy avait les paupières de plus en plus lourdes. Sarah avait regagné sa chambre, un peu mieux armée pour continuer à protéger sa sœur. Peggy, elle, se sentait trop fatiguée, à présent, pour continuer sa lettre à Jim. Elle s'y remettrait le lendemain.

— Qu'est-ce que tu fabriques ici dans le noir ? s'exclama Ron qui, montant du sous-sol une heure et demie plus tard, alluma la lumière.

Comme elle s'apprêtait à lui répondre, Harvey se rua vers elle.

— Va-t'en de là ! bafouilla-t-elle, tandis qu'il posait ses grandes pattes sur ses genoux en essayant de lui lécher le visage.

— Assis ! tonna son maître. Tu vois bien que tu es beaucoup trop gros pour te vautrer sur cette pauvre Peggy, espèce de chien de l'Enfer.

Ce dernier s'affala sur le sol, le museau sur les pattes, l'œil triste, comme si, en le repoussant, Peggy l'avait mortifié jusqu'à l'âme.

Celle-ci se repentit aussitôt et lui caressa la tête.

— Tu es gentil, et ton accueil fougueux me fait chaud au cœur, tu peux me croire.

Elle s'empara d'une boîte de biscuits. Harvey s'assit immédiatement, l'oreille dressée, sémillant, prêt à recevoir sa friandise.

Il goba littéralement le biscuit, ce qui amusa la logeuse.

— Il n'y en a plus, gros gourmand. Maintenant, couche-toi, et tiens-toi tranquille.

— Alors..., reprit Ron en ôtant sa veste, qu'il posa sur le dossier d'une chaise. Pourquoi diable étais-tu assise là dans le noir ?

— J'attends le retour de Fran. Elle a filé ce matin avec un Américain, à bord d'une voiture clinquante et, depuis, plus rien.

— Vrai ? Eh bien, je te fiche mon billet que si jamais sa mère l'apprend, elle lui tirera sacrément les oreilles. Cette gosse a grandi dans la foi catholique la plus stricte.

— J'espère pour ma part que sa mère n'entendra parler de rien. De toute évidence, ce garçon lui a fait tourner la tête, et si je ne me dépêche pas de mettre le holà… Inutile de vous faire un dessin.

Ron soupira :

— Bah, c'est la première fois qu'elle nous fait un truc pareil. Elle a la tête sur les épaules, tu sais. Ne va pas déjà te mettre la rate au court-bouillon.

— Il est plus de 23 heures et, demain matin, elle commence à 7 heures. Son comportement est irresponsable, et je lui en veux de me causer un tel souci.

— Allons, Peggy. De toute façon, tu passes ton temps à te faire du mouron. À croire que tu y prends du plaisir.

Sans doute avait-il repéré l'œil soudain très noir de sa bru, car il baissa la tête :

— Sur ce, je vais me pieuter, grommela-t-il. Amène-toi, Harvey.

Peggy les regarda quitter la cuisine, puis, après que Ron eut refermé la porte derrière lui, elle se leva pour éteindre à nouveau la lumière. Elle regagna son fauteuil, non sans jeter un coup d'œil à la pendule.

L'infime cliquetis de la porte d'entrée qu'on refermait la réveilla sur-le-champ, et, avant que Fran ait eu le temps d'atteindre l'escalier, sa logeuse parut dans le hall.

— Tu sais l'heure qu'il est ? lui assena-t-elle.

— Eh bien… Disons qu'il est un peu tard, gloussa la jeune femme en cramponnant la rampe pour garder l'équilibre. Pardon, Peggy, mais je m'amusais tellement que j'ai oublié de regarder ma montre.

— Viens avec moi dans la cuisine. Dépêche-toi.

— Il faut que j'aille me coucher. Je bosse tôt.

Peggy, la saisissant par le bras, l'obligea à traverser le hall, puis à pénétrer dans la cuisine, où elle la fit asseoir sans ménagement.

— Tu es ivre, déclara-t-elle avec colère.

Fran se frotta le bras en faisant la moue.

— C'est vrai que j'ai bu un verre ou deux, mais c'est pas la peine de me secouer comme ça, protesta-t-elle.

Peggy alluma la lumière. Sa pensionnaire cligna des yeux, brusquement éblouie. Elle avait les cheveux en bataille, sa robe était mal boutonnée, et son mascara avait bavé autant que son rouge à lèvres.

Sans dire un mot, la logeuse posa de nouveau la bouilloire sur la plaque chauffante. Elle ne tirerait rien de Fran tant qu'elle n'aurait pas dessaoulé. Bientôt, elle emplissait deux tasses, puis revenait s'asseoir à la table.

— Avale ça, ordonna-t-elle.

— J'en veux pas, maugréa sa locataire.

— Tu vas vider cette tasse, que tu le veuilles ou non, répondit calmement Peggy. Ensuite, tu m'expliqueras où tu te trouvais, qui était cet Américain, et ce que tu as fabriqué jusqu'à des heures pareilles.

— Vous vous entendez, Peggy ? La vache, on jurerait ma daronne.

— Tant mieux, parce que tant que tu vivras sous mon toit, c'est moi qui jouerai son rôle.

Fran avala son thé, avant de replacer sa tasse vide sur sa soucoupe d'un air boudeur :

— Ça vous va comme ça ? Je peux aller au lit, maintenant ?

Peggy emplit une autre tasse, qu'elle poussa devant la jeune femme.

— D'abord, tu vas boire encore ça, puis répondre à mes questions.

— Je comprends pas pourquoi vous vous mettez dans des états pareils. Je suis plus une gamine. J'ai plus de vingt et un ans, ce qui veut dire que je peux voir qui je veux, quand je veux.

— En effet. Mais tu vis chez moi, et j'attends de mes pensionnaires qu'elles aient la politesse de me préciser avec qui elles se trouvent quand elles sortent, et à quelle heure elles ont prévu de rentrer.

Elle regarda boire Fran, avant d'humecter l'un des gants de toilette de Daisy.

— Tiens, débarbouille-toi un peu. Avec tout le mascara et le rouge à lèvres que tu as sur les joues, tu as l'air d'un clown.

La jeune femme passa lentement le gant chaud sur son visage, contempla l'affreux mélange dont elle venait de tartiner le tissu-éponge, et s'affaissa plus encore sur sa chaise.

— Je suis vraiment désolée, fit-elle avec douceur. Je n'avais pas prévu de revenir aussi tard, mais il m'a emmenée danser, et j'ai oublié l'heure.

— Et si tu me parlais un peu de lui ? l'encouragea Peggy.

L'œil vert de l'infirmière étincela, et ses traits s'animèrent.

— Il s'appelle Charles Hoskins, mais tout le monde l'appelle Chuck. Il a vingt-huit ans, et il vient d'être promu capitaine. Il est originaire du New Jersey, et il a fréquenté l'université de Yale. Son père est chirurgien, et Chuck avait commencé des études de médecine quand il a été appelé sous les drapeaux. Après la guerre, il a prévu de finir son cursus pour travailler ensuite dans le cabinet de son père. Et il danse comme un dieu, conclut-elle avec un soupir.

Peggy songea que tout cela lui paraissait trop beau pour être vrai, mais elle ne souffla mot.

— Invite-le à entrer la prochaine fois qu'il passera te chercher. Je serais ravie de faire sa connaissance.

Fran sourit d'une oreille à l'autre.

— Vous allez l'adorer, j'en suis certaine. Il est grand, il est beau, il a de belles dents et personne ne peut résister à son sourire. Il est aussi très bien élevé. Quand on est ensemble, j'ai l'impression de devenir une princesse.

La logeuse s'inquiétait de plus en plus.

— Il faut vraiment qu'il vienne prendre le thé à la pension, fit-elle. Pourquoi pas ce week-end ? Samedi, par exemple ?

Fran se tortilla sur sa chaise.

— Ça va dépendre de ses horaires…

— Bien sûr, je comprends. Mais je tiens à le rencontrer avant ton prochain rendez-vous avec lui. C'est ce que ta mère voudrait, j'en suis certaine, et si ce jeune homme possède toutes les qualités dont tu viens de me faire la liste, je ne vois pas pourquoi tu hésites à me le présenter.

— Oh, mais je n'hésite pas ! se récria Fran avec de grands yeux innocents. C'est juste qu'on se fréquente depuis très peu de temps… J'ai pas envie qu'il s'imagine que je veux à tout prix lui mettre le grappin dessus en l'amenant ici pour le présenter à la famille.

— Quand avez-vous commencé à vous voir ?

— Je l'ai rencontré à l'un des bals que les Américains organisent régulièrement dans la propriété de lord Cliffe. On sort ensemble depuis environ deux mois.

— Dans ce cas, il est plus que temps pour moi de faire sa connaissance. Ce sera donc samedi. À 16 heures tapantes. Sur ce, tu peux aller te coucher.

— Pardon de vous avoir mise en pétard, fit la jeune femme sur un ton navré.

Peggy la prit dans ses bras pour la rassurer.

— Je te demande seulement de faire bien attention, murmura-t-elle dans le fouillis de ses boucles rousses. Je trouve ces Américains beaucoup trop sûrs d'eux, et la plupart de ces garçons ont une femme ou une petite amie qui les attend aux États-Unis…

— Chuck n'est pas marié, fit Fran avec un sourire timide. Et je ne fais pas de bêtises, je vous en donne ma parole.

Après son départ, la logeuse se rassit. Elle espérait de tout cœur que le bel Américain n'avait pas menti à Fran qui, malgré son charme irlandais et sa fougue, manquait parfois de discernement. Quoi qu'il en soit, elle s'était amourachée de Chuck, et il ne restait plus qu'à prier pour que l'histoire ne se terminât pas dans les larmes.

# 10

Daisy, dans son parc, de nouveau installé au jardin, suivait avec intérêt les faits et gestes de son grand-père, cependant qu'Harvey, assis tout près de la fillette, veillait sur elle. Il était encore tôt, mais cette journée de juillet promettait d'être chaude.

Ron ayant fini de cueillir les framboises, il replaça sur les arbrisseaux les filets qui les protégeaient des oiseaux, avides de fruits. Il glissa une framboise entre les lèvres de Daisy, puis s'en fut au sous-sol montrer sa récolte à Peggy.

— Et il en reste encore bien plus sur les framboisiers, claironna-t-il fièrement. Avec celles-ci, tu pourrais nous confectionner un sacré bon dessert pour ce soir.

La logeuse admira les fruits.

— C'est merveilleux !

Debout devant l'évier de l'arrière-cuisine, elle lavait les couches et les vêtements de sa fille dans de l'eau très chaude.

— Ça tombe bien, enchaîna-t-elle, j'ai du pain rassis à ne plus savoir qu'en faire. À condition, bien sûr, que vous ne fassiez pas main basse dessus pour en nourrir les poules et vos furets.

— Pour sûr que du pain, il y en a bien assez pour tout le monde, Peggy Reilly. D'autant plus que j'ai demandé à M. Timmons, le boulanger, de m'en mettre deux miches supplémentaires de côté, que tu pourras aller récupérer plus tard.

Il observa sa bru, ses cheveux humides collés à son front, ses frêles épaules un peu affaissées qui disaient sa fatigue, et ses mains rougies. Elle se tuait à la tâche, et la présence de Daisy l'empêchait de s'accorder le moindre repos.

— Tiens, fit-il, je vais plutôt me charger moi-même du pain, avant d'aller me promener. Tu as déjà bien assez à faire ici.

Peggy glissa une première couche entre les deux rouleaux de l'essoreuse.

— Ça me rendrait service, en effet. Cet après-midi, je vais faire mes heures au centre du WRVS, et en fin de matinée, Cordélia et moi avons prévu de préparer un gâteau.

Elle laissa tomber les couches essorées dans le panier à linge à ses pieds et en piocha d'autres dans l'eau brûlante de l'évier.

— Mme Finch a déniché une recette de scones épatante. Elle est déjà là-haut, en train de laver les moules.

Ron en eut l'eau à la bouche. Peggy n'avait pas pâtissé depuis longtemps, or il raffolait de ses gâteaux, de ses *sponge cakes* en particulier.

— Où diable as-tu dégotté de la farine, du beurre et du sucre ? lui demanda-t-il.

Sa bru rougit en détournant le regard, sans cesser d'actionner la manivelle de l'essoreuse à rouleaux.

— Hier, j'ai fait la queue pendant une heure pour obtenir du sucre, et Jane nous a rapporté du beurre de la laiterie.

— Et la farine ? insista Ron sur un ton soupçonneux.

Elle s'empourpra davantage.

— J'ai réussi à m'en procurer auprès de l'un des vieux amis de Jim.

Elle abandonna la manivelle pour agiter un doigt sous le nez de son beau-père.

— Ne me regardez pas de cette façon, Ronan Reilly, lui assena-t-elle, sur la défensive. Vous n'êtes pas blanc comme neige non plus, si je ne m'abuse.

— Tes insinuations me meurtrissent jusque dans ma chair, répliqua-t-il, une main sur le cœur et l'œil malicieux.

— Disons… Disons que je me suis contentée de signaler à cet ami que je n'avais plus du tout de farine, et il se trouvait justement que lui en avait un peu. Il me reste aussi un peu de confiture de fraise de l'année dernière, et les poules n'arrêtent pas de pondre. Bref, acheva-t-elle rapidement, j'ai l'intention de nous préparer un *Victoria sponge cake.*

— On va se régaler, murmura Ron.

— Je le servirai demain. D'ici là, je vous interdis d'y toucher, même en douce.

— Comme si c'était mon genre, se récria l'homme en écarquillant de grands yeux pleins de candeur. Mais, au fait, qu'est-ce qui se passe donc de si important, demain ?

— Le soldat américain de Fran vient prendre le thé.

Ron fronça les sourcils.

— Je croyais que tu désapprouvais leur relation ?

— Je la désapprouve, en effet. Mais je tiens à faire sa connaissance pour voir ce qu'il vaut avant que leur histoire aille plus loin. Je veux qu'il comprenne que Fran est une jeune femme respectable, et que je ne lui permettrai pas de jouer avec ses sentiments.

Ron était d'accord. Ce qu'il ne comprenait pas, en revanche, c'était en quoi le fait de gaver de gâteau ce Yankee pourrait servir à quelque chose. Il exhala un soupir perplexe, avant de s'emparer du panier à linge pour le déposer au jardin, juste à côté de la corde à linge. Décidément, les raisonnements des bonnes femmes lui demeureraient à jamais un mystère.

— Je vais chercher le pain, fit-il. À mon retour, j'emmènerai Daisy prendre l'air dans les collines, et j'en profiterai pour faire faire un peu d'exercice à Harvey et aux furets.

— Ça m'arrange, répondit sa bru en commençant à suspendre les couches propres. La petite pleurniche depuis son réveil. Je crois que c'est encore à cause de ses dents.

Ron baissa le regard sur l'enfant qui, dans son parc, mâchait avec ardeur un anneau de plastique aux couleurs vives. Elle avait les joues rouges et, de toute évidence, ne se sentait pas bien.

— Pauvre bichette... Je ne sais que trop bien ce qu'elle endure chaque fois que mon éclat d'obus me titille.

— J'ai tout de même la nette impression que votre éclat d'obus ne vous joue des tours que quand je vous demande de faire une corvée dans la maison, commenta Peggy d'un ton sec.

— Pour sûr que tu n'as vraiment pas de cœur, Peggy Reilly, ronchonna l'homme sans rancune. Figure-toi que mon éclat d'obus n'est pas le genre de sujet dont on peut rire, et un homme qui a fréquenté les tranchées de la Première Guerre est en droit d'attendre un brin de compassion.

— Vous feriez mieux d'aller chercher le pain, Ron, répondit la logeuse en esquissant un sourire.

Il récupéra le filet à provisions, suspendu derrière la porte, pour le fourrer dans l'une de ses poches. Puis il retroussa les manches de sa chemise aux tons passés, remonta son pantalon en regrettant de n'avoir toujours pas remis la main sur la ceinture qui avait disparu dans sa chambre quelques semaines plus tôt. Hélas, il régnait là un tel désordre qu'il lui faudrait des jours et des jours pour la retrouver, aussi se contentait-il, faute de mieux, d'un morceau de ficelle prélevé dans l'abri de jardin.

— Viens, Harvey. Pour sûr que c'est pas ici qu'on va nous dorloter, parole, et si on continue à jacter, Peggy aura jamais le temps non plus de faire son gâteau.

Il adressa un sourire radieux à sa chère belle-fille, avant de se diriger vers la barrière d'un pas lourd, son chien sur les talons.

C'était une belle journée, et bien qu'il récriminât souvent, tout allait pour le mieux dans le meilleur de ses mondes. Parvenu au bout de l'allée, il alluma sa pipe en contemplant, ravi, la mer scintillante au pied de la colline, ainsi que le ciel sans nuage au-dessus de sa tête. Les mouettes y planaient, et le soleil réchauffait le visage du vieil homme. Un jour comme celui-ci, on avait peine à croire que le pays fût en guerre, n'étaient les vestiges d'une maison détruite, au coin de la rue, et l'impressionnant cratère de bombe qu'on n'avait pas encore eu le temps de combler.

Satisfait, en paix avec lui-même, il traversa la rue pour se diriger vers Camden Road, où se situait la boulangerie de M. Timmons. Il s'arrêta de nouveau en arrivant devant L'Ancre, puis, après un bref moment d'hésitation, se glissa dans l'allée adjacente au pub, dont il franchit la porte latérale.

— Rosie, ma chérie ! appela-t-il au pied de l'étroit escalier. Tu es habillée ?

La patronne de l'établissement parut en haut des marches, superbement ébouriffée, irrésistible dans son peignoir de soie crème.

— Aussi habillée qu'une femme peut l'être en cette heure affreusement matinale, répondit-elle avec un sourire tendre.

Ron se sentit tout chose en imaginant ce que Rosy portait sous son peignoir. Pour une quinquagénaire, la propriétaire de L'Ancre demeurait éminemment désirable.

— Il est presque 9 heures, lui fit-il remarquer.

— Mais je me suis couchée après minuit, répondit-elle. Tu es bien placé pour le savoir.

Il eut un grand sourire bête en se remémorant les baisers qu'il lui avait volés la veille au soir, tandis qu'ils faisaient le ménage après le départ des derniers clients et regarnissaient les étagères.

— Tu ne m'inviterais pas à boire une tasse de thé, par hasard ? s'enquit-il, plein d'espoir. Parce que, tel que tu me vois là, je crève de soif.

Rosie se mit à rire, rejetant vers l'arrière sa chevelure blond platine.

— Ne t'avise pas de faire un pas de plus, Ronan Reilly. Parce qu'il brille dans tes yeux une lueur que je connais trop bien. Si c'est vraiment pour le thé que tu es venu, alors moi, je suis la reine d'Angleterre.

L'homme gloussa.

— Ça te dirait de venir te balader tout à l'heure avec moi dans les collines en compagnie de Daisy ? Il fait très beau, et j'ai prévu de faire prendre l'air à ma petite-fille une fois que j'aurai fini les courses pour Peggy.

Elle secoua la tête en resserrant la ceinture de son peignoir, ce qui eut pour effet de souligner un peu plus ses formes généreuses.

— Impossible, répondit-elle avec regret. Les filles ne travaillent pas aujourd'hui. Je serai toute seule pour tenir le bar à l'heure du déjeuner.

— Bah, je disais ça juste au cas où, soupira Ron, dont le regard avide s'attardait sur la rondeur des seins et le galbe des hanches sous la soie.

— Si tu es de retour avant la réouverture à 18 heures, tu pourrais repasser pour le thé ? J'ai du gâteau.

Elle lui décocha un large sourire.

Ce n'était certes pas après le gâteau que Ron en avait, et Rosie le savait bien – mais elle savait aussi que les pâtisseries comptaient parmi les tentations auxquelles il ne pouvait résister, même s'il ne s'agissait que d'un maigre pis-aller.

— Tu n'es qu'une vilaine allumeuse, commenta-t-il en clignant de l'œil. À tout à l'heure, alors.

Elle lui souffla un baiser, avant de s'éclipser en pouffant un peu.

Ron quitta les lieux, revigoré par le sourire de son amie et le cœur empli de joie. Il descendit Camden Road sans se hâter, songeant à mille choses, tandis qu'Harvey arrosait consciencieusement tous les réverbères qu'il croisait et reniflait les murs. Ron s'en fût voulu de désirer la mort d'un homme, pourtant, il n'était plus que le mari de Rosie, interné depuis longtemps, pour les empêcher de vivre enfin ensemble. En effet, une loi imbécile refusait qu'on divorçât d'une épouse ou d'un époux souffrant d'une maladie mentale, ce qui signifiait qu'il faudrait attendre le décès du malheureux. Cette perspective assombrissait leur relation.

Il s'arrêta pour rallumer sa pipe, avant de poursuivre son chemin vers la boulangerie. Pour Rosie, les liens du mariage étaient sacrés : tant que son mari vivrait, elle continuerait d'interdire à Ron l'accès de sa chambre. Ce dernier, qui se languissait d'elle, regrettait à présent de l'avoir vue dans son peignoir de soie.

— Assieds-toi ici et bouge pas, ordonna-t-il à son chien lorsqu'il eut atteint la boulangerie.

Puis il en franchit le seuil – pour se retrouver au beau milieu d'une violente prise de bec.

— Ce n'est pas ce que j'appelle du pain ! décréta une femme avec colère.

— Il n'est pas question que vous nous refiliez une pareille saleté, enchérit une autre. Ça pèse une tonne, ça a une vilaine bobine. Je vous répète qu'il ne s'agit pas d'une miche de pain.

M. Timmons, affable d'ordinaire, estimait, à l'évidence, avoir eu son compte pour la matinée.

— Mesdames, mesdames, écoutez-moi, implora-t-il, le teint de plus en plus rougi. Je ne fais qu'appliquer les nouvelles décisions du gouvernement, qu'il a prises en raison de la pénurie de farine blanche.

— Je me fiche bien de ce que peut raconter le gouvernement, décréta une grosse dame vêtue d'un tablier à fleurs et du fichu assorti. Mon Bert ne voudra jamais manger ça.

Elle abattit le pain sur le comptoir, avant de croiser ses bras dodus :

— J'exige mes deux miches blanches habituelles.

— Je suis désolé, madame Pike, mais on a dû vous informer, depuis le temps, que nous étions en guerre, s'exaspéra le commerçant. Presque toute la farine nous arrivait jusqu'ici de l'étranger, et le gouvernement, estimant que cette farine prenait la place de marchandises plus essentielles, a décrété que nous devrions, à partir de maintenant, utiliser uniquement la farine de blé produite en Angleterre.

— Je serais curieuse de savoir ce qu'il peut bien y avoir de plus important que d'avoir une miche de pain digne de ce nom sur sa table, s'insurgea une autre cliente.

— Gagner la guerre ! rugit le boulanger, le visage maintenant violacé. Vous avez devant vous les nouvelles miches de pain au blé complet officielles. Ce pain-là est bon pour la santé, il est nourrissant et, quoi qu'il en soit, c'est tout ce que j'ai à vous proposer aujourd'hui, tout ce que j'aurai à vous proposer demain, et ainsi de suite jusqu'à la fin du conflit.

Croisant les bras à son tour, sur son tablier blanc, il fusilla ces dames du regard, comme pour les mettre au défi de protester encore.

— Je préfère repartir que de manger ça, maugréa Mme Pike en quittant le magasin d'un pas énergique.

Ron examina les miches de la discorde, disposées sur les étagères de M. Timmons. Il fallait bien avouer qu'elles n'étaient pas appétissantes, mais il allait falloir s'en contenter. Le pain n'ayant jamais été rationné, il était devenu, pour les habitants de la pension du Bord de mer, une part importante de leur régime alimentaire – de quoi leur permettre de manger quand même à leur faim lorsque d'autres produits venaient à manquer. Se passer de pain lui paraissait tout bonnement impensable.

Après qu'elles eurent maugréé un moment, les clientes demeurées dans la boulangerie finirent par acheter ce qu'elles étaient venues chercher, mais M. Timmons, d'ordinaire si enjoué et si poli, continuait à faire la tête, refusant d'endosser la responsabilité des récentes décisions gouvernementales.

— Salut, Ron, lança-t-il en sortant les deux miches promises de sous le comptoir. Je suis désolé, mais je ne peux vraiment rien y faire.

— Le fait est qu'elles sont costaudes, observa Ron en les soupesant. Et m'est avis qu'elles sont plutôt du genre étouffe-chrétien, pour sûr.

Il les rangea dans le filet à provisions qu'il venait d'extirper de sa poche.

Plongeant à nouveau sous le comptoir, M. Timmons tendit cette fois, à son client, un grand sac en papier kraft :

— J'en aurai plus demain, fit-il.

— Qu'est-ce que c'est que ça ? s'insurgea aussitôt la femme qui se tenait derrière Ron. Seriez-vous en train de vendre des produits auxquels nous, nous n'avons pas droit ?

— Ce sont les miettes de pain que je balaie tous les soirs après la fermeture, soupira le commerçant. Elles sont impropres à la consommation humaine, madame Browns, mais j'aime autant éviter de les perdre.

Ron ouvrit le sac pour prouver à Mme Browns que le boulanger ne mentait pas :

— Je les donne à mes poules et à mes furets, expliqua-t-il. Ça les dérange pas d'avaler un peu de poussière avec, ou pourquoi pas une araignée crevée.

Plusieurs clientes renâclèrent, et elles eurent pour Ron des regards malveillants. M. Timmons lui-même s'était renfrogné, vexé qu'on pût s'imaginer à présent que dans tous les coins de sa boutique pussent se cacher de la poussière et de vilaines bestioles. Ainsi cerné, Ron jugea opportun de quitter les lieux sans demander son reste.

De retour à la pension, il se hâta de rapporter à Peggy et Mme Finch, pour les distraire, l'épisode cocasse de la boulangerie, avant de poser les miches sur la table. S'étant emparé du couteau à pain rangé dans l'un des tiroirs du buffet, il coupa une tranche fine afin qu'on pût goûter la chose.

— C'est infect, grimaça Peggy. Il y a plein de petits trucs durs à l'intérieur qui se coincent entre les dents, et à peine a-t-on commencé à mâcher que ça devient tout mou et que ça vous colle au palais.

Cordélia partageait son avis. Ron, lui, examina le pain de plus près, et conclut qu'on avait utilisé, pour fabriquer la farine, l'intégralité de l'épi de blé, dont, en effet, on distinguait çà et là les glumes. Il en goûta un morceau. Cela ne rappelait que de très loin toutes les sortes de pain qu'il avait eu l'occasion d'ingurgiter jusqu'ici.

— M'est avis qu'on va manger moins de pain à partir de maintenant, fit-il. Cela dit, je suppose qu'on finira par s'y habituer.

— Heureusement qu'il me reste assez de pain blanc pour préparer mon gâteau, se félicita Peggy.

— Quelle veine que tu aies pu récupérer cette farine, ajouta Ron. Saurais-tu, par hasard, si l'ami de Jim en a encore de côté ? Parce que, dès que tout le monde va être au courant des nouvelles décisions gouvernementales, les prix vont flamber.

— Il en avait d'autre, en effet, murmura sa belle-fille, mais je n'avais pas assez d'argent sur moi ce jour-là.

Elle fit surgir son porte-monnaie :

— Il s'agit de Johnny Carter, qui habite sur Green Street.

Ron le connaissait bien. Jadis, il leur était souvent arrivé d'aller pêcher ensemble sur les côtes françaises au beau milieu de la nuit. Un type malin comme un singe et plus rusé qu'un renard, mais du fait de leur amitié et de leurs aventures communes, Ron trouverait, à coup sûr, le meilleur moyen de le circonvenir.

— Garde tes sous, Peggy, je m'en vais lui rendre une petite visite pas plus tard que maintenant.

Derrière le rideau soigneusement tiré autour du lit, l'infirmière Hopkins frictionnait les fesses et le dos de Kitty avec de l'alcool à quatre-vingt-dix degrés.

— Et voilà, lança-t-elle gaiement au terme de la séance. Ça vous évitera les escarres.

La patiente se contenta d'un pâle sourire, car si l'infirmière croyait bien faire, Kitty commençait à se lasser de cette permanente allégresse. Aujourd'hui, elle avait le moral en berne, et la prison de son lit lui devenait insupportable.

Elle gisait là, incapable d'aider l'infirmière, qui pourtant peinait à lui enfiler sa chemise de nuit, puis à la boutonner.

— Je suis navrée de vous casser les pieds à ce point-là.

— Qu'est-ce que vous racontez ? se récria la soignante en écarquillant les yeux. Vous ne m'ennuyez pas. C'est moi qui m'y suis mal prise, voilà tout. D'autant plus que ce matin, l'infirmière en chef est sur le sentier de la guerre. Autant vous dire que je tremble de la tête aux pieds.

— Quelle vilaine bonne femme.

— Terrifiante, répondit l'infirmière Hopkins en roulant des yeux.

Elle sourit à sa patiente :

— Il ne m'a pas échappé que vous étiez un peu cafardeuse, ce matin. Mais nous vous réservons une petite surprise dont je sais déjà qu'elle va vous rendre folle de joie.

Kitty s'anima aussitôt :

— Freddy est ici ?

L'infirmière secoua la tête.

— Hélas non, d'autant plus qu'il a l'art de mettre de l'ambiance dans cette salle à chacune de ses apparitions. En revanche, le médecin général Thorne nous a informées que vous alliez pouvoir quitter votre lit aujourd'hui même.

— C'est vrai ? Je suis ravie, mais comment va-t-on s'y prendre ?

Kitty lorgna le système de poulies auquel sa jambe demeurait suspendue.

— Oh, rassurez-vous, vous n'aurez plus besoin de cet engin une fois que vous vous lèverez.

Joignant le geste à la parole, l'infirmière déplaça, avec douceur, le membre plâtré hors de son harnachement.

— Alors ? Avez-vous envie de découvrir notre jardin ? Il fait très beau.

— D'accord, répondit Kitty sans hésiter. Je n'en peux plus d'être coincée dans ce lit.

— Parfait. Attendez-moi juste une seconde, le temps pour moi d'aller chercher l'infirmière Gardner, qui va m'aider à vous installer dans le fauteuil roulant.

Après que l'infirmière eut franchi le rideau au pas de course, Kitty se tortilla jusqu'à ce qu'elle parvînt à caler ses fesses contre les oreillers. Débarrassée de son fil à la patte, elle se mouvait avec plus de facilité. Toutefois, elle n'osa pas tenter d'autres gestes, car les plâtres à ses bras continuaient de l'entraver, et ses gigotements avaient suffi à tirer sur la cicatrice à son ventre, par où le chirurgien avait rafistolé sa rate.

Avec un soupir excédé, elle se rallongea, en se rappelant ces petits matins, si proches encore, où elle bondissait hors de son lit.

— Nous voilà ! lança l'infirmière Hopkins. Attention. J'imagine combien vous devez être impatiente, mais il faut que vous y alliez lentement, et que vous fassiez preuve de prudence. Au début, vous allez vous sentir un peu bizarre, mais c'est tout à fait normal quand on est resté si longtemps alité.

Les deux jeunes femmes assirent leur patiente, avant de la soulever jusqu'au bord du lit. Joignant ensuite leurs mains sous ses cuisses, elles l'installèrent dans la chaise placée à son chevet.

— Tout s'est bien passé, n'est-ce pas ? Vous êtes légère comme une plume. Quel effet ça fait ?

— Je me sens tout chose. Mais je suis contente, se hâta-t-elle d'ajouter.

Quelques gestes habiles suffirent à l'infirmière Gardner pour rajuster la chemise de nuit de Kitty, avant de lui passer, avec une dextérité égale, la robe de chambre fournie par l'hôpital, dont elle noua la ceinture.

— Il a beau faire un temps splendide, il ne s'agirait pas que vous attrapiez froid.

— Le carrosse de madame est avancé, fit l'infirmière Hopkins en poussant devant elle le fauteuil roulant.

Une poignée de secondes encore, et les deux soignantes transféraient leur patiente d'un siège à l'autre.

— Et maintenant, allons vous faire profiter du soleil.

Lorsqu'elle eut ouvert le rideau, des vivats s'élevèrent dans la salle, lancés par les patientes que les médecins n'avaient pas encore autorisées à quitter leur lit.

Bientôt, le fauteuil roulant franchissait les portes battantes, et Kitty se retrouvait pour la première fois dans le couloir, avec, aux lèvres, un sourire radieux. Elle découvrit un imposant escalier de chêne menant à l'étage supérieur, des murs panneautés de bois sombre jusqu'à mi-hauteur, ainsi qu'un plafond orné d'angelots, de roses, de licornes et de blasons en plâtre.

— De quel genre d'édifice s'agissait-il avant qu'on le convertisse en hôpital ? s'enquit-elle.

— Le bâtiment appartenait à une vieille dame, lui exposa l'infirmière Hopkins, la dernière représentante d'une grande famille extrêmement riche. Son fils et son petit-fils ayant été tués dans la Somme, durant la Première Guerre, elle a décidé, en leur mémoire, de faire don de cet endroit aux forces armées pour qu'elles y installent un hôpital. Entre les deux guerres, on en a fait une maison de retraite pour les vétérans atteints d'affections de longue durée. Aujourd'hui, on y soigne les blessés de guerre. Ici, nous nous trouvons dans l'aile est. L'aile ouest, plus grande, accueille les messieurs.

Kitty avait envie de visiter le bâtiment tout entier, qu'elle trouvait superbe, mais, pour l'heure, le seul fait d'avoir enfin quitté son lit suffisait à son bonheur.

L'infirmière Hopkins arrêta le fauteuil roulant devant une porte-fenêtre.

— Nous y sommes, souffla-t-elle. C'est beau, n'est-ce pas ?

Kitty découvrit de vastes pelouses, où, avec plus d'enthousiasme que de talent, des hommes munis de béquilles disputaient une partie de croquet. Au fond du jardin, des arbres touffus faisaient comme un rempart. Quant aux parterres de fleurs, soigneusement entretenus par les patients les plus valides, ils éclataient de couleurs. Des oiseaux chantaient, et la jeune femme humait le parfum des roses prenant d'assaut la balustrade d'une immense terrasse, que des groupes de patients occupaient, assis dans leurs fauteuils roulants ou à des tables ombragées par de grands parasols.

— Quelle merveille..., soupira Kitty. Mais...

Elle eut peur, soudain, de s'y rendre, et que tous ces inconnus pussent l'observer, les hommes tout particulièrement.

— Je ne crois pas que...

L'infirmière Hopkins s'agenouilla à côté d'elle, posa une main sur sa cuisse bandée.

— Vous n'êtes pas différente de tous ceux et celles que vous voyez là, fit-elle avec douceur. Comme je vous l'ai dit, il ne se trouve ici que des blessés de guerre, et la plupart d'entre eux ont également subi une amputation.

Kitty se concentra sur les joueurs de croquet, riant aux éclats à une parole que l'un d'eux avait prononcée. Puis elle s'intéressa aux hommes et aux femmes assis dans leurs fauteuils roulants, qui bavardaient en buvant du thé et en fumant des cigarettes. D'autres encore lisaient, ou déambulaient en silence sur la pelouse en s'appuyant sur leurs béquilles.

— Salut, Kitty! lança Doreen sur la terrasse. Qu'est-ce que t'attends? Allez, viens, je t'ai réservé une place.

L'infirmière Hopkins se mit à rire:

— Quand Doreen donne de la voix, même une corne de brume aurait bien du mal à se faire entendre.

Elle pencha la tête:

— Avez-vous envie de la rejoindre?

Kitty se rendit compte que, sans le vouloir, Doreen venait d'attirer l'attention sur elle. Si elle se défilait à présent, elle passerait, aux yeux de tous, pour une mauviette, doublée d'une rabat-joie.

— Allons-y, dit-elle à contrecœur. Mais je ne resterai pas longtemps.

L'infirmière Hopkins tapota le moignon de sa patiente, puis, avec un sourire entendu, poussa son fauteuil roulant en direction de la terrasse. Bien qu'elle se sentît pareille à une attraction de foire, Kitty rendit courageusement leurs saluts aux uns et aux autres.

— Dis donc, il t'en a fallu du temps pour te décider, fit Doreen, assise à une grande table de bois en compagnie de cinq autres personnes. J'ai bien cru que tu allais changer d'avis.

L'infirmière Hopkins ayant immobilisé le fauteuil roulant, puis actionné le frein, elle quitta les lieux.

Il semblait à Kitty qu'on l'avait abandonnée à son sort, qu'elle était devenue vulnérable. Mais de ces états d'âme, Doreen se moquait bien.

— Tu connais déjà Beth, Joan et Sybil, bien sûr, et je te présente James. Il est dans la RAF. Ça, c'est Edward. Lui, il sert dans la marine.

Kitty sourit timidement aux deux garçons en face d'elle, qui venaient, avec non moins de retenue, de l'accueillir au sein du groupe.

— Doreen est terriblement autoritaire, hasarda le jeune aviateur, dont la manche gauche était vide. Mais elle n'a pas sa pareille pour nous faire rire et nous remonter le moral en toutes circonstances.

— Ah oui, alors, notre Doreen est un fameux engin, enchérit Edward, affublé d'un pansement épais sur le crâne et l'œil droit.

— Je parie que tu sers le même baratin à toutes les gonzesses, fit Doreen, l'air flirteur. Les gars de la marine traînent une sacrée réputation, figure-toi.

— Ce sont les matelots qui ont une fille dans chaque port, rectifia Edward avec un sourire. Nous, nous ratissons moins large.

On se taquinait. Peu à peu, Kitty se détendait dans l'ombre mouchetée des arbres. Il faisait un temps splendide, elle était vivante et partageait une table avec des gens qui savaient tout de l'épreuve qu'elle traversait. Tout irait bien.

Doreen alluma une cigarette, avant de s'emparer d'un jeu de cartes plutôt crasseux.

— C'est pas tout ça, déclara-t-elle, mais on s'apprêtait à jouer. Ça te tente, Kitty?

— À condition que tu aies envie de perdre, sourit cette dernière.

— Ça, c'est ce que j'appelle de la provocation, s'esclaffa son amie. C'est parti, ma belle !

Ron parcourait les collines, Daisy contre sa poitrine, confortablement installée dans une vieille sacoche de l'armée qu'il avait astucieusement reconvertie en porte-bébé. Harvey galopait en tous sens, avec l'espoir d'attraper les mouches, les guêpes et les papillons qui voletaient au-dessus de l'herbe haute. L'air fleurait bon la terre chaude, ainsi que le sel, dont l'odeur flottait depuis la mer.

Ces collines étaient devenues pour Ron sa deuxième maison, et il adorait cette liberté propre à la jeunesse qu'elles lui permettaient d'éprouver encore, lui qui prenait de l'âge. Là-haut, il lui semblait ne faire plus qu'un avec les éléments, il oubliait toutes ses responsabilités d'adulte… Il était en vie, c'est tout.

Après avoir envoyé ses furets parcourir le labyrinthe de quelques terriers de lapin dissimulés sous l'herbe et la craie, il avait remisé leurs prises dans l'une des vastes poches de son long manteau de braconnier. Dans une autre dormaient à présent Dora et Flora. Il avait repris son chemin. Il avait résolu de suivre ce jour-là un autre itinéraire, en sorte qu'au lieu de descendre vers l'aérodrome de Cliffe et le petit village où Anne et Martin avaient acheté leur maison, il prit la direction du nord-ouest.

Le vaste domaine de lord Cliffe comportait une forêt centenaire, plusieurs étangs, un élevage de saumons, un manoir, une maison de douairière et un logis plus modeste, des enclos à faisans, des écuries et des fermes. De l'autre côté des barbelés installés par l'armée se trouvaient en outre de nombreux cottages, et, autour d'eux, plusieurs hectares de champs. On recensait encore un pub et une église. Autant dire qu'on avait là un tout petit village, que lord Cliffe avait, en quelque sorte, vassalisé.

Ron longea la clôture électrifiée, se remémorant avec nostalgie l'époque où il tenait le domaine pour son garde-manger. Le nouveau garde-chasse se révélait trop consciencieux à son goût, et, après un certain nombre d'accrochages avec lui et son chien méchant, Ron avait fini par déposer les armes. D'autant plus qu'il connaissait des zones encore sans surveillance, vers lesquelles il se dirigeait à présent – et tant pis s'il devait affronter la colère de Peggy lorsqu'elle comprendrait qu'il avait entraîné sa petite-fille dans l'une de ses expéditions illégales.

L'enfant se mit à gigoter, à faire des bruits de pet avec sa bouche en donnant des coups de pied à son grand-père. Celui-ci lui décocha un large sourire, avant de la chatouiller sous le menton. La fillette ayant grandi, Ron avait dû, pour continuer de la promener dans son porte-bébé de fortune, faire deux trous dans le fond de la sacoche, afin qu'elle y glissât ses petites jambes potelées. Peu lui importaient ces aménagements supplémentaires : du moment qu'il pouvait lui faire découvrir son merveilleux royaume, il se sentait heureux. Car Daisy était une Reilly, ce qui signifiait que ce royaume lui revenait de droit. Et puis… Et puis, ces majestueuses collines, ces vallées, ces champs et ces forêts représentaient l'essence même de ce pour quoi de valeureux jeunes gens étaient en train de combattre.

Il s'arrêta un moment au sommet d'une colline pour contempler le panorama. Ajoncs aux fleurs d'un jaune éclatant, arbres noueux dont les assauts du vent, année après année, avaient peu à peu tordu le tronc… La mer étincelait sous un ciel uniformément bleu. Des alouettes trillaient, suspendues au-dessus de la lande.

— Regarde-moi ça, Daisy, fit-il en l'extrayant de son porte-bébé, avant de rajuster son bonnet. Tu vois la mer ? Et entends-tu chanter les alouettes ? Guerre ou pas, certaines choses ne changent jamais.

Pour toute réponse, l'enfant gazouilla, puis tira sur l'un des sourcils de son grand-père.

— Pour sûr que tu n'y vas pas de main morte, dis donc.

Ayant rouvert avec précaution le petit poing serré, il cala l'enfant dans le creux de son bras, pour lui permettre de mieux jouir du décor alentour.

— Tu vois cette route, Daisy? Et, plus loin encore, les hautes collines boisées? C'est là-bas qu'on va. Parce qu'on peut y pêcher des anguilles, figure-toi, et jamais tu ne mangeras rien de meilleur, je t'en fais la promesse.

La route principale menant à Cliffehaven longeait le domaine de lord Cliffe, traversait de paisibles hameaux et franchissait de pittoresques ponts de pierre enjambant le lit gravelé de la rivière au cours impétueux. Cette dernière serpentait à travers des terres agricoles où étaient des villages, depuis sa source envahie de roseaux, à plusieurs kilomètres de là.

Bientôt, il quittait la route pour emprunter le sentier escarpé qui, passant non loin du circuit motocycliste de Rita, allait le mener dans les bois situés à l'arrière de la demeure d'Agatha Fullerton. Harvey trottinait à ses côtés. S'étendant sur près d'une dizaine de kilomètres, ces bois se trouvaient divisés par une clôture établie entre la propriété d'Agatha et un domaine qui, jadis, avait appartenu à la famille Finlay-White.

Bientôt, il se dirigeait vers le trou qu'il avait pratiqué dans la clôture afin de s'introduire sur les terres d'Agatha Fullerton.

Ce passage, il l'avait dissimulé derrière des branchages, mais il en connaissait très précisément la position. Il s'y glissa, Harvey sur les talons, Daisy contre son cœur. Il s'engagea au milieu des arbres, pressé de s'asseoir à l'ombre, juste à côté du bassin profond où nageaient des anguilles. Il faisait chaud, et Ron transpirait dans son lourd manteau.

Le silence régnait, à l'exception du chant d'un oiseau et du craquement des brindilles sous ses pas. Lorsqu'il atteignit l'endroit où des cours d'eau alimentaient le bassin, il ôta son manteau, qu'il étendit sur le sol. Il se débarrassa aussi, avec précaution, de la sacoche où sa petite-fille dormait toujours, pour la déposer sur le manteau.

Harvey se désaltéra longuement, puis revint auprès de l'enfant. Il se coucha, le museau sur les pattes, le sourcil tressaillant – il attendait de voir ce que son maître allait faire ensuite.

Ce dernier retroussa les manches de sa chemise, avant de considérer les paisibles alentours avec satisfaction. Agatha se hasardait rarement aussi loin parmi les arbres, et puisqu'il n'était ici aucun garde-chasse pour l'importuner, il savait pouvoir disposer d'autant de temps qu'il faudrait pour attendre que les anguilles vinssent glisser jusque dans le filet qu'il avait dans sa poche.

# 11

Il régnait dans la cuisine une telle chaleur qu'elles avaient ouvert tout grand la fenêtre et la porte de derrière. Mais le parfum exquis des gâteaux et des scones en train de cuire valait bien ces menus désagréments. Peggy et Mme Finch faisaient gaiement la vaisselle.

Une première fournée de scones refroidissait déjà sur une grille, et une douzaine de cupcakes s'apprêtait à les rejoindre. À défaut de crème ou de sucre glace, Peggy avait décrété qu'un peu de confiture ferait l'affaire.

— J'espère que cet Américain vaut tout le mal que nous nous donnons, fit Cordélia, l'air pincé, avant de suspendre un torchon mouillé au fourneau pour le faire sécher.

— Qu'il le mérite ou pas, le fait est que nous allons manger du gâteau, répondit sa logeuse en s'essuyant les mains.

Elle sortit avec précaution une plaque du four :

— Regardez-moi ça. Ils sont magnifiques, n'est-ce pas ?

Cordélia contempla les petites pâtisseries dorées en se léchant les babines.

— Je suppose qu'il serait déraisonnable d'en grignoter un tout à l'heure au jardin, avec notre tasse de thé ?

Peggy se mit à rire, en repoussant les mèches de cheveux humides qui collaient à son front.

— Je ne vois pas pourquoi. Nous avons bien mérité une récompense.

Ayant posé la bouilloire sur la plaque chauffante, elle alla chercher deux soucoupes et deux tasses.

— Allez vous installer dans le jardin, fit-elle à la vieille dame. Je vous rejoins avec le thé d'ici une minute ou deux.

— C'est une bonne chose que Ron et les filles ne soient pas là, commenta Mme Finch, l'œil espiègle. Ç'aurait été une véritable invasion de sauterelles.

Ayant saisi sa canne et son vieux chapeau de paille, elle descendit lentement l'escalier menant au sous-sol, puis sortit dans le jardin, où le parasol ombrageait les chaises longues.

— Ne le mangez pas trop vite, la mit en garde Peggy, quelques minutes plus tard. Il n'y en a qu'un par personne.

— Et les autres ?

— Je les garde pour Ruby et Ethel. Elles ont invité Stan à prendre le thé demain.

Elle emplit les tasses.

— Rita doit passer chercher Ruby ce soir pour aller avec elle au cinéma. Elle en profitera pour lui apporter les pâtisseries.

Après être retournée à la cuisine pour examiner son *sponge cake*, la logeuse revint dans le jardin mais, comme elle venait de s'installer dans un transat pour déguster son thé, le téléphone se mit à sonner.

— Quelle plaie que ce machin-là, maugréa-t-elle. Je vous assure, Cordélia, qu'il y a des jours où…

Elle fonça dans le hall et décrocha le combiné.

— Pension du Bord de mer, j'écoute.

— Margaret, j'ai une affreuse nouvelle à t'annoncer, fit Doris à l'autre bout de la ligne, d'une voix pantelante et haut perchée.

Peggy se laissa tomber sur la chaise, le cœur battant.

— Que se passe-t-il ? Il ne s'agit quand même pas d'Anthony ?

— Bien sûr que non, répliqua sa sœur. S'il devait arriver quoi que ce soit à mon Anthony, je ne serais même plus en mesure de parler, encore moins de te téléphoner.

— De quoi s'agit-il, alors ? assena Peggy, impatiente et terrorisée.

— On m'a ordonné… Ordonné, tu te rends compte ?… On m'a ordonné d'accueillir sous mon toit plusieurs de ces horribles réfugiés.

Les épaules de Peggy s'affaissèrent de soulagement.

— Pour l'amour du Ciel, Doris, siffla-t-elle. Je croyais qu'un drame s'était produit.

— Mais c'en est un, rétorqua sèchement son aînée. On ne peut quand même pas me contraindre à laisser des inconnus s'installer chez moi, alors que je croule déjà sous les problèmes. Et pourtant… Pourtant, l'employée de l'office de logement m'a rendu visite, puis elle est montée voir mes deux chambres d'ami en insistant pour que j'y héberge ces gens.

Peggy réprima tant bien que mal un fou rire.

— Mais voyons, Doris. Pour l'office de logement, ces deux chambres représentent une formidable aubaine. Tu sais aussi bien que moi que les sans-abri sont de plus en plus nombreux.

— Je lui ai dit qu'il n'était pas question que j'ouvre ma porte à des hommes, ni à des femmes accompagnées d'un ou de plusieurs enfants. Et j'ai insisté pour m'entretenir avec eux avant de leur permettre de poser leurs pieds crasseux sur le seuil de ma maison.

— Oh, Doris, soupira Peggy. Tu es insupportable. Tu ne comprends donc pas que l'occasion t'est enfin donnée de faire du bien autour de toi ? Ces pauvres gens qu'on loge provisoirement à l'hôtel de ville n'ont pratiquement plus rien, et toi, tu ne fais rien de mieux que de leur refuser un brin de réconfort.

— Certains d'entre nous, Dieu soit loué, ont encore des principes, Margaret. Toi, tu es prête à ouvrir ta porte à n'importe qui, mais je refuse que ma maison se transforme en asile de nuit.

Peggy haussa les sourcils.

— La charité, Doris, as-tu la moindre idée de ce qu'est la charité ?

— J'aurais dû me douter que tu ne me comprendrais pas, répondit sa sœur avec aigreur. Tu as toujours été trop bonne, et regarde un peu où cela t'a menée.

Peggy se raidit.

— Où donc cela m'a-t-il menée ? fit-elle d'une voix blanche.

— Non seulement tu te retrouves avec un horrible chien et deux furets malodorants qui se promènent partout chez toi, mais, par-dessus le marché, tu as épousé un tire-au-flanc irlandais, dont le père est un véritable clochard. Ajoutons à ce tableau une vieille toquée que quelqu'un devrait se résoudre enfin à faire interner, une traîne-misère aux allures de garçon manqué, et une infirmière irlandaise totalement écervelée, que j'ai vue l'autre jour au bras d'un Américain.

Hors d'haleine, elle finit par se taire.

Peggy était tellement en colère que les mots faillirent lui manquer.

— Tu étais moins difficile, le jour où tu t'es installée chez moi parce que Ted t'avait quittée pour se mettre à la colle avec sa poule. Ce qui ne m'étonne pas le moins du monde, à voir la manière dont tu te comportes. Occupe-toi de tes affaires avant de fourrer ton nez dans les miennes.

— Comment oses-tu me parler de cette façon ? glapit Doris.

— Je parle comme j'ai envie de parler, répondit sa sœur du tac au tac. Et, pour une fois dans ta vie, essaie de penser à quelqu'un d'autre qu'à toi. Des tas de gens ont besoin d'une chambre, et il se trouve que tu en as deux. Alors, arrête un peu de geindre et fais de ton mieux. Comme nous devons tous le faire.

— Mais ce sont d'horribles personnes, gémit Doris, des femmes de rien du tout qui travaillent à l'usine de munitions. Je ne peux décemment pas…

Peggy lui raccrocha au nez, avant de regagner, d'un pas furibond, le jardin où elle s'affala sur une chaise longue, puis elle alluma une cigarette, qu'elle fuma avec rage, jusqu'à ce que la tête lui tournât.

— Bonté divine, fit Mme Finch, déconcertée. On jurerait que vous êtes à deux doigts d'exploser. Que s'est-il passé ?

— Doris est la personne la plus égoïste, la plus arrogante et la plus grossière qu'il m'ait été donné de connaître. Le seul fait de savoir que nous sommes du même sang me rend malade.

Cordélia émit un petit rire.

— Oh, ma chère... Qu'a-t-elle fait cette fois pour vous mettre dans un tel état ?

Comme Peggy s'apprêtait à répondre, le son d'un tissu qu'on déchire se fit entendre, et, sans lui laisser le temps de réagir, la toile de la chaise longue se désolidarisa de son cadre en bois, et la logeuse tomba brutalement sur le sol.

Après un instant de stupeur, elle éclata d'un grand rire. Avec sa robe remontée jusqu'à sa culotte et ses jambes en l'air, elle était ridicule, mais du moins l'incident lui avait-il fait oublier la méchanceté de sa sœur.

Contre toute attente, Kitty avait passé une matinée exquise, mais, lorsque l'infirmière Hopkins était revenue la chercher, elle se sentait recrue de fatigue. Utiliser les toilettes pour la première fois depuis son admission à l'hôpital l'avait épuisée plus encore, en sorte que ce fut avec bonheur qu'elle retrouva son lit, où elle s'endormit presque aussitôt.

Le raffut des chariots alimentaires la réveilla, et elle s'aperçut avec étonnement qu'elle avait faim. L'employée du NAAFI ayant posé une assiette sur sa table de lit, elle contempla les morceaux de poulet et la salade croquante avec envie. Il lui tardait déjà de voir reparaître l'infirmière chargée de l'aider à manger.

Ayant réussi à avaler le plat de résistance jusqu'à la dernière bouchée, la jeune femme attaqua la gelée qu'on lui avait servie en dessert.

— Ah…, soupira-t-elle, calée contre les oreillers. Je me sens beaucoup mieux. Merci, infirmière.

Celle-ci lui sourit, plongea ensuite la main dans la poche de son tablier.

— Ceci devrait aussi vous aider à reprendre du poil de la bête, dit-elle en faisant surgir deux lettres et deux cartes postales. Je vais vous ouvrir les enveloppes, puis je m'éclipserai pour vous permettre d'en profiter tout votre saoul.

Pressée de mettre la main sur son courrier, Kitty s'empara de la mince enveloppe bleue venue d'Argentine. Ayant reconnu l'écriture de sa mère, elle sentit les larmes lui monter aux yeux.

*Ma chère fille,*

*Si tu savais comme j'aimerais me trouver auprès de toi pour te soutenir, te rassurer et chasser les terribles peurs qui, je le sais, doivent t'assaillir en ces temps affreux. Nous ne pouvons guère qu'imaginer ce que tu éprouves, mais ton père et moi connaissons bien notre fillette adorée. Tu possèdes une force à nulle autre pareille, et cela nous réconforte un peu, car cette force de caractère t'aidera, à coup sûr, à te remettre de tes blessures et à aller de l'avant.*

*Ma si courageuse petite fille, si tu savais comme je me sens fière de toi. Je pense à toi du matin au soir, en priant pour que nous nous trouvions bientôt réunies de nouveau. La distance entre nous me fait mal car je ne puis t'être d'aucun secours, et la maison nous semble bien vide, depuis ton départ et celui de Freddy. Toutefois, des souvenirs me sautent au visage dans toutes les pièces, au point que, quelquefois, il me semble t'entendre rire, entendre rire tes amis et ceux de ton frère, de vous entendre tous vous amuser dans la piscine. Cela m'est à la fois une joie et une souffrance.*

*Freddy nous a écrit une lettre magnifique pour nous expliquer ce qui s'était passé, et bien que ton père et moi ayons pleuré en découvrant ces nouvelles, et que nous ayons maudit le sort de ne pouvoir accourir aussitôt à ton chevet, nous avons su d'emblée que tu ne serais pas seule. Freddy peut souvent paraître désinvolte, mais dès qu'il s'agit de sa petite sœur, il redevient sérieux et fait face sans flancher à ses responsabilités. Je suis également certaine que Roger et Charlotte t'épauleront de leur mieux, car tu as là de bons amis, des amis fidèles qui n'auront que toi en tête.*

*C'est avec un immense plaisir que nous avons appris que Freddy et Charlotte avaient prévu de se marier à Noël, mais, là encore, nous sommes navrés de ne pouvoir être des vôtres pour une si belle occasion. J'ai bien l'impression que, jusqu'à la fin de cette horrible guerre, ton père et moi allons devoir nous contenter de vos lettres, mais sachez que nos prières et nos pensées vous accompagnent à chaque instant.*

*Le Señor Fernandez et tout le monde, ici, t'envoient leurs amitiés, et leurs meilleurs vœux de rétablissement. Puisque nous sommes en hiver, on fait faire à tes poneys un peu plus d'exercice que d'ordinaire, et Juan Carlos m'a chargée de te dire qu'il prend grand soin de Sabre jusqu'à ton retour.*

*Je t'embrasse, ma chérie, et je te serre très fort dans mes bras, comme je le faisais lorsque tu n'étais encore qu'une toute petite fille. N'oublie jamais que nous t'aimons, et que, même dans les jours les plus sombres qu'il te faudra traverser, je me tiendrai auprès de toi par la pensée.*

*Maman*

Kitty lâcha la lettre en ravalant ses larmes, se hâta de lire la seconde, au ton plus léger, mais, comme la première, débordante d'amour. Un peu ragaillardie, elle s'empara ensuite des cartes postales. Expédiées toutes deux par Charlotte, elles figuraient des caricatures du bord de mer, avec d'énormes dondons en maillot de bain que lorgnaient de petits bonshommes arrogants. Kitty gloussa, avant de lire le court message au verso.

— Je me réjouis de constater qu'elles t'ont fait rire.

Kitty éprouva un mélange détonant de surprise et de joie.

— Charlotte ! s'exclama-t-elle. Oh, Charlotte. Comme je suis heureuse de te voir !

Charlotte sourit d'une oreille à l'autre en déposant, sur la chaise à côté du lit, plusieurs paquets enveloppés de papier kraft, avant d'étreindre son amie avec précaution.

— Freddy m'a dit que tu te sentais beaucoup mieux, dit-elle en se redressant.

Elle fourra la casquette de son uniforme dans la poche de sa veste.

— Quel bonheur de te retrouver ainsi, joyeuse et bien réveillée. J'avoue qu'après ma dernière visite, j'étais très inquiète.

Kitty constata que Charlotte évitait soigneusement de poser les yeux sur le moignon bandé.

— Tu n'as plus aucune raison de t'en faire, commenta-t-elle avec conviction. J'ai quitté mon lit ce matin pour la première fois et, cerise sur le gâteau, j'ai gagné trente allumettes au poker. Ce qui prouve que, si j'ai perdu la moitié d'une jambe, j'ai réussi à garder toute ma tête.

— Oh, Kitty…

Charlotte était au bord des larmes.

— Je n'arrive toujours pas à croire qu'une chose pareille ait pu t'arriver, à toi. J'aimerais tellement…

— S'il te plaît, Charlotte, évite de t'attendrir sur mon sort. Je viens de recevoir une lettre de ma mère, et je me sens déjà assez retournée comme ça.

Elle observa son moignon.

— Il y a des gens, ici, qui sont autrement plus amochés que moi, je t'assure. C'est pour cette raison que j'ai décidé de suivre l'exemple de Doreen et de m'accommoder de la situation.

— Doreen ?

Kitty lui raconta tout, y compris l'épisode de la jarretière.

— Je ne crois pas que j'irai jusque-là, s'empressa-t-elle d'ajouter en voyant son amie froncer les sourcils, mais je ne suis pas non plus du genre effacé, alors je voudrais, le jour de ton mariage, porter une très, très belle robe. Rouge vif, de préférence, avec le chapeau assorti.

Charlotte pouffa.

— Il s'agit d'un défi de taille, et je pensais plutôt à du rose pour ma demoiselle d'honneur. Mais je ferai de mon mieux. Maman a tout un tas de cartons à chapeaux et des malles pleines de vêtements, qui remontent à l'époque où papa et elle fréquentaient l'hippodrome d'Ascot. La prochaine fois que je leur rendrai visite, j'irai faire un tour au grenier, mais question rouge vif, je crains de faire chou blanc. Maman apprécie plutôt les tons pastel.

— Le tout, c'est qu'il s'agisse d'une couleur éclatante, qu'on remarque de loin. Le rose ne me va pas au teint, et il n'est pas question que je porte du beige ou du bleu marine, comme les vieilles tantes qu'on sort de la naphtaline pour l'occasion.

Comme Charlotte s'enhardissait, allant jusqu'à jeter un coup d'œil gêné à la cuisse de Kitty, celle-ci eut un sourire.

— Ne te tourmente pas, commenta-t-elle. D'ici là, j'aurai une prothèse, ce qui signifie que je pourrai remplir tous mes devoirs de demoiselle d'honneur, sans te faire honte ni me casser la binette.

— Pas un instant je n'ai imaginé une chose pareille, répondit Charlotte, qui s'était détendue depuis que l'épineux sujet de l'amputation avait été abordé. Au fait, papa et maman t'envoient leurs amitiés, et ils m'ont demandé de te dire qu'ils avaient fait réviser l'ascenseur de mamie et que ta chambre t'attend déjà, pour le jour où tu quitteras cet hôpital.

Les parents de Charlotte étaient des gens charmants, et leur maison un havre bienfaisant où Kitty avait passé de nombreuses vacances scolaires, quand le temps lui manquait pour se rendre en Argentine. Jamais encore, sinon chez eux, elle n'avait vu d'ascenseur privé, mais à présent, l'idée de faire peser sur eux les mille et un problèmes qu'elle ne manquerait pas de rencontrer durant sa convalescence lui semblait inconcevable.

— C'est vraiment très gentil de leur part, murmura-t-elle, et cela me touche beaucoup, mais mieux vaut que je trouve une autre solution.

— Ne te mets pas martel en tête pour le moment, la rassura Charlotte. Tu changeras peut-être d'avis d'ici quelque temps.

Elle saisit les petits paquets qu'elle avait apportés.

— Maman et moi avons pensé que tu apprécierais sûrement quelques extras. Ça, c'est de la part de Freddy, et je continue à me demander comment il a réussi à mettre la main là-dessus. J'ai préféré ne pas pousser trop loin mes investigations.

— Tu l'as vu ? Comment va-t-il ?

— J'ai réussi à convaincre mes supérieurs de m'autoriser à livrer un Spitfire à Cliffe, tôt ce matin, ce qui nous a permis de prendre le petit-déjeuner ensemble avant qu'il parte en mission. Je le trouve beaucoup plus en forme depuis qu'il sait que tu vas t'en sortir.

Charlotte poussa un lourd soupir.

— Il se tracassait tellement, le pauvre, qu'il n'avait plus tout à fait les yeux en face des trous, au point que le commandant Black lui a ordonné de rester au sol pendant un certain temps. Il faut dire qu'il avait failli s'écraser contre une falaise.

— Je suis au courant, c'est Freddy lui-même qui m'en a parlé. Son commandant m'a l'air d'un type extrêmement compréhensif. Mon frère a de la chance.

Elle observa les paquets maintenant disposés sur son lit.

— Tu vas devoir les ouvrir à ma place, Charlotte. Avec mes bras plâtrés, ça risque d'être un peu compliqué.

Charlotte s'exécuta, dénouant les ficelles avant de déplier les papiers d'emballage. Freddy avait offert à sa sœur une boîte de chocolats en forme de cœur et décorée d'un ruban rose. Le paquet de Roger contenait un savon parfumé, tandis que les parents de Charlotte avaient acheté, pour la convalescente, une superbe chemise de nuit, dont le col s'ornait de dentelle. La jeune femme découvrit encore le dernier roman d'Agatha Christie, deux paquets de cigarettes Player's, ainsi que le dernier numéro du *Picture Post*.

— Oh, Charlotte, n'oublie surtout pas de remercier ta mère pour moi. Cette chemise de nuit est splendide. Dis-lui aussi que je lui écrirai dès qu'on m'aura débarrassée de mes plâtres.

Elle guigna la boîte de chocolats.

— Comment diable Freddy s'y est-il pris pour dénicher un pareil trésor ?

Charlotte eut un large sourire.

— Il m'a affirmé qu'il l'avait gagné lors d'une partie de bras de fer avec un pilote américain. Bien sûr, je n'y crois pas une seconde, mais je n'ai pas réussi à percer le mystère.

Elle haussa les épaules.

— Du moment qu'ils sont aussi bons que la boîte le laisse présager, peu importe leur provenance, n'est-ce pas ?

— Dépêche-toi de l'ouvrir, la pressa Kitty. Nous allons les goûter.

Les jeunes femmes découvrirent deux étages de chocolats luisants en forme de cœur. Elles en prirent un chacune, puis se turent, fermant les paupières pour mieux profiter du moment.

— J'avais oublié combien j'aimais la crème de fraise, finit par souffler Kitty. Replace le couvercle immédiatement, avant que je ne dévore tout. Ensuite, je veux que tu m'expliques en détail ce que tu as prévu pour votre mariage.

Après avoir prudemment rangé la boîte dans la table de chevet, puis rapproché sa chaise du lit, Charlotte commença :

— Nous avons décidé de nous marier dans l'église du Berkshire où j'ai été baptisée. Maman est déjà dans tous ses états, concernant l'organisation de la réception, qui se tiendra chez nous. Par ailleurs, elle ne décolère pas, car elle aurait préféré que le mariage se déroule en été. En ce moment, son jardin est magnifique, alors que cet hiver…

— Je suis sûre que ta mère saura si bien arranger la maison familiale qu'elle fera d'emblée oublier la splendeur perdue de son jardin, répondit Kitty, qui avait toujours admiré le don de Mme Bingham pour la décoration. As-tu déjà trouvé ta robe ? À moins que tu n'aies choisi de porter ton uniforme pour l'occasion, comme ça se fait beaucoup en ce moment ?

— Aucun risque. Maman me prête sa robe de mariée, qu'elle avait fait faire à Paris avant la Première Guerre, et mamie Elizabeth m'a promis que je pourrai utiliser son voile en dentelle, ainsi que sa tiare de diamants.

Elle eut un sourire chagrin.

— À partir de maintenant, il va falloir que je fasse attention à ce que je mange, sinon je ne rentrerai jamais dans la robe au jour dit.

Elle enchaîna avec allégresse, évoquant pour son amie la liste des invités, les fleurs qu'on aurait choisies, le champagne que son père avait stocké dans sa vaste cave. Mais, à mesure qu'elle parlait, Kitty doutait de plus en plus de pouvoir assister au mariage. Sa présence, en effet, ternirait la fête. Qui avait envie de voir une infirme claudiquer sur une prothèse de jambe en fer-blanc au beau milieu des atours, de la dentelle et de la soie ?

Et puis… Et puis, il lui faudrait affronter le regard de ses anciennes camarades de classe, ainsi que des jeunes filles dont elle s'était fait des amies pendant les vacances dans le Berkshire. Se sentir à l'aise parmi les autres patients de l'hôpital, qui traversaient la même épreuve qu'elle, était une chose. Coudoyer des gens qui n'avaient sans doute pas la moindre idée de ce qu'elle endurait en était une autre.

Les discours fermes et la bravade ne sauraient lui suffire. Elle n'y arriverait pas. Et pourtant, comme elle se reconcentrait sur ce que Charlotte était en train de lui dire, elle sut qu'elle n'aurait pas le cœur de décevoir la jeune femme aujourd'hui. Aujourd'hui, Charlotte, galvanisée par ses projets, était tout feu tout flamme. Il n'était pas question, pour Kitty, de gâcher son plaisir.

Peggy achevait ses deux heures de présence à l'hôtel de ville lorsque son amie Dorothy, employée à l'office de logement, entra. Élégante et svelte, cette dernière débordait d'énergie, au point qu'à quarante-trois ans, avec sa peau de pêche et ses cheveux d'un brun profond, elle en paraissait aisément dix de moins.

— Salut, Dorothy ! Ça faisait un bail, dis-moi. Comment ça va ?

— C'est le bazar, comme d'habitude. Maintenant que Tom a pris la mer et que les gosses se trouvent dans le Devon, on pourrait s'imaginer que j'ai du temps à ne plus savoir qu'en faire. Eh bien, c'est tout le contraire.

— Je comprends parfaitement, répondit Peggy.

— Au fait, enchaîna Dorothy, esquissant un sourire, nous avons enfin pris contact avec ta sœur, à propos de ses deux chambres d'ami.

Peggy ôta son tablier et son fichu, qu'elle fourra dans son grand sac.

— Elle l'a drôlement mauvaise, c'est moi qui te le dis.

— Elle ferait mieux de se réjouir que je n'aie pas parlé d'elle à la police. Elle se serait retrouvée avec une belle balafre dans son casier judiciaire, et on lui aurait collé une très lourde amende.

— Merci pour elle. Je sais à quel point ma sœur peut se montrer odieuse, mais elle n'a pas la vie facile en ce moment. Je crois que l'intervention de la police l'aurait complètement démolie.

Dorothy croisa les bras sur sa poitrine.

— Tu sais, c'est uniquement parce que nous sommes amies, toi et moi, depuis l'école primaire, que je n'ai rien dit. D'autant plus qu'elle en aurait profité pour t'accabler de reproches.

— C'est vraiment chouette de ta part, murmura Peggy.

À l'évidence, Dorothy avait toutes les peines du monde à maîtriser sa colère envers Doris, ce qui poussa la logeuse à poursuivre la conversation :

— Je me demande comment elle s'est débrouillée, jusqu'à maintenant, pour rester sous les radars de l'office de logement.

Son amie pinça les lèvres.

— Depuis le début de la guerre, elle ment comme une arracheuse de dents. Elle a commencé par affirmer que sa bonne occupait l'une des chambres. Puis que l'une de ses tantes s'était installée chez elle. Enfin, que son fils avait transformé la seconde chambre en bureau, du fait des lourdes responsabilités qu'il occupait au sein du ministère de la Défense. Autrement dit, avait-elle ajouté, accueillir un réfugié dans cette pièce reviendrait à enfreindre la loi sur les secrets officiels. À ce moment-là, nous avons préféré abandonner la partie, parce qu'elle est membre de nombreuses associations caritatives, et qu'elle a le bras long.

La curiosité de Peggy était piquée :

— Qu'est-ce qui t'a amenée à lui rendre visite ce matin ?

Dorothy se pencha en avant pour s'assurer que personne d'autre ne risquait d'entendre ses propos :

— Quelqu'un nous a téléphoné pour nous accuser de fermer les yeux sur les deux chambres libres de Doris, autrement dit de lui accorder un traitement de faveur. Cette personne nous a menacés de porter plainte contre nous si nous n'intervenions pas. Je n'ai pas eu d'autre choix que de me rendre chez ta sœur pour évaluer moi-même la situation.

— C'est toi qui as répondu à cet appel ? Est-ce que tu as reconnu la voix ?

— Il s'agissait d'une femme, en tout cas, mais je pense qu'elle parlait dans un mouchoir. Elle a appelé d'une cabine téléphonique. Je le sais, parce que j'ai entendu tomber les pièces dans la machine.

Peggy songea qu'il pouvait s'agir de la maîtresse de Ted, qui l'avait éconduite – il n'est pas d'être plus dangereux ni plus vindicatif qu'une femme humiliée. Elle se garda cependant de s'ouvrir à Dorothy de ses soupçons.

— Quoi qu'il en soit, c'est quelqu'un qui souhaitait attirer des ennuis à Doris. Ce qui, vu le nombre de gens qu'elle met en pétard avec ses manières hautaines, ne m'étonne pas du tout.

— J'ai déjà trouvé quatre charmantes jeunes filles pour se partager les deux chambres. Elles ont dû quitter leur logement après que la maison voisine s'est écroulée en emportant avec elle la moitié du foyer où elles vivaient. Je viens de retourner chez Doris pour lui parler d'elles et, même si elle faisait une vilaine tête, elle est restée polie. Je lui ai laissé entrevoir ce qu'elle risquait si les chambres devaient se trouver de nouveau inoccupées. Il ne reste plus qu'à espérer que tout se passera bien.

Peggy sourit.

— Pauvre Doris... Elle est à elle seule sa pire ennemie...

— Exactement. Tu as le temps de prendre une tasse de thé avec moi avant de rentrer ? Ça fait des lustres que nous n'avons plus échangé de cancans.

— Du moment qu'il est question de s'asseoir et de boire du thé, j'ai toujours le temps. Je vais jeter un coup d'œil à Daisy, et je suis à toi.

Peggy regagna la pension du Bord de mer presque deux heures plus tard, et, lorsqu'elle fit entrer le landau à l'intérieur du sous-sol, elle y fut accueillie par la vilaine odeur de l'anguille bouillie. Ayant pris Daisy dans ses bras, elle gravit l'escalier en direction de la cuisine.

— Ron a fait cuire des anguilles dans de l'eau vinaigrée, l'informa Mme Finch dès qu'elle eut franchi le seuil. L'odeur est presque aussi répugnante que le spectacle de ces affreuses bestioles prises dans leur gelée.

La vieille dame frissonna.

— J'ai dû ouvrir toutes les portes et fenêtres, mais rien n'y fait.

Peggy observa les épaisses rondelles d'anguille en gelée barbotant dans une mixture grisâtre, à l'intérieur d'un bol posé sur la table. Elle installa sa fille dans sa chaise haute, avant de lui donner un biscuit à mâcher.

— Où est Ron ?

— Il m'a dit qu'il avait des choses à faire pour Rosie, répondit Cordélia avec un sourire entendu. À l'heure où vous étiez censée rentrer, il a filé sans demander son reste.

— Je m'en doute, siffla la logeuse. Il s'est bien gardé de me parler d'anguilles quand il est rentré tout à l'heure avec Daisy. Il s'est contenté de balancer deux lapins sur le plan de travail, qu'il a ensuite vidés.

Mme Finch pouffa.

— Il a attendu votre départ pour les faire cuire. Il savait bien que cela vous mettrait en colère.

— Et comment !

Peggy emporta le bol dans le garde-manger, dont elle referma la porte.

— Dès son retour, je dirai deux mots à M. Ronan Reilly, fit-elle sur un ton menaçant. Braconner en compagnie de ma fille, franchement !

— Oh, s'émut Cordélia. Ne soyez pas trop fâchée non plus. Il ne pensait pas à mal, et il n'est rien arrivé à Daisy.

La logeuse tapota doucement l'épaule de sa vieille pensionnaire, avant de découper les lapins, dont elle allait faire un ragoût. Si Ron osait bientôt montrer le bout de son nez, il en serait quitte pour un fameux savon, foi de Peggy Reilly.

La viande à présent mijotait, additionnée d'orge, d'oignons et de pommes de terre. Peggy, Daisy et Mme Finch s'étaient rendues au jardin pour profiter des derniers rayons de soleil. Cordélia somnolait sur la chaise longue flambant neuve, mais après ce qui s'était passé le matin, Peggy préférait ne plus tenter sa chance avec les vieux transats, aussi, après avoir ôté ses sandales, s'était-elle assise sur la pierre de seuil, que le soleil avait longuement chauffée.

Elle venait d'allumer une cigarette, lorsqu'elle entendit s'ouvrir la barrière. S'attendant à voir paraître Ron, elle se raidit, prête à lui faire une scène, mais ce fut Sarah qui se montra, cuisant dans son uniforme du WTC.

— Bonjour, ma belle. Tu rentres drôlement tôt, dis-moi.

Son sourire de bienvenue mourut sur ses lèvres lorsqu'elle découvrit la mine agitée de la jeune femme.

— Quelque chose ne va pas, Sarah ? Tu n'es pas malade, au moins ?

— Non, non. J'ai demandé la permission de finir plus tôt que d'habitude, c'est tout. Fran est-elle déjà rentrée de l'hôpital ?

Peggy secoua la tête.

— Elle devrait être ici dans une heure. Pourquoi ?

Sarah se tordit les mains en dansant d'un pied sur l'autre, avant de jeter un coup d'œil inquiet à Mme Finch, qui dormait.

— C'est un peu délicat..., commença-t-elle. Je n'ai pas l'intention de faire des histoires, mais...

— Viens t'asseoir, l'invita Peggy, qui, lorsque la jeune femme se fut installée à côté d'elle, enchaîna : De quel genre d'histoires parles-tu ?

— Les Américains donnaient une fête aujourd'hui. Petit à petit, ils se sont mis à faire de plus en plus de bruit, à chahuter. Je pense qu'ils consommaient beaucoup d'alcool, parce qu'ils n'ont pas tardé à faire la course sur les sentiers forestiers à bord de leurs jeeps, en braillant aussi fort que des Peaux-Rouges sur le sentier de la guerre. Je me demande encore par quel miracle personne n'a été blessé, mais quelqu'un les a dénoncés à leur commandant, qui a rapidement mis un terme à leurs folies.

— Que veux-tu, commenta Peggy, ils sont jeunes et pleins d'entrain... Mais, puisqu'on ne recense aucun blessé, pour quelle raison cela t'a-t-il à ce point contrariée, Sarah ? Et quel rapport avec Fran ?

— Ça ne m'a pas contrariée. Enfin, pas vraiment. Comme vous, j'ai mis leur comportement sur le compte d'une bonne humeur excessive. En revanche, je me tourmentais pour la sécurité des filles qui travaillent le long de ces sentiers. Une fois que les choses se sont calmées, je n'y ai plus pensé.

Peggy patienta, pendant que sa pensionnaire allumait une cigarette.

— Mais ensuite, hasarda-t-elle, il s'est passé autre chose, n'est-ce pas ? Et c'est cette autre chose qui t'a bouleversée…

Sarah acquiesça, avant de saisir délicatement un brin de tabac sur sa lèvre.

— Leur commandant est venu dans mon bureau. Il m'a présenté des excuses pour le vacarme et pour la façon dont ses hommes s'étaient comportés. Il a ajouté qu'il les avait tous confinés dans leurs quartiers, et qu'ils seraient de corvée de cuisine toute la semaine prochaine.

— Que fêtaient-ils au juste, pour que ça les ait mis dans un état pareil ?

Peggy ne voyait toujours pas où Sarah voulait en venir.

— L'un des jeunes officiers venait d'apprendre qu'il était devenu le papa d'un petit garçon de trois kilos trois cents. Son épouse et lui ont déjà deux filles, c'est dire s'il se réjouissait d'avoir enfin un fils.

La jeune femme s'interrompit, plongeant son regard dans celui de Peggy :

— Cet officier s'appelle Chuck Hoskins.

— Oh, non…, souffla la logeuse. Tu en es sûre ?

— Absolument sûre. Je l'ai déjà vu plusieurs fois, et je participais à la réception lors de laquelle Fran et lui ont fait connaissance.

Elle écrasa le mégot de sa cigarette sous le talon de sa botte.

— Pauvre petite Fran, murmura Peggy. J'espère que tu as prévenu son commandant, ajouta-t-elle avec colère.

— Je me suis dit que cela ne me regardait pas, avoua Sarah. Après tout, ce n'est pas à moi que Chuck est en train de mentir, et je doute que l'armée américaine puisse intervenir dans des cas de ce genre. Et lorsque j'ai posé quelques questions au commandant à propos du jeune papa, autour d'une tasse de thé, il m'a donné l'impression de l'apprécier beaucoup.

La jeune femme exhala un profond soupir.

— J'ai appris que Chuck, originaire de Milwaukee, est ouvrier à la chaîne dans une biscuiterie. Sa mère fait le ménage dans des immeubles de bureaux, et Chuck n'était encore qu'un bébé quand son père s'est volatilisé. Notre Américain a quitté l'école à quatorze ans. Il y a cinq ans, il a épousé Lauretta, qui travaille le soir dans un bar de leur quartier.

Tandis qu'elle se rappelait la mine radieuse de Fran quand elle lui avait parlé de Chuck pour la première fois, Peggy sentait sa colère gronder à chaque instant un peu plus.

— Il a donc menti sur toute la ligne, dit-elle sur le ton du constat. Quel vilain tour il a joué à notre petite Irlandaise. S'il franchissait la barrière à cet instant précis, je serais capable de le tuer.

— Je ne sais pas quoi faire, reprit Sarah. Le jour où elle apprendra la vérité, Fran tombera de très haut. Elle va s'en rendre malade. Je pourrais peut-être me contenter de lui indiquer qu'il a été muté dans un autre camp ?

Peggy prit la main de sa locataire dans la sienne.

— Ne t'en fais pas, c'est moi qui vais me charger de Fran. J'ai deux filles, rappelle-toi. Autrement dit, les peines de cœur, ça me connaît. Et s'il est vrai que l'instant de la révélation peut être terrible, tu n'imagines pas à quelle vitesse ces demoiselles réussissent à retomber sur leurs pieds. Je vais tout dire à Fran, il le faut. Ajouter un mensonge à tous ceux qu'on lui a déjà fait gober, ce serait injuste.

— En effet. Vous avez raison, Peggy. Comme toujours.

Passant un bras autour de sa taille, elle posa la tête sur l'épaule de sa logeuse.

— Nous vous en faisons voir de toutes les couleurs, n'est-ce pas ?

Peggy sourit.

— Je suis là pour vous, répondit-elle avec douceur.

# 12

Depuis les révélations de Sarah, Peggy n'avait plus quitté la pendule des yeux. À peine Fran eut-elle franchi le seuil de la maison que sa logeuse l'entraîna dans la salle à manger, afin qu'elles pussent discuter en tête-à-tête.

— Qu'est-ce qui se passe? demanda la jeune femme en fronçant les sourcils.

— J'ai quelque chose à te dire, répondit Peggy en refermant la porte derrière elles. Ne t'en fais pas, cela ne concerne pas ta famille, se hâta-t-elle d'ajouter en voyant passer de l'effroi dans l'œil vert de Fran. Il s'agit de Chuck Hoskins.

— Il ne peut pas venir aujourd'hui?

Elle était terriblement déçue.

Peggy s'assit, tapota la chaise à côté de la sienne, pour que Fran s'y installât.

— Non, ma chérie, il ne prendra pas le thé avec nous aujourd'hui. Ni aucun autre jour.

— On l'a changé d'affectation? Il m'a laissé un mot pour que je puisse le joindre?

Peggy, navrée de lire tellement d'espoir sur les traits de sa pensionnaire, secoua la tête.

— Il se trouve toujours à Cliffe, ma chérie.

Elle prit la main de Fran.

— Mais il n'est pas du tout celui que tu crois.

Elle s'était exprimée avec circonspection, mais, déjà, le sang refluait des joues de l'infirmière. Il fallait à présent qu'elle allât droit au but :

— Je suis affreusement désolée, Fran, mais il est marié, et, aujourd'hui, il a fêté la naissance de son troisième enfant.

— Non, souffla la jeune femme, dont les beaux yeux verts s'emplirent de larmes. Ce n'est pas possible. Il m'a juré qu'il n'était pas marié, et il m'a montré des photos de sa maison et de ses parents.

Peggy comprit dès lors qu'elle allait avoir plus de mal que prévu, car on avait affaire, avec Chuck Hoskins, à un menteur d'exception, qui avait pris soin de se construire une histoire dans le seul but d'éblouir les jeunes Anglaises qu'il croisait sur sa route. Sans plus lâcher la main de Fran, elle lui répéta tout ce que Sarah lui avait confié.

Un long silence s'ensuivit, et les larmes de la jeune femme, qui d'abord avaient scintillé sur ses cils, se mirent à rouler sur ses joues pâlies.

— C'est rien qu'un affreux salopard, commenta-t-elle d'une voix tremblante. Et moi, comment j'ai pu être assez gourde pour avaler tous ses bobards ?

— Parce qu'il a réussi à te persuader qu'il partageait tes sentiments. C'est un beau parleur, et il savait précisément ce qu'il avait à faire pour que tu lui tombes dans les bras.

— Je l'aimais, moi, se mit à sangloter Fran. Il m'avait promis qu'après la guerre, on se marierait, et que j'irais m'installer avec lui en Amérique.

— Tu n'es pas allée trop loin, n'est-ce pas ? demanda Peggy avec prudence. On a vite fait de perdre la tête, quand on est amoureux.

— Non, murmura Fran. Il a insisté plusieurs fois, mais toutes les mises en garde que ma mère m'a serinées depuis toujours me résonnaient continuellement dans la caboche. Du coup, je n'ai pas osé accepter.

Elle cacha son visage dans ses mains. Ce fut, dès lors, un véritable torrent de larmes.

— Mais, en réalité, j'en mourais d'envie, gémit-elle.

— Je sais, ma chérie.

Ayant passé un bras autour de ses épaules, Peggy la serra contre elle. Les promesses non tenues, les rêves brisés dégringolaient sur la malheureuse, pareils à des éclats de verre. C'était la fin d'une belle histoire à laquelle elle avait cru de toutes ses forces. Peggy, cependant, savait qu'après le temps des pleurs, la colère prendrait le relais. La nature humaine était ainsi faite. Ensuite, seulement, viendrait l'acceptation. Ce serait pour Fran une rude leçon, mais elle trouverait en elle le courage d'aller à nouveau de l'avant, vers un avenir qui ne ressemblerait pas à celui que Chuck lui avait fait miroiter.

Lorsque ses larmes se tarirent enfin, la jeune femme se dégagea de l'étreinte de Peggy pour se moucher, puis tenter de se reprendre un peu. Elle serra entre ses doigts le mouchoir trempé.

— Je dois être affreuse, fit-elle avec un semblant de sourire. Les autres filles sont au courant ?

— Sarah ne dira rien, répondit Peggy en piochant, dans la poche de son tablier, un mouchoir propre. Elle était tellement malheureuse pour toi que j'ai bien cru qu'elle ne réussirait jamais à me dire ce qu'elle avait sur le cœur. C'est une amie précieuse, tu sais, et tu peux être certaine que, si tu souhaites lui faire des confidences, elles resteront entre vous.

De nouveau, les yeux de Fran s'emplirent de larmes, mais, cette fois, elle renifla résolument pour les empêcher de couler.

— Bah, je n'ai aucune raison de faire des cachotteries aux autres, fit-elle sur un ton chargé d'amertume. De toute façon, en ne le voyant pas arriver à la pension aujourd'hui, elles commenceront déjà à se poser des questions. Je leur raconterai tout pendant le dîner.

Elle se leva, lissa son tablier amidonné, puis retira sa coiffe blanche.

— Mais, d'abord, je vais retirer mon uniforme et faire un brin de toilette.

Elle se baissa pour embrasser tendrement la joue de sa logeuse.

— Merci, Peggy, souffla-t-elle. On a vraiment un sacré bol de vous avoir.

Après le départ de la jeune femme, Peggy s'attarda un moment dans la salle à manger encombrée. Les cinq jeunes femmes dont elle avait la charge étaient devenues pour elles comme des filles, et elle avait endossé de bon cœur ce rôle de mère de substitution. Elle avait tenté d'apaiser la mélancolie de Jane et de Sarah, auxquelles, à leur arrivée en Angleterre, leur Malaisie natale manquait beaucoup. Elle s'était efforcée de les rassurer un peu, elles que la situation à Singapour effarait. Elle avait aidé Rita à surmonter le traumatisme d'avoir perdu son logement à deux reprises, juste après que son père avait été appelé sous les drapeaux. Elle avait soutenu Suzy, dont la relation avec Anthony, le fils de Doris, avait suscité la réprobation de celle-ci, ainsi que sa jalousie maladive.

Elle observa la pièce, qu'on avait convertie en débarras, y stockant les meubles dont on n'avait plus besoin et des objets de toute sorte. Il s'agissait pourtant d'une vaste pièce, pourvue d'une cheminée, d'un plafond haut et de grandes fenêtres, qui, pour l'heure, se faisaient oublier derrière les planches de contreplaqué qu'on avait clouées pour tenter de préserver les vitres en cas de bombardement.

Dans cette salle de séjour s'attardait à présent le souvenir des joyeuses réunions de famille. Mais au lieu de laisser le passé l'envahir, elle aurait dû, songea Peggy, faire le ménage de fond en comble, ranger… L'endroit pourrait se métamorphoser en une exquise chambre-salon pour une famille privée de toit… Qu'attendait-elle pour retrousser ses manches, elle qui avait récemment jeté au visage de sa sœur son manque de générosité ?

Pour autant, se dit-elle encore dans un sursaut de lucidité, il ne s'agissait pas d'une priorité, car les cinq jeunes femmes de la maison n'étaient plus les seules à avoir besoin qu'on les consolât, qu'on les dorlotât en ces temps difficiles.

La cervelle toujours en ébullition, elle se rendit dans le hall, où elle décrocha le téléphone pour appeler Martin, à l'aérodrome de Cliffe.

— Bonjour, Peggy, lança-t-il distraitement. Nous sommes en pleine effervescence, je ne vais pas pouvoir vous parler longtemps.

— Crois-tu que Kitty Pargeter apprécierait que je lui rende visite à l'hôpital ? Je viens seulement de me rendre compte qu'elle était toute seule là-bas, loin de chez elle, loin de sa mère, et je me suis dit... Eh bien... Peut-être seraitelle contente d'avoir quelqu'un de plus âgé sur qui compter, quelqu'un qui l'aiderait...

— C'est une merveilleuse idée, Peggy. Je savais bien que vous trouveriez quelque chose.

— Tu ne penses pas qu'elle risque de se braquer si une parfaite inconnue décide de fourrer son nez dans ses affaires ?

— Pas si vous prenez le temps de la connaître avant d'essayer de la materner. Freddy ne sera pas en mesure de lui rendre visite pendant un certain temps. Nous sommes sur les dents. Autant dire qu'elle sera ravie de faire votre connaissance.

Peggy s'apprêtait à lui demander de ses nouvelles, et des nouvelles d'Anne s'il en avait reçu récemment, lorsque du vacarme se fit entendre à l'autre bout de la ligne.

— Je suis navré, Peggy, mais il faut que je file. Si je peux, je vous rappellerai demain.

Déjà, il avait raccroché. Sa belle-mère reposa le combiné sur sa fourche. Se montrerait-elle à la hauteur du défi qu'elle venait de se lancer en décidant de se lier d'amitié avec Kitty Pargeter ? Elle n'en savait fichtre rien, mais ce qu'elle savait, en revanche, au plus profond de son cœur, c'était qu'elle devait essayer – il restait toujours de la place sous son aile pour y mettre une jeune fille en sécurité.

Lorsqu'elle regagna la cuisine, Daisy frappait le plateau de sa chaise haute avec une cuiller, mais Ron et Harvey n'étaient pas encore rentrés. Peggy récupéra la cuiller pour l'échanger contre l'un des jouets mous de l'enfant, afin de mettre un terme au vacarme – les nerfs de la logeuse avaient suffisamment souffert depuis le début de cette journée. Quant à Ron, il avait beau différer le moment de paraître, il faudrait bien qu'il se montrât tôt ou tard, et, alors, sa bru se déchaînerait.

Comme une première escadrille de chasseurs et de bombardiers passait au-dessus de Cliffehaven en direction de la Manche, Rita grimpa l'escalier du sous-sol quatre à quatre, ses boucles brunes dansant follement, tandis qu'elle se débarrassait de son casque en cuir et de ses lunettes d'aviateur.

— Je suis en retard, fit-elle en ferraillant avec ses lourdes bottes.

Puis elle retira ses grosses chaussettes.

— Le film commence dans moins d'une heure, et je ne peux pas y aller dans cet état. Je suis couverte d'huile de moteur.

— Passe me voir avant de repartir, lui lança Peggy. J'ai quelque chose à te donner pour Ethel.

— D'accord ! brailla la jeune femme dans l'escalier menant au premier étage.

Peggy se rendit dans le garde-manger, ouvrit la boîte contenant les cupcakes. Elle en préleva trois, qu'elle enveloppa dans du papier sulfurisé. Comme elle se tournait pour les poser sur la table, elle considéra avec étonnement la boîte plus grande dans laquelle elle avait remisé son *Victoria sponge cake*. Elle avait changé de place.

Craignant soudain le pire, elle souleva le couvercle de la boîte. Elle en aurait presque pleuré. À son superbe gâteau, il manquait l'un des coins. À bout de patience, elle présenta la boîte à Mme Finch :

— C'est Ron qui a fait ça ? demanda-t-elle d'un ton sec.

— Oh, mon Dieu…, soupira la vieille dame. Il a dû agir pendant que je me trouvais au jardin pour y étendre le linge.

Elle ne put réprimer un petit rire.

— Quel vieux roublard, tout de même… Je me disais bien qu'il avait un air canaille lorsqu'il s'est dirigé vers la barrière, le pas léger, en sifflotant.

— Ça va barder, grinça Peggy.

Elle emporta la pâtisserie mutilée dans le garde-manger, avant de revenir touiller son ragoût.

— Les anguilles, le gâteau, ma fille embringuée dans ses opérations de braconnage…, maugréa-t-elle, furieuse. Qu'il ose donc remontrer le bout de son nez dans ma cuisine, et il va voir de quel bois je me chauffe.

Bientôt, ce fut Rita qui se matérialisa auprès d'elle, vêtue d'un joli pantalon en lin noir et d'un pull léger dont le rose s'assortissait à celui du ruban noué dans ses cheveux. Peggy remarqua encore le mascara sur les cils de la jeune femme, ainsi qu'un soupçon de rouge à lèvres. Pourvu, songea-t-elle aussitôt, que Rita ne fût pas tombée dans le même piège que Fran.

— Il s'agit juste d'une sortie entre filles, n'est-ce pas ? fit-elle en remettant les cupcakes à la jeune femme.

Celle-ci sourit d'une oreille à l'autre.

— Fran m'a tout raconté, au sujet de Chuck. Nous ne serons que trois. Ruby, Lucy et moi. Aucun vilain menteur yankee à l'horizon. Surtout, ne te tracasse pas si je rentre un peu tard. Nous avons prévu de manger un *fish and chips* après la séance.

— À quelle heure travailles-tu demain ?

— Très tôt.

Rita mit ses chaussures, s'empara de son vieux blouson d'aviateur.

— Pourquoi ? Tu as besoin de moi ?

Peggy hocha la tête.

— Je voudrais que tu m'emmènes au Memorial Hospital dans l'après-midi. J'ai prévu de rendre visite à Kitty Pargeter.

— Quelle riche idée ! s'enthousiasma Rita. Mais là, il faut vraiment que je fonce.

Elle embrassa Peggy et Mme Finch, s'empara du paquet enveloppé de papier sulfurisé, puis dévala l'escalier du sous-sol. Quelques minutes plus tard, sa moto pétaradait dans l'allée menant à la route principale.

— Cette enfant finira par se tuer, grommela Mme Finch. Pourquoi diable ne porte-t-elle pratiquement jamais de robe et ne se conduit-elle pas comme les autres jeunes filles de son âge ? Les pantalons et les motocyclettes, je trouve cela inconvenant.

— Peut-être bien, répondit Peggy, mais le fait est qu'une moto vous emmène d'un point A à un point B en quelques petites minutes, et qu'il me tarde de grimper demain sur son porte-bagages.

— Pardon ? Parlez plus fort, ma chère, vous murmurez dans votre barbe, s'emporta Cordélia.

Peggy s'avisa que la chaleur qui régnait dans la cuisine, conjuguée à sa mauvaise humeur, avait fini par affecter la vieille dame, qui ne sortait pratiquement jamais de ses gonds. Elle prit une profonde inspiration, avant de faire comprendre à sa pensionnaire qu'elle devait augmenter le volume de sa prothèse auditive.

— Vous m'entendez, maintenant ?

Cordélia haussa le menton, excédée :

— Inutile de hurler non plus. Je ne suis pas sourde, figurez-vous.

— Il faut que je vous parle de notre goûter de demain, dit Peggy en s'accroupissant à côté du fauteuil de Mme Finch. L'ami de Fran ne viendra pas, ce qui la contrarie beaucoup. C'est pourquoi je vous demande de n'y faire aucune allusion quand elle descendra.

— Cela signifie-t-il qu'ils ont rompu ?

Comme Peggy acquiesçait, Cordélia renâcla :

— J'ai toujours été d'avis qu'on ne pouvait accorder sa confiance à un homme aux dents trop blanches. Cela dit, il s'agissait d'un Américain. Avec eux, on ne peut jamais être sûr de rien.

— Je vous trouve un peu dure, s'amusa Peggy.

— Sans doute. Mais le fait est que s'il ne vient pas et que Fran s'en rend à moitié malade, nous aurons davantage de gâteau à manger, gloussa-t-elle.

Peggy s'esclaffa et posa un baiser sur la joue de sa locataire.

— Vous êtes impayable, Cordélia, et je peux toujours compter sur vous pour me remonter le moral.

Après être retournée à son ragoût, elle aida Mme Finch à mettre la table.

Fran descendit en compagnie de Jane et de Sarah, et malgré ses paupières gonflées par les larmes, elle avait tenu à se maquiller et portait une jolie robe.

— Suzy nous rejoindra d'ici une minute, dit-elle. Elle fait sa toilette et elle se change.

Elle ébouriffa les boucles brunes de Daisy, évita prudemment les petits doigts poisseux et l'embrassa sur le crâne.

— J'ai parlé à Rita quand elle est passée tout à l'heure, ce qui fait que tout le monde est au courant, maintenant.

— Assieds-toi et régale-toi, fit Peggy en posant devant elle un bol de ragoût. Rien de tel, pour réparer un cœur brisé, que de la bonne nourriture et des amies fidèles.

— À croire que les hommes d'aujourd'hui sont devenus des mauviettes, commenta Mme Finch en s'installant à son tour. Tu te porteras mieux sans lui, crois-moi.

Fran baissa la tête, afin que ses boucles rousses pussent dissimuler ses yeux mouillés de larmes.

— Je sais, fit-elle à voix basse. Mais ça fait drôlement mal quand même.

— Dans ce cas, songe, pour essayer de te consoler un peu, que tu as échappé aux anguilles en gelée de Ron.

Fran émit un petit rire. On s'anima peu à peu autour de la table, tandis que Daisy commençait à piquer du nez au-dessus de son assiette. Avec le soutien de cette joyeuse famille, songea Peggy, Fran aurait tôt fait de guérir.

On avait fini de ranger, on avait lavé, essuyé puis rangé la vaisselle. Une théière trônait à présent sur la table. Peggy donna à Daisy un cupcake, avant d'en poser un devant chacune de ses protégées. Ensuite, elle coupa en deux celui de Ron, pour le partager avec Mme Finch. Elle en offrirait un à Rita, avec une tasse de chocolat chaud, lorsqu'elle rentrerait tout à l'heure. Quant à Ron, qui avait déjà prélevé sans autorisation plus que sa part, il s'en passerait.

Après avoir englouti jusqu'aux dernières miettes de leurs petits gâteaux, les quatre pensionnaires enfilèrent un gilet sur leur robe de coton pour s'en aller, bras dessus, bras dessous, flâner jusqu'à L'Ancre. Un verre de bière et quelques chansons égayeraient Fran à coup sûr, et s'il se mettait à faire trop chaud à l'intérieur du pub, elles pourraient toujours revenir papoter dans le jardin, car le soir était doux.

Peggy ayant couché Daisy, elle y rejoignit Mme Finch. Dans le silence de la nuit, elles n'entendirent que le cri perçant d'une mégère au loin, à quoi répondirent les aboiements d'un chien. Les chouettes qui peuplaient le sommet de la colline hululaient de temps en temps. La Lune passait au-dessus de la pension, jetant des ombres bleutées sur le potager de Ron, sur les arbustes fruitiers, tandis que des étoiles scintillaient avec bienveillance dans un ciel de velours indigo.

— Je ne serais pas étonnée que Ron ne se décide à rentrer qu'une fois que nous dormirons à poings fermés, fit Peggy en fumant une cigarette. Comme il sait que je suis très remontée contre lui, il doit s'imaginer qu'entre-temps, j'aurai oublié ses frasques.

— Essayez de pas prendre ses bêtises trop à cœur, lui conseilla Cordélia en contemplant le ciel. Ron est une canaille, c'est entendu, mais à son âge, il ne changera plus. Que cela vous contrarie ou non, il ne...

Le gémissement d'une sirène annonçant l'imminence d'une attaque aérienne l'interrompit.

Déjà, Peggy avait bondi sur ses pieds pour aider la vieille dame à s'extirper de sa chaise longue.

— Allez vous installer dans l'abri Anderson pendant que je remonte chercher Daisy, brailla-t-elle, comme une première vague de chasseurs venus de Cliffe passait au-dessus de la ville.

Elle se rua vers la maison, puis dans sa chambre, située au rez-de-chaussée, où dormait Daisy. Peggy la prit doucement dans ses bras, enveloppée d'une couverture, saisit au passage quelques coussins, puis se hâta en direction de l'abri Anderson.

Cordélia avait déjà récupéré, sous le banc de bois, le berceau pliant de la fillette. Sa mère n'eut plus qu'à l'y installer sans qu'elle s'éveillât. Elle plaça, juste à côté, le masque à gaz Mickey Mouse, dont elle ne ferait usage qu'en cas d'extrême nécessité.

D'autres avions quittaient Cliffe et les aérodromes environnants, et les sirènes, à présent, hurlaient au maximum de leurs capacités sonores, cependant que les projecteurs des installations antiaériennes s'allumaient, balayant le ciel nocturne de leurs puissants faisceaux. Peggy savait qu'il lui restait peu de temps, et elle ne tenait pas à demeurer piégée dans la maison durant le raid, surtout pas après ce qui s'était passé la dernière fois.

Regagnant la pension au triple galop, elle y récupéra les deux masques à gaz, leurs manteaux, ainsi que la boîte remplie d'ustensiles divers qu'elle avait toujours sous la main en cas d'attaque. Elle ajouta encore deux couvertures, éteignit la lumière. Elle s'engagea à tâtons dans l'escalier du sous-sol. Lourdement chargée, elle eut du mal à ouvrir la porte donnant sur le jardin, où lui parvinrent les incessants geignements des sirènes et le vacarme d'un combat aérien.

Dans sa précipitation, elle trébucha sur le seuil de l'abri, mais elle parvint à garder l'équilibre assez longtemps pour se débarrasser de son fardeau sur le banc, avant de claquer la porte derrière elle. Déjà, le premier bombardier ennemi grondait au-dessus de leurs têtes, on entendait des rafales de mitrailleuse… Les canons installés sur le front de mer et le long des collines tonnaient.

Elle se laissa tomber sur le banc pour y reprendre son souffle.

— C'était moins une. Je me demande pourquoi ils nous ont prévenus aussi tard.

— Je n'en ai pas la moindre idée, ma chère, mais auriez-vous la gentillesse d'allumer la lampe-tempête ? Il fait affreusement sombre ici, et je tiens à surveiller les araignées.

Peggy sourit, farfouilla dans sa boîte, dont elle fit surgir des allumettes. Mme Finch haïssait les araignées, et l'on ne pouvait décemment pas le lui reprocher. Ignobles saletés qui détalaient au moindre mouvement… Une fois allumée, la lampe conféra à l'abri, pourtant humide et malodorant, un petit air chaleureux.

— Sur ce, Cordélia, nous allons vous installer. Ensuite, je nous préparerai une bonne tasse d'extrait de viande.

Puisqu'il n'était pas question que la vieille dame demeurât assise sur le banc de bois dur pendant toute la durée d'un bombardement, Ron avait retapé une chaise longue exprès pour elle. Peggy commença par la brosser pour la débarrasser d'éventuelles araignées et autres bestioles qui proliféraient dans l'abri. L'humidité ambiante, hélas, faisait peu à peu virer au vert le bois du transat, mais il n'était rien qu'on pût faire, ici, contre la moisissure. D'ailleurs, tous les membres de la maisonnée avaient fini par s'y accoutumer.

Peggy aida Mme Finch à enfiler son manteau, puis elle attendit qu'elle se fût confortablement installée pour disposer des oreillers tout autour de la chaise longue, afin que, lorsqu'elle s'endormirait, elle ne risquât pas de tomber et de se faire mal.

— Et voilà, fit-elle en étalant la couverture sur les genoux de sa pensionnaire. Tout va bien ?

— C'est parfait, ma chère, répondit Cordélia avec un sourire.

Peggy alluma le réchaud, vida une gourde d'eau dans une petite bouilloire en fer-blanc. Elle aurait certes préféré un gin tonic, songea-t-elle, rêveuse, en versant l'extrait de viande dans les tasses, tandis que des combats aériens faisaient rage, et que la terre tremblait à chaque détonation. Hélas… Du gin, il n'y en avait plus depuis longtemps. Pour tout dire, il ne se trouvait pas une goutte d'alcool dans la maison, à l'exception de deux bouteilles d'immonde bière au lait qu'elle était fermement résolue à reléguer tout au fond du cellier.

Les deux femmes burent au son profond des bombardiers, à celui, suraigu, des balles traçantes. Sous l'effet de l'incessante canonnade, la tôle ondulée frémissait. Entre les planches mal jointes de la porte, Peggy voyait des sortes d'éclairs illuminer la nuit.

Le rugissement des appareils allait s'intensifiant, une bataille se livrait là-haut, acharnée, au point que la logeuse finissait par confondre le bruit d'un Spitfire ou d'un Typhoon avec celui des Messerschmitt 109 ou des Focke-Wulf.

Après avoir vidé sa tasse, Mme Finch retira sa prothèse auditive et souhaita la bonne nuit à Peggy. Elle ferma les paupières. Bientôt, elle dormait, oublieuse à présent du vacarme.

La logeuse remonta la couverture jusque sous le menton de la vieille dame, puis elle jeta un coup d'œil à Daisy dans son berceau, avant de s'asseoir pour attendre la fin de l'alerte.

Ron et les filles ne craignaient probablement rien, car l'homme avait eu la bonne idée de convertir la cave du pub en abri, et les murs du vieil établissement demeuraient très robustes. Pour ce qui était de Rita, Ruby et Lucy, le cinéma de fortune se situait à deux pas de l'abri municipal. Inutile de s'inquiéter pour elles.

Peggy s'empara de la boîte à tout, qu'elle réapprovisionnait régulièrement, pour y piocher le programme radio, reçu au courrier le matin même. Elle se mit à lire, à la lueur vacillante de la lampe-tempête, s'efforçant d'oublier le raffut alentour pour se concentrer sur la critique d'une pièce radiophonique qui serait diffusée la semaine suivante.

# 13

Kitty constata que les mesures à prendre en cas d'attaque aérienne avaient été plus d'une fois répétées, car, quelques secondes après le déclenchement de la sirène, tous les membres du personnel de l'hôpital se mirent à courir. Une poignée de minutes encore, et on la plaça dans un fauteuil roulant, puis on ajouta une couverture, avant de l'emmener dans la cour de l'établissement. On fit de même avec les lits des patientes incapables de les quitter.

Une puissante vague de lits à roulettes, de fauteuils roulants et de blessés en état de marcher se mit à déferler dans les longs couloirs, savamment maîtrisée, en direction des rampes menant au vaste abri construit sous le manoir. L'infirmière en chef, dont la voix de stentor parvenait à rivaliser avec le hurlement des sirènes et le rugissement des chasseurs britanniques, orchestrait cette évacuation.

Kitty découvrit l'immense cave avec stupéfaction, car elle se révélait plus grande encore que celle des parents de Charlotte, dans le Berkshire. Mais s'il s'était un jour trouvé du vin dans celle-ci, on n'en voyait plus la moindre trace : on avait bétonné le sol, peint les murs en beige, couleur de l'armée britannique. Les ampoules électriques étaient protégées dans de petites cages métalliques. Tout au fond, le NAAFI avait établi une cantine de fortune, et des morceaux de toile, suspendus çà et là, permettaient d'offrir un peu d'intimité aux patients qui réclamaient la chaise percée ou le bassin de lit.

On aligna les lits le long d'un mur, tandis qu'au centre de la pièce trônaient des fauteuils et des canapés, qui allaient accueillir les valides. On recensait encore, sur une table basse, un gramophone, une pile de disques rayés, ainsi que des magazines abîmés et des journaux. De quoi aider les uns et les autres à prendre leur mal en patience jusqu'à la fin de l'alerte.

Infirmières et médecins louvoyaient entre les patients avec une paisible efficacité, tandis que les aides-soignantes rangeaient des couvertures et des oreillers. Le personnel de la cantine ne chômait pas non plus. On faisait bouillir de l'eau dans une énorme bouilloire et on empilait, les uns sur les autres, des sandwiches au pâté de jambon à mesure qu'on les confectionnait.

Doreen se laissa tomber dans un fauteuil à côté de Kitty.

— Les Boches ne manquent vraiment pas d'air, décréta-t-elle avec humeur. Pourquoi ces salauds-là sont incapables de rester de leur côté de la Manche une bonne fois pour toutes ? Le film était drôlement bath.

Un peu plus tôt, Kitty avait refusé d'accompagner son amie à la salle commune, où allait se jouer un film de Laurel et Hardy, préférant lire un magazine dans son lit. La fureur de Doreen l'amusa :

— Je ne pense pas que les Allemands t'en veuillent personnellement.

— Ouais, bon… Le fait est que c'est quand même une vraie plaie.

Elle croisa les bras sur sa poitrine, la mine boudeuse.

— On n'a même pas le droit de fumer, ici, enchaîna-t-elle. J'en ai vraiment ras le pompon.

— Calme-toi, commenta Kitty avec douceur. Mieux vaut être dans cette cave, même sans cigarettes, plutôt que là-haut avec tout ce que les Allemands nous envoient.

Doreen sourit d'une oreille à l'autre.

— Bah, t'as sans doute raison.

Elle resserra la ceinture de sa robe de chambre aux tons criards, lissa ensuite le tissu sur ses cuisses, avant de regarder Kitty.

— J'ai vu tout à l'heure que tu avais reçu la visite d'une de tes copines de l'ATA, fit-elle. Je l'ai reconnue parce que j'avais vu sa photo dans le *Picture Post.* Charlotte Bingham, qu'elle s'appelle, hein? Elle est de la haute, si je me souviens bien.

Kitty hocha la tête.

— Nous étions à l'école ensemble, et nous avons rejoint l'ATA en même temps.

— C'est-il que tu serais une rupine toi aussi? Une « débutante », comme on dit? Est-ce que t'as déjà rencontré le roi et sa bonne femme?

— Non, répondit l'aviatrice en souriant. Je ne me suis jamais rendue à la cour d'Angleterre. Au bal des débutantes, on ne croise que des jeunes filles issues de familles très, très fortunées, et qui ont beaucoup de relations. Les parents de Charlotte m'ont bien proposé de me parrainer, mais je n'avais pas envie que je ne sais quel tocard essaie de me faire danser avec ses deux pieds gauches. À peu de chose près, il s'agit d'un marché aux bestiaux, où les parents ambitieux tâchent de caser leur fille avec le fils d'une famille encore plus riche que la leur.

Doreen partit d'un rire tonitruant.

— T'es impayable, Kitty! J'te jure, tu devrais faire du théâtre.

— Tu plaisantes? C'est toi qui aurais déjà dû monter sur les planches. Tu remplirais les salles.

Doreen haussa les épaules.

— J'aurais bien aimé, pour sûr, répondit-elle en soupirant. Ce qui m'aurait vraiment bottée, ç'aurait été de devenir danseuse, du genre de celles qu'on voit dans les films de Busby Berkeley. Ces filles-là portent des robes incroyables, avec des plumes. Mais il a fallu que je me mette à bosser pour aider ma mère à s'en sortir. Je suis l'aînée de neuf enfants, tu vois le genre…

Non, Kitty ne voyait pas. Elle ne pouvait qu'imaginer de loin la vie dans l'un de ces affreux taudis de l'East End qu'elle avait vus aux actualités cinématographiques. Elle n'en éprouva que plus d'admiration pour Doreen, qui semblait accueillir chaque drame d'une insulte bien sentie, et le sourire aux lèvres.

— Ta mère et tes frères et sœurs sont-ils venus s'installer à Cliffehaven eux aussi ?

Doreen secoua la tête, ses boucles enflammées sautillant sur ses épaules.

— Les trois garçons les plus âgés sont dans l'armée. Ma sœur a eu un mouflet, alors elle donne un coup de main aux gens du WRVS. L'autre a rejoint la branche féminine de la Royal Navy. On avait expédié les plus jeunes dans le Somerset, mais ça plaisait pas à ma mère de devoir les confier à des inconnus qui risquaient de pas s'en occuper comme il faut, alors elle les a rapatriés chez nous.

Elle eut un pâle sourire.

— Elle a eu raison, parce qu'ils sont rentrés avec des furoncles gros comme ça sur le derrière, à cause qu'on leur donnait à manger des betteraves et pas grand-chose d'autre.

— Quelle horreur ! s'offusqua Kitty. J'espère qu'elle s'est plainte auprès des autorités compétentes.

— Tu me fais marrer, Kitty. Les gens comme nous, ça va jamais râler chez les responsables. Et puis, bon, c'était trois fois rien. Maintenant, ils pètent le feu.

Elles se turent. Au loin, des bombes explosaient… Freddy et Roger se trouvaient-ils là-haut, à bord de leurs Spitfire, en train de lutter pour leur vie ? Kitty ferma les paupières et pria en silence pour qu'ils revinssent sains et saufs.

— Il va s'en tirer, la rassura Doreen, qui avait lu dans ses pensées. Les types comme Freddy ont la baraka.

— J'espère que tu as raison, murmura Kitty. Mais il suffit d'une seconde d'inattention, ou d'une balle perdue…

— C'est la merde, pour sûr, répondit Doreen avec légèreté, mais c'est pas une raison pour imaginer le pire. Ce qu'il te faut, c'est une partie de poker.

Elle tira de sa poche le jeu de cartes graisseux, qu'elle agita sous le nez de Kitty.

— T'es partante ?

Kitty sourit en hochant la tête :

— Du moment que tu as de quoi me payer en allumettes, c'est d'accord.

Les sirènes indiquant la fin de l'alerte mugirent un peu après 23 heures, et, une fois que Peggy eut réinstallé Daisy dans son lit à barreaux et Mme Finch à l'étage, elle se rendit à la cuisine pour y poser la bouilloire sur la plaque chauffante. Il restait juste assez de chocolat en poudre et, avec la ration de lait supplémentaire à laquelle elle avait droit parce qu'elle élevait un enfant en bas âge, la boisson se révélerait exquise et crémeuse.

Sarah, Jane, Suzy et Fran parurent dans un tintement de petits rires.

— Je vous jure, tante Peggy, dit Fran en s'affalant sur une chaise. Ron a reconstitué dans la cave un pub au grand complet. Il y a un bar, et une bouilloire pour le thé, il y a un gramophone et des disques, et même quelques vieux canapés et des fauteuils. Qu'est-ce qu'on a rigolé.

À l'évidence, les quatre jeunes femmes avaient un peu forcé sur la boisson, mais Peggy se garda de tout commentaire, trop heureuse de voir Fran presque rendue à elle-même.

— Où est Ron ? demanda-t-elle en distribuant les tasses.

— Il est en train d'aider Rosie à remettre de l'ordre et à laver les verres, répondit Suzy, avant de souffler sur son chocolat. Il se doute bien que vous lui en voulez beaucoup, et je crois qu'il espère que vous serez déjà couchée lorsqu'il rentrera.

Peggy ne répondit rien. Au fil de la journée, sa colère s'était émoussée, et elle se sentait trop éreintée pour se disputer avec son beau-père à cette heure de la soirée. Elle consulta la pendule.

— Rita devrait être là, elle aussi.

— Nous l'avons vue passer sur sa moto, elle raccompagnait Ruby chez elle, fit Sarah. Elle ne devrait plus tarder. Cliffehaven n'a subi aucun dégât, cette fois. Cela veut dire que Rita ne reprendra le travail que demain matin, comme prévu.

Elle vida sa tasse, qu'elle lava ensuite.

— Viens, Jane, nous nous levons tôt. Il est temps d'aller au lit.

Les unes après les autres, leurs amies en firent autant, embrassant leur logeuse sur la joue avant de s'engager dans l'escalier en file indienne pour rejoindre leurs chambres.

Peggy remit de l'eau dans les gourdes, lava les quarts en fer-blanc et la petite bouilloire, avant de leur faire réintégrer la boîte à tout. Elle plia les couvertures, qu'elle fourra dans un coin avec les oreillers, suspendit les manteaux, puis elle éteignit le feu dans la cuisinière. Enfin, recrue de fatigue, elle éteignit la lumière pour traverser le hall dans le noir en direction de sa chambre.

Elle s'y laissa tomber sur le lit et ferma les paupières. La journée avait été très longue, éreintante par surcroît. Des jours comme celui-ci, Jim lui manquait plus encore que d'ordinaire. Elle se pelotonna en chien de fusil, étreignit son oreiller. Son cœur saignait. Elle ignorait où se trouvait son époux, et quelles tâches on lui avait confiées. Elle ne pouvait guère que prier pour qu'on lui accordât bientôt une permission.

Les hurlements rageurs de Daisy l'éveillèrent et, l'espace d'un instant, elle se demanda ce qu'elle faisait là, sur la courtepointe, tout habillée et tremblant de froid. Puis elle se rappela son épuisement de la veille au soir. Sans doute avait-elle sombré pendant qu'elle pensait à Jim.

Debout dans son lit, cramponnée à ses barreaux, Daisy criait à pleins poumons pour exprimer sa colère. Sa mère se leva avec peine, encore un peu sonnée.

— Tout va bien, fit-elle avec douceur en débarrassant promptement la fillette de sa couche trempée.

Elle l'enveloppa dans une couverture.

— Maman va se dépêcher de t'en apporter une propre, mais, s'il te plaît, arrête de hurler. Ça me fait mal à la tête.

Elle l'emmena dans la cuisine. Jane et Rita étaient déjà parties au travail. Leurs camarades, qui avaient préparé le porridge, s'apprêtaient elles aussi à filer. Toujours aucune trace de Ron ni de son chien. Fran paraissait en bien meilleur état que la veille.

En même temps qu'elle remplissait l'évier d'eau chaude, Peggy tentait d'apaiser Daisy à l'aide d'un anneau de dentition aux couleurs vives. La fillette s'empressa de jeter rageusement l'objet sur le sol. Sa mère prit une profonde inspiration. La journée promettait d'être difficile.

— Ce soir, je vois Anthony, annonça Suzy.

Elle noua sa cape d'infirmière à son cou, avant de s'emparer d'un petit sac.

— Je me changerai à l'hôpital. Anthony viendra m'y chercher pour m'emmener dîner. Surtout, ne mettez pas une part de côté pour moi. Je ne devrais pas rentrer trop tard. Nous commençons tôt demain matin tous les deux.

— Et moi, je serai de retour pour le dîner, indiqua Fran. Il faut que je reprise mes bas, et l'infirmière en chef m'a dit que je n'en toucherai pas d'autres jusqu'à ce que les miens soient partis en lambeaux.

Elle roula des yeux.

— Quelle sale bête…

— Bah, commenta Peggy, nous sommes en guerre, et les bas sont devenus une denrée rare.

Elle s'efforçait de donner le bain à une Daisy déchaînée, qui gigotait tant et plus, en lançant des coups de pied dans toutes les directions – Peggy faisait de son mieux pour se préserver des éclaboussures.

— Comme si je le savais pas…, maugréa Fran.

Les trois jeunes femmes quittèrent la pension ensemble, quelques minutes avant que Mme Finch se présentât à son tour dans la cuisine.

— Bonjour, ma chère, lança-t-elle gaiement. Nous avons reçu les journaux. Ne trouvez-vous pas merveilleux qu'en dépit de tout, on continue, chaque matin, sans exception, à nous livrer du lait et des journaux ? Même le dimanche.

— Vous avez raison, l'approuva Peggy en extirpant Daisy de l'évier pour l'envelopper dans une serviette de bain. Et c'est à des gens comme notre chère petite Jane que nous le devons. Elle se lève aux aurores pour distribuer ses bouteilles de lait, et elle a toujours le sourire aux lèvres.

Elle s'assit à la table, où elle essuya la fillette, avant de ferrailler de nouveau avec elle pour lui mettre une couche propre, une culotte en caoutchouc et une robe de coton. Du moins avait-elle cessé de hurler.

Une fois Daisy installée dans sa chaise haute, Peggy but le thé que Cordélia avait versé pour elle. Ensuite, elle fit manger du porridge à l'enfant.

— Qu'y a-t-il dans les journaux ce matin ? s'enquit-elle auprès de Mme Finch dans le calme enfin revenu.

— Pas grand-chose dont on puisse se réjouir, répondit tristement la vieille dame. Les Allemands ont perdu trente-trois chasseurs durant l'attaque aérienne d'hier, mais, de notre côté, nous avons perdu quinze bombardiers. Les combats font rage sur le front russe, et le *Fearless*, un destroyer chargé de la protection d'un convoi en Méditerranée, a coulé. La nuit dernière, les avions allemands ont fait de terribles dégâts à Londres, et une quantité considérable de soldats japonais sont en train d'entrer en Indochine. La seule bonne nouvelle du jour, c'est le suicide d'un as de l'aviation allemande.

Peggy s'apprêtait à émettre un commentaire, lorsque Ron se présenta dans la cuisine, Harvey sur les talons, qui se mit à lécher avec enthousiasme le visage de Daisy, maculé de porridge.

— Arrête, lui ordonna la logeuse en le repoussant, avant d'essuyer, avec un gant humide, la petite figure de l'enfant, qui riait aux éclats. Franchement, Ron, s'exaspéra sa bru. Cela vous arrive-t-il de temps en temps de maîtriser votre animal ?

L'ayant considérée avec circonspection de sous ses épais sourcils broussailleux, il expédia Harvey au jardin.

— Je suppose que tu es encore un peu énervée d'avoir appris que j'avais emmené Daisy avec moi à la pêche…

— Vous supposez bien. Je vous ai déjà dit mille fois que je refusais catégoriquement que vous mettiez ma fille en danger de cette façon. Que se serait-il passé si un garde-chasse vous avez tiré dessus ? Ou si on vous avait arrêté ?

— Agatha Fullerton n'emploie pas de garde-chasse, répondit Ron en se versant une tasse de thé, dans laquelle il laissa tomber trois morceaux de sucre. Et pour sûr que je veille toujours à ce qu'il n'y ait pas de condés dans le secteur.

Peggy s'empara du sucrier avant que l'homme eût eu le temps d'y plonger à nouveau la main.

— Vous avez vraiment l'art de me taper sur les nerfs, Ronan Reilly. D'abord, vous braconnez avec ma fille, ensuite vous mangez mon gâteau, et, pour couronner le tout, vous vous offrez une double ration de sucre.

L'œil pétillant, Ron se mit à chatouiller le ventre de Daisy pour la faire rire.

— Pour sûr que ta maman s'est levée du pied gauche, lui dit-il.

L'enfant babilla en frappant des deux mains le plateau de sa chaise haute. Peggy demeurait interdite. Comment était-il possible qu'elle eût réussi, en si peu de temps, à passer de la petite furie qu'elle était au réveil à cette fillette angélique ? Bah…, songea-t-elle encore. C'était une Reilly, tout simplement. Autrement dit, elle avait hérité du charme et du caractère trempé de ses père et grand-père.

— Du pied gauche ou du pied droit, riposta-t-elle, il n'est pas question que vous recommenciez. Je n'accepterai jamais le moindre compromis s'agissant de ma cuisine ou de la sécurité de Daisy. Me suis-je bien fait comprendre ?

— Eh bien…, répondit Ron avec un sourire en coin. M'est avis qu'en effet, c'est on ne peut plus clair. J'ajouterai que nos voisins doivent être d'accord aussi, vu qu'en ce dimanche matin paisible, ils ont dû tous t'entendre.

Comment rester fâchée contre un pareil loustic ? Cet œil qui frisait, ces sourcils qui s'agitaient malicieusement…

— Vous avez toujours réponse à tout, hein ? fit la logeuse sur le ton de la défaite.

— Que veux-tu, répondit l'homme en lui adressant un clin d'œil. J'ai reçu le don de l'éloquence en sortant du ventre de ma mère. Tu devrais le savoir, depuis le temps.

— Oh, je ne le sais que trop, Ron, pouffa-t-elle. Et par-dessus le marché, vous l'avez transmis à Jim.

Ils furent interrompus dans leur échange par des coups insistants à la porte d'entrée.

— Qui peut bien nous rendre visite à cette heure-ci un dimanche matin ? grommela Ron, tandis qu'Harvey se ruait dans le hall, où il se mit à aboyer furieusement.

— Ça ne lui ressemble pas, de se comporter de cette manière, observa Peggy. Que se passe-t-il ?

— J'ignore de quoi il s'agit, s'immisça Mme Finch, mais cela ne présage rien de bon.

Ron saisit fermement son chien par le collier et se rapprocha de la porte.

— Une seconde ! brailla-t-il. Inutile de vous acharner sur cette porte comme si vous…

Agatha Fullerton se trouvait sur le seuil, resplendissante dans sa tenue du dimanche – chapeau à plumes, robe et manteau assortis… Mais le spectacle qu'elle offrait se trouvait irrémédiablement gâté par sa mine furibonde.

— Telle que vous me voyez, répliqua-t-elle, je meurs d'envie de vous poursuivre en justice. Vous rendez-vous compte que cette… cette créature – elle désigna Harvey d'un doigt ganté – a annihilé toute possibilité, pour ma Princesse, d'engendrer des chiots de concours ?

Peggy, qui n'ignorait rien des stratégies de commando mises au point par Harvey pour rejoindre sa belle, ne se sentait pas d'humeur à affronter le courroux d'Agatha. Elle demeura donc sur le seuil de la cuisine pour assister en coulisse à la scène. Mme Fullerton n'était visiblement pas le genre de femme à se laisser amadouer aisément, et Peggy avait hâte de voir comment Ron, qui quelques minutes plus tôt avait vanté ses talents de persuasion, allait s'y prendre pour se tirer de ce très mauvais pas.

— Voyons, madame Fullerton, fit-il obligeamment. Il ne servait à rien, par une si belle matinée, de vous précipiter ainsi chez nous pour me jeter des accusations à la figure. Je vous en prie, entrez donc prendre une tasse de thé.

— Je ne veux pas de thé, gronda Agatha. De même, j'aimerais autant me trouver n'importe où ailleurs qu'à côté de vous ou de votre chien dénué d'éducation.

— Harvey est bien élevé. Et il s'agit d'un héros local, qui plus est, car, après chaque bombardement, il aide les équipes de secours à retrouver des victimes enfouies sous les décombres. Je suis d'ailleurs certain que vous êtes déjà au courant. Je vous assure que ce n'est vraiment pas le genre de chien à vouloir ruiner la réputation de votre Princesse, parole.

— Et moi, je vous assure que si, Ronan Reilly.

La visiteuse avait le teint rubicond à force de colère.

— À ceci près, madame Fullerton, repartit Ron avec un sourire triomphant, que vous n'êtes pas en mesure de le prouver. Votre chienne a fort bien pu quitter votre propriété et croiser le chemin de n'importe quel mâle de cette ville.

La visiteuse ramassa, sur le seuil, une boîte que ni Peggy ni Ron n'avaient remarquée jusqu'alors, qu'elle plaqua contre la poitrine de son interlocuteur, lequel n'eut d'autre choix que de lâcher son chien pour s'en saisir.

— La preuve se trouve à l'intérieur de cette boîte, tempêta Agatha, et si cela vient à se savoir parmi les membres du Kennel Club, je vous traînerai devant les tribunaux, afin que votre chien soit emmené à la fourrière et, qu'en plus, un vétérinaire se charge de le castrer.

Les pattes d'Harvey se raidirent instantanément, son poil se hérissa, et il se mit à aboyer contre Mme Fullerton. Sans laisser à Ron le temps de réagir, celle-ci tourna les talons et s'en fut.

— J'ai bien l'impression que, pour une fois, votre bagout légendaire vous a fait défaut, constata Peggy sur un ton ironique. Agatha vous a largement surclassé.

Elle guigna la boîte :

— Allez, Ron, ouvrez-la.

Harvey piétinait en reniflant la boîte avec ardeur. Il émettait de menus gémissements et sa queue fouettait l'air.

Son maître posa la boîte sur le sol, et, comme il en soulevait le couvercle en carton, un étroit museau gris parut, ainsi qu'une petite langue rose, bientôt suivis par deux yeux pareils à des boutons de bottine, par deux pattes bringées, puis par un crâne aux formes élégantes et par deux minuscules oreilles tombantes.

Fasciné, Harvey continuait de geindre en sourdine en léchant à présent la petite tête, avant de saisir doucement le chiot par la peau de son cou, afin de le sortir de sa boîte pour l'offrir à Ron.

— Pour sûr que le doute n'est pas permis, constata celui-ci en prenant dans ses mains l'animal, qui lui lécha le menton et se mit à le mordiller. Harvey, fit-il à son chien qui, au comble de la joie, pleurnichait toujours à ses pieds, te voilà l'heureux papa d'un petit garçon. Alors ? Qu'est-ce que tu en dis ?

Harvey aboya, posa ses pattes avant contre le ventre de son maître pour pousser gentiment son rejeton du museau.

Peggy se racla la gorge :

— Avant que vous commenciez à envoyer les faire-part de naissance, vous n'avez pas l'impression que j'ai assez de travail comme ça pour ne pas devoir, en plus, me retrouver avec un chiot dans les pattes toute la sainte journée ?

— C'est moi qui m'en occuperai, Peggy, tu as ma parole. Tu ne vas quand même pas mettre un pauvre orphelin à la porte, sous prétexte que tu croules sous le boulot !

Sans laisser à sa belle-fille le temps d'argumenter, il lui avait mis le chiot dans les bras, où celui-ci se pelotonna, puis s'endormit. Caressant le crâne très doux, les oreilles soyeuses et les adorables petites pattes abandonnées avec confiance dans le creux de sa main, Peggy se sentit fondre. C'était le portrait craché d'Harvey, mais en miniature. Bien sûr qu'elle ne refuserait pas de l'accueillir à la pension du Bord de mer.

— Vous avez intérêt à le dresser le plus vite possible, décréta-t-elle cependant d'un ton bourru. Et s'il lui arrive de faire pipi dans la maison, c'est vous qui nettoierez.

Ron tourna vers elle un visage rayonnant, pendant qu'Harvey décrivait des cercles autour d'eux comme s'il avait compris ce qui venait de se passer.

— Pour sûr, Peggy ma chérie, je te promets qu'il ne t'embêtera pas.

Elle embrassa le chiot endormi, puis fusilla son beau-père du regard.

— C'est déjà ce que vous m'aviez dit à propos de vos furets, lui rappela-t-elle sèchement, avant d'emporter l'animal à la cuisine pour le présenter à Mme Finch.

Assise à l'ombre d'un parasol, sur la terrasse, Kitty somnolait avec bonheur, cependant que Doreen et ses amis jouaient au croquet – ils n'en respectaient pas les règles, mais s'amusaient beaucoup.

Les yeux mi-clos, elle observa mollement un groupe d'hommes munis de béquilles en train de disputer un match de football au fond du jardin. Elle allait se rendormir, lorsqu'une main se posa sur son épaule.

— Pardon de vous déranger, Kitty, s'excusa l'infirmière Hopkins, mais vous avez de la visite.

Avec l'espoir qu'il s'agissait de Freddy, la jeune femme regarda par-delà l'infirmière pour découvrir une petite bonne femme aux cheveux bruns, qui pouvait avoir une quarantaine d'années. Elle semblait un peu troublée, hésitante, serrant contre sa poitrine son sac à main, ainsi qu'une petite boîte en fer-blanc.

Puis Kitty repéra une jeune fille à côté d'elle, qu'elle reconnut aussitôt. C'était elle qui organisait les courses de moto. Soudain craintive, sur ses gardes, elle s'assura que la couverture dissimulait son moignon.

— Salut, Kitty. Tu te souviens de moi? Je suis Rita, la fille du circuit moto. Je te présente tante Peggy. Mme Reilly, rectifia-t-elle. En fait, je suis sa locataire, mais je l'ai toujours appelée tante Peggy. C'est le commandant Black qui nous a informées que tu te trouvais ici. On s'est dit que ça te ferait peut-être plaisir d'avoir un peu de compagnie.

Kitty, affreusement mal à l'aise, n'en oublia cependant pas les bonnes manières et salua les deux femmes, avant de leur suggérer d'aller chercher des chaises pour qu'elles pussent s'asseoir à côté d'elle.

— Je suis ravie de te revoir, Rita, fit-elle sur un ton de gaieté fébrile, même si les circonstances ne sont plus tout à fait les mêmes que lors de notre première rencontre…

Rita lui sourit.

— Tu as raison. Ici, c'est plus joli. Rien à voir avec la boue du circuit.

Elle ôta son manteau, contempla les vastes pelouses et les parterres de fleurs.

— Beaucoup plus joli. Et tellement plus calme. Ici, au moins, on peut entendre chanter les oiseaux.

Kitty sut gré à Rita de son tact, et elle aimait son sourire chaleureux.

— On entend aussi Doreen qui s'essaie au jeu de croquet, fit-elle, comme un éclat de rire strident leur parvenait aux oreilles. Je peux t'assurer qu'elle est capable de faire plus de bruit qu'une moto.

— En tout cas, intervint Peggy, elle m'a l'air de passer un très bon moment.

D'une main, elle tenta de remettre de l'ordre à ses cheveux ébouriffés, rajusta son gilet – elle portait un pantalon :

— Tu voudras bien excuser ma tenue, mais Rita m'a amenée ici sur le porte-bagages de sa moto. Je suis complètement dépenaillée.

Kitty la considéra avec surprise et admiration.

— Vous avez du courage, commenta-t-elle.

— J'avoue qu'au début, je n'en menais pas large. Rita roule à toute allure. Les virages sont particulièrement impressionnants. Mais, une fois que j'ai commencé à me détendre, j'y ai pris du plaisir. C'est autre chose que de s'asseoir au jardin pour tricoter.

Kitty s'esclaffa. Elle commençait à se sentir mieux.

— Merci d'être venues toutes les deux. Avec ces fichus plâtres, je ne peux pratiquement rien faire. Je m'ennuie un peu.

— Quand va-t-on te les enlever ? s'enquit la logeuse.

— À la fin de la semaine prochaine. J'ai hâte d'entamer le dernier roman d'Agatha Christie, qu'on m'a offert, et de pouvoir enfin manger toute seule. Et une fois qu'on aura aussi déplâtré ma jambe, j'aurai droit à des béquilles, ce qui me permettra d'être un peu plus active.

— Méfie-toi quand même, la mit en garde Peggy. Au début, ta jambe sera drôlement faiblarde. Pas question de se précipiter.

Elle secoua la tête.

— Ça y est, je recommence, se gronda-t-elle. Il faut toujours que je donne des leçons.

— Mais c'est aussi pour ça qu'on t'aime, tante Peggy, la rassura Rita. La pension du Bord de mer ne serait plus la même si tu n'y passais pas ton temps à te tracasser pour nous.

Elle se tourna vers Kitty.

— Peggy est notre maman poule, et même si on râle de temps en temps, on adore ça. Sans elle, on serait complètement perdues.

— Parlez-moi un peu de la pension du Bord de mer, intervint Kitty. Vous êtes combien ?

Tandis que les deux femmes se relayaient pour lui parler des jeunes locataires, de Daisy, de Mme Finch, de Ron et d'Harvey, Kitty songea qu'il devait faire bon vivre dans un tel endroit, si chaleureux et plein d'amour. Elle rit de bon cœur en apprenant les frasques de Ron et de son chien. Les anguilles, le gâteau… Et ces drôles de conversations surréalistes qu'il leur arrivait d'avoir avec la vieille dame dure d'oreille… La jeune femme fondit lorsque Peggy lui décrivit l'adorable chiot dont elle venait d'hériter dans des circonstances peu banales.

— Vous ne devez pas vous ennuyer, commenta-t-elle avec mélancolie. De toute évidence, votre maison est celle du bonheur, madame Reilly.

— Bonté divine ! s'exclama celle-ci. J'ai failli oublier de te donner ta part de gâteau.

Elle ouvrit la boîte en fer-blanc, à l'intérieur de laquelle Kitty découvrit un scone et une tranche épaisse de *Victoria sponge cake*.

— Voilà une éternité que je n'ai pas mangé de pâtisserie, souffla la jeune femme. Et celles-ci m'ont l'air délicieuses. Mais… Il va falloir que l'une de vous se dévoue pour me donner la becquée…

— Je vais m'en occuper, répondit Peggy. Pendant ce temps-là, Rita, essaie de voir si on ne pourrait pas avoir un peu de thé.

Lorsque la logeuse lui glissa doucement un morceau de gâteau dans la bouche, Kitty se mit à sourire.

— N'hésitez surtout pas à revenir me voir. C'est divin.

— Merci, ma chérie. Et je serais ravie de te rendre à nouveau visite.

Elle lui proposa une autre bouchée.

— À propos, enchaîna-t-elle. J'ai téléphoné ce matin à Martin Black, mon beau-fils. Tous les aviateurs sont rentrés sains et saufs hier soir, et j'ai même réussi à échanger quelques mots avec ton frère.

Elle sourit d'une oreille à l'autre :

— C'est un sacré charmeur, hein ?

— Un peu trop, répondit Kitty. Toutes les infirmières lui mangent dans la main, ainsi que la plupart des patientes.

Peggy débarrassa le menton de la jeune femme d'une miette qui s'y était collée.

— Freddy m'a chargée de te dire qu'il ferait tout son possible pour venir te voir la semaine prochaine. Sinon, c'est son ami Roger qui te rendra visite, à moins qu'il puisse passer un soir.

— Ce serait bien, souffla Kitty. Je ne le vois pas assez souvent, alors qu'il loge tout près d'ici. C'est terriblement frustrant.

— J'éprouve la même chose avec Martin, soupira Peggy en faisant avaler le dernier morceau de gâteau à Kitty. C'est un garçon adorable, et il me téléphone régulièrement, mais il a rarement le temps de venir à la pension.

— Accepteriez-vous de me parler du reste de votre famille, madame Reilly ?

— Appelle-moi Peggy, s'il te plaît.

Elle brossa, de la main, les miettes sur la robe de chambre de la jeune femme.

— Tout le monde m'appelle Peggy.

Kitty acquiesça, avant de se caler contre le dossier de son fauteuil roulant pour écouter la logeuse évoquer ses enfants et sa petite-fille. Peggy lui plaisait énormément. Sa famille et ses pensionnaires avaient de la chance. Beaucoup de chance. Sa mère lui manqua soudain plus encore que d'habitude. Comme elle se hâtait de cligner des yeux pour en chasser les larmes, une main se posa sur la sienne.

— Nous sommes tous séparés par cette guerre, fit doucement sa visiteuse. Mes deux fils, ma fille aînée et ma petite-fille se trouvent dans le Somerset. Quant à mon mari, qu'on a rappelé sous les drapeaux, j'ignore où on l'a expédié précisément. On s'est contenté de me dire qu'il s'agissait du nord de l'Angleterre. Pour ce qui est de Cissy et Martin, à

Cliffe, ils croulent tellement sous le travail que je les vois à peine. Je comprends ô combien ta solitude, surtout en ce moment. Tu es si loin des tiens… C'est pour cette raison que je te donne ça, Kitty.

Elle glissa, dans la poche de sa robe de chambre, un petit morceau de papier plié en deux.

— C'est mon numéro de téléphone. Promets-moi que si tu as mauvais moral, si tu as besoin d'une amie auprès de toi, ou même d'une autre part de gâteau, tu m'appelleras.

Les larmes, de nouveau, face à tant de gentillesse, montèrent aux yeux de Kitty.

— C'est vraiment adorable, Peggy, mais je ne veux pas vous déranger. D'autant plus que vous me connaissez à peine.

— Je te connais mieux que tu ne l'imagines. Je sais que tu es en train de mener le plus grand combat de ta jeune vie, et je sais aussi que ta maison te manque. Que tu aimerais que ta mère se trouve auprès de toi. Tu es courageuse, car tu exerces un métier que seule une poignée de jeunes femmes possède assez de cran pour exercer.

Elle se pencha en arrière pour observer le visage de Kitty. Elle souriait.

— Et je t'assure que tu ne me déranges pas, ma chérie. Pas le moins du monde. D'ailleurs, si tu me le permettais, j'aimerais te soutenir, te consoler dans les mauvais moments, partager tes progrès avec toi, pour que tu te sentes moins seule.

Kitty plongea son regard dans celui de Peggy, et ses derniers remparts cédèrent.

— Oh, c'est vrai ? Vous feriez ça pour moi ?

— Je n'ai qu'une parole, Kitty, et, ensemble, nous allons surmonter cette épreuve.

Elle tamponna les yeux de la jeune femme à l'aide d'un mouchoir.

— Il fait trop beau pour pleurer. Allons, fais-moi un sourire et, tu verras, tout ira mieux.

Kitty s'exécuta. Peggy avait raison.

— Je constate que la magie de tante Peggy est en train d'opérer, s'immisça Rita, portant un plateau où des tasses de thé côtoyaient une assiette de biscuits. Tu vas être entre de bonnes mains, Kitty, c'est moi qui te le dis. Sur ce, je vais t'aider pour le thé.

Longtemps après que les autres patientes se furent endormies, Kitty demeurait éveillée dans son lit, songeant à l'après-midi pour le moins inattendu qu'elle venait de vivre. Elle avait d'abord jugé la proposition de Peggy Reilly un peu excessive, au point de s'interroger sur les véritables motivations de cette parfaite inconnue.

Mais au fil de la conversation, elle avait peu à peu compris qu'il s'agissait d'une femme exceptionnelle, douée d'une empathie peu commune. Cela, combiné à une volonté farouche de protéger celles et ceux dont elle avait la charge, de prendre soin d'eux, avait revigoré Kitty. Quelle chance elle avait, songea-t-elle, qu'une telle femme eût résolu de la prendre sous son aile.

Elle sourit dans le noir. Elle se sentait moins seule depuis la visite de Peggy.

# 14

Ron avait décidé que le chiot se prénommerait Monty, en hommage au général Montgomery, qui se battait alors en Afrique du Sud avec ses troupes. Personne ne songea à le contredire, et tout le monde, à la pension du Bord de mer, s'était épris du petit chien, Daisy tout particulièrement. En échange, Monty semblait aimer la fillette, car, lorsqu'elle s'endormait dans son parc, il se glissait entre ses barreaux pour se blottir contre l'enfant. Bientôt, il dormait aussi.

Comme elle baissait les yeux, Peggy eut un sourire. Le petit animal s'était assoupi, à côté de Daisy, à l'ombre du parasol, et Harvey, qui, manifestement, prenait très au sérieux son rôle d'heureux papa et de gardien, les surveillait tous deux à l'extérieur du parc.

Monty était devenu d'office un membre éminent de la famille, et tant pis s'il avait fallu nettoyer quelques flaques, et tant pis s'il aimait beaucoup déchirer les pages des journaux et semer la pagaille dans les travaux d'aiguille de Cordélia. Non que cela eût beaucoup d'importance, car Mme Finch tricotait affreusement mal – Peggy ne comptait plus les fois où elle avait dû détricoter intégralement son ouvrage pour tout recommencer.

Après avoir jeté un coup d'œil en direction de la vieille dame, qui, assise à côté du parc de Daisy, lisait le journal à l'ombre du parasol, la logeuse continua à suspendre le linge humide à sa corde. C'était une belle matinée du début d'août, il faisait déjà chaud et les oiseaux pépiaient dans les arbres. Peggy avait hâte de revoir Kitty cet après-midi. Cette fois, elle se rendrait à l'hôpital en autobus.

Ce serait sa deuxième visite de la semaine, et elle se sentait immensément fière, et bête de l'être autant, en songeant à la bravoure dont faisait preuve la jeune femme face au défi qu'elle avait à relever. Aujourd'hui, on allait enfin lui ôter ses plâtres. Il s'agirait de la première étape d'un long chemin vers la guérison complète. Peggy se devait d'être là.

À présent que les draps et les couches s'agitaient mollement dans la brise tiède, la logeuse rangea son panier à linge au sous-sol, avant de regagner la cuisine pour y préparer du thé. Elle s'apprêtait à verser l'eau frémissante sur les dernières feuilles, lorsque le téléphone se mit à sonner. Le sourcil froncé, Peggy alla répondre.

— Bonjour, maman.

— Anne ! Oh, ma chérie, quelle merveilleuse surprise.

Elle s'assit à côté du téléphone.

— Mais comment as-tu réussi à me joindre ? J'essaie en vain de t'appeler depuis une semaine.

— J'ai insisté, comme toi. Comment allez-vous, les uns et les autres ? As-tu reçu des nouvelles de papa ?

— Il m'envoie plusieurs lettres par semaine. Évidemment, il ne peut pas me dire grand-chose, et le censeur élimine le reste, ce qui fait que je ne sais toujours pas où il se trouve exactement ni ce qu'il fait. Mais j'ai l'impression qu'il n'a rien perdu de sa bonne humeur, et figure-toi qu'il a réussi à devenir le chauffeur d'un colonel, ou d'un général de brigade. Un gradé, en tout cas.

— On peut lui faire confiance pour dénicher les meilleurs filons, s'amusa Anne.

— Comment vont les garçons ? Et Rose Margaret ?

— Bob n'arrête pas de grandir et de prendre du muscle. Il réussit à abattre la même quantité de travail qu'un homme adulte. Il a toujours l'intention de devenir agriculteur dès l'année prochaine, quand il aura terminé l'école. Charlie, qui est presque aussi grand que son frère, n'a rien perdu de son espièglerie. Il s'est pris de passion pour les machines agricoles. Il passe maintenant des heures entières dans les hangars en compagnie du mécanicien. Et il a le chic pour réparer des tas de choses, comme son père et son grand-père.

Peggy s'esclaffa.

— À ceci près que Jim et Ron se contentent de penser aux réparations. Pour ce qui est de les effectuer, c'est une autre paire de manches.

Elle fit surgir de la poche de son tablier une cigarette, qu'elle alluma.

— Et toi ? Et Rose Margaret ?

— Rose se porte comme un charme. Elle est pourrie gâtée par les filles de ferme, et rien ne lui plaît autant que de se retrouver couverte de boue. En revanche, il a fallu que j'intervienne, parce qu'elle apprend de vilains mots. Certaines filles sont issues de milieux très défavorisés, et, pour elles, ce genre de langage est naturel. Je leur ai demandé de faire un peu plus attention en présence de Rose Margaret.

Elle se tut l'espace d'un instant.

— En ce qui me concerne, je continue à enseigner à l'école du village, et cela me plaît beaucoup. Mais il va falloir que je trouve quelqu'un pour me remplacer d'ici quelques mois. Je suis enceinte.

Peggy sourit d'une oreille à l'autre.

— Oh, Anne. Je l'aurais parié. Lorsque tu es venue ici la veille du départ de ton père, tu rayonnais.

— Rien ne t'échappe, n'est-ce pas ? Je n'en étais pourtant qu'au deuxième mois.

Sa mère fit rapidement le calcul.

— Mais… Ça veut dire que tu es déjà enceinte de six mois, souffla-t-elle. Pourquoi ne m'en as-tu pas parlé plus tôt ? J'aurais commencé à tricoter la layette.

— Je ne voulais pas que tu t'inquiètes. Bien qu'il n'y ait aucune raison de s'inquiéter, se dépêcha d'ajouter sa fille.

Je suis en excellente santé et, ici, j'ai à ma disposition du beurre, des œufs, du lait, de la viande et des légumes. Quand on vit dans une ferme, le rationnement n'existe pas.

Elle se mit à rire.

— Nous avons tous pris du poids, même le petit Ernie.

Ernie, qui avait contracté la polio alors qu'il n'était encore qu'un bébé, était le petit frère de Sally, la première Londonienne que Peggy eût accueillie à la pension du Bord de mer. La ferme du Somerset appartenait d'ailleurs à la tante des deux enfants, qui avait gentiment proposé de prendre chez elle la famille de la logeuse en même temps que son neveu. Sally, pour sa part, était demeurée à Cliffehaven, où elle avait épousé John Hicks, le responsable de la caserne de pompiers.

— Sally sera ravie de l'entendre, commenta Peggy. Il était tellement maigre.

— T'a-t-elle dit qu'il se débrouillait comme un chef sans sa chaussure orthopédique ? Il utilise des cannes, maintenant, à l'aide desquelles il se déplace à toute vitesse. Sa tante Violette lui masse les jambes tous les matins et tous les soirs. Il boitille encore, mais le médecin se félicite de ses progrès. Je ne serais pas surprise qu'il finisse par envoyer promener aussi ses cannes.

Peggy songea avec tendresse au garçonnet qui, venu des taudis de Londres, avait habité un moment chez elle. Il était alors si pâle, si menu, et largement dépendant de sa sœur. Mais, déjà à l'époque, il possédait une détermination à toute épreuve. Anne avait raison. Bientôt, il marcherait sans cannes.

— Voilà ce que j'appelle de très bonnes nouvelles, fit-elle. Sally, je ne la vois pas souvent, maintenant qu'elle a un enfant et qu'elle en attend un deuxième. Il faudrait que je me décide à lui rendre visite, mais j'avoue qu'avec tout ce que j'ai à faire, il me reste peu de temps libre.

Puis elle parla à sa fille du chiot d'Harvey, des anguilles de Ron, et de son amitié naissante avec Kitty.

Lorsqu'elle eut achevé ses récits, sa fille soupira à l'autre bout de la ligne :

— Tu te fatigues beaucoup trop, maman. Tu ne peux pas, à la fois, t'occuper de la maison, supporter les frasques de grand-père, prendre soin de Daisy, faire du bénévolat pour le WRVS et, par-dessus le marché, te rendre régulièrement au Memorial Hospital. Il se situe à au moins une demi-heure en autobus de la pension.

— Tu as raison. Vingt-quatre heures dans une journée, c'est trop peu, mais j'ai fait une promesse à Kitty, et j'ai la ferme intention de la tenir. J'ai de la chance d'avoir une famille aimante et un toit au-dessus de ma tête. Kitty est loin de chez elle, elle n'a pour la soutenir que son frère, et encore. Tu es bien placée pour savoir qu'un pilote de chasse ne peut que rarement se rendre disponible pour ses proches.

Surgi de nulle part, le chiot traversa le hall à toute allure, glissant sur le carrelage pour achever sa course en roulé-boulé sur le paillasson, avant de lever la patte contre la porte d'entrée.

— Monty ! le gronda Peggy. Fiche-moi le camp. Plus vite que ça.

— Laisse-moi deviner, s'amusa Anne. Il vient de faire pipi dans la maison.

— Ce sont les risques du métier, soupira sa mère, tandis que le chiot grattait le paillasson avec ardeur, avant de regagner la cuisine, manifestement très content de lui.

Les deux femmes bavardèrent pendant encore cinq minutes, avant que la communication se trouvât coupée. Peggy reposa le combiné sur sa fourche, puis alla chercher à la cuisine un morceau de papier et un chiffon humide pour nettoyer les petites bêtises de Monty.

Kitty, à présent, était bien obligée de regarder son moignon, et cela lui déplaisait beaucoup – il lui faudrait du temps pour s'y habituer. Sa cuisse, dont les muscles avaient fondu, se révélait très pâle, tandis que les os de son genou saillaient au-dessus de l'extrémité arrondie de ce qui demeurait de sa jambe. On comprenait, à l'observer mieux, la façon dont le chirurgien avait replié la peau, afin d'en faire une sorte d'enveloppe, et, même si l'on avait depuis longtemps enlevé les points de suture, toute la zone restait rougeâtre et tuméfiée.

— Je vais devoir poser un drain, lui indiqua le Dr Thorne en examinant le résultat de son travail. L'enflure, ici, est due à un excès de liquide, et je ne veux surtout pas risquer une infection.

Il adressa un sourire bienveillant à sa patiente.

— Ne vous en faites pas, ce n'est pas plus douloureux qu'une simple piqûre, et, bientôt, parce que nous nous serons débarrassés du liquide en excédent, vous aurez moins mal.

— Quand pourrai-je avoir une prothèse ?

— Pas tout de suite, murmura l'homme en s'affairant. Il faut d'abord remuscler tout ça, et attendre que la peau, autour de la cicatrice, ait suffisamment durci pour supporter votre poids. Sinon, la prothèse risque de l'irriter, puis de la mettre à vif. C'est pour cette raison que les infirmières vous massent tous les matins et tous les soirs. Pour raffermir les muscles et empêcher l'éventuelle formation de caillots de sang.

— Si je comprends bien, fit Kitty, cela va prendre plusieurs semaines. Ensuite, combien de temps faudra-t-il encore avant que je puisse quitter l'hôpital ?

— Tout dépendra de la vitesse à laquelle vous vous habituerez à votre prothèse.

— Vous avez bien une idée ? insista la jeune femme.

— Pas la moindre. Chaque patient est différent. Les progrès dépendent beaucoup de leur état général et de leur force musculaire. Et, bien sûr, de leur détermination, ajouta-t-il en souriant. J'ai comme l'impression que vous allez bientôt compter parmi mes patients les plus doués en la matière. Jamais je n'avais vu quelqu'un avoir autant envie de prendre la poudre d'escampette.

— Cela n'a rien à voir avec vous ni avec l'endroit lui-même, tint à lui indiquer Kitty. Mais je meurs d'ennui. Je veux redevenir active.

— En vous débarrassant de vos plâtres, je vais vous permettre d'entamer le processus dès aujourd'hui. Une fois que vous aurez appris à vous servir de vos béquilles, vous vous sentirez nettement mieux, croyez-moi.

Mais, songea la jeune femme, la route promettait d'être très longue.

Le chirurgien la considéra avec gravité.

— Vous savez, Kitty, une fois que nous aurons résorbé la boursouflure et que tout risque d'infection se trouvera écarté, vous pourriez devenir une patiente en consultation externe. Vous apprendriez à vous familiariser avec votre prothèse en vous rendant chaque jour dans notre centre de physiothérapie.

La jeune femme se navra plus encore. Comment pourrait-elle se débrouiller, seule dans un petit appartement, avec une prothèse et une paire de béquilles ? Freddy ne serait pas en mesure de l'aider.

— Je n'ai nulle part où aller, dit-elle. Je crois que je suis condamnée à rester ici le temps qu'il faudra.

Le chirurgien lui tapota l'épaule.

— Ne vous tourmentez pas. Il y a pire, comme environnement, pour entamer une convalescence. Et soyez certaine que nous ne vous jetterons pas dehors avant que nous soyons pleinement satisfaits de notre travail et que vous ayez trouvé un point de chute.

Il la souleva pour l'installer dans son fauteuil roulant avec douceur.

— Sur ce, allons retirer ces vilains plâtres.

L'autobus vert et jaune avait, au départ du centre-ville, gravi la colline avec peine, avant de prendre la route en direction du nord-ouest. Cette route longeait l'usine, ainsi que les nouveaux préfabriqués, puis sinuait paresseusement entre de hautes haies et les rhododendrons derrière lesquels se dissimulait le manoir d'Agatha Fullerton. Les fleurs avaient fané, mais la haie demeurait verdoyante.

Peggy avait confié Daisy à Ron, en lui interdisant formellement, s'il désirait l'emmener en promenade, de sortir de la ville. Il ne lui restait plus qu'à espérer que, pour une fois, il suivrait ses recommandations. Tandis que les conversations allaient bon train entre les autres passagers, elle contemplait, par la fenêtre, les terres agricoles et les collines qui entouraient Cliffehaven.

Au loin, elle devinait le scintillement de la mer, et, malgré les batteries piquées çà et là dans le paysage, elle comprenait la raison pour laquelle Ron se sentait si attaché à cet endroit. Quant à elle, bien qu'elle manquât de temps pour se promener dans les collines, il lui suffisait de savoir qu'elles se tenaient là, à deux pas de la pension, et qu'elles faisaient partie de ce pourquoi chacun se battait.

Elle imagina le vieil homme en train d'arpenter les lieux, Daisy contre la poitrine, dans sa vieille sacoche de l'armée. Il avait fait la même chose avec Jim et Frank, lorsqu'ils étaient petits, il avait continué à le faire à la naissance de chacun de ses petits-enfants. Un rayon de soleil frappa soudain la vitre, et Peggy cligna des yeux. Ils s'emplirent de larmes : dire que des trois garçons de Frank, deux étaient morts au combat…

Elle se hâta de tourner ses pensées vers Kitty.

Sa première visite à l'hôpital l'avait décillé. Elle avait éprouvé un choc, puis une infinie tristesse, à découvrir tous ces jeunes gens privés d'un de leurs membres, devenus aveugles ou victimes de graves lésions à la tête. Pourtant, elle n'avait pas tardé à constater, une fois encore, la capacité de résilience de l'être humain, car il se lisait, sur les traits des patients, une farouche volonté de survivre, de surmonter la terrible épreuve, de trouver le courage de regarder en face, et sans flancher, un avenir incertain et pour le moins angoissant. Devant tant de bravoure et de gaieté, Peggy avait eu honte de s'apitoyer si souvent sur son sort.

Doreen, l'amie de Kitty, constituait un parfait exemple. Elle menait grand tapage, mais elle possédait une force extraordinaire, et semblait résolue à tenir tête à tous les coups du destin. Sa bonne humeur tonitruante était contagieuse, son heureuse nature déteignait peu à peu sur celles et ceux qui peinaient à reprendre le dessus.

Peggy s'assura que son sac contenait bien le petit cadeau qu'elle réservait à la Londonienne. Elle était presque arrivée.

Elle salua joyeusement la conductrice, descendit de l'autobus. Quelques secondes plus tard, elle se trouvait enveloppée dans les fumées d'échappement de la vieille guimbarde, qui redémarrait dans un sursaut, assorti d'une impressionnante pétarade.

Lui tournant le dos, Peggy passa entre deux colonnes majestueuses qui, jadis, soutenaient les vantaux d'une superbe grille en fer forgé. Le gravier de l'allée, récemment ratissé, crissait sous les semelles de ses chaussures. Aux dires de Ron, le domaine de Holmwood House s'étendait sur plusieurs hectares et comprenait un grand bois – mais en dépit de sa curiosité naturelle, Peggy n'était pas là pour faire du tourisme, car Kitty l'attendait.

La longue allée longeait des rhododendrons et des azalées, dont les fleurs avaient déjà fané. Par-delà ces haies se donnaient à voir des pelouses, des parterres de fleurs, ainsi qu'un saule pleureur élégamment courbé au-dessus d'un étang, où une famille de cygnes avait élu domicile parmi les canards et les poules d'eau. Un endroit magnifique, songea la logeuse en hâtant le pas, paisible. L'endroit idéal pour celles et ceux qui avaient besoin de s'accorder un peu de repos loin des ravages de la guerre.

Enfin, elle découvrit la bâtisse, qui, elle aussi, l'impressionna vivement. Elle avait été repeinte de frais, on avait réparé ses fenêtres, ses cheminées et ses toits.

Elle franchit la grande porte en chêne ornée de gros clous, menant à un hall carré d'où s'élevait, jusqu'au troisième étage, un imposant escalier de chêne. Dans le hall, il faisait sombre et frais, l'écho de voix lointaines y résonnait, ainsi que de la musique, atténuée par la distance. Peggy se dirigea vers l'aile est.

L'infirmière lui sourit :

— Bonjour, madame Reilly. Vous venez de manquer Kitty, on est en train d'ôter ses plâtres.

Elle indiqua à la visiteuse comment la rejoindre. Peggy se hâta, craignant d'arriver trop tard – elle ne voulait pas faire faux bond à la jeune femme. Parvenue devant la porte, elle hésita un instant, puis l'ouvrit.

— Peggy ! s'écria joyeusement Kitty. Regardez, j'ai retrouvé une jambe et un bras. Et d'ici une minute, j'aurai récupéré le second.

Elle se tenait assise sur une chaise, pendant que le médecin maniait une scie avec d'infinies précautions.

Peggy ayant posé son sac, elle s'avança. Elle fut frappée par la pâleur de la jambe et des bras de sa protégée, mais le sourire radieux que celle-ci arborait faisait oublier tout le reste. Elle serra dans la sienne la main libre de Kitty.

— Ça fait quel effet ?

— Bizarre. Mais je me sens si libre, et tellement légère… J'ai presque l'impression que ma jambe et mes bras sont prêts à s'envoler.

— Et voilà, fit le médecin en retirant les deux moitiés du plâtre. Pliez le bras et agitez les doigts, s'il vous plaît.

Kitty s'exécuta, émit un petit rire :

— Il est comme neuf, se réjouit-elle, mais il va me falloir de longues heures au soleil pour reprendre des couleurs. Je ressemble à un morceau de saindoux.

Avec un sourire, le médecin se mit à masser les bras et les doigts de sa patiente.

— Pour refaire fonctionner correctement vos muscles, vous allez suivre un programme intensif de physio pendant quelques semaines. Mais vous devrez vous montrer très prudente avec votre jambe, n'essayez pas d'en faire trop au début. Car vous n'allez pas tarder à constater qu'elle est beaucoup moins robuste qu'avant.

— Pourrai-je me déplacer avec des béquilles ?

— Oui. À condition de ne les utiliser qu'en présence d'une infirmière les premiers jours. Pour prévenir une chute éventuelle.

— Puis-je les essayer tout de suite ?

Il haussa les épaules.

— Pourquoi pas ?

Il lui remit les béquilles et se tourna vers Peggy :

— Prenez son bras droit, s'il vous plaît. Je vais prendre le gauche. Attention, elle risque d'être un peu chancelante au début.

Peggy suivit les instructions du médecin, songeant que, peut-être, Kitty allait trop vite en besogne – si cela ne se passait pas selon ses vœux, elle risquait de perdre courage.

La jeune femme posa le pied sur le sol, puis, avec l'aide de la logeuse et du médecin, parvint à quitter sa chaise pour se mettre debout.

— Mince alors..., souffla-t-elle. Jamais je n'aurais cru qu'il fallait déployer autant d'énergie seulement pour me lever.

— Très bientôt, il ne s'agira plus que d'une simple formalité, la rassura le médecin en calant les béquilles sous les aisselles de sa patiente. Pensez-vous que vos bras vont réussir à supporter le poids de votre corps ?

Kitty hocha la tête, mais Peggy s'aperçut que, soudain, elle hésitait.

— Attends un peu avant de te lancer, lui conseilla-t-elle avec douceur. Prends le temps de t'habituer aux béquilles.

— Je les supporte bien, mais... Mais je n'ai pas d'équilibre du tout, et mes bras tremblent déjà. Je ne sais pas... Je ne sais pas si je vais y arriver.

— Si tu es capable de piloter un Spitfire, répondit la logeuse, tu peux aussi manœuvrer une paire de béquilles.

Elle l'encouragea d'un sourire.

— Pèse de tout ton poids sur elles, puis avance d'un pas. Un seul petit pas. Tu peux même traîner le pied, si tu préfères. Tu vas voir. En tout cas, crois-moi, tu vas réussir.

Une intense détermination se peignit sur les traits de Kitty et les jointures de ses doigts blanchirent, qui cramponnaient les béquilles avec force. Cette fois, elle était pleinement résolue à faire son premier pas.

— J'ai l'impression d'être redevenue un bébé qui apprend à marcher, maugréa-t-elle. Mais je vais y arriver. Oui. Bien sûr que je vais y arriver.

D'abord, elle ne parvint qu'à traîner un peu la patte, puis elle s'enhardit. Le troisième pas fut le bon.

— Je vous l'avais bien dit ! haleta-t-elle, la mine triomphante.

— Ça suffit pour le moment, dit le médecin en l'invitant à se rasseoir dans son fauteuil roulant. Vous allez vous rendre compte, les premiers temps, qu'un rien vous fatigue, mais grâce à la physiothérapie, vous allez reprendre du muscle, et si vous vous entraînez un tout petit peu à la fois, mais souvent, vous vous débrouillerez bientôt aussi bien que Doreen.

Peggy, immensément fière de sa protégée, baisa son front humide.

— Bravo, murmura-t-elle. Et maintenant, que dirais-tu de profiter de la terrasse et du soleil autour d'une tasse de thé ?

Kitty, les larmes aux yeux, saisit la main de la logeuse.

— Merci, Peggy. Je n'y serais pas arrivée sans vous.

— Mais si, voyons. Avec ou sans moi, tu aurais réussi, parce que tu possèdes une volonté de fer. Allez, viens. Je ne sais pas si tu es comme moi, mais je meurs de soif.

Après avoir installé Kitty à l'ombre d'un parasol, elle demanda à une aide-soignante de leur apporter une théière. Comme elle s'éloignait, un cri fit sursauter les deux femmes.

— Visez un peu ça ! Fini les béquilles !

Doreen se dirigea vers elles, et elle jubilait. Elle marchait désormais avec une canne.

— Tu as reçu ta prothèse! s'enthousiasma Kitty.

— Et toi, on t'a retiré tes plâtres. Mais, parole, t'es blanche comme un navet, ajouta-t-elle. Tu ferais mieux d'oublier le parasol pour te coller en plein cagnard, ma jolie.

— Ne t'inquiète pas, s'amusa Kitty, je t'aurai vite rattrapée.

Doreen se laissa tomber sur une chaise en poussant un formidable soupir de soulagement.

— Bon Dieu de bon Dieu, fit-elle, pantelante. J'ai pas fait trois pas que me v'là déjà essoufflée comme une souris qu'avorte.

— Mais tu te débrouilles drôlement bien, commenta Peggy, admirative. C'est la première fois que tu te sers de ta canne?

Doreen secoua la tête, avant d'allumer une cigarette.

— Je m'entraîne avec le toubib dans la salle de physio. Aujourd'hui, il a estimé que j'étais mûre pour filocher toute seule comme une grande. Mais je vous jure que c'est quand même la mouise, Peggy. Regardez-moi ça.

Elle ôta sa prothèse pour que les deux femmes pussent l'examiner de près.

— Elle est identique à toutes les autres, se mit à rire Kitty. À quoi t'attendais-tu? Tu croyais qu'on décorerait la tienne avec des clochettes et des guirlandes lumineuses?

— Juste un peu plus sexy, ça m'aurait pas déplu, grommela la Londonienne. Déjà, reluque un peu la godasse. J'avais encore jamais vu un machin pareil. C'est rien qu'une saloperie, un point c'est tout.

Peggy comprenait les réticences de Doreen, qui raffolait des jolis souliers, obligée d'exhiber à présent une robuste chaussure noire à lacets, comme aurait pu en porter une vieille dame:

— Lorsque tu te seras habituée à ta prothèse, tu pourras peut-être remplacer la chaussure par une autre.

— Ouais, peut-être bien, répondit Doreen, l'œil rivé sur l'objet de son courroux. Mais le fait est, Peggy, que je me vois plus trop en train de danser avec mes beaux souliers rouges à talons hauts…

— Te connaissant, je ne serais pas surprise que tu finisses par y arriver.

Elle plongea une main dans son sac.

— Tiens, je t'ai apporté un petit quelque chose. C'est trois fois rien, mais dès que je l'ai vue, j'ai su qu'elle était faite pour toi.

Ouvrant le paquet, Doreen écarquilla de grands yeux en découvrant une jarretière noir et or.

— La vache, souffla-t-elle en la saisissant avec ravissement entre ses doigts. J'en avais encore jamais vu d'aussi belles.

— Je l'ai dénichée dans une malle, sous l'escalier. Cissy, l'une de mes filles, s'est produite un temps sur des scènes de théâtre en qualité de danseuse. Cette jarretière faisait partie de l'une de ses tenues.

— Et ça la dérange pas que vous me donniez un truc aussi chouette ?

Doreen peinait à y croire.

— Je pense qu'elle ne s'en souvient même pas, répondit Peggy avec un sourire. Et maintenant qu'elle est occupée ailleurs, elle n'en aura plus besoin.

— Merci beaucoup. J'en prendrai bien soin, parole.

Doreen ferrailla pour faire glisser la jarretière sur l'affreuse chaussure d'abord, puis sur le métal de sa prothèse, pour, enfin, l'ajuster sur sa cuisse. Aux anges, elle admira le scintillement des paillettes au soleil.

— Pour sûr que ça va en émoustiller plus d'un dans la salle commune des bonshommes, fit-elle en adressant à Peggy un clin d'œil canaille. Je crois bien que je vais me dépêcher de leur rendre une petite visite, avant qu'ils se mettent tous à pioncer.

— Méfie-toi, la mit en garde Kitty. Tout à l'heure, j'ai vu l'infirmière en chef se diriger de ce côté-là.

Doreen sourit de toutes ses dents en se mettant debout :

— C'est pas aujourd'hui qu'elle risquera de me faire de l'ombre, c'est moi qui te le dis !

Elle s'éloigna de sa drôle de démarche brimbalante, traversant crânement la terrasse en donnant à voir sa jarretière à chacun.

— Je l'aime bien, commenta Peggy. Elle est tellement intrépide…

— Moi aussi, je l'apprécie beaucoup, murmura Kitty. Quand elle quittera l'hôpital, elle me manquera terriblement. À part ça, elle a raison, pour la chaussure. Je n'avais jamais rien vu d'aussi laid.

— Mais elle permet à Doreen de marcher, c'est le principal.

Peggy prit dans la sienne la main pâle et mince de sa protégée.

— Ne te tourmente pas, Kitty. Quand ton tour viendra, je tâcherai de te trouver quelque chose d'un peu plus attrayant.

Comme la jeune femme ne semblait pas convaincue, Peggy plongea de nouveau la main dans son sac.

— Pour te féliciter de t'être enfin débarrassée de tes plâtres, à toi aussi j'ai apporté quelques présents.

Kitty parut s'inquiéter aussitôt.

— Pas d'affolement, s'amusa Peggy. Il ne s'agit pas d'une jarretière. En revanche, j'ai repéré ce beau gilet en triant des affaires pour le WRVS. Il est tout propre, se dépêcha-t-elle de préciser, et il a l'air presque neuf. Je t'ai pris aussi des magazines et deux livres qui m'ont plu. Je me suis dit qu'ils t'intéresseraient peut-être.

Kitty jeta ses bras autour de sa visiteuse.

— Merci infiniment, fit-elle, au bord des larmes. Je suis heureuse de vous avoir à mes côtés pour me soutenir.

Peggy, qui étreignait la jeune femme, faillit se mettre à pleurer.

— J'ai les épaules larges, Kitty. N'hésite pas à t'appuyer sur moi autant qu'il te plaira.

# 15

Plus de deux semaines s'étaient écoulées depuis que Kitty avait pris possession de ses béquilles, et elle se déplaçait de plus en plus vite. Les séances de physiothérapie faisaient merveille, la jeune femme se remusclait à vue d'œil. Dès qu'elle en avait le temps, elle répétait ses exercices, résolue à se sentir en pleine forme le lendemain, lorsqu'on lui apporterait sa prothèse.

Son moral, lui aussi, était au beau fixe, car Freddy et Roger avaient réussi par deux fois à lui rendre visite le soir. Peggy, qui venait la voir le jeudi et le dimanche, avait à plusieurs reprises amené Rita avec elle, et elle avait un jour présenté Daisy à sa protégée. La fillette était aussitôt devenue le centre de toutes les attentions.

Kitty adorait Peggy. Pour sa force d'âme, pour l'affection qu'elle lui témoignait, pour les mots qu'elle savait trouver chaque fois que la jeune femme se décourageait un peu ou, trop impatiente, s'exaspérait de la lenteur de ses progrès. Quant à Rita, elle était devenue une amie, et, bien qu'elles fussent issues de milieux très différents, elles s'étaient découvert de nombreux points communs, excédant de beaucoup la passion des motos.

Il y avait quelque chose d'enfantin dans ce qu'elles aimaient. Ainsi, aux bals, aux séances de flirt avec de beaux soldats en uniforme, elles préféraient le cinéma, les pique-niques ou une part de *fish and chips* servie dans un morceau de papier journal. Non qu'elles n'eussent pas de goût pour les hommes, mais, simplement, elles se méfiaient. Combien de cœurs brisés autour d'elles, lorsque l'époux ou le fiancé tombait au champ d'honneur ? Combien de chagrins d'amour, quand la belle histoire s'achevait en fiasco ? Tous ces Américains, ces Canadiens, ces Français de la France libre qui séduisaient, par dizaines, de jeunes filles flattées d'avoir été repérées par des garçons à leurs yeux tellement exotiques, tellement romantiques…

Bien sûr, Kitty et Rita espéraient rencontrer un jour l'homme qui serait fait pour elles. Kitty, toutefois, songeant à son infirmité, se disait qu'il faudrait un véritable miracle pour qu'un garçon l'acceptât telle qu'elle était devenue. Qui n'eût été choqué par la vue de son moignon ? Elle s'obligea à penser à autre chose, s'empara de ses béquilles et partit à la recherche de Doreen, qui, toujours, savait lui remonter le moral.

— Hou hou ! lança celle-ci en agitant les bras, tandis que Kitty atteignait la terrasse. Grouille-toi de t'asseoir, que je te raconte les dernières nouvelles.

Exceptionnellement, la Londonienne avait troqué sa robe de chambre écarlate contre un pantalon ordinaire et un joli chemisier. En outre, elle était seule.

Kitty ayant posé ses béquilles, elle sautilla jusqu'à la chaise la plus proche. Doreen n'avait pas sa pareille pour découvrir les histoires les plus juteuses, qui pullulaient entre ces murs.

— L'infirmière en chef va foutre le camp, annonça-t-elle avec délectation. L'administrateur de l'hosto l'a surprise en train de tyranniser la gamine qu'on vient d'installer au lit nº 9. Tu vois qui c'est ? Elle a une minerve, une jambe cassée, et je crois bien qu'elle y voit plus que d'un œil. Une môme timide comme pas deux…

Kitty ayant hoché la tête, son amie enchaîna en aparté :

— Eh ben… D'après ce que j'ai pigé, elle est pas aussi timide qu'elle en a l'air, parce qu'elle a déjà porté plainte auprès de l'administrateur à cause des mauvais traitements que l'infirmière en chef lui aurait fait subir. Du coup, le zigue s'est amené dans la salle commune, et il a piqué la harpie en train de faire passer un sale quart d'heure à la gosse.

Doreen gloussa.

— Elle s'est pris une soufflante de tous les diables, et il l'a obligée à sortir de la salle au pas de course. Il paraît qu'une heure plus tard, elle quittait l'hosto avec son sac et ses valises.

— Pourvu que sa remplaçante soit plus aimable, commenta Kitty en poussant un soupir de soulagement. Tu sais de qui il pourrait s'agir ?

Doreen secoua la tête.

— Du moment que c'est pas la vieille carne de l'hôpital général de Cliffehaven, on devrait être peinardes. Mais bon… On sait jamais… J'ai l'impression que les infirmières en chef, elles sont plus ou moins toutes faites du même bois.

— Bah, dis-toi que tu vas sortir bientôt, c'est le principal. Alors que moi, j'en ai encore pour plusieurs semaines.

Elle sourit à son amie :

— Tu vas me manquer. Tu as su égayer cet endroit mieux que personne, et, après ton départ, je n'aurai plus personne avec qui jouer aux cartes.

— Arrête ton char, Kitty. On est au moins quatre-vingts gonzes et gonzesses ici, me fais pas croire que je suis la seule à savoir jouer au poker.

— Bien sûr que non, mais je suis prête à parier que personne ne triche aussi bien que toi.

Doreen écarquilla de grands yeux prétendument innocents, avant de renverser la tête en arrière et de partir d'un grand rire retentissant.

— Et moi qui croyais que t'avais rien vu.

Kitty s'esclaffa à son tour.

— Tu oublies que j'ai un grand frère qui m'a tout appris. Je peux t'assurer que tu ne m'as pas bernée une seule fois.

Lorsqu'elles eurent fini de rire, Kitty se tourna vers son amie :

— Où iras-tu quand tu auras quitté l'hôpital ?

— Je vais aller voir ma mère à Londres, et puis après, je redescendrai dans le Sud.

Doreen alluma une cigarette.

— À l'usine, ils m'ont promis que je pourrai reprendre mon poste, et ma logeuse m'a écrit une bafouille pour me dire qu'elle avait une chambre au rez-de-chaussée pour moi, du moment que je restais pas trop longtemps partie. Ça roule.

Elle observa Kitty à travers la fumée de sa cigarette.

— Et toi ?

La jeune femme haussa les épaules.

— Il est encore trop tôt pour faire des projets, et puisque je n'ai pas de famille ici vers laquelle me tourner, cela signifie que je vais rester coincée à l'hôpital jusqu'à ce que je sois suffisamment en forme pour affronter à nouveau le monde en solo.

Elle contempla la pelouse, fit glisser son regard vers les bois au loin.

— Le médecin ne me laissera sortir que quand je disposerai d'un logement convenable.

— Qu'est-ce que tu fais de Peggy ? C'est une crème de bonne femme. Si tu lui demandes, je te fiche mon billet qu'elle te proposera une piaule dans sa pension.

— Elle a déjà fait beaucoup pour moi. Et je sais qu'elle croule sous le travail. Il n'est pas question que je lui en rajoute.

— Dommage, murmura la Londonienne. Si tu veux mon avis, cette femme-là est prête à t'ouvrir grand les bras et à t'installer chez elle. Un seul mot de toi, et ça ferait ni une ni deux. Elle a le cœur sur la main, Peggy, et des éclopés dans notre genre, il y en a plein les rues.

Kitty préféra changer de sujet.

— À part les bonnes nouvelles de l'infirmière en chef, as-tu récolté d'autres potins ?

Doreen devint soudain grave, ce qui ne lui ressemblait guère. Ayant écrasé son mégot, elle plissa les yeux face au soleil.

— J'ai entendu un truc hier, commença-t-elle à mi-voix, en se penchant vers son amie. Mais de ce que j'ai réussi à piger, je crois pas qu'ils parlaient de ça, tout compte fait.

— Tu en fais, des mystères, la taquina Kitty.

— C'est pas un machin facile à dire.

Elle se pencha davantage encore, puis, d'une voix à peine audible :

— Mais ça m'a turlupinée toute la nuit. Du coup, il faut que j'en parle à quelqu'un.

Elle jeta un regard derrière elle pour s'assurer que personne ne risquait de surprendre leur conversation.

— Tu promets de la boucler, hein, parce que je vais te balancer du lourd.

— Tu m'inquiètes, répondit Kitty en fronçant les sourcils. Allons, Doreen, crache ta pastille. Peu importe ce dont il s'agit, tu as ma parole que je ne répéterai rien à personne.

Un dernier coup d'œil derrière elle, et la Londonienne colla presque ses lèvres à l'oreille de son amie.

— J'ai pas capté grand-chose, vu que j'étais assise à côté de la fenêtre dans la bibliothèque, derrière le gros rideau, et qu'ils parlaient tout bas. Mais je crois bien qu'il s'est passé un truc affreux pendant une offensive de l'autre côté de la Manche, et les deux officiers ont été rappelés à leur quartier général.

Elle s'interrompit, l'espace d'un instant, pour reprendre haleine.

— Ça avait surtout à voir avec les Canadiens. La Royal Navy et la RAF étaient censées les protéger. Mais il y a eu un micmac pas possible au niveau des communications, et du coup, les Boches ont eu vent de l'opération. Les Canadiens et la Royal Navy se sont fait avoir comme des bleus. Les sous-marins boches ont coulé plusieurs bateaux et plusieurs milliers de gars sont morts ou ont été blessés.

— Oh, mon Dieu…, souffla Kitty. Qui étaient ces officiers dont tu as surpris la conversation ? Si ça se trouve, ils faisaient un peu les malins ?

— M'est avis que non, chuchota Doreen. C'était des Canadiens. Et des types haut placés.

Kitty comprit aussitôt de qui il s'agissait. Des garçons irréprochables et dignes de foi.

— As-tu réussi à glaner d'autres détails ?

Doreen secoua la tête.

— Ils ont mis les bouts quand quelqu'un d'autre s'est pointé dans la bibliothèque, et je te raconte pas le mal que j'ai eu à m'extirper de ma chaise pour essayer de les suivre. Résultat, le temps que je déguerpisse à mon tour, ils étaient plus nulle part.

Elle alluma une autre cigarette, les traits marqués pas l'angoisse.

— Moins d'une heure plus tard, j'ai vu se pointer une bagnole avec le drapeau canadien sur le capot, et les deux gonzes sont montés dedans.

Kitty s'affaissa contre le dossier de sa chaise, la cervelle en ébullition.

— Si les autorités confirment cette tragédie, cela portera un coup terrible au moral de la nation. Surtout après que les troupes britanniques et du Commonwealth ont dû se retirer d'El Alamein.

— Ça sent pas bon, hein ? murmura Doreen. Mais maintenant que Montgomery a pris les rênes en Afrique du Nord, je parie qu'il va flanquer une bonne déculottée à Rommel.

Kitty acquiesça, mais elle continuait à songer à toutes ces vies perdues en mer. Elle priait pour qu'il ne s'agît que d'une simple rumeur. Ou peut-être Doreen avait-elle mal compris, peut-être s'était-elle monté la tête. Non. Hélas. Les deux officiers n'étaient pas de ceux qui galèjent, et leur départ précipité, à lui seul, en disait long.

Elle frissonna en dépit de la chaleur du soleil. Cette guerre avait déjà fait tant de morts… Cela ne s'arrêterait-il donc jamais ?

Peggy, à la barrière, salua de la main Ruby et Ethel, qui, bras dessus, bras dessous avec Stan, s'éloignaient dans l'allée. Ces trois-là respiraient la joie de vivre, et Peggy se délectait d'avoir vu briller, dans l'œil du chef de gare, une étincelle. Le pauvre garçon était veuf depuis trop longtemps, et les mille attentions d'Ethel le ravissaient – elle lui préparait de bons petits plats, si bons qu'à l'évidence, il avait pris du poids.

Stan n'était pas le seul à tirer avantage de cette amitié toute neuve : Ruby et sa mère n'affichaient plus la pâleur citadine des débuts, et quand elles parlaient, on n'entendait plus, dans leur voix, cette âpreté qui disait toute la difficulté de survivre en temps de guerre dans les taudis londoniens. Ethel venait de se laver les cheveux, qu'elle avait ensuite coiffés avec soin, avant de se maquiller un peu. Sa robe en coton était repassée de frais, un collier rutilant et des boucles d'oreilles complétaient sa tenue.

La jeunesse de Ruby se lisait dans son regard et dans son teint éclatant, dans sa joie visible d'avoir sa mère auprès d'elle. Elle était très belle, dans son pantalon de cotonnade au motif de brindilles et son gilet rose pâle.

Peggy sourit en regagnant la maison. Elle venait de vivre un délicieux après-midi. Les deux femmes lui avaient parlé de l'usine, raconté des anecdotes, Ruby s'attardant ensuite longuement sur les lettres de son jeune Canadien, qui, depuis qu'il avait quitté Cliffehaven pour un camp d'entraînement dont on ignorait tout, lui écrivait tous les jours. Peggy espérait que, de cette idylle, naîtrait à son retour quelque chose de concret. Après ce qu'elle avait subi, la jeune fille méritait de connaître enfin le bonheur.

Mme Finch s'était assise sous le parasol, à côté du parc où Daisy s'était endormie au beau milieu de ses peluches.

— Ce sourire nigaud et fleur bleue ne vous va pas du tout, Peggy Reilly, assena-t-elle sèchement à sa logeuse, qu'elle lorgna par-dessus ses demi-lunes. Un jour ou l'autre, le mari d'Ethel rentrera de la guerre, et alors, cela ira très mal, vous pouvez me croire.

Il était inutile de discuter avec Cordélia, qui avait, sur la question, des idées très arrêtées, mais force était de reconnaître qu'il ne s'agissait pas d'une situation idéale. Peggy observa sa fillette endormie, avant de balayer le jardin du regard.

— Où est passé Monty? fit-elle, soudain soupçonneuse.

Mme Finch haussa les épaules.

— Je n'en ai pas la moindre idée. Il y a une minute ou deux, il était encore ici.

Imaginant déjà sa maison mise à sac par le chiot facétieux, Peggy se rendit au sous-sol, dont elle ferma la porte derrière elle, avant de tendre l'oreille. On était en train de se battre dans la chambre de Ron, d'où s'échappaient de petits cris perçants. Monty était de nouveau parvenu à ouvrir la cage des furets…

Comme la maîtresse de maison se précipitait pour empêcher les bestioles de s'enfuir, ces dernières lui passèrent entre les jambes à toute allure, et le chiot surexcité, qui les pourchassait avec ardeur, faillit la faire tomber. Elle dut se cramponner au montant de la porte, tandis que Monty et les furets gravissaient l'escalier au triple galop pour se ruer dans la cuisine.

— Monty! hurla Peggy en leur emboîtant le pas. Laisse-les tranquilles! Monty, arrête ça tout de suite. Assis!

Elle atteignit la cuisine juste à temps pour voir la queue du chiot disparaître dans l'entrée.

— Bonté divine, soupira-t-elle. Ça recommence.

Se guidant au son de pas précipités, elle grimpa à l'étage, où elle découvrit que Monty, dans la chambre de Rita, qu'elle n'avait pas fermée, décrivait des cercles autour du lit défait. À ses jappements enthousiastes répondaient les crachements et les cris suraigus des furets pris au piège.

Peggy ferma la porte de la chambre derrière elle, pour empêcher les trois loustics de s'échapper encore, après quoi elle tenta de s'emparer du chiot. Mais il était trop rapide. Il lui filait entre les doigts, dérapait sur le parquet poli, aboyant sans relâche contre les furets retranchés sous le lit.

— Monty, se fâcha la logeuse. Ils vont te mordre. Et je peux t'assurer que ça fait drôlement mal. Viens ici tout de suite.

Mais Monty n'écoutait rien.

Peggy, jetant un coup d'œil sous le lit, comprit que Flora et Dora se tenaient prêtes au combat. Si elles passaient à l'attaque, le chiot passerait un très sale quart d'heure. Car avec leurs dents pareilles à des aiguilles, les furets pouvaient infliger à leur ennemi de cuisantes blessures, d'autant plus qu'une fois qu'ils avaient mordu, ils ne desserraient plus les mâchoires – il fallait mille efforts, et autant de précautions, pour les contraindre à les rouvrir sans y laisser un doigt.

Elle tenta encore de s'emparer de Monty, mais, de nouveau, il lui échappa.

Flora surgit alors de sous le lit, toutes dents dehors. Elle manqua la patte arrière du chiot de quelques centimètres, tandis que Dora crachait à qui mieux mieux.

— Monty ! hurla Peggy en s'emparant du tabouret de la coiffeuse pour, à la façon d'un dompteur, empêcher Flora de sauter sur le chien à nouveau.

Elle était en train de reculer avec Monty sous le bras, qu'elle avait enfin capturé, lorsqu'on tambourina à la porte derrière elle. Saisie, elle faillit lâcher le chiot, ainsi que le tabouret.

— Tante Peggy ? Que se passe-t-il ?

— Les furets sont déchaînés, répondit-elle à Anthony. J'ai besoin d'aide.

La poignée de la porte tourna lentement, puis la porte elle-même s'entrouvrit de quelques centimètres.

— Prends le chiot et confie-le à Suzy, indiqua Peggy à son neveu. Je m'occupe des furets.

— Tu n'y arriveras jamais toute seule. Ils sont remontés comme des pendules. Tu vas te faire mordre à coup sûr.

La logeuse se hâta, par l'entrebâillement de la porte, de remettre Monty à Suzy.

— Enferme-le quelque part, puis reviens nous donner un coup de main.

Comme elle se retournait vers l'intérieur de la pièce, elle s'aperçut pour la première fois du désordre dans lequel Rita l'avait laissée. Quant à Monty et aux deux furets, ils s'étaient soulagés un peu partout sous le coup de la peur et de l'excitation.

— Bon, fit-elle à son neveu. Crois-tu que nous allons y arriver ?

Anthony rajusta ses lunettes, avant de se passer une main dans les cheveux.

— Je n'en sais fichtre rien. En tout cas, je pense que nous devons d'abord les déloger de sous le lit avant d'essayer de les capturer.

Ayant brièvement observé les lieux, il se précipita soudain pour s'emparer prestement du drap défait.

Suzy se glissa dans la chambre, dont elle referma la porte. Dans la salle de bains, le chiot hurlait à la mort.

— J'ai pensé que ça pourrait vous être utile, fit-elle en brandissant le balai à franges.

Anthony, le drap dans une main, le tabouret dans l'autre, considéra, la mine résolue, les furets, qui criaient et crachaient.

— Excellente idée, Suzy, répondit-il. Prends le balai, tante Peggy, et déplace-toi de l'autre côté du lit. Sers-t'en pour obliger les furets à venir vers Suzy et moi. Ensuite, je tâcherai de les capturer à l'aide du drap.

Sa tante n'y croyait pas. Les bestioles étaient rusées, imprévisibles et rapides comme l'éclair. Mais comme elle n'avait rien de mieux à proposer, elle serra le manche du balai et s'avança vers le lit avec précaution.

Les furets crachèrent de plus belle, reculèrent lorsqu'elle poussa la tête du balai sous le lit. Mais quelques secondes leur suffirent à s'enhardir et, déjà, ils contre-attaquaient.

Peggy se fit plus brutale dans ses gestes et se mit à taper des pieds.

— En arrière ! Reculez ! hurla-t-elle.

Dora et Flora se ruèrent vers le drap, qu'Anthony et Suzy jetèrent aussitôt sur elles.

— Vite, haleta le garçon, il ne faut pas qu'ils ressortent.

Comme elle s'empressait de rejoindre le jeune couple, Peggy eut tout juste le temps de poser le pied sur une ouverture avant que les furets détalent à nouveau. Baissant les yeux, elle contempla la petite balle enragée sous le tissu.

— Et maintenant ?

— Eh bien…

Anthony était à court d'idées.

— Si nous faisons vite, proposa Suzy, nous pouvons peut-être replier le drap de manière à en faire une espèce de sac. Mais il faut qu'on s'y mette à trois.

Elle attendit que les deux autres eussent hoché la tête pour enchaîner.

— Bien. Je compte jusqu'à trois. Un. Deux. Trois.

En moins de temps qu'il n'en fallut pour le dire, les trois compères avaient noué le drap comme ils l'eussent fait d'un baluchon, au fond duquel se trouvaient les furets désormais impuissants.

Peggy avait chaud, elle avait le souffle court, mais, comme le jeune couple, elle éprouvait un sentiment de triomphe.

— Merci, Anthony, fit-elle. Je ne m'en serais jamais sortie sans ton aide.

— J'avoue qu'il s'agissait d'une situation très différente de celles qu'il m'arrive de débrouiller au ministère de la Défense, mais je me réjouis d'avoir pu te donner un coup de main.

Il la considéra d'un œil inquiet avant de rajuster ses lunettes :

— Est-ce que tout va bien, tante Peggy ? Ils ne t'ont pas mordue, au moins ?

Cette dernière repoussa les boucles humides qui collaient à son front.

— Je vais parfaitement bien, répondit-elle d'un ton brusque. Mais Ron va m'entendre quand il reviendra. Je lui ai dit mille fois de réparer le cadenas de leur cage.

— Je vais m'en occuper pendant que tu nous prépares du thé, suggéra Anthony en soulevant le sac improvisé, au fond duquel s'agitaient en crachant Dora et Flora.

Il quitta la pièce, sur le fouillis de laquelle sa tante jeta un dernier coup d'œil avant de sortir à son tour. Elle allait avoir une petite conversation avec sa pensionnaire.

Dans la salle de bains, Monty hurlait à pleins poumons en grattant frénétiquement la porte, dont la peinture devait s'écailler sous ses assauts.

Peggy l'entrouvrit, saisit le chiot par la peau du cou. Elle le serra ensuite dans ses bras, tandis qu'elle rangeait le balai, avant de regagner le rez-de-chaussée.

Ravi qu'on l'eût enfin libéré, Monty lui léchait la figure en poussant de petits couinements de plaisir, mais la logeuse n'était pas d'humeur à le câliner, aussi affectueux se montrât-il. Une fois dans la cuisine, ayant fixé sa laisse à son collier, elle attacha celle-ci à un pied de la table. Le chiot était puni.

Harvey avait transmis à son fils ses talents de tragédien : Monty s'affala sur le lino, le museau sur les pattes, agitant les oreilles et les sourcils pour exprimer sa détresse, cependant qu'il suivait tous les mouvements de Peggy d'un œil éloquent.

— Surtout, ne le plaignez pas, mit-elle en garde Mme Finch, qui remontait du jardin. Il a fait échapper les furets pour la énième fois. Il faut qu'il comprenne que c'est mal.

Elle posa la bouilloire sur la plaque chauffante, à l'instant où Harvey paraissait à son tour. Aussitôt, Monty releva la tête. Son père vint le lécher abondamment, tirant au chiot de petits geignements extatiques et de menus jappements.

Ron, qui pénétra dans la cuisine à son tour, chaussé de ses bottes en caoutchouc crottées, jeta sa casquette sur la table :

— C'est-il pas beau, de voir une chose pareille, s'attendrit-il. Pour sûr qu'Harvey est un bon papa.

Son sourire mourut sur ses lèvres lorsqu'il constata qu'on avait attaché Monty à la table.

— C'est pas bien, ça, Peggy, fit-il.

— Ne vous avisez surtout pas de lui rendre sa liberté, décréta sa belle-fille. Il est puni.

L'homme fronça les sourcils, tandis que le chiot, qui s'était mis debout, grattait les jambes de son pantalon.

— Et qu'est-ce que c'est que ce foutoir dans ma chambre ? Parole, Peggy. Je m'absente une poignée d'heures, et...

— Je vous interdis de vous plaindre, Ronan Reilly, éclata la logeuse. Anthony est en train de réparer le cadenas de la cage dont je vous avais demandé à maintes reprises de vous occuper. Pour ce qui est de Monty et de vos satanés furets, ils m'ont fait tourner en bourrique et j'en ai par-dessus la tête.

— Mes furets ? s'émut Ron. Ils vont bien ?

— Oh... Ils vont même très bien, répondit Peggy, les bras croisés sur la poitrine et le regard noir. Surtout, ne me demandez pas comment, moi, je me porte. Ne vous souciez pas davantage des cochonneries qu'ils ont faites sur le sol de la chambre de Rita.

Méfiant, Ron recula lentement vers l'escalier du sous-sol.

— Je... Je vais aller donner un coup de main à Anthony.

— Vous allez plutôt commencer par nettoyer la chambre, fit sa bru d'un ton égal.

Ron continuait de battre en retraite.

— Voyons, Peggy, j'avais bien l'intention de le faire, ne te fais pas de bile à ce sujet, mais Flora et Dora doivent être dans tous leurs états et il faut que je descende voir...

— La chambre de Rita, Ron. Tout de suite.

Et Peggy le fusillait du regard. Renonçant à croiser le fer, il s'empara à contrecœur de quelques vieux journaux, de chiffons, d'une brosse et d'un ramasse-poussière qu'il alla chercher sous l'évier. L'œil chagrin, il sortit sans hâte de la cuisine.

— Et enlevez-moi ces bottes avant de salir le tapis d'escalier, cria la logeuse dans son dos.

— Bonté divine, Peggy, intervint Mme Finch. Ce qu'il vous faut, c'est une bonne tasse de thé. Et asseyez-vous pour faire un peu retomber la pression. Je ne vous avais encore jamais vue dans une telle colère.

— Possible, maugréa la maîtresse de maison en s'affalant sur une chaise, avant d'allumer une cigarette. Mais cet homme et ses bestioles feraient perdre patience à un saint.

Elle adressa un pâle sourire à Cordélia, qui venait de poser une tasse de thé devant elle. Il était des jours, comme celui-ci, où elle eût aimé qu'on lui accordât une pleine semaine de répit. Quand les poules auront des dents, peut-être...

Harvey, qui avait apaisé le chiot, se tenait à présent blotti contre lui sous la table. Ils regardèrent Ron revenir dans la cuisine, mais ne bronchèrent ni l'un ni l'autre lorsqu'il fourra les feuilles de papier souillées dans le fourneau, avant de se laver les mains.

— A-t-on le droit de s'asseoir et de boire une tasse de thé, maintenant ? interrogea l'homme.

Peggy tira sur sa cigarette.

— Une fois que vous aurez aidé Anthony à finir ce que vous étiez censé faire depuis plusieurs semaines.

— C'est inutile, intervint son neveu, qui remontait du sous-sol, Suzy sur ses talons. J'ai fini mes réparations et, franchement, si le chiot réussit quand même à ouvrir cette cage, vous n'aurez qu'à le rebaptiser Houdini.

Peggy lui sourit.

— Merci, Anthony.

— Je vais voir comment vont Dora et Flora, grogna Ron.

— Attendez, fit Anthony. Suzy et moi avons quelque chose à vous dire.

La mauvaise humeur de Peggy s'évanouit à l'instant où elle découvrit la mine radieuse de Suzy, ainsi que celle du jeune homme, qui lui prenait la main avec des façons de propriétaire. Il s'agissait d'une excellente nouvelle, incontestablement.

— Suzy m'a fait l'immense honneur d'accepter de devenir ma femme, déclara le garçon avec un sourire timide.

— Oh, Suzy, Anthony… Comme je suis heureuse…

La logeuse traversa la petite cuisine pour étreindre les jeunes gens. Elle les embrassa l'un et l'autre.

— Toutes mes félicitations. Je peux voir la bague ?

Suzy s'empourpra en levant une main, à l'annulaire de laquelle un solitaire magnifique jetait des feux à la lumière du soleil.

— Chapeau, Anthony, fit Ron, qui sourit d'une oreille à l'autre avant de lui assener une tape puissante sur l'épaule. Pour sûr que tu as choisi la bonne, c'est moi qui te le dis. Elle fera une épouse épatante, parole.

— Oh, Anthony, pépia Mme Finch. Cette bague est absolument superbe.

Elle se tourna vers Suzy :

— Au même titre que la future mariée. Vous avez beaucoup de chance.

Anthony posa un baiser sur la joue de la vieille dame, puis passa un bras autour des épaules de sa fiancée :

— Je le sais, Mme Finch. Et, soyez en sûre, je vais désormais passer le reste de ma vie à prendre soin d'elle.

— Le mariage est prévu pour quand ? s'enquit Peggy, au comble de l'enthousiasme.

— Décembre, répondit Suzy en rosissant. Ensuite, nous passerons notre lune de miel et notre premier Noël dans la charmante maisonnette qu'Anthony nous a achetée.

— C'est merveilleux, soupira Peggy.

Elle cligna des yeux pour en chasser les larmes.

— As-tu déjà prévenu ta famille, Suzy ?

La jeune femme secoua la tête.

— Nous avons prévu de leur rendre visite ce dimanche. Nous ne travaillons ni l'un ni l'autre ce jour-là, et ses supérieurs ont promis à Anthony de lui prêter une voiture de fonction.

Peggy se tourna vers son neveu.

— Et ta mère ? hasarda-t-elle avec circonspection. Comment a-t-elle réagi ?

Anthony se racla la gorge, et les jeunes gens échangèrent un regard.

— Papa vient dîner à la maison ce soir, et puisque les réfugiées logées par maman travaillent de nuit, nous avons pensé qu'il s'agirait du moment idéal pour leur annoncer la nouvelle.

Il remonta ses lunettes sur son nez pour la énième fois, avant de passer les doigts dans ses cheveux bruns.

— Nous espérons que, d'ici décembre, papa et elle se seront réconciliés pour de bon, afin qu'ils puissent assister tous les deux au mariage sans s'étriper.

— Je l'espère aussi, murmura Peggy.

Elle s'adressa à Suzy :

— Je sais qu'à cause de la guerre, tu n'as pas envie d'un mariage en grande pompe, mais ce serait peut-être une bonne idée d'associer ma sœur aux préparatifs, ne serait-ce qu'un tout petit peu.

— Oui, c'est aussi ce que je me suis dit. Comme il est très difficile de voyager en ce moment, nous avons décidé de nous marier dans une église située à deux pas d'ici, puis d'organiser la réception chez Doris. Si elle est d'accord, bien entendu. Je sais qu'elle adore avoir des invités et qu'elle est passée maître dans l'art d'orchestrer les repas, en quantité comme en qualité, d'établir des plans de table, toutes ces choses-là…

— Très bonne idée, se réjouit Peggy. Méfie-toi quand même qu'elle n'essaie pas de tout prendre en main. Si tu n'y prends pas garde, elle t'embobinera et c'est elle qui choisira ta robe de mariée et la tenue des demoiselles d'honneur.

Suzy se mit à rire.

— Elle n'a pas encore rencontré ma mère, qui n'est pas du genre à se laisser marcher sur les pieds. Une adversaire de poids pour Doris. Ne vous en faites pas. Tout se passera au mieux.

— J'aimerais avoir quelque chose d'un peu plus fort que du thé pour l'occasion, fit Peggy à son beau-père. Nous aurions pu porter un toast.

Anthony sourit en ouvrant la porte du cellier.

— J'avais tout prévu, dit-il en brandissant une bouteille de champagne. Je me suis servi dans la cave de mon père, et un amateur éclairé m'a affirmé qu'il s'agissait d'un excellent millésime.

— Dans ce cas, pourquoi attendre encore? s'immisça Ron, pendant que Peggy filait chercher des verres propres. Pour sûr que ça nous vaudra rien si on continue à la reluquer comme ça, cette bouteille.

Le bouchon ne tarda pas à sauter, et le pétillant liquide d'or pâle emplit bientôt les verres.

— Aux futurs mariés! lança Peggy.

— Et faites-nous des petits! ajouta Ron avec un clin d'œil.

Suzy rougit jusqu'à la racine des cheveux, Harvey aboya, Monty se mit à japper, Mme Finch gazouillait… Peggy était aux anges. Quelques heures durant, on avait chassé de cette maison les ombres funestes de la guerre, et l'avenir s'annonçait à présent plus radieux.

# 16

Il était un peu plus de 9 heures du matin, et le silence régnait dans la plus petite salle de physiothérapie. Tandis que Kitty regardait le médecin entre deux âges panser son moignon avec soin, avant de lui enfiler une chaussette matelassée, elle n'entendait que le battement de son cœur. Il s'agissait d'un jour extrêmement important, car il marquait l'aboutissement de tous les exercices qu'elle avait effectués et de toutes les souffrances qu'elle avait endurées.

Elle jeta un coup d'œil à l'infirmière qui, à l'autre bout de la salle, tenait entre ses mains l'affreuse jambe de métal munie de ses lanières de cuir et de son pied en bois, multipliant les efforts pour admettre que cet engin serait sous peu partie intégrante de sa nouvelle existence. Elle avait du mal. Il le fallait, pourtant, car c'était à ce prix qu'elle pourrait quitter l'hôpital, puis, peut-être, si elle avait beaucoup de chance, piloter à nouveau un avion.

— Maintenant, je vais ajuster la prothèse, lui exposa le Dr Thorne. Regardez bien, parce que vous allez devoir apprendre à le faire seule.

Kitty s'exécuta, et, à mesure que le médecin serrait, puis bouclait les lanières de cuir, elle éprouva un mélange, à chaque instant plus vif, d'enthousiasme et de terreur. Que se passerait-il si la prothèse pliait sous son poids ? Si la peau de son moignon était encore trop délicate pour supporter le frottement ? Si…

Elle se gronda en silence. Cet engin représentait un nouveau départ. Il fallait affronter l'avenir, au lieu de se lamenter.

— Comment vous sentez-vous ? s'enquit le médecin en posant le pied en bois sur le sol.

— Bizarre.

La jeune femme baissa les yeux. Quelle horreur, et quelle étrangeté, par comparaison avec l'autre jambe. Elle prit une inspiration tremblante et se dépêcha de ravaler les larmes qui menaçaient tout à coup de jaillir. Elle devait être courageuse.

— Bizarre, ça va le rester pendant un petit moment, commenta le médecin avec douceur. Mais vous serez surprise de la vitesse à laquelle vous allez vous y habituer.

Il eut un large sourire et tapota l'épaule de sa patiente.

— Vous n'êtes pas la première ni, hélas, la dernière jeune femme à vivre cette expérience, Kitty. Mais je puis vous assurer que la science, en matière de prothèses, a accompli ces dernières années des progrès formidables. Croyez-moi, vous voilà équipée de la Rolls-Royce de la prothèse de jambe.

Kitty se fendit d'un petit sourire chargé de bravoure.

— Ça ressemble plutôt au train d'atterrissage d'un Spitfire.

— Quoi qu'il en soit, elle va devenir votre plus précieuse alliée. Maintenant, je vais enfiler la chaussure, pour que nous puissions enfin vous remettre sur vos pieds.

Comme il s'agenouillait pour l'affubler du vilain soulier, Kitty gloussa.

— J'ai l'impression d'être Cendrillon.

Il lui sourit en retour en nouant les lacets. Ensuite, il se releva et lui tendit les mains.

— Permettez-moi, en ma qualité de prince charmant un peu vieilli et grisonnant, de vous inviter à danser notre première valse.

Kitty s'empressa de cramponner ses mains chaudes et robustes, puis de se mettre lentement debout, en veillant à placer tout son poids sur sa bonne jambe.

— Appuyez-vous sur la prothèse. Afin que votre genou se cale bien dans l'emboîture.

La jeune femme fit une tentative, grimaça lorsque son moignon lui parut s'écraser contre la prothèse. Elle jugeait les chairs encore si tendres, la peau si fragile… Elle se mit à douter de parvenir un jour à utiliser l'appareillage.

— Je crois que pour la valse, il va falloir attendre, souffla-t-elle.

Le médecin serra ses mains plus fort, tandis qu'elle chancelait sur cet engin qui n'était pas sa jambe.

— Essayez encore, l'encouragea-t-il. Je sais que vous êtes persuadée que votre moignon n'y résistera pas, mais plus vous allez utiliser votre prothèse, plus le moignon va durcir.

Kitty refit une tentative.

— Ça me fait mal, glapit-elle. Je n'y arriverai pas.

Le Dr Thorne l'aida à se rasseoir.

— Vous êtes un peu mal à l'aise, je ne l'ignore pas. Mais ça va passer. Quant à affirmer que vous n'y arriverez pas…

Il secoua la tête.

— Vous connaissant comme je vous connais aujourd'hui, Kitty Pargeter, je suis certain que vous êtes capable de toutes les prouesses, du moment que vous l'avez décidé. Mais il ne s'agit que de votre premier pas sur la route de la guérison. Vous n'allez quand même pas renoncer si facilement ?

— Je n'ai jamais parlé de renoncer, répondit la jeune femme avec âpreté. Mais si je vous dis que ça me fait mal, c'est que cela me fait vraiment mal, et j'ai peur de m'amocher encore davantage.

Le médecin ôta la prothèse, la chaussette matelassée, puis le bandage.

— Regardez, Kitty, lui ordonna-t-il avec fermeté. Pas la moindre rougeur, aucun gonflement. Rien qui soit susceptible d'engendrer de la douleur.

Il posa une main sur l'avant-bras de sa patiente.

— Je suis persuadé que, quand vous aurez réellement admis que vous pouvez y arriver, vous n'aurez plus mal. Tout est dans votre tête, croyez-moi.

Kitty posa sur le Dr Thorne deux grands yeux écarquillés. Cette souffrance, elle ne l'inventait pas, et elle n'était pas de ces filles qui devenaient hystériques au moindre bobo.

Le médecin replaça le bandage, la chaussette matelassée, puis la prothèse.

— C'est à vous de jouer, Kitty, fit-il doucement en lui tendant les mains. Souhaitez-vous quitter cet hôpital sur deux jambes ? Désirez-vous grimper à nouveau dans le cockpit d'un Spitfire ou d'un Typhoon ? Ou préférez-vous vivre entravée par une paire de béquilles jusqu'à la fin de vos jours ?

La jeune femme jeta un coup d'œil en direction de l'infirmière, qui observait la scène en silence, et dans le regard de laquelle elle lut les mêmes questions. Elle prit une profonde inspiration, serra les dents et s'agrippa aux mains du Dr Thorne.

— Je n'ai jamais battu en retraite de toute ma vie, souffla-t-elle en se mettant debout, avant de répartir son poids sur ses deux jambes. Ce n'est pas aujourd'hui que je vais commencer.

— C'est bien ce que je pensais, murmura le médecin en esquissant un sourire. Et si vous faisiez votre premier pas, maintenant ?

Kitty constata avec surprise qu'elle n'avait plus mal. Plus mal du tout. Simplement, ce qu'elle éprouvait lui paraissait étrange, elle se sentait un peu mal à l'aise. Puis elle se concentra de toutes ses forces, songeant au déhanchement de Doreen, déplaça le poids de son corps sur sa bonne jambe, avant d'obliger les muscles de sa cuisse à soulever la prothèse pour en poser le pied à quelques centimètres devant elle.

— Alors ? fit-elle, le souffle court. Satisfait ?

Le médecin hocha la tête.

— Bravo, Kitty. Mais si vous désirez vraiment m'impressionner, il vous reste à avancer l'autre jambe, afin de joindre vos deux pieds.

Agrippant la main du Dr Thorne, la jeune femme plaça cette fois tout son poids du côté de la prothèse, ignora crânement l'inconfort qui en résultait, puis fit un pas.

— J'ai réussi, murmura-t-elle, ébahie. Et je n'ai pas eu mal du tout.

— Je crois que nous allons nous arrêter là pour le moment.

— Mais il faut que je m'entraîne, se récria Kitty.

— Nous allons laisser passer quelques heures entre chaque séance.

Le médecin l'aida à se rasseoir.

— Vous allez subir un entraînement intensif au cours des semaines à venir. Il vous faut donc beaucoup de repos entre les séances.

Ayant saisi les béquilles que l'infirmière tenait, il les remit à sa patiente.

— Allez, filez maintenant. Asseyez-vous au soleil. Je vous reverrai à 11 heures.

Kitty s'était présentée à deux reprises encore dans la salle d'exercice, et le Dr Thorne l'avait conviée à une dernière séance, plus courte, juste avant le dîner. Déjà, elle parvenait, cramponnée à des barres parallèles, à effectuer plusieurs pas d'affilée, bien que, pour le moment, sa démarche évoquât encore celle d'un matelot éméché.

C'était épuisant, et bien qu'elle se réjouît de ses progrès, elle ne souhaitait rien d'autre, entre les séances, que de dormir. Elle somnolait sous un parasol, confortablement installée dans un fauteuil rembourré, lorsque Doreen la réveilla en sursaut.

— Hé, Kitty. Devine un peu quoi.

Elle s'assit à côté de son amie, avant de poser bruyamment sa canne sur la table métallique.

— Je dormais, se plaignit Kitty, qui n'avait pas envie d'ouvrir l'œil.

D'un geste de la main, Doreen balaya ces récriminations.

— Tu auras tout le temps de pioncer quand tu seras vieille. Tu te rappelles ce que je t'ai raconté hier ?

Kitty renonça à sa sieste et s'empara de ses lunettes de soleil.

— Eh bien ? En as-tu appris davantage ?

Doreen hocha la tête avec impatience en se penchant vers son amie.

— Aujourd'hui, il s'est passé des trucs, et ça confirme ce que j'avais saisi.

— De quoi s'agit-il ?

Kitty était sur des charbons ardents.

— Il y a eu plus de vingt admissions, et à part deux commandos et un Amerloque, c'était tous des Canadiens.

Elle jeta un coup d'œil en direction des deux femmes assises à la table voisine, avant de baisser encore la voix.

— J'ai discuté avec ma copine qui fait le ménage dans les salles d'opération, et elle m'a dit que les chirurgiens avaient pas arrêté de journée. Elle en a entendu assez pour savoir qu'il y avait des blessures par balle, des histoires d'éclats d'obus et des types qui s'étaient fait écrabouiller un morceau. Des brûlures dues à du carburant enflammé et des problèmes en rapport avec l'eau de mer.

— Alors, c'est donc vrai, soupira tristement Kitty.

— On dirait bien.

Doreen alluma une cigarette :

— Et d'après ce que j'ai pigé, d'autres éclopés vont encore arriver avant la fin de la journée. Les gonzes des admissions filochent dans tous les coins pour essayer de récupérer assez de lits, et je serais pas étonnée que des gens comme moi décanillent avant la date prévue, pour faire de la place.

— Mais tu n'utilises ta prothèse que depuis deux semaines, s'insurgea Kitty. Tu ne peux pas déjà quitter l'hôpital.

Doreen sourit en lui prenant la main.

— Je me sens prête, ma poule. Il est temps pour moi d'affronter le monde réel. Mais dès que je reviendrai, je te rendrai visite. Promis.

Kitty accusa le coup, car Doreen était ici la seule personne avec laquelle elle entretenait une vraie relation.

— Tu vas beaucoup me manquer. Sans toi, cet hôpital ne sera plus le même.

Doreen se mit à rire.

— Il y en a qui seront soulagées de plus me voir exhiber partout mes jarretières et de plus m'entendre faire du potin à longueur de journée.

Penchant la tête, elle adressa un regard éloquent aux deux femmes, qui, à la table voisine, la considéraient avec mépris.

— Au moins, moi, j'ai pas un balai dans le derrière, lança-t-elle d'une voix forte.

Kitty pouffa.

— Tu es impossible, Doreen.

Celle-ci sourit d'une oreille à l'autre, avant d'écraser le mégot de sa cigarette.

— Peut-être bien. Mais je te parie que je sais faire marrer plus de gens que ces deux bonnets de nuit.

Les deux femmes se levèrent pour s'installer à l'autre bout de la terrasse, où elles se penchèrent l'une vers l'autre et entamèrent une conversation, qui, de toute évidence, avait trait à l'impertinence de Doreen et à son immoralité. Officiers supérieurs de la branche féminine de la Royal Navy, elles n'étaient guère appréciées par les autres patientes, qu'elles refusaient de fréquenter sous prétexte qu'elles appartenaient à des classes sociales inférieures à la leur.

— Bon débarras, maugréa Doreen. Elles étaient faites pour aller ensemble.

Détournant enfin le regard, elle se leva brusquement.

— Ça alors, souffla-t-elle. Pour une surprise, c'est une sacrée surprise.

— Quoi donc ?

Kitty ne distinguait autour d'elles que des patients, leurs visiteurs et des infirmières.

— Ruby ! hurla Doreen, en saisissant sa canne, qu'elle brandit pour l'agiter frénétiquement. Ruby Clark ! C'est moi ! Doreen Larkin.

Kitty découvrit, sur le seuil, figée par l'étonnement, une belle jeune fille aux cheveux noisette. Une femme plus âgée l'accompagnait, qui ne pouvait être que sa mère, car elles étaient toutes deux petites et graciles, et possédaient en commun le brun de leur chevelure, leurs yeux et leur menton volontaire.

— Doreen ? fit la jeune fille en s'approchant.

Puis un large sourire éclaira son visage et elle se précipita pour étreindre la Londonienne.

— Si je m'attendais... Mais qu'est-ce que tu fiches ici ?

— C'est pas marrant, marrant, mais ils m'ont coupé la guibole et, maintenant, je me trimballe ce truc-là.

Elle agita sa prothèse, afin que les deux femmes pussent l'admirer, souriant à la plus âgée, qui hésitait sur la conduite à tenir.

— Salut, Ethel. Ça fait un bail. Qu'est-ce qui vous amène, toutes les deux ? Me dites pas que c'est après moi que vous cherchiez ?

Ethel l'étreignit brièvement.

— Non, ma chérie, on ne savait même pas que tu étais à l'hôpital. Sinon, pour sûr qu'on serait venues te voir.

— Asseyez-vous, leur ordonna Doreen, et racontez-moi ce qui se passe et pourquoi vous êtes ici.

— Maman va tout t'expliquer, répondit Ruby. Moi, il faut que je rende visite à quelqu'un. Si je traîne trop, il va penser que je l'ai laissé choir.

Déjà, la jeune femme avait décampé.

— Alors, Ethel ? enchaîna Doreen. C'est qui qu'elle va voir comme ça avec le feu où je pense ? Ça peut pas être son salopard de bonhomme, en tout cas, vu que j'ai entendu dire qu'il était cané dans un accident.

— Moi, je m'appelle Kitty, se présenta celle-ci, qui se sentait un peu seule.

— Excuse, poulette, fit Doreen. Je te présente ma pote Kitty, pilote d'avion de l'ATA. Elle aussi, on lui a scié la guibole, comme tu peux le constater par toi-même.

— Enchantée, fit Ethel qui, ayant adressé un sourire à Kitty, prit un siège. Elle fouilla dans son sac, fit surgir, d'un pot de tabac en fer-blanc, une cigarette roulée qu'elle alluma. Lorsqu'elle eut tiré une première fois dessus, puis recraché la fumée, elle parut se détendre.

— Le bus avait du retard, ronchonna-t-elle. Pour finir, il est tombé en rade dans la montée, ce qui fait qu'on a dû s'envoyer à pied le reste du trajet. C'est pour ça qu'on arrive à pas d'heure.

— Mais qu'est-ce que vous foutez à Cliffehaven, toutes les deux ?

— C'est une longue histoire, répondit Ethel à Doreen, la roulée au coin du bec. Ruby s'y est installée après que son ordure de mari a manqué la tuer. Elle en a bavé des ronds de chapeau au début, mais après, elle s'est déniché une chouette pension. Elle habitait chez Peggy Reilly.

— Je connais Peggy, s'immisça Kitty. Elle me rend visite deux fois par semaine.

Ethel hocha la tête.

— Ça m'étonne pas d'elle. Cette femme-là, elle a le cœur sur la main. J'en connais pas deux comme elle.

Elle saisit délicatement sa cigarette pour en faire tomber la cendre.

— C'est bien joli, tout ça, s'agaça Doreen, mais vas-tu finir par me dire, oui ou non, ce que vous faites dans le secteur ? Et pour qui c'est-il que Ruby s'est pomponnée comme ça ?

Mais Ethel avait bien l'intention de poursuivre son récit à son rythme.

— Après la mort de Ray, Ruby est revenue à Bow pour me dire qu'il fallait que je m'installe avec elle à Cliffehaven.

Elle renifla.

— Au début, j'étais pas chaude, parce que j'avais jamais quitté Londres. Mais j'ai vu comme de vivre ici, ça avait requinqué ma Ruby, alors, au final, j'ai dit banco.

Elle sourit aux deux jeunes femmes.

— Je regrette pas une seconde. On habite dans une bath petite maison, et on a l'une et l'autre un bon boulot à l'usine. Je me suis même fait quelques copines. Il y a pas mal de nanas de l'East End, dans le coin, du coup je me sens presque chez moi.

— À part ça, s'exaspéra soudain Doreen, qui c'est-il donc qu'elle vient voir ici, Ruby ?

— Un jeune soldat canadien du nom de Mike Taylor, répondit Ethel. Elle l'a rencontré dans le train, la première fois qu'elle est venue à Cliffehaven. Pour sûr que ma Ruby le botte, parce qu'il lui écrit presque tous les jours depuis qu'il est parti dans un camp d'entraînement.

Elle parut avoir un instant la tête ailleurs, car, pendant quelques instants, elle contempla la pelouse.

— Bref, se reprit-elle très vite. Il a envoyé un télégramme à Ruby pour lui dire qu'il était blessé et qu'on s'apprêtait à le transporter dans cet hôpital. Il a ajouté qu'il avait très envie de la voir, à condition qu'elle en ait envie aussi.

Elle eut un petit rire.

— Pour sûr qu'elle en crevait d'envie, parce qu'à peine elle a eu lu le télégramme qu'il a fallu qu'on se mette sur notre trente-et-un et, zou, dans l'autobus.

— Compte-t-il parmi les victimes de l'attaque dans la Manche ? intervint Kitty.

— J'en sais fichtre rien, mais je suppose qu'il va tout raconter à Ruby.

Elle se tourna vers la porte-fenêtre et sourit.

— Tiens, la voilà. T'as qu'à lui poser la question.

Ruby posa sur la table un plateau chargé d'une théière et de tasses. Kitty la trouva plus détendue qu'à son arrivée, ce qui permettait de penser que son ami n'était pas trop gravement atteint. Kitty se présenta à la jeune femme, que Doreen bombardait de questions.

Comme sa mère avant elle, Ruby s'accorda un peu de temps avant de répondre.

— Mike était plutôt confus, fit-elle après avoir remué le thé dans la théière – elle le laissa infuser encore. Ils l'ont bourré de médicaments, il dormait à moitié. Mais il était vraiment content de me voir, ajouta-t-elle en rosissant.

— A-t-il évoqué les circonstances dans lesquelles il a été blessé ? l'interrogea Kitty, soufflant la politesse à Doreen.

— Pas beaucoup. Il m'a seulement dit qu'il devait participer à une attaque en France, mais que tout a déraillé quand ils se sont retrouvés nez à nez avec les Allemands.

La tristesse assombrit ses traits délicats.

— Un vrai carnage, et les pilotes de la RAF ont eu beau se démener pour repousser les avions boches, pendant que les navires de guerre dressaient un épais rideau de fumée, on pense que plus de soixante pour cent des vaisseaux canadiens ont été détruits.

Le silence se fit autour de la table, cependant que Ruby clignait des yeux pour ne pas pleurer. Après s'être ressaisie, elle versa le thé dans les tasses.

— Il a eu de la veine, enchaîna-t-elle, parce qu'il attendait encore de débarquer quand les Boches les ont attaqués et que les gros canons sont entrés en action depuis les plages. N'empêche qu'il était aux premières loges pour voir ses camarades se faire massacrer.

Bien qu'elle refusât de fondre en larmes, sa voix se brisa.

— Il m'a dit qu'il n'oublierait jamais ce dont il a été le témoin là-bas, reprit-elle, et que ça le hantera jusqu'à son dernier souffle.

— Pauvre gars, murmura Doreen avec chagrin. On n'arrive même pas à se représenter ce qu'il a enduré, hein…

— Et ses blessures ? s'enquit Ethel d'une voix très douce, en posant une main sur le genou de sa fille.

Celle-ci haussa le menton, puis distribua les tasses.

— Il a reçu une balle dans l'épaule, une autre dans le dos et une troisième dans la hanche. Et quand son bateau a sauté, il a été projeté dans l'eau, et ça lui a abîmé les yeux. Les médecins lui ont expliqué que c'était à cause du carburant enflammé provenant des navires et des avions détruits.

Kitty grimaça à ces évocations. Ethel s'était rembrunie.

— Il va quand même pas devenir aveugle ? fit cette dernière.

Ruby secoua la tête.

— Le médecin lui a expliqué que tout allait bien du côté de l'œil gauche, et il a bon espoir de récupérer aussi l'œil droit petit à petit.

Elle adressa à sa mère un pâle sourire.

— Il va s'en sortir, et j'ai prévu de lui rendre visite chaque jour, pour qu'il ne se sente pas trop seul.

— C'est une sacrée responsabilité, commenta Ethel. Prends le temps de réfléchir. Après tout, tu le connais à peine.

Ruby leva les yeux au ciel.

— Je le connais assez pour savoir ce que je fais. Voyons, maman, ça fait des semaines et des semaines qu'on s'écrit. Et de toute façon, j'ai décidé de m'occuper de lui. C'est un garçon épatant.

Ethel croisa les bras sur sa poitrine, l'œil farouche.

— Et qu'est-ce que tu feras si son œil droit reste en carafe et qu'on le renvoie au Canada ?

Ruby haussa les épaules.

— Je l'ignore, maman. Il est trop tôt. Mais, le moment venu, je saurai quoi faire.

— J'aime autant te dire tout de suite que j'irai pas m'installer au Canada.

La jeune femme soupira.

— Je ne me rappelle pas te l'avoir jamais proposé. Fais un peu retomber la vapeur. Tu devrais fumer une cigarette.

Ethel s'exécuta, la mine renfrognée.

— Pour sûr que cette fichue guerre est une bon sang de bonsoir de calamité, grogna-t-elle, la cigarette au coin des lèvres.

Peggy avait eu tant à faire qu'elle n'avait pas même pris le temps de lire les lettres de Jim qu'elle venait de recevoir. Après le dîner, les filles firent la vaisselle et remirent de l'ordre dans la cuisine, pendant que leur logeuse installait Daisy dans son lit à barreaux, avec l'espoir qu'elle s'endormirait vite, car pour sa part il lui tardait de découvrir ce que son époux lui avait écrit.

Mais Daisy n'était pas de cet avis. Chaque fois que sa mère la couchait, elle gigotait pour s'extraire de sous la couverture et se mettre debout en se cramponnant aux barreaux de son lit. Riant de plaisir, la fillette recommença son manège à plusieurs reprises, puis, par bonheur, elle se lassa et finit par s'assoupir.

Peggy poussa un soupir de soulagement, avant de regagner la cuisine presque désertée. La soirée promettait d'être calme. Ron avait déjà quitté la maison pour des manœuvres nocturnes organisées par la réserve de vétérans dont il faisait partie, Suzy et Fran travaillaient de nuit et les trois autres jeunes femmes faisaient du reprisage ou repassaient leur linge.

Harvey s'était étendu de tout son long devant le fourneau, Monty blotti entre ses grandes pattes – on leur eût donné le bon Dieu sans confession. Mme Finch, pour sa part, tricotait on ne savait quoi au juste, mais Peggy pouvait déjà prévoir qu'elle ne tarderait pas à tout détricoter pour repartir de zéro.

La logeuse ayant récupéré les lettres de son mari sur le manteau de la cheminée, elle s'assit. Il y en avait trois, et, à en croire le numéro inscrit par Jim dans un coin de l'enveloppe, l'une d'elles était celle qui manquait la semaine précédente.

Elle parcourut les missives en hâte, y découvrit les mots qu'elle attendait de lire depuis des mois.

— On lui a accordé une permission ! lança-t-elle gaiement en agitant le feuillet.

— Quelle merveilleuse nouvelle, commenta Mme Finch. Son sourire me manque. Quand rentre-t-il ?

— Il table sur le début du mois de septembre.

Elle relut les missives, avant de les serrer contre son cœur.

— Oh, Cordélia... J'attends ce moment depuis tellement de temps... J'espère qu'il pourra rester un peu plus que quelques petites journées.

— Bien sûr que oui, la rassura Mme Finch. Depuis son départ, il n'a pas eu droit à la moindre permission. Même l'armée est capable de comprendre qu'un tel traitement ne peut que nuire à un père de famille.

— Je doute que l'armée ait ce genre de préoccupation, répondit Peggy. Mais, quel que soit le temps que ça durera, je me réjouis par avance de l'avoir à nouveau auprès de nous.

Mme Finch posa son tricot pour observer sa logeuse par-dessus ses lunettes.

— Vous allez enfin retrouver votre bonne humeur, fit-elle. Voilà des semaines que je vous trouve grincheuse et tendue.

Peggy, soudain honteuse, s'empourpra.

— J'avoue que je me suis laissé submerger...

— Rien de plus normal, voyons. Avec tout ce dont vous vous êtes chargée depuis votre retour de l'hôpital, je suis même surprise que vous ne vous soyez pas encore écroulée pour de bon.

Elle baissa les yeux sur les deux chiens.

— Ce chiot est adorable, mais j'ai l'impression qu'il a été la goutte qui a fait déborder le vase.

Peggy secoua la tête.

— Je suis habituée au tohu-bohu, ainsi qu'aux frasques de Ron, et pour rien au monde je ne voudrais me séparer de Monty. Il appartient à notre famille, maintenant, et je suis certaine que lorsqu'il aura grandi un peu, il s'assagira.

Mme Finch reprit son tricot :

— Vous aviez dit la même chose à propos d'Harvey et, que je sache, il ne s'est jamais calmé.

Les deux chiens levèrent vers Peggy de grands yeux expressifs, comme pour lui faire comprendre que les réflexions de Cordélia les peinaient beaucoup, et qu'ils les jugeaient infondées.

La logeuse eut un petit rire, avant de retourner à ses lettres en sachant que, d'ici peu de temps, elle leur offrirait à chacun un biscuit. Sans un chien ou deux auprès du fourneau, une maison n'en était pas une, et maintenant qu'elle savait que Jim allait rentrer, elle se sentait prête à tout pardonner à Monty et Harvey.

La missive de Jim se révéla si éloquente qu'à mesure qu'elle la lisait, Peggy avait l'impression qu'il se trouvait à ses côtés et lui livrait ces nouvelles de vive voix. Ses camarades et lui avaient quitté la caserne pour loger chez l'habitant, ce qui constituait une notable amélioration de leurs conditions de vie. Comme toujours, le charme légendaire de Jim avait opéré : il vivait chez deux vieilles filles qui le gâtaient plus que de raison.

Il avait conservé son poste de chauffeur du colonel et, comme il disposait de beaucoup de temps libre, il avait effectué des réparations dans la demeure des vieilles filles, il leur avait coupé du bois et pris quelques lapins au collet. Bien sûr, le censeur avait biffé le lieu exact où vivait à présent Jim, mais celui-ci évoquait dans sa lettre un petit village ceint de vastes zones boisées parcourues de cours d'eau, où il devait faire bon braconner.

— Tel père, tel fils, murmura Peggy en replaçant les lettres dans leurs enveloppes. Pas un pour racheter l'autre…

Mais, comme elle rangeait les enveloppes à l'intérieur d'une boîte où elle les serrait toutes, elle se réjouit de savoir son époux en sécurité, plutôt que dans cet affreux désert où d'autres se battaient, en ce moment même, contre Rommel.

— Pouvez-vous m'aider ? gémit soudain Mme Finch. Je crois que j'ai fait des bêtises.

Peggy considéra l'enchevêtrement de fils de laine pendu à l'aiguille à tricoter. On n'en tirerait certes plus rien, mais comme, pour une fois, elle n'avait rien de mieux à faire, elle accepta volontiers d'aider la vieille dame à le démêler.

Lorsque cela fut fait, Peggy raviva le feu dans le fourneau, avant de préparer du chocolat pour tous les habitants de la pension, qui en raffolaient. Les filles allaient rentrer d'une minute à l'autre. Mais, comme elle retirait la casserole de lait de la plaque chauffante, le cours aimable de ses pensées se trouva perturbé par un coup qu'on frappa à la porte.

Ayant jeté un coup d'œil inquiet à la pendule, elle abandonna son chocolat pour se précipiter dans le hall. Une visite, à plus de 22 heures, n'augurait rien de bon. Peggy ouvrit la porte.

Son cœur battait la chamade et, lorsqu'elle vit qui se tenait sur le seuil, sa gorge se noua jusqu'à la rendre muette. Quelque chose de terrible venait de se produire.

# 17

Ron se trouvait confortablement installé dans une chaise longue, avec une tasse de chocolat et sa pipe, qu'il n'avait pas allumée, à plusieurs mètres au-dessous du sol. Ni sa famille ni ses camarades de la Home Guard ne connaissaient cet endroit, et chacun croyait qu'en ce moment même, il se livrait, avec d'autres, à des manœuvres nocturnes. Pourtant, ce lieu secret, contenant un impressionnant stock d'armes, n'était qu'un bunker parmi plusieurs centaines d'autres répartis le long de la côte méridionale de l'Angleterre. S'il venait aux Allemands l'idée d'envahir le pays par la mer, les hommes qui gardaient ces structures constitueraient la première ligne de défense.

Ron serra entre ses mains glacées le métal chaud de son quart, car la pièce était humide, sombre et froide, malgré la présence d'une petite cuisinière à pétrole et la lueur vacillante d'une lanterne suspendue au plafond. Au début de la guerre, on comptait huit hommes par bunker, mais, la menace d'invasion ayant peu à peu reculé durant l'année précédente, on avait réduit les effectifs. Chaque équipe se composait désormais de deux individus, reliés par radio au quartier général en cas de problème.

Ron avait été approché, au tout début du conflit, par le colonel Gubbins, à qui Winston Churchill avait ordonné de mettre sur pied un groupe de volontaires, recrutés principalement parmi les membres les plus expérimentés de la Home Guard. La plupart d'entre eux connaissaient la campagne alentour comme leur poche, car il se trouvait, dans leurs rangs, des pêcheurs, des gardes-chasses, des agriculteurs, des forestiers, des randonneurs et de vieux braconniers. En cas d'invasion, ces recrues saboteraient les convois ennemis, détruisant leurs réserves de carburant et leurs dépôts de marchandises ; ils feraient sauter des voies ferrées, des routes et des ponts ; ils veilleraient à rendre inutilisables les aérodromes tenus par les Allemands.

Ron avait été initié au sabotage lors du premier conflit mondial, durant lequel il lui était arrivé maintes fois de se glisser derrière les lignes ennemies pour faciliter l'avancée des troupes britanniques. Il avait alors appris, à son grand regret, à tuer en silence. À tuer vite. Il contempla le couteau de combat qu'on lui avait remis, dont la lame affûtée ne faisait pas de cadeau, ainsi que le fusil à lunette de calibre .22 muni d'un silencieux, appuyé contre la caisse retournée qui leur servait de table.

Il eut un sourire en coin. Dire que la plupart des gens tenaient la Home Guard pour une vaste blague, dont les membres, de vieux messieurs ou de jeunes blancs-becs sans la moindre expérience, tous affublés d'uniformes qui ne leur allaient pas, défilaient, jouant aux soldats, dans la grand-rue de Cliffehaven. Quelle eût été leur surprise d'apprendre que c'était dans leurs rangs qu'on avait recruté la force secrète chargée de sauver le pays d'une invasion teutonne.

Ron, qui venait de finir sa tasse de chocolat chaud, lorgnait un paquet de biscuits qu'on n'avait pas ouvert, lorsqu'il entendit les pas du contre-amiral à la retraite. L'homme venait d'inspecter le dépôt de munitions, situé à plus d'un kilomètre de là, dans une cache où l'on se rendait en empruntant un labyrinthe de galeries. Maurice Price aimait se dégourdir ainsi les jambes – après une journée passée dans les bureaux de l'Amirauté, il avait besoin d'exercice.

— Tout va bien? l'interrogea Ron, bien qu'il sût que, dans le cas contraire, un formidable feu d'artifice eût déjà commencé.

— Aucune altération du matériel à signaler, répondit Maurice, qui, après avoir placé son fusil à côté de celui de Ron, s'empara du thermos de chocolat chaud. Les explosifs et les détonateurs, dans leurs caisses tapissées de plomb, ne craignent ni l'humidité ni le froid. Rien n'a bougé.

Il emplit son quart, avant de se réchauffer les mains devant le petit fourneau.

— Si seulement on avait le droit de fumer, grommela-t-il. Rien ne vaut une bonne pipe pour faire passer le temps.

— Je suis bien d'accord, confirma Ron en observant la sienne avec envie.

Tous les hommes qui, les uns après les autres, veillaient sur ces lieux, se plaignaient de la même façon, mais il n'était pas question d'enfreindre les règles. La fumée d'une cigarette ou d'une pipe pouvait s'élever jusqu'aux bouches d'aération, auquel cas, de l'extérieur, on risquerait de la sentir – cela, cependant, était peu probable, car le bunker, enfoui dans les profondeurs des collines cernant le domaine de lord Cliffe, se trouvait en outre savamment camouflé sous des ronces, des ajoncs et des arbres abattus.

Ron saisit le paquet de biscuits:

— Au moins, nous ne mourrons pas de faim.

Après l'avoir ouvert, il regarda le nombre impressionnant de caisses et de cartons autour d'eux, qui, tous, contenaient des boîtes de conserve.

— Il y a ici de quoi nourrir la moitié des habitants de Cliffehaven pendant un mois.

Maurice prit un biscuit, qu'il croqua avec délectation.

— Nous sommes en train de piocher dans les rations d'urgence, Ron, mais je doute que quelques biscuits de temps à autre puissent changer la donne.

Les deux hommes grignotèrent un moment dans un silence complice. Ron appréciait Maurice et, bien qu'ils fussent issus de milieux très différents, ils aimaient à garder ensemble le bunker lorsque leur tour venait.

Demeuré bel homme, Maurice n'avait rien perdu non plus de son énergie d'antan et, quoiqu'il eût pris sa retraite depuis un certain nombre d'années, on continuait à le convier souvent à l'Amirauté, pour sa longue expérience et ses conseils avisés. Maurice, au fond, était un vieux loup de mer, certes d'un autre calibre que Ron, mais ces deux-là s'entendaient comme larrons en foire.

— Je suppose que vous avez eu vent de certaines rumeurs ? reprit Maurice un moment plus tard.

— À propos du raid sur Dieppe ?

Maurice hocha la tête, la mine assombrie.

— Le pire n'a pas encore été révélé. Un désastre de cette ampleur a de quoi saper le moral de tous.

— Mais, vu le nombre de personnes impliquées dans l'opération, il y aura forcément des fuites.

Ron considéra son interlocuteur avec gravité :

— C'est à cause de ça que vous vous êtes rendu à Londres ?

Maurice acquiesça de nouveau, le regard perdu vers la lueur émise par la petite cuisinière.

— C'était une perte de temps. Comme de refermer la porte de l'écurie une fois que le cheval a filé.

— Que s'est-il réellement passé ? À moins que vous ne soyez pas autorisé à me le dire ?

Maurice resserra le nœud de son épaisse écharpe de laine autour de son cou, puis enfila ses gants.

— La plupart des rumeurs sont fondées, répondit-il. Je pense ne faire injure à personne en vous disant que l'opération s'est révélée de bout en bout une véritable foirade.

L'homme se tut un long moment avant d'enchaîner. Ron patienta. Ils savaient tous deux que ce qui allait se dire dans ce bunker n'en sortirait pas, et le fait que Maurice se trouvât en relation permanente avec les plus hauts officiers du pays signifiait qu'il en savait bien davantage que ce qu'on pouvait lire dans les journaux.

— En 1941, les Russes ont demandé l'ouverture d'un nouveau front après l'invasion allemande, commença le contre-amiral. Les Américains ont réclamé la même chose, mais Churchill n'était pas chaud. Plusieurs raids avaient été organisés sur les côtes françaises, avec succès, essentiellement grâce à la force commando, mais ces opérations n'avaient été mises sur pied, en réalité, qu'à des fins de propagande et pour gonfler le moral des populations et des troupes.

Maurice, qui s'était renversé sur sa chaise, croisa les bras sur sa poitrine.

— En mars de cette année, lord Mountbatten a succédé à l'amiral Keyes au poste de chef des opérations combinées, et le succès de l'attaque menée sur le port de Saint-Nazaire a encouragé les chefs d'état-major à en organiser une autre, de plus grande envergure, prévue pour le début du mois de juillet. Dieppe leur est apparu comme une cible idéale. La ville ne se situe qu'à une centaine de kilomètres de nos côtes, ce qui permettait à nos troupes de naviguer de nuit. Elle était, en outre, à la portée de nos avions de chasse.

Maurice fit silence, s'empara de sa pipe, dont il contempla le fourneau vide, avant d'en mordiller le tuyau.

— Il ne m'est pas possible de vous livrer tous les détails de l'opération telle qu'elle devait se passer, mais on avait prévu, en haut lieu, de détruire, entre autres, les défenses ennemies, les installations radar tenues par les Allemands, ainsi que les centrales électriques. Et de faire main basse sur les quarante barges qui devaient se trouver dans le port de Dieppe.

— Il ne s'est pourtant rien passé en juillet, n'est-ce pas ?

— En effet. L'opération « Rutter » a été annulée en raison du mauvais temps d'une part, de l'autre parce que, lors d'un raid aérien, les Allemands ont coulé deux de nos navires qui mouillaient au large de l'île de Wight. Un certain nombre de gradés, dont le général Montgomery, s'en sont réjouis, car le projet d'un débarquement sur les côtes françaises suscitait chaque jour davantage de doutes, d'autant plus que les soldats censés y participer n'étaient pas des hommes d'expérience.

— Ils ont pourtant remis ça, grommela Ron.

Maurice poussa un lourd soupir.

— Churchill se trouvait dans une position délicate, car il devait apaiser à la fois les Américains et les Russes. Il lui fallait frapper un grand coup. Mais traverser la Manche pour attaquer l'ennemi présentait des risques considérables. Mountbatten a décrété que cela ne pourrait avoir lieu qu'à Dieppe, le commandement des opérations interarmées manquant de temps pour mettre sur pied, ailleurs, une autre attaque d'importance.

Maurice fourra sa pipe dans la poche de sa veste.

— L'opération « Jubilee » comportait environ 6 000 hommes, dont près de 5 000 Canadiens. Les autres étaient des fusiliers marins commandos français ou des Américains. On comptait également des observateurs officiels. La Royal Navy a fourni 252 navires, la RAF soixante-trois escadrilles, comprenant des bombardiers légers, deux Hurricane équipés de bombes et cinquante-six chasseurs.

« Encore une fois, il m'est impossible de tout vous dire. Toujours est-il que le débarquement a pris du retard. Un retard fatal. Notre flotte s'est retrouvée nez à nez avec des navires allemands.

Il baissa la tête, la voix brisée par l'émotion.

— L'un de nos destroyers a été coulé, ainsi que trente-trois bateaux de débarquement. Le bilan humain est de 550 morts ou blessés. La RAF, de son côté, a perdu 106 appareils, et l'on déplore le décès de soixante-deux pilotes. Trente ont été blessés, et dix-sept sont portés disparus. Les commandos britanniques ont perdu 247 hommes. Mais ce sont les Canadiens qui ont payé le plus lourd tribut. 900 de leurs soldats ont péri durant l'opération, plusieurs centaines d'autres souffrent de blessures, et on vient de nous confirmer que 2 000 d'entre eux avaient été faits prisonniers.

Maurice soupira encore.

— Un désastre. Une catastrophe absolue.

En pareille circonstance, les mots ne servaient à rien, aussi Ron se contenta-t-il de serrer avec affection l'épaule affaissée de son ami.

Kitty, que la compagnie des trois Londoniennes avait réjouie, s'était navrée de devoir les abandonner pour se rendre auprès du Dr Thorne pour sa dernière séance de la journée.

Pendant une demi-heure, elle s'était à ce point échinée qu'elle avait failli s'endormir sur son dîner, alors même qu'autour d'elle, les bavardages allaient bon train – depuis l'afflux de blessés canadiens, l'échec du raid sur Dieppe n'était plus un secret pour personne. Les spéculations allaient bon train, les rumeurs succédaient aux rumeurs à un rythme effréné, car on manquait d'informations précises.

L'état-major des armées avait imposé le silence à tous ceux qui avaient participé à l'opération – le témoignage que Mike avait inconsidérément livré à Ruby ne tenait probablement, avait songé Kitty, qu'aux doses massives de médicaments qu'on lui avait administrées. Doreen étant du même avis, les deux amies avaient résolu de ne rien rapporter des horreurs que le jeune homme avait décrites.

Kitty patienta un peu, puis, assurée qu'à cette heure de la soirée, elle ne recevrait plus de visite, elle se pelotonna dans son lit. Quelques minutes encore, et elle dormait à poings fermés.

Elle se réveilla tôt, s'étira avec délice. Elle avait si bien dormi qu'elle se sentait fraîche comme un gardon et pressée d'entamer sa journée. Sa première séance étant prévue à 9 heures, elle disposait de tout le temps nécessaire pour faire sa toilette, puis prendre son petit-déjeuner.

Après le bain, elle sécha avec soin son moignon, qu'ensuite elle massa, puis talqua ; elle le banda, enfila la chaussette matelassée. Elle se vêtit d'un pantalon léger, ainsi que d'un chemisier en coton qu'elle avait acheté à Londres au début de l'année. Charlotte, un peu plus tôt, avait empaqueté toutes ses affaires demeurées dans la maisonnette qu'elles avaient partagée, les faisant ensuite livrer à Cliffehaven par avion. La semaine précédente, Roger s'était présenté à l'hôpital avec les deux valises de Kitty. Après son départ, elle avait pleuré devant les jolis souliers qu'elle ne porterait plus.

Dans la salle à manger, elle découvrit, avec émerveillement, des pichets de jus d'orange sur toutes les tables, dont Doreen lui apprit qu'il s'agissait d'un cadeau des Américains.

— Je suis allée jeter un œil à l'amoureux de Ruby, enchaîna la Londonienne.

— Tu lui as parlé ?

— Pas moyen. Il est toujours dans le coaltar.

Doreen adressa un sourire polisson à Kitty :

— Mais je comprends mieux pourquoi la gosse a eu le béguin. Même avec des pansements un peu partout, ça reste un sacré morceau. De beaux cheveux bruns, des épaules larges, des bras musclés… Je te le dis tout net, Kitty, j'en ferais bien mon quatre-heures.

— Tu es vraiment impossible ! fit Kitty en s'étranglant avec son thé.

— Bref, l'infirmière m'a dit qu'il allait plutôt bien. Ils lui ont retiré les balles qu'il avait dans le coco, et la fracture de son bras est bien nette. Ça devrait se ressouder en un rien de temps.

Elle alluma une cigarette, contempla un instant, sans le voir, le fond de sa tasse.

— Mais ils se font du mouron pour son œil gauche. Apparemment, c'est plus grave que prévu.

— S'il ne retrouve pas une vue parfaite, commenta Kitty avec tristesse, on le renverra probablement dans ses foyers.

— T'inquiète, tu connais pas Ruby. Quand elle a un truc dans la tête, elle l'a pas ailleurs. Tu peux être certaine que s'il repart au Canada, elle ne sera pas loin derrière.

— Mais… et Ethel ?

— Elle en finira pas de râler, pour sûr, mais tu peux être tranquille qu'elle suivra Ruby. Pour rien au monde elle retournerait à Londres. Son bonhomme est une brute, et quand il reviendra de la guerre, il recommencera à lui taper dessus et à boire tout l'argent du ménage.

Puis, soudain, sans crier gare, Doreen annonça à son amie qu'elle s'apprêtait à quitter l'hôpital.

— Mais quand ça ?

— Dans une demi-heure, répondit la Londonienne, qui, déjà debout, étreignit brièvement Kitty. Tiens, ajouta-t-elle en lui tendant un petit morceau de papier qu'elle avait fait surgir de sa poche. Ma nouvelle adresse à Cliffehaven. Je devrais être rentrée de chez ma mère d'ici environ deux semaines.

L'œil un peu trop brillant, mais le sourire aux lèvres, elle enchaîna :

— Bonne chance, ma poule, et je te préviens que je veux être là le jour où tu remonteras pour la première fois dans un Spitfire.

— J'y veillerai, promis. Mais ce n'est pas pour tout de suite.

— Arrête… Telle que je te connais, t'auras même pas le temps de dire ouf que tu te retrouveras déjà en plein ciel.

Doreen se pencha vers son amie :

— Fais bien attention à toi, murmura-t-elle.

Kitty la regarda s'éloigner, la tête haute, saluant chacun d'un geste de la main. Lorsque la porte se referma derrière elle, Kitty songea qu'elle allait beaucoup lui manquer.

Par bonheur, elle reçut, ce jour-là, trois cartes postales humoristiques de Charlotte, qui la revigorèrent, ainsi qu'une lettre dans laquelle elle lui parlait avec enthousiasme des préparatifs du mariage, et lui confiait que Bunty Brown, la jeune femme qui partageait à présent le cottage avec elle, l'exaspérait parce qu'elle était une bavarde impénitente et se montrait affreusement désordonnée.

Il y avait aussi une carte postale coquine de Freddy, qui lui promettait de lui rendre bientôt visite, et deux autres de

Roger, dont les encouragements lui firent chaud au cœur. Elle avait de la chance de compter, parmi ses amis, un garçon adorable à ce point.

La mère de Charlotte lui avait également écrit, lui proposant de venir passer chez eux sa convalescence. Elle découvrit encore les missives de plusieurs collègues de l'ATA, une autre de Margot Gore, sa supérieure hiérarchique, qui lui souhaitait un prompt rétablissement et s'excusait de n'être pas venue la voir à l'hôpital.

Trois lettres d'Argentine, les plus précieuses entre toutes, l'attendaient, mais il était presque l'heure, pour la jeune femme, de se rendre auprès du Dr Thorne pour sa séance d'exercice. Le cœur lourd, elle remit sa lecture à plus tard.

Comme elle se dirigeait vers l'aile de physiothérapie, une voix dans son dos, qu'elle n'identifia pas, l'appela par son nom.

La nouvelle infirmière en chef lui sourit :

— Vous serait-il possible de venir avec moi, ma chère ?

— Le Dr Thorne m'attend, je suis déjà en retard.

— Il comprendra, murmura la soignante en ouvrant la porte de l'un des petits cabinets de consultation. C'est important.

— Que se passe-t-il ? s'affola Kitty.

L'infirmière insista avec douceur pour qu'elle pénétrât dans la pièce :

— On vous attend.

— Qui ?

Au comble de l'angoisse, la jeune femme sentait son cœur cogner douloureusement contre ses côtes.

Lorsqu'elle découvrit, à l'intérieur du cabinet, Peggy Reilly accompagnée du commandant Black, elle comprit aussitôt.

— Freddy… C'est Freddy, n'est-ce pas ?

La pièce se mit à tournoyer, le sol s'inclina et d'épouvantables ténèbres se refermèrent sur elle.

Quand elle reprit conscience, Peggy était penchée sur elle.

— Freddy, fit-elle à nouveau en s'asseyant sur la table d'examen où on l'avait hissée. Je vous en supplie – et elle saisit dans la sienne la main de la logeuse. Ne me dites pas qu'il est mort.

Elle sanglotait.

— Nous n'avons reçu aucune confirmation, répondit Peggy avec circonspection. Tu ne dois pas imaginer le pire.

Elle essuya les larmes de sa protégée au moyen d'un mouchoir.

— Buvez un peu d'eau, lui proposa l'infirmière en chef. Cela vous aidera à reprendre vos esprits, et à mieux vous concentrer sur ce que le commandant Black a à vous dire.

La jeune femme s'exécuta, l'œil rivé au visage de ce dernier.

— Que lui est-il arrivé ?

— Il se trouvait en opération au-dessus de Dieppe. Un pilote allemand a abattu son Spitfire, mais deux témoins nous ont assuré avoir vu s'ouvrir son parachute avant le crash de l'avion.

— Il s'en est sorti, alors… Quelqu'un l'a-t-il vu atterrir ?

Le commandant Black secoua la tête.

— Vous imaginez bien qu'il régnait à ce moment-là beaucoup d'agitation dans la zone, et les navires présents étaient en train de dresser un écran de fumée pour protéger nos pilotes et leurs appareils. Il est porté disparu, mais nous espérons qu'il a été fait prisonnier. Je suis navré, Kitty, mais, pour l'heure, nous n'avons aucune certitude.

— Quand saurez-vous ?

L'homme se racla la gorge.

— Les Allemands, qui ne perdent pas de temps, ont déjà commencé à établir la liste de leurs prisonniers. Je compte bien en savoir rapidement davantage.

— S'il n'est pas sur cette liste… Cela voudra dire… qu'il… qu'il est mort ?

— Cela pourrait signifier toute sorte de choses. Freddy est un garçon plein de ressources. S'il est parvenu à se poser, s'il n'a pas été fait prisonnier et qu'il ne souffre d'aucune blessure grave, je le sais parfaitement capable de regagner l'Angleterre par ses propres moyens.

— Oui…, souffla Kitty, qui voulait y croire. Vous avez raison.

— Accroche-toi à cette hypothèse, fit Peggy.

Mais, déjà, le doute à nouveau dévorait la jeune femme, qui, ayant exigé du commandant Black qu'il lui fît part de l'importance des pertes du côté des Alliés, sentit le cœur lui manquer.

— Et… Et Roger ?

— Il va bien.

— Avez-vous prévenu mes parents ?

— Pas encore. J'attends de recevoir de plus amples informations.

— Et Charlotte, sa fiancée ?

— J'ai appelé son commandant, à Hamble. Elle lui parlera ce soir, dès son retour à la base.

Kitty se remit à pleurer de plus belle.

— Je suis navré, souffla le commandant Black en posant une main sur son épaule. Sachez, en tout cas, que dès que j'aurai des nouvelles, je veillerai à ce qu'on vous les transmette aussitôt.

Lorsqu'il se fut excusé de devoir déjà regagner l'aérodrome, puis qu'il eut quitté la pièce, la jeune femme s'effondra dans les bras de Peggy, incrédule et brisée. Freddy ne pouvait pas être mort. Il ne le pouvait pas…

# 18

Peggy, qui étreignait Kitty de toutes ses forces, priait pour que le charmant jeune homme qu'elle avait vu une fois, puis avec lequel elle avait discuté à maintes reprises par téléphone, eût survécu.

Hélas, la guerre, en une fraction de seconde, pouvait balayer de la surface de la terre les plus valeureux, les plus enthousiastes… Ses deux neveux se trouvaient sur le même dragueur de mines à l'instant fatidique…

— Pardon, renifla Kitty en s'écartant un peu. J'ai trempé votre gilet et froissé votre belle robe.

— C'est sans importance, voyons.

Elle récupéra dans son sac un autre mouchoir propre.

— Tiens, fit-elle avec douceur. Sèche tes yeux pendant que je sers le thé.

La jeune femme considéra, sans comprendre, le plateau posé sur le bureau.

— D'où sort-il ?

— L'infirmière en chef l'a apporté il y a quelques minutes.

Peggy versa le breuvage dans les deux tasses, ajouta une bonne quantité de sucre, puis du lait, avant de mélanger le tout.

— Tiens. Rien de tel qu'une tasse de thé pour reprendre du poil de la bête.

Ensuite, elle aida Kitty, qui le lui demandait, à quitter la table d'examen, extrêmement inconfortable, pour s'installer sur une chaise. Peggy s'assit sur l'autre.

— L'infirmière en chef m'a l'air épatante, fit-elle après avoir avalé une gorgée de thé. Rien à voir avec le dragon auquel elle a succédé.

— C'est probablement son premier jour de travail, car je ne l'avais encore jamais vue.

— Elle est arrivée hier soir. La direction de l'hôpital a envoyé une voiture la chercher à la gare. Elle est originaire d'un village du pays de Galles au nom imprononçable. Avant de prendre sa retraite, elle exerçait à l'hôpital général de Cardiff. Elle est veuve depuis de nombreuses années et elle n'a pas d'enfant. Quand on lui a proposé ce poste, il lui a suffi de louer sa petite maison, puis de sauter dans un train.

Peggy sourit.

— Elle a le cœur sur la main, c'est entendu, mais j'ai l'impression qu'elle n'est pas du genre à s'en laisser conter.

Malgré son désarroi, Kitty écarquilla de grands yeux :

— Comment diable êtes-vous déjà au courant de tout cela ?

La logeuse laissa échapper un petit rire.

— Que veux-tu, j'aime bavarder avec les gens, et un sourire amical a vite fait de délier les langues.

Elle fit silence un long moment.

— Je me demandais…, reprit-elle enfin. Aurais-tu envie de t'installer chez moi pendant un moment ? J'ai justement une chambre libre. Ce serait dommage de la laisser inoccupée.

Kitty secoua lentement la tête.

— C'est très gentil, mais il faut d'abord que je m'habitue à ma prothèse, et l'entraînement est très intense. Mieux vaut que je reste ici.

Elle adressa à la logeuse un pâle sourire.

— Qui plus est, vous avez déjà bien assez à faire.

— Taratata. Et Rita m'a assuré qu'elle, ou l'un de ses collègues de la caserne de pompiers, pourrait te conduire tous les matins à l'hôpital, puis te ramener le soir. Cela te permettrait de poursuivre tes séances de physiothérapie au même rythme, mais, à la fin de la journée, tu profiterais des avantages d'un vrai foyer.

Constatant à sa mine que la jeune femme commençait à se laisser fléchir, elle poussa son avantage :

— Ce soir, Mme Finch a prévu de nous concocter sa célèbre tourte au poisson. Tu aurais tort de te priver d'un pareil délice. Par ailleurs, j'ai déjà préparé ta chambre. J'y ai même disposé, dans un vase, des roses de notre jardin. La pièce se trouve au même étage que la salle de bains, ce qui sera on ne peut plus pratique pour toi.

Des larmes brillèrent dans les yeux de Kitty.

— Mais… Je ne peux pas accepter…

— Pourquoi donc ? s'étonna Peggy. Nous sommes amies, non ? Les amis sont là pour s'entraider.

Elle prit la main de la jeune femme dans la sienne.

— Je sais bien que je ne serai jamais pour toi qu'une pâle mère de substitution, mais je ferai de mon mieux pour t'épauler. Ma maison est aussi la tienne, désormais, aussi longtemps que nécessaire.

Les larmes de Kitty ruisselaient à présent sur ses joues.

— Mais j'ai besoin d'aide pour m'installer dans la baignoire, puis pour en sortir, et ces allers et retours incessants entre la pension du Bord de mer et l'hôpital risquent de casser les pieds à tout le monde. Qui plus est, j'ignore si je suis déjà capable de monter ou de descendre un escalier, et… C'est très gentil, mais…

— La nuit où j'ai fait ma fausse couche, j'ai descendu les marches sur les fesses pour rejoindre Daisy qui pleurait au sous-sol. Je ne vois pas pour quelle raison tu n'y arriverais pas, toi aussi. Pour ce qui est du bain, deux de mes locataires sont infirmières, et je suis là. N'essaie pas de me faire croire qu'à nous trois, nous ne réussirons pas à soulever un poids plume dans ton genre.

La jeune femme, qui pleurait encore, se couvrit le visage de ses mains.

— Vous êtes tellement gentille… Tellement, tellement gentille… Mais je ne peux décemment pas vous demander…

— Ça suffit, maintenant, l'interrompit Peggy en passant affectueusement un bras autour de ses épaules. Tu viens à la pension avec moi, un point, c'est tout. J'ai déjà prévenu l'office de logement, tout est réglé. Quant à Gwen, elle s'est félicitée de mon initiative.

— Qui est-ce ?

— L'infirmière en chef, bien sûr.

— Je n'avais encore jamais rencontré quelqu'un comme vous, soupira Kitty.

— Sur ce, va te débarbouiller le visage, après quoi tu videras ton casier. J'ai demandé à Gwen de récupérer tes valises, qui, en ce moment même, doivent t'attendre dans le coffre de la voiture de fonction.

La jeune femme sourit en s'emparant de ses béquilles, à l'aide desquelles elle retourna à son casier, où elle découvrit, sur sa pile de courrier, une carte postale de Freddy.

À très bientôt, frangine. Tâche de mieux prendre soin de tes béquilles que de ton dernier avion.

Bisous,

Freddy

— Oui, souffla Kitty. Tu vas revenir. Je le sais.

Puis elle s'en fut saluer, les uns après les autres, les patients et les infirmières.

Sous le soleil d'août, la campagne resplendissait, une brume de chaleur tremblotait sur les courbes voluptueuses des collines. La voiture avait emprunté un étroit chemin bordé de haies. Au-dessus d'un champ, qu'un cultivateur labourait, une nuée de mouettes voletait derrière le cheval attelé à la charrue. Il y avait, dans un autre, des meules de foin, et, plus loin encore, on voyait les silhouettes minuscules des ouvriers agricoles en train de moissonner du blé. Ces lieux étaient paisibles, et profondément anglais. Et la vie continuait, malgré l'inquiétante disparition de Freddy.

— Nous y sommes presque, fit Peggy quelques minutes plus tard. Tu vois la mer ? C'est beau, n'est-ce pas ?

Kitty hocha la tête. Peu après, la voiture passa au-dessus d'une voie ferrée.

— La gare a beaucoup souffert des bombardements, reprit la logeuse, mais Stan, le chef de gare, continue de vendre ses billets dans une hutte Nissen, qui sert également de consigne à bagages. La gare routière, elle, a été soufflée par une explosion, et il ne reste rien de notre cinéma. Jim, mon mari, y était projectionniste, avant de devoir rejoindre l'armée.

Kitty, qui n'avait guère que son frère en tête, ne s'intéressa nullement à la grand-rue, qu'on suivait à présent.

— J'ai demandé à Cynthia de nous emmener jusqu'à la mer, pour que tu en profites, même si la guerre a en partie défiguré les lieux.

La jeune femme sourit – ainsi Peggy connaissait-elle le prénom de leur chauffeur, et sans doute savait-elle tout de sa vie. Kitty s'en voulut soudain de ne plus se soucier que de Freddy et d'elle-même. Elle contempla le décor, majestueux en dépit des rouleaux de fils de fer barbelé, des batteries, des hôtels de luxe éventrés… Mais, comme elle posait le regard sur les hautes falaises, elle se rappela soudain que son frère avait failli s'écraser contre celles de Douvres à bord de son avion. Elle frissonna.

Quelques minutes encore, et le véhicule s'arrêta à l'arrière d'une demeure.

— Nous y voilà, lança Peggy avec animation. As-tu besoin d'un coup de main pour descendre de la voiture ?

Après avoir secoué la tête, Kitty s'empara de ses béquilles, qui lui permirent de s'extirper de son siège.

— Nous avons subi des dégâts lors d'une attaque aérienne, il y a de ça quelques mois, lui exposa Peggy. Rien de bien méchant, cela dit. Nos voisins, eux, attendent toujours que les autorités leur permettent de se réinstaller chez eux. Pour le moment, c'est encore trop dangereux.

Après qu'elles eurent salué leur chauffeur, la logeuse s'empara des valises de sa protégée :

— Sur ce, allons prendre une bonne tasse de thé. Tu vas t'en sortir ?

— Oui, oui. Passez devant, je vous suivrai.

Kitty avançait avec lenteur et précaution. C'était une journée chaude, de la sueur perlait à son front, trempant le dos de son chemisier léger.

Parvenue devant la barrière, Peggy posa les valises.

— Ron ! Enfermez les chiens dans la maison !

Elle se tourna vers la jeune fille :

— Harvey est un peu brutal dans ses effusions, il risquerait de te renverser comme une quille.

L'homme, surgi de derrière le cabanon, décocha un large sourire aux deux femmes. Son œil bleu étincelait.

— Inutile de brailler comme ça, Peggy ma chérie. Ça fait au moins une heure que je les ai bouclés tous les deux dans ma chambre.

Kitty l'adora instantanément.

— Bonjour, Ron, fit-elle. Peggy m'a déjà tout dit de vous. Je me réjouis de faire enfin votre connaissance.

— Ne va surtout pas croire tout ce qu'elle raconte à mon sujet, hein, ma belle. Parce que, vois-tu, notre Peggy a, comme qui dirait, une imagination fertile.

Cette dernière leva les yeux au ciel, avant de se saisir à nouveau des valises.

— Tu ne tarderas pas à constater que Ron n'est qu'une vieille canaille. Et pour ce qui est du baratin, personne ne lui arrive à la cheville.

Elle se tourna vers son beau-père.

— Montez donc les valises de Kitty dans sa chambre. Ensuite, vous redescendrez pour l'aider dans l'escalier du sous-sol.

Lorsque les deux femmes y parvinrent, Harvey hurlait à la mort, tandis que le chiot émettait de petits jappements enthousiastes derrière la porte close. Comme Ron, déjà de retour, s'apprêtait à emporter Kitty dans l'escalier, celle-ci lui assura qu'elle pourrait fort bien se débrouiller seule.

— Il suffit que je m'asseye sur la première marche, puis je me hisserai de l'une à l'autre.

— Pas question que tu joues à ce petit jeu-là dès le premier jour, décréta l'homme, qui, sans plus de cérémonie, la prit dans ses bras.

— Je ne peux vraiment pas..., protesta-t-elle.

— Des clous ! Tu es légère comme une plume. Je te présente Cordélia, claironna-t-il bientôt en déposant doucement sa passagère sur une chaise. T'as intérêt à donner de la voix si tu veux lui causer, elle est sourde comme un pot.

— Je ne suis pas sourde, vilain sacripant, s'offusqua la vieille dame. Bonjour, Kitty. Bienvenue à la pension du Bord de mer. J'ai préparé du thé et des sandwiches au pâté de jambon. J'espère que tu as faim.

Émue par un si généreux accueil, Kitty avait les larmes aux yeux.

— Tu peux m'appeler mamie Finch, reprit Cordélia. C'est ce que font les autres jeunes filles de cette maison. Et maintenant, restaure-toi un peu. Le pain au blé complet est infect, mais il faut à tout prix que tu reprennes du poids.

Kitty s'exécuta sans se faire prier, après quoi elle piocha, dans son sac, un carnet de tickets de rationnement, ainsi qu'un paquet de cigarettes. Elle remit le carnet à sa logeuse, puis lui offrit une cigarette. Elle fuma aussi. Profitant de cette pause pour examiner le décor autour d'elle, elle ne tarda pas, comme le reste de la maisonnée, à s'enticher de cette pièce que chacun, ici, tenait pour le cœur battant de la pension.

— Tu dois être un peu fatiguée, hasarda soudain Peggy en repliant le journal qu'elle venait de parcourir. As-tu envie de monter te reposer dans ta chambre ?

Certes, elle se sentait rompue, mais elle ne souhaitait pas quitter déjà la cuisine, car l'endroit, ainsi que ceux qui le peuplaient, l'apaisaient, tenant à bonne distance l'effroi qu'elle éprouvait chaque fois qu'elle songeait à Freddy.

— J'aimerais bien faire d'abord la connaissance de Daisy et des chiens, répondit-elle timidement.

— C'est d'accord. Mais je préfère te prévenir : Daisy fait ses dents, ce qui signifie qu'elle n'est pas toujours de très bonne humeur. Quant à Harvey, il est particulièrement remuant. Pense bien à laisser tes jambes sous la table, ou il essaiera de grimper sur tes genoux.

— Je croyais qu'il s'agissait d'un grand chien.

— Oh, mais il est grand. Très grand, même. Mais quand il est surexcité, il a tendance à l'oublier un peu.

Elle s'approcha de l'escalier menant au sous-sol :

— Ron ! Laissez sortir les chiens ! Mais tenez quand même Harvey, s'il vous plaît.

Quelques instants plus tard, Monty arriva comme une bombe. La jeune femme s'en empara. Serrant le petit corps frétillant, elle tentait d'éviter qu'il lui léchât le visage.

— Bonjour, Monty, fit-elle en riant de bon cœur. Quelle énergie, dis-moi.

— C'est pourtant rien à côté d'Harvey, commenta Ron en tenant ce dernier par sa laisse. Vas-tu arrêter de tirer, maudit clébard de l'Enfer ? Assis.

Sourd à tous les ordres, Harvey s'efforçait, une patte sur la cuisse de la nouvelle venue, de lui lécher la figure et de lécher Monty en même temps. Kitty, lui tapotant la tête avant de caresser ses oreilles soyeuses, songea qu'il ressemblait beaucoup à son maître.

— Je vais chercher Daisy, annonça Peggy. Il est temps de la nourrir, et si elle dort trop longtemps, elle me cassera les pieds pendant une bonne partie de la nuit.

Kitty sourit de nouveau en caressant Monty.

— En Argentine, dit-elle à Mme Finch, nous avions beaucoup de chiens. Je suis incapable de résister à un chiot. Ils sont tellement mignons.

Monty, qu'elle tenait toujours sur ses genoux, en profita pour se soulager sur son pantalon et son chemisier.

— Oh ! s'esclaffa-t-elle, tandis que Ron se saisissait de l'animal, on dirait que j'ai parlé trop vite.

Elle tamponna ses vêtements à l'aide de son mouchoir, avant de se rappeler qu'elle avait glissé, avant de quitter l'hôpital, son précieux courrier dans sa poche. Elle l'en extirpa aussitôt, pour s'apercevoir avec soulagement qu'il n'avait pas souffert. Elle rangea lettres et cartes postales dans son sac.

— Je vais t'aider à te changer dès que je me serai occupée de Daisy, fit Peggy, qui venait de regagner la cuisine. Je suis navrée, Kitty, mais, que veux-tu, nous vivons dans une maison de fous. Et tu n'as pas encore rencontré les deux furets de Ron.

La jeune femme émit un petit rire.

— Si vous saviez comme ça fait du bien de retrouver un foyer, murmura-t-elle. Je suis heureuse comme une reine.

# 19

Kitty demanda à sa logeuse la permission de prendre la fillette sur ses genoux. Peggy accepta.

— Quel plaisir, commenta la jeune femme. En Argentine, nous vivions entourés de bébés. Les gauchos ont toujours beaucoup d'enfants.

Peggy brûlait d'en savoir davantage sur l'existence qu'elle avait menée en Amérique du Sud, mais le moment était mal choisi. Il lui faudrait attendre. Elle se tourna vers Mme Finch :

— Avez-vous commencé à préparer votre tourte ? Parce que ces demoiselles seront là à 18 heures, et, comme d'habitude, elles crieront famine.

— Ron a vidé puis nettoyé le poisson, et j'ai utilisé le bouillon pour vous concocter une sauce dont vous me direz des nouvelles. Fred nous a aussi apporté quelques crevettes. J'en salive d'avance. Tout est prêt. Il ne me reste plus qu'à faire cuire les pommes de terre, puis à faire ma purée, et j'enfournerai le tout.

— Des crevettes, soupira Peggy. Je ne me rappelle même pas la dernière fois que j'en ai mangé.

Elle se tourna vers Kitty, qui, après avoir donné son biberon à Daisy, amusait l'enfant en agitant les doigts.

— Je vais la récupérer, maintenant, fit la logeuse. Il faut absolument que tu ailles te reposer avant le retour des autres pensionnaires. Attends-moi là, j'en ai pour une minute.

La fillette dans les bras, elle alla au jardin, où Ron jardinait, tout en empêchant Monty de déterrer ses semis.

— Pouvez-vous veiller un moment sur Daisy ?

Comme l'homme acquiesçait, Peggy installa l'enfant dans son parc, lui confia plusieurs jouets, puis regagna le rez-de-chaussée. Kitty se trouvait dans le hall. Sa logeuse saisit son sac sur la table, avant de la rejoindre.

— Ma chambre se trouve-t-elle en haut de ces marches ? s'enquit la jeune femme.

Hochant la tête, Peggy jugea soudain l'escalier plus imposant que le flanc d'une montagne. Elle était incapable de porter Kitty, et Ron ne serait pas toujours là pour l'aider. En une fraction de seconde, elle arrêta sa décision :

— Tu vas plutôt t'installer dans ma chambre. Elle est juste là, à côté du hall. Tu vas voir. En moins de temps qu'il n'en faut pour le dire, j'aurai monté mes affaires et descendu pour toi la chaise percée.

— Il n'en est pas question, répondit Kitty avec fermeté, puis, après avoir cramponné d'une main le poteau de l'escalier, elle confia, de l'autre, ses béquilles à Peggy, pour s'asseoir ensuite sur la deuxième marche.

Et, déjà, elle se hissait, à l'aide de ses bras et de sa jambe valide, sur la marche suivante.

— Mazette, souffla la logeuse, admirative. Tu es beaucoup plus costaude que tu n'en as l'air.

Kitty grimpa deux marches supplémentaires :

— À l'école, je comptais parmi les meilleures athlètes. Je montais à la corde plus vite que toutes mes camarades.

Parvenue au palier du premier étage, elle agrippa la rampe, puis, hors d'haleine, se remit debout.

— Et voilà, lança-t-elle, la mine triomphante. Je devine déjà que la descente se révélera beaucoup plus facile et plus amusante.

— Ne t'avise pas d'essayer maintenant, la mit en garde Peggy, qui soupçonnait cette tête brûlée d'en être capable. Reprends plutôt tes béquilles, et je vais te faire faire le tour du propriétaire.

Elle lui montra d'abord le chauffe-eau dans la salle de bains, dont il fallait se méfier comme de la peste : si l'on s'en approchait trop près au moment de l'allumage, la flamme avait tôt fait de vous roussir les cils et les sourcils. On traversa ensuite le palier en passant devant la porte de Mme Finch. Peggy indiqua à la nouvelle venue la chambre de Rita, précisant que les autres pensionnaires dormaient à l'étage supérieur.

Enfin, Kitty découvrit avec ravissement sa chambre, dans laquelle Ruby avait vécu avant elle. Profondément émue, elle remercia sa logeuse pour le mal qu'elle s'était donné.

— Ce n'est rien, voyons, répondit Peggy, dont la gorge à son tour se nouait un peu – elle avait en réalité passé trois longues heures à préparer les lieux, au beau milieu de la nuit. As-tu besoin que je t'aide à te changer ?

Kitty secoua la tête.

— Non, merci. Je vais me débrouiller.

— Mets-toi à ton aise, et, surtout, dors bien. J'ai placé une clochette sur la table de chevet. Si tu as besoin de quoi que ce soit, agite-la, et je monterai aussitôt.

Des larmes, à présent, étincelaient dans le regard de la jeune femme.

Assise sur son lit, elle demeura un moment immobile dans le parfum mêlé des roses et de la cire d'abeille. Puis elle ouvrit ses valises, posa son réveil de voyage sur la table de nuit, s'empara de sa chemise de nuit et de sa trousse de toilette, avant de se rendre à la salle de bains.

Elle s'y lava le visage et les mains, prit le temps de s'observer dans le miroir. Des cernes sombres lui mangeaient les joues, ses traits s'étaient creusés… Où se trouvait Freddy en cet instant même ? Avait-il survécu ?

Kitty ayant exhalé un lourd soupir, elle se détourna du miroir et regagna lentement sa chambre, son linge sale à la main. Elle ouvrit la fenêtre, jeta un bref coup d'œil au jardin, où Ron arrosait son potager, tandis que les deux chiens haletaient au soleil. Enfin, la jeune femme ferma le rideau, afin de plonger la pièce dans la pénombre. Elle percevait, cette fois, l'âcre odeur de la mer, celle de la terre mouillée. Et, toujours, entêtant et joyeux, le parfum des roses…

Lorsqu'elle se fut allongée sur son lit, elle ne parvint pas à s'endormir. Avait-elle bien fait d'accepter la proposition de Peggy ? Car elle avait eu beau jouer les fiers-à-bras tout à l'heure, gravir l'escalier l'avait épuisée. Quant à la logeuse, elle avait déjà tant à faire… Et le jour où Jim rentrerait en permission, elle disposerait d'encore moins de temps. Par ailleurs, Kitty allait devoir, chaque jour, compter sur des étrangers pour la conduire à l'hôpital, puis la ramener à la pension du Bord de mer. Elle ne serait guère qu'un poids pour tout le monde, songea-t-elle avec tristesse.

Puis elle tourna ses pensées vers cette pauvre Charlotte, qui, à l'heure qu'il était, devait continuer gaiement, aux commandes d'un avion, de réfléchir aux préparatifs du mariage, ignorant encore que Freddy était porté disparu de l'autre côté de la Manche…

Il y avait aussi Doreen, qui, pour sa part, était en train d'affronter les regards et les mille questions de sa famille et de ses amis. Comment se débrouillait-elle hors les murs de l'hôpital ? Fallait-il qu'elle s'obligeât à rire en dépit d'un cœur lourd, ou n'avait-elle rien perdu de sa bonne humeur et de sa détermination ?

Et Ruby ? Ruby n'avait d'autre choix que de prier pour que Mike se remît de ses blessures et retrouvât totalement la vue. Il lui fallait attendre. En songeant aux choix qu'elle aurait à faire bientôt si leur relation s'approfondissait, des choix qui, pour jamais, changeraient du tout au tout son existence…

Kitty ne désirait plus que de dormir pour oublier la guerre et ses funestes conséquences, mais, imperturbablement, le sommeil se dérobait à elle.

Elle avait dû finir par sombrer, car la lumière du dehors, qui s'insinuait entre les rideaux, lui parut plus pâle, et, l'espace d'un instant, elle se sentit perdue. Elle consulta son réveil de voyage. Elle avait dormi près de quatre heures, sans pour autant se sentir reposée. Elle se tourna, s'enfouit de nouveau sous les couvertures.

Hélas, une envie pressante l'obligea à quitter son lit. Elle passa un pantalon propre, enfila un pull-over léger, avant de chausser sa sandale plate. Comme elle se dirigeait vers la salle de bains, elle reconnut la voix de Rita au rez-de-chaussée – par la fenêtre de la cuisine, elle appelait Ron, Peggy et Mme Finch, installés au jardin.

Kitty ne tarda pas à descendre les marches sur le derrière et, bien qu'à l'arrivée, elle haletât un peu, elle s'estimait satisfaite de sa prestation. Elle s'apprêtait à traverser le hall quand elle perçut le galop d'Harvey dans sa direction. Craignant qu'il la renversât, elle brandit une béquille.

— Tu es un beau chien, fit-elle calmement. Assis. Plus bouger.

L'animal s'exécuta, pencha la tête, son regard intelligent courant de la jeune femme à ses béquilles, les sourcils en révolution.

— C'est très bien, mon grand, le félicita Kitty. Maintenant, je vais me rendre dans la cuisine. Toi, tu restes ici, d'accord ? Surtout, ne me fais pas de croc-en-jambe.

Harvey émit un gémissement perplexe, mais il se remit debout sans hâte, pour commencer bientôt à cheminer aux côtés de la jeune femme.

Celle-ci le flatta de nouveau, mais à peine avait-elle franchi le seuil de la cuisine qu'elle ouvrit tout grand la bouche : Monty fonçait droit sur elle. Impossible d'éviter la collision.

Et pourtant… D'un mouvement brusque et précis de la patte, Harvey plaqua le chiot au sol. Le petit animal gigotait tant et plus, il jappait… Alors, Harvey le saisit, sans lui faire mal, par la peau de son cou, puis s'assit, attendant de voir ce que Kitty avait l'intention de faire à présent.

— Tu es incroyable, murmura-t-elle, époustouflée. Si tu pouvais le retenir encore une minute ou deux, le temps pour moi de rejoindre les autres, ce serait parfait…

Le chien dressa les oreilles, haussa les sourcils sans lâcher le chiot. Kitty se hâta de se rendre au jardin, où Ron, Peggy, Mme Finch et Rita l'accueillirent avec de larges sourires, en la félicitant. Elle leur rapporta aussitôt les prouesses d'Harvey.

— Ah, vous voyez ! se rengorgea Ron, s'adressant à Cordélia. Quand donc vous déciderez-vous à admettre que ce clébard est bien dressé et doué d'une grande intelligence ?

— Je n'ai jamais dit qu'il n'était pas intelligent, répliqua la vieille dame de sous son chapeau de soleil à large bord. Si vous voulez mon avis, il est même supérieurement intelligent. Et c'est justement ce qui lui vaut la plupart de ses ennuis.

Rita offrit à Kitty une tasse de thé, qu'elle additionna de lait et d'un peu de sucre. La nouvelle venue s'installa dans une chaise longue pour déguster le breuvage, avant de plonger la main dans la poche de son pantalon.

— Zut, fit-elle.

— Tu as oublié quelque chose ? s'enquit Rita.

— J'ai laissé mes cigarettes dans ma chambre. Bah, peu importe, je m'en passerai.

Rita quitta les lieux sans un mot, pour reparaître moins d'une minute plus tard avec le paquet de cigarettes.

— Je t'ai aussi apporté tes lunettes de soleil.

— Oh, merci, soupira Kitty, touchée et mal à l'aise.

Le soir, dans son lit, à la lueur de la lampe, elle se rappela le dîner dans la cuisine, lors duquel elle avait fait la connaissance des autres pensionnaires. Elle s'était presque sentie chez elle. La tourte au poisson de Mme Finch avait remporté un franc succès, il régnait dans la pièce une atmosphère détendue, il y faisait bon rire et bavarder. Elle avait apprécié chacune des jeunes femmes, de Sarah, dont le maintien disait l'éducation, à la très fougueuse Fran, en passant par Jane et Suzy, ainsi que Rita, qu'elle avait déjà appris à aimer. Elles étaient charmantes et courageuses. Bienveillantes.

À tel point que toutes avaient tenu à lui prêter main-forte dans l'escalier, et l'ascension s'était bientôt changée en partie de plaisir, puis l'on s'était souhaité la bonne nuit à grand renfort d'étreintes et de baisers. Harvey, pour sa part, l'avait suivie marche après marche, tandis que Monty se débattait entre les bras de Peggy, et elle entendait à présent le grand chien ronfler à sa porte. Il était devenu son garde du corps.

Serrant contre son sein les lettres de sa mère, qu'à force de relire elle connaissait par cœur, Kitty éteignit la lumière. Dire que ses parents ne savaient encore rien de ce qui était arrivé à Freddy !

— Dieu fasse que je n'aie jamais à les mettre au courant, murmura-t-elle dans le noir.

# 20

— Il n'est pas question qu'Harvey prenne l'habitude de dormir là-haut, décréta Peggy à Ron, qu'elle était allée chercher au sous-sol, avant de préparer le porridge du lendemain matin.

— Bah, il ne fait de mal à personne, et avec lui, la gamine est en sécurité.

— Je ne veux pas de puces dans mes tapis.

— Mon chien n'a pas de puces! se récria Ron. Je lui ai fait prendre un bain il y a moins de trois mois.

— Je vous conseille de remettre ça dès demain, lui assena sa bru. Passez donc chercher les produits adéquats chez le vétérinaire. Et puis, tiens, pendant que vous y êtes, vous n'aurez qu'à aussi récurer vos furets.

— Pour sûr, Peggy, répondit son beau-père en exhalant un soupir à fendre l'âme. Tu ferais perdre patience à un pêcheur à la ligne.

— Je vous aime de tout mon cœur, Ronan Reilly, murmura Peggy en l'embrassant à la hâte.

— Tu ferais mieux d'aller te coucher, au lieu de dire des sottises, maugréa le vieil homme. Tu as besoin de repos pour te refaire un peu la façade avant le retour de mon fils.

Peggy ne se fit pas prier, mais elle peina à s'endormir, car elle continuait de se tourmenter pour Kitty, dont le moindre déplacement lui coûtait de tels efforts que la logeuse craignait qu'elle ne devînt, peu à peu, prisonnière de la maison.

Puis elle songea à Jim, qu'elle avait hâte de retrouver enfin, même si elle allait devoir, à son retour, lui parler de sa grossesse extra-utérine et de l'hystérectomie qu'elle avait dû subir. *Tu ne changeras donc jamais*, Peggy Reilly, se gronda-t-elle, alors que, lentement, le sommeil s'emparait d'elle. *Il faut toujours que tu te fasses du souci...*

Des bruits de pas dans l'escalier réveillèrent Kitty. Jane, devina-t-elle, descendait prendre son petit-déjeuner. Elle consulta son réveil. Il était vraiment très tôt. Le meilleur moment, sans doute, pour se rendre à la salle de bains et se préparer pour la journée.

Lorsqu'elle quitta sa chambre avec des vêtements propres et sa trousse de toilette, Harvey l'attendait, assis devant sa porte, et elle eut la nette impression qu'il lui souriait.

Elle le flatta, puis lui chuchota de regagner le sous-sol. Le chien s'obstina cependant à la suivre jusqu'à la salle de bains, dont elle dut lui fermer la porte au nez. Elle ne la verrouilla pas – s'il lui arrivait quelque chose, il fallait qu'on pût entrer pour lui venir en aide.

Résolue à se débrouiller seule, elle se déshabilla, puis, à la force des bras, parvint, au prix de lourds efforts, à s'asseoir dans la baignoire. Elle tremblait, mais elle était ravie.

— Bien joué.

Kitty se redressa. Fran se tenait sur le seuil.

— Je ne t'ai pas entendue frapper, fit-elle sèchement.

— Pour la seule et bonne raison que je n'ai pas frappé, répondit l'infirmière en refermant la porte derrière elle – Harvey ne demandait toujours qu'à entrer. Pardon, mais quand j'ai vu le clébard, j'ai deviné que tu étais là-dedans. J'ai pensé que tu pourrais avoir besoin d'un coup de main.

— Je me débrouille, merci, répliqua Kitty avec raideur.

— J'ai vu ça, sourit Fran, mais je crois qu'il va quand même te falloir quelqu'un pour t'extirper de cette baignoire quand tu auras fini tes ablutions.

Elle avait raison, mais Kitty se sentait bête, nue comme un ver dans ce fond d'eau imposé par les restrictions, qui froidissait à vue d'œil.

— Si c'est le cas, je te préviendrai, dit-elle d'une voix radoucie.

Il y avait de l'amusement dans le regard vert de Fran.

— Tu sais, tu veux tout faire toute seule, et c'est drôlement courageux. Mais quelquefois, il faut encore plus de courage pour demander de l'aide.

Elle resserra la ceinture de sa robe de chambre.

— Je vais attendre dehors, avec Harvey. Tu n'auras qu'à m'appeler.

À peine avait-elle quitté la pièce que Kitty soupira. Elle savait gré à la jeune femme, comme au reste de la maisonnée, de l'entourer ainsi. Elle se promit, néanmoins, de verrouiller la porte la prochaine fois qu'elle prendrait un bain.

Après s'être lavée, puis rincée tant bien que mal au robinet, après s'être lavé les cheveux, elle retira la bonde de la baignoire, dont elle essuya le fond de son mieux, avec son gant de toilette, pour éviter de glisser. À la force des bras, comme elle l'avait fait pour y entrer, elle parvint à sortir de la cuve. Elle demeura assise un moment, pour reprendre haleine et pour ne plus trembler.

— J'ai entendu la baignoire se vider, fit soudain Fran de l'autre côté de la porte. Tout va bien ?

— Oui, oui, ne t'inquiète pas. J'ai réussi à m'extraire de la baignoire. Je finis de me sécher.

— J'étais sûre que tu y arriverais !

Kitty, quant à elle, exultait. La journée serait belle. Peut-être même recevrait-elle de bonnes nouvelles de Freddy.

Après son petit-déjeuner, composé de porridge et de pain grillé, Kitty lava les assiettes, ainsi que les couverts. Dans la cuisine, où, partout, on pouvait se cramponner à quelque chose, elle parvenait aisément à se déplacer avec une seule béquille. Elle but ensuite une deuxième tasse de thé, pendant que Peggy débarbouillait sa fillette.

Ron avait emmené les deux chiens en promenade, Sarah était partie travailler, tandis que Mme Finch s'attardait dans la pièce, pour y lire les journaux. Kitty se sentait chez elle.

Rita émergea bientôt du sous-sol.

— La camionnette se trouve au bout de l'allée, fit-elle en étalant de la margarine sur une tranche de pain grillé. C'est moi qui vais te conduire à l'hôpital, puis, à 17 heures, John Hicks passera te rechercher. Le boss en personne, tu te rends compte ?

Constatant l'air gêné de Kitty, elle se hâta d'ajouter :

— C'est lui qui s'est proposé. Tu sais, il a perdu une jambe pendant la bataille de Dunkerque.

— Ah bon ? Et ça ne l'a pas handicapé dans son travail de pompier ?

— Pas le moins du monde, s'esclaffa Rita. Il n'a pas son pareil pour nous donner des ordres et jouer les négriers quand il s'agit de nous faire briquer les véhicules.

Elle considéra Kitty avec gravité.

— Il ne peut certes plus gravir la grande échelle comme il avait l'habitude de le faire ni se précipiter dans les bâtiments en flammes, mais c'est un patron formidable. Nous avons beaucoup de chance de l'avoir.

Peggy ajouta qu'il avait épousé Sally, la première Londonienne à s'être installée momentanément à la pension du Bord de mer, et qui, d'ailleurs, attendait leur deuxième enfant.

— Sur ce, s'immisça Rita, allons-y. Sinon, tu risques d'être en retard.

Kitty s'empara de son sac, de l'étui contenant son masque à gaz et de ses béquilles.

— Vous m'appelez là-bas s'il y a du nouveau, n'est-ce pas ? fit-elle à Peggy.

— Bien sûr, ma chérie, lui sourit la logeuse.

Au terme d'un trajet effectué pied au plancher, qui l'avait ravie, Kitty retrouva l'atmosphère raréfiée de l'hôpital. Elle travailla avec une telle assiduité qu'à la fin de la dernière séance de la journée, elle demanda au Dr Thorne la permission d'emporter sa prothèse avec elle pour poursuivre ses exercices à la pension.

— C'est beaucoup trop tôt, répondit le médecin en secouant la tête.

— Mais je me sens plus forte, protesta Kitty, et je suis sûre que…

— La patience est une vertu, Kitty Pargeter, lui assena le Dr Thorne. Vous allez devoir vous mettre cela bien en tête, si vous tenez à atteindre votre but. En brûlant les étapes, vous risqueriez d'endommager les tissus cicatriciels, voire de provoquer une infection. Un pareil cas de figure vous ferait reculer de plusieurs jours, peut-être même de plusieurs semaines.

— Quand pourrai-je emporter la prothèse avec moi ? l'interrogea sa patiente qui, bien qu'elle se rendît à ses vues, se sentait profondément frustrée par cette lenteur.

— Pas avant que vous parveniez à marcher sans l'aide des barres parallèles ni de vos béquilles. Pas avant, non plus, que vous soyez capable de vous rendre d'ici à la terrasse sans devoir souffler en cours de route.

D'abord, Kitty jugea le défi impossible à relever, mais, déjà, un large sourire illuminait ses traits :

— Combien de temps a-t-il fallu à votre patient le plus rapide pour réussir ?

— Ne comptez pas sur moi pour vous le dire. Parce que si je vous le dis, vous tenterez aussitôt de battre ce record.

— C'est injuste !

— Je suis le docteur, sourit ce dernier. C'est moi qui décide de ce qui est juste ou pas. Sur ce, filez. À demain matin.

Elle quitta crânement la salle, bien qu'elle se sentît recrue de fatigue. Une fois dans le hall, elle consulta l'horloge. Il lui restait une heure et demie à tuer avant que John Hicks passât la chercher. Elle se dirigea vers la bibliothèque pour y finir son courrier. Avec un peu de chance, elle pourrait glisser toutes ses enveloppes dans la boîte aux lettres de l'entrée avant la levée de 17 heures.

Dans la missive destinée à ses parents, elle n'évoqua pas la situation de son frère. En revanche, elle leur décrivit, dans ses moindres détails, son installation à la pension du Bord de mer, insistant aussi sur la vitesse de ses progrès.

Elle eut plus de mal à trouver les mots pour s'adresser à Charlotte, mais elle s'efforça de se montrer pleine d'espoir, ajoutant, au bas du feuillet, le numéro de téléphone de Peggy, au cas où son amie souhaiterait la joindre.

Elle venait de lécher l'enveloppe, puis de la fermer, lorsqu'un beau garçon aux cheveux bruns pénétra dans la bibliothèque.

— Kitty Pargeter ?

Comme elle hochait la tête, il s'avança.

— Bonjour. Je suis John Hicks. Prête à regagner la pension ?

— Oui, merci.

Elle posta ses lettres, puis John lui posa quelques questions sur l'Argentine, dont il savait, par Peggy, que la jeune femme était originaire, tandis qu'ils se dirigeaient vers la camionnette. Il ouvrit la portière du passager, haussant les sourcils à l'intention de Kitty.

— C'est bon, je peux m'installer toute seule, dit-elle. Merci, c'est vraiment très gentil de votre part.

Qu'il ne se fût pas précipité pour voler à son secours lui faisait chaud au cœur.

— On m'a beaucoup aidé quand j'ai perdu ma jambe, répondit l'homme en s'asseyant au volant. Je suis d'autant plus ravi de pouvoir vous donner un coup de main.

Il se tourna vers Kitty, un sourire aux lèvres :

— Je sais aussi à quel point ça peut être agaçant, même si cela part toujours d'une bonne intention, quand les gens autour de vous s'obstinent à vouloir tout faire à votre place.

Se remémorant l'attitude de Fran le matin même, la jeune femme acquiesça.

— Il faut beaucoup de temps, reprit-il, pour se remettre sur pied, et seuls ceux qui sont déjà passés par là sont capables de comprendre vraiment.

Durant le trajet, on parla de Peggy et de son cœur d'or, du bébé à naître, de son grand frère, âgé de deux ans, qui faisait la fierté de Sally et de John. Celui-ci, comme on passait devant, signala L'Ancre à sa passagère. Il lui expliqua que Ron, qui fréquentait assidûment les lieux, en courtisait la propriétaire, une séduisante quinquagénaire nommée Rosie Braithwaite.

— Vous voilà arrivée, fit-il en se garant au bord du trottoir.

— Vous n'entrez pas? s'étonna Kitty.

— Hélas, non. Je dois garder Dan pendant que Sally va faire son contrôle à l'hôpital.

Il ouvrit la portière, attendit que la jeune femme fût debout et bien en équilibre sur ses béquilles.

— Saluez Peggy de ma part, et dites-lui que, la prochaine fois, je passerai.

Kitty lui sourit en le remerciant encore, avant de se diriger vers la pension. Ç'avait été une excellente journée. Elle pria pour qu'on lui annonçât bientôt que Freddy se portait bien. Ainsi ce jour finirait-il en beauté.

# 21

Mais une semaine plus tard, on ignorait toujours ce qu'il était advenu du jeune homme. Martin et Roger s'efforçaient en vain de la rassurer par téléphone, et Charlotte, qui l'avait appelée deux fois, deux fois avait pleuré, affectant un peu plus, sans le vouloir, le moral déjà très bas de son amie. Puis la future mariée se jeta à corps perdu dans le travail. Elle ne téléphona plus. À la place, les jeunes femmes s'écrivaient, mais sans parvenir à se réconforter mutuellement.

Kitty, pour tenter de faire front, se dépensa tant et plus dans la salle de physiothérapie. Au gymnase, elle renforça les muscles de ses bras, de ses cuisses, fit travailler ses abdominaux. À chaque exercice, à chaque pas, elle récitait, en silence, une prière pour Freddy, et l'instructeur à la retraite qui la cornaquait devait, chaque jour, la contraindre à s'arrêter avant qu'elle se fît mal.

À l'hôtel de ville, où elle avait passé plusieurs heures en sa qualité de bénévole du WRVS, Peggy buvait une tasse de thé avant de regagner son domicile, se maudissant d'avoir eu l'idée saugrenue de mettre des chaussures à talon. Plus jamais. Elle songeait aussi à Stan, qui était passé la saluer, et de la bouche duquel elle avait appris que l'état-major militaire canadien allait probablement renvoyer Mike dans ses foyers. Ruby était effondrée car, en pareil cas, il pourrait s'écouler plusieurs mois, voire plusieurs années, avant que les deux jeunes gens pussent être ensemble de nouveau. Comme elle s'apprêtait à allumer une cigarette bien méritée, elle vit sa sœur Doris se diriger droit sur elle.

— Si tu viens pour te lamenter, tu ferais mieux de t'adresser à quelqu'un d'autre, lui assena sa cadette. J'ai les abattis en caramel mou.

— Margaret ! Un tel vocabulaire est indigne d'une femme bien élevée.

— Je tiens cette expression de Ruby, et je la trouve particulièrement parlante.

Elle considéra sa sœur à travers la fumée de sa cigarette. Après avoir essuyé une chaise avec son mouchoir, Doris s'assit, guindée, son sac à main en cuir sur les genoux. Elle portait une robe en coton, un volumineux chapeau et des gants blancs. Elle semblait toute prête à participer à une garden-party, se dit Peggy avec aigreur.

— Qu'est-ce que tu veux au juste, Doris ?

— Voyons, voyons, Margaret. Je ne suis peut-être venue que pour prendre de tes nouvelles et papoter un peu avec toi.

— Tu m'en diras tant, la railla la logeuse. Et moi, j'ai croisé le roi tout à l'heure, dans la grand-rue.

— Franchement, Margaret. Tu as pioché, chez tes horribles locataires, des manières effarantes.

Peggy, qui ne daigna pas réagir, but une gorgée de thé. Doris finirait bien par cracher sa pastille.

— J'ai entendu dire que tu avais accueilli chez toi une jeune femme à sa sortie du Memorial Hospital…

La visiteuse s'était exprimée sans façon, presque avec détachement, puis elle alluma une cigarette à son tour.

— En effet, murmura Peggy, qui se demandait où cette conversation allait les mener. Elle vit à la pension depuis presque quinze jours.

— Combien de temps penses-tu qu'elle va y passer ?

Une vilaine étincelle venait de briller dans l'œil de Doris.

Méfiante, sa sœur haussa les épaules.

— Je suppose qu'elle restera auprès de nous jusqu'à ce qu'elle se sente totalement autonome. Pour le moment, nous n'avons pas abordé la question.

— Je vois… Si je comprends bien, il se pourrait qu'elle habite à la pension pendant plusieurs mois ?

Peggy commençait à comprendre, mais elle laissa à son aînée le soin de faire le premier pas.

— Il s'agit d'un long processus.

Doris, mal à l'aise, gigotait à présent sur sa chaise :

— Suzy et Anthony m'ont gentiment proposé d'organiser la réception pour leur mariage, commença-t-elle. Anthony est un garçon délicieux, soupira-t-elle. Il a compris que je désirais plus que tout être partie intégrante de cette journée à nulle autre pareille. Mais, bien sûr, je vais avoir besoin d'une liste d'invités, afin de savoir combien de personnes participeront à la fête.

— Tu peux compter sur Suzy, j'en suis certaine, pour en établir une dès qu'elle connaîtra le nombre exact de membres de sa famille en mesure d'effectuer le trajet jusqu'à Cliffehaven, répondit Peggy en écrasant sa cigarette.

Sa sœur joua, pendant quelques instants, avec son briquet en or :

— Mais je me tourmente beaucoup, figure-toi.

Elle avait à présent les yeux dans le vague.

— Ne me dis quand même pas que tu vas avoir du mal à nourrir tout le monde ? Pas avec le poste que Ted occupe…

— Il ne s'agit pas de cela, s'agaça Doris.

Elle pinça les lèvres.

— Je m'inquiète à cause de cette fille.

— Quelle fille ? fit mine de s'étonner la logeuse.

— L'estropiée.

Le mot était lâché. Avec dédain. Dans la foulée, les vannes s'ouvrirent :

— Il s'agira d'une réception placée sous le signe de l'élégance, tu comprends. D'autant plus que les parents de Suzy ont des relations. Je suis prête à parier que nous compterons, parmi nous, quelques personnes très importantes. Je n'ai pas la moindre envie que cette infirme vienne ternir l'éclat de notre assemblée en claudiquant dans tous les coins avec sa jambe de bois. C'est pourquoi j'ai pensé que tu pourrais peut-être aborder le sujet avec Suzy. Je suis sûre que cette fille se fiche complètement qu'on l'invite ou non. Après tout, elle n'est jamais qu'une locataire, et, par surcroît, j'ai cru comprendre qu'elle venait d'un autre pays. Bref, il ne s'agit en aucun cas d'un membre de notre famille.

Folle de rage, Peggy se leva de table.

— Oh, que si. Tant qu'elle vit chez moi, j'estime qu'elle fait partie de ma famille. Et si tu oses la qualifier encore une fois d'estropiée, je te casse la figure. Cette jeune femme a perdu sa jambe au service de notre pays, et si Suzy souhaite l'inviter à son mariage, elle l'invitera. Un point, c'est tout.

Sur ce, elle partit en trombe, tandis que Doris, pareille à un poisson hors de l'eau, ouvrait tout grand la bouche.

À l'hôpital, Kitty se démenait chaque jour avec ardeur, si bien qu'un soir, dans la salle de physiothérapie, le Dr Thorne, qui venait de la féliciter, ajouta :

— Quand vous vous sentirez prête, j'aimerais que vous essayiez de marcher jusqu'à la porte en vous contentant de deux cannes.

Le cœur battant, la jeune femme s'empara aussitôt des cannes que le médecin lui présentait. Elle attendait ce moment depuis une éternité.

Elle se leva, surprise de constater combien elle s'était accoutumée à ses béquilles. Elle fit un pas, puis un autre. Au terme de cette longue journée d'exercice, son moignon lui faisait un peu mal, mais elle résolut de n'y plus penser. Elle fit deux pas de plus.

— Bravo, s'enthousiasmèrent en chœur le médecin et l'infirmière.

Kitty, l'œil rivé à la porte, effectua deux pas supplémentaires. Elle en fit encore deux. Hélas… La porte était décidément trop loin, qui semblait presque reculer chaque fois que la jeune femme avançait vers elle, et son moignon trop douloureux. Aveuglée par les larmes, elle s'arrêta, vaincue.

L'infirmière se hâta d'approcher le fauteuil roulant, dans lequel elle l'aida à s'asseoir.

— Je n'ai pas réussi, constata Kitty avec amertume. Je n'y suis pas arrivée, alors qu'elle n'est vraiment pas si loin, cette fichue porte.

— C'est une montagne, commenta le Dr Thorne, et vous l'avez presque gravie. Vous n'avez pas échoué, tant s'en faut. Vous en avez fait bien plus que la plupart de mes patients.

— C'est vrai ? s'enthousiasma Kitty, oubliant presque sa déconvenue. Même Doreen ?

— Même Doreen, répondit le médecin en souriant. Maintenant, reposez-vous pendant que je retire la prothèse et que j'examine votre moignon.

La jeune femme éprouvait un mélange de joie intense et de frustration.

— Les tissus cicatriciels sont un peu rouges, murmura le Dr Thorne. Ils sont également enflés par endroits, et je note quelques contusions.

Il leva la tête vers sa patiente.

— Je vais vous donner une crème, que vous appliquerez matin et soir, mais vous n'utiliserez plus votre prothèse jusqu'à ce que j'aie la pleine assurance qu'il n'y a pas d'infection.

Kitty le considéra avec horreur.

— Mais je ne peux pas renoncer maintenant. Pas si près du but.

— L'infection est votre ennemie, Kitty. Si vous ne laissez pas cette jambe au repos, vous risquez de vous attirer de graves ennuis.

— Quel genre d'ennuis ? s'enquit la jeune femme, soudain terrorisée.

— Nous pourrions être contraints de vous réopérer, répondit l'homme, la mine grave.

— Vous voulez dire que vous pourriez être obligé de m'amputer encore ?

— En effet. Mais nous faisons tout pour éviter, précisément, d'en arriver là, poursuivit-il sur un ton plus léger. Du moment que vous ne commettez pas d'imprudence, et que vous attendez sagement que les rougeurs et les tuméfactions disparaissent, tout devrait être rentré dans l'ordre d'ici quelques jours.

Il posa ses mains sur celles de Kitty.

— Il vous suffit de faire preuve de patience, lui rappela-t-il.

Il ne s'agissait certes pas de la première qualité de la jeune femme, mais le spectre d'une autre amputation avait éteint sa fougue.

— Et maintenant ?

— Vous vous rendrez à l'hôpital général de Cliffehaven, où j'exerce aussi, pour y faire examiner votre moignon. Nous reprendrons nos exercices lorsque je serai entièrement satisfait. Mais attention, ajouta-t-il, l'œil sévère. Vous redémarrerez lentement.

Kitty hocha docilement la tête, tandis que le médecin consultait son cahier de rendez-vous.

— Je vous ai calée à 11 heures tous les jours pendant sept jours, déclara-t-il un moment plus tard. Sept jours, y compris le dimanche.

Sept jours, songea Kitty. Une vie entière… Ayant salué le Dr Thorne et son infirmière, elle quitta la pièce, cafardeuse et déçue.

— Salut, vieille branche. L'infirmière en chef m'a dit que je te trouverais par ici.

À peine eut-elle découvert le visage enjoué de Roger Makepeace que la jeune femme éclata en sanglots. Comme il la serrait dans ses bras, de sa grande main poussant la tête de son amie contre sa large poitrine, elle laissa tomber ses béquilles pour se cramponner à lui.

— Ne pleure pas…, murmura-t-il. Je suis seulement venu pour te raccompagner à la pension du Bord de mer.

Elle leva le nez.

— Tu n'as pas de nouvelles de Freddy? Je pensais… Quand je t'ai vu, j'ai cru que…

— Pardon, Kitty. J'aurais dû te dire tout de suite que je n'étais pas là pour lui.

Le malheureux était navré.

— J'avais simplement prévu de passer te chercher. Cela dit, à voir ta mine quand tu as quitté la salle de physiothérapie, j'ai l'impression que tu ne pleures pas qu'à cause de ton frère.

Elle lui raconta tout, la folle énergie dépensée depuis le début de sa convalescence, sa terreur de devoir recommencer à zéro si l'on devait l'opérer encore. Roger, en échange, trouva si bien les mots pour la ragaillardir que, bientôt, elle riait de nouveau.

— Ah, je retrouve enfin ma bonne vieille Kitty, fit-il avec tendresse. J'adore t'entendre rire.

Quelque chose, dans l'expression de son visage, impressionna la jeune femme, qui se sentit tout à coup très timide, et vaguement empruntée.

Les deux amis continuèrent à bavarder sur le chemin du retour, à bord de la superbe voiture de Roger, dont le moteur ronronnait – l'habitacle fleurait bon le cuir. Le garçon s'apprêtait à se garer non loin de la pension lorsque Kitty évoqua enfin le sujet qui, depuis leurs retrouvailles, flottait entre eux comme une ombre douloureuse.

— Il va revenir, tu sais. J'en suis certaine.

— Moi aussi.

Ce fut tout, mais tout était dit, et le silence rompu.

Bientôt, la jeune femme ouvrant la marche, ils pénétraient dans le sous-sol de la pension du Bord de mer, où Peggy s'affairait. Ses joues rougies et son œil brillant frappèrent Kitty:

— Vous êtes gaie comme un pinson, ma parole. Jim est-il déjà arrivé?

— Oh non, se hâta de répondre la logeuse. C'est juste que j'ai attrapé un coup de chaud à force de rester plantée devant le fourneau.

Elle se tourna vers Roger :

— Pouvez-vous donner un coup de main à Kitty dans l'escalier, s'il vous plaît ? Les chiens ont tout cochonné. Je ne tiens pas à ce qu'elle salisse son joli pantalon tout propre.

Kitty n'eut pas le temps de protester : le garçon la prit dans ses bras, puis, la serrant contre lui, l'emmena jusqu'à la cuisine, où il la déposa sur une chaise avec mille précautions. Là encore, la jeune femme s'étonna des mines singulièrement épatées qu'elle y découvrit, et, comme elle s'enquérait auprès de Mme Finch de ce qui pouvait bien se tramer dans cette maison, la vieille dame éluda la question et pouffa. Interdite, la jeune femme entendit alors des pas dans le hall, eut la surprise de constater qu'on avait exceptionnellement fermé la porte de la cuisine… Quelques secondes plus tard, cette porte s'ouvrit lentement, en grinçant, et, plus beau que jamais, immensément vivant, Freddy pénétra dans la pièce.

# 22

Deux pas lui suffirent à rejoindre sa sœur, qu'il souleva de sa chaise pour l'étreindre.

— Si tu savais combien c'est bon de te revoir, lui souffla-t-il à l'oreille.

Elle fondit en larmes et couvrit son visage de baisers.

— Pour l'amour du Ciel, où étais-tu passé ? Je te croyais mort. Et Charlotte aussi. Oh, mon Dieu… Tu l'as prévenue ?

Freddy hocha la tête, avant de reposer la jeune femme, puis de s'asseoir face à elle. Il lui prit les deux mains.

— J'ai réussi à la joindre ce matin à Hamble, avant qu'elle décolle. On lui a accordé une permission spéciale. Nous nous verrons ce week-end.

— Tu es rentré ce matin ? glapit Kitty. Pourquoi ne m'as-tu pas fait appeler à l'hôpital ? Tu aurais même pu venir en personne.

Il jeta un coup d'œil en direction de Roger avant de répondre.

— En fait, je suis revenu très tard la nuit dernière. Le débriefing nous a pris presque toute la journée. C'est comme ça que j'ai eu l'idée de demander à Roger de te ramener ici, sans vendre la mèche. J'ai l'impression que ma surprise a produit son petit effet.

Il pavoisait.

— Tu es impossible, soupira Kitty, qui ne le lâchait plus des yeux. Tu te pavanes ici en terrain conquis, alors que j'ai cru devenir folle à force de m'inquiéter pour toi.

La joie la submergeait.

— Allons, frangin. Vas-tu te décider à me dire ce que tu as fabriqué durant ces deux dernières semaines ?

— M'est avis qu'un bonhomme sur le point de parler longtemps mérite d'avaler d'abord un bon rafraîchissement, les interrompit Ron, qui avait enroulé la laisse de Monty autour de son poignet. Je crois justement me rappeler qu'il me reste deux ou trois bouteilles dans le cellier. Si quelqu'un consentait à aller les chercher pour moi…

Roger fonça.

— J'ai eu du mal, déclara-t-il à son retour quelques minutes plus tard. Mais j'ai quand même réussi à mettre la main sur deux bouteilles de gin et une de whisky.

Il les posa sur la table avec un sourire radieux.

— J'ai également déniché un casier de bouteilles de bière, si ça intéresse quelqu'un, ajouta-t-il. Vous pouvez sortir les verres, madame Reilly, l'heure est venue pour nous tous de trinquer.

Les jeunes locataires gloussaient, tandis que Mme Finch s'empourprait et battait des cils sous les assauts d'amabilité de Freddy. Il n'avait pas changé, se réjouit sa sœur. Sa seule présence avait suffi à rendre des couleurs à cette petite cuisine trop terne, à faire éclore les rires et redonner aux uns et aux autres une belle énergie.

Les verres se remplirent, puis passèrent de main en main.

— Aux retrouvailles, lança Freddy en levant le sien.

— Aux retrouvailles ! répéta l'assemblée.

Monty jappa. Harvey émit un unique aboiement, qui disait son approbation.

De son côté, Kitty se sentait sur des charbons ardents :

— Ça suffit, maintenant, Freddy. Je veux tout savoir.

Le jeune homme avala une copieuse gorgée de whisky, avant d'offrir à chacun une cigarette.

— Eh bien... Je survolais la plage de Dieppe, quand deux Messerschmitt s'en sont pris à moi. J'ai fait tout ce que j'ai pu, mais ils continuaient à me coller au train.

Il tira sur sa cigarette.

— Roger est parvenu à en abattre un, mais deux autres l'ont aussitôt attaqué. Il fallait à tout prix qu'il s'en débarrasse. Mon coucou a été touché à plusieurs reprises, il était en feu, mais si j'avais sauté en parachute à ce moment-là, je savais qu'en se crashant, mon Spitfire aurait fait de nombreuses victimes au sol.

Dans la cuisine de la pension du Bord de mer, on retenait son souffle dans un silence religieux. Freddy avala une autre gorgée de whisky.

— Contrairement à ma sœur, enchaîna-t-il en adressant un sourire espiègle à Kitty, je n'ai pas l'habitude de démolir mes avions, d'autant plus que celui que je pilotais m'accompagnait depuis mes débuts dans la RAF. Les moteurs étaient intacts, ce qui m'a permis de prendre de l'altitude et de la vitesse, dans l'espoir d'éteindre les flammes qui avaient embrasé la queue de l'appareil.

Il haussa les épaules d'un air désinvolte.

— Peine perdue. Je sentais la chaleur dans mon dos. Bientôt, le coucou exploserait. Il fallait que je m'éjecte.

Après avoir écrasé son mégot dans le cendrier, il observa le fond de son verre, comme s'il revoyait la scène dans le liquide d'or pâle qui s'y trouvait.

— Le parachute s'est ouvert sans encombre, puis j'ai entendu le Spitfire s'écraser. Des flammes et de la fumée se sont immédiatement élevées d'un bois tout proche.

Il but encore.

— C'est alors que le Messerschmitt est revenu à la charge, avec la ferme intention de me prendre pour cible.

Ce fut, dans la cuisine, comme un hoquet général.

— Mais cela va à l'encontre de la convention de Genève ! s'insurgea Kitty.

Freddy fit la grimace.

— Je doute que le pilote de la Luftwaffe ait été au courant. Et s'il l'était, il a choisi d'enfreindre tous les règlements.

— Qu'avez-vous fait ? pressa Cordélia, les yeux écarquillés.

— J'ai lâché les sangles de mon parachute et je lui ai tiré dessus avec mon pistolet.

— Bonté divine, souffla la vieille dame. C'est terrifiant.

— Pour ma part, lui avoua Freddy, j'avoue que je trouvais cela plutôt exaltant, mais je dois dire aussi que je n'avais pas vraiment le temps de penser au pilote allemand à ce moment précis, car je dégringolais à toute vitesse en direction d'une vaste forêt. Impossible de l'éviter, malheureusement. Je me suis retrouvé empêtré dans les branches, mais, par bonheur, j'ai réussi à me décrocher au prix d'un certain nombre d'efforts et de gesticulations. J'ai enterré le parachute, puis j'ai filé. Il y avait une ferme un peu plus loin, et une route.

— Quelle histoire, murmura Peggy, subjuguée.

— Si le Boche vous avait repéré, s'immisça Ron, moins impressionné que ces dames par les péripéties du jeune aviateur, il a dû prévenir quelqu'un. Combien de temps leur a-t-il fallu pour se lancer à tes trousses ?

Freddy hocha la tête.

— Vous avez parfaitement raison, Ron. Ils devaient penser, me suis-je dit, que j'allais me diriger vers le nord, pour tenter de faire jonction avec nos troupes. C'est pourquoi je suis parti vers l'ouest. Deux heures plus tard, j'ai entendu des voix, qui s'exprimaient en allemand, et des bruits de pas. Ils se rapprochaient. J'ai eu une chance folle : il ne s'agissait que d'une patrouille ordinaire, et ils n'avaient pas de chiens. J'ai grimpé dans un arbre. À la nuit tombée, je suis redescendu et, grâce à ma fidèle boussole, j'ai repris mon chemin.

— Mais enfin, s'exaspéra Kitty. Cela fait deux semaines que tu t'es crashé.

— Comme si je ne le savais pas, s'amusa son frère. Eh oui… Il m'a fallu tout ce temps pour ne pas me faire prendre par les nombreuses patrouilles, pour éviter les fermes et les villages situés sur ma route. Je n'osais faire confiance à personne, figure-toi. Autant te dire que j'en ai fait, des tours et des détours. Je m'arrangeais, bien sûr, pour ne jamais rester trop longtemps en terrain découvert.

Il eut un large sourire.

— Et Dieu sait que je n'ai pas eu la tâche facile, car cette région, à peu de chose près, constitue une vaste plaine dédiée à l'agriculture. Bref, dix jours plus tard, j'ai atterri dans un hameau de pêcheurs situé à l'est de Deauville.

Il vida son verre, attendit que Roger eût aussi vidé le sien.

— Je me suis caché dans les ruines d'une vieille maison abandonnée, où j'ai survécu en volant, tous les matins, du pain à la boulangerie voisine. Je le mangeais avec le fromage que j'avais découvert dans la cave de la maison. J'y ai aussi déniché quelques bouteilles d'un excellent vin. Évidemment, vu les circonstances, je n'en ai pas abusé.

— Vous avez aussi volé des vêtements ? l'interrogea Rita, éblouie par les prouesses du jeune homme. Votre uniforme risquait de vous trahir…

Il secoua la tête.

— Sans mon uniforme, on m'aurait pris pour un espion si on m'avait capturé. Des SS m'auraient probablement interrogé. Certes, mon uniforme était voyant, mais en cas de pépin, il m'aurait assuré d'être traité en qualité de prisonnier de guerre.

— Tu parles, fit Kitty avec un haut-le-corps. C'était loin d'être gagné. Si ces ordures sont capables de tirer sur un pilote accroché à son parachute, qui sait ce qu'ils auraient été capables de te faire une fois que tu serais tombé entre leurs mains.

— Il fallait bien que je coure le risque, répondit Freddy en serrant dans les siens les doigts de sa cadette. Je me retrouvais seul en territoire occupé, et je ne pensais plus qu'à regagner l'Angleterre en un seul morceau.

— Alors, tu aurais dû accepter de t'en remettre à quelqu'un, qui aurait pu t'aider.

— C'est ce que j'ai fini par faire. Pendant deux jours, j'ai observé un vieux pêcheur, qui crachait derrière le dos des Allemands chaque fois qu'il en voyait, et qui leur répondait à peine s'ils s'adressaient à lui. C'est auprès de lui que j'ai tenté ma chance.

De nouveau, il sourit d'une oreille à l'autre.

— Un type épatant, prénommé Pierre, dont l'épouse, Yvette, m'a préparé le meilleur ragoût de poisson qu'il m'ait été donné de déguster.

— Tu es sûr qu'ils n'avaient pas plutôt une fille à laquelle tu aurais pu faire ton numéro de charme habituel ? l'interrogea Kitty avec rudesse. Ce qui expliquerait le temps qu'il t'a fallu pour rentrer en Angleterre.

— Tu n'es pas gentille, s'offusqua le garçon, une main sur le cœur et l'œil chagrin.

— Peut-être, mais je te connais bien, Freddy Pargeter, répondit sa sœur en s'esclaffant.

— En l'occurrence, tu fais fausse route. Pas la moindre donzelle à l'horizon. Mais je te remercie d'avoir terni ma réputation auprès de cette charmante assemblée.

— Allez, s'amusa Kitty. Dépêche-toi de terminer ton histoire. Je meurs de faim.

— Un soir que les Allemands s'enivraient au café du village, comme tous les jours, nous avons attendu qu'ils finissent par s'endormir, assommés par l'alcool, et nous avons mis à l'eau la petite embarcation de Pierre. Il était plus de minuit. D'abord, nous avons ramé, puis, après avoir estimé que nous avions parcouru une distance suffisante pour ne plus être entendus depuis la côte, le pêcheur a mis le moteur en marche. Nous avons débarqué sur une minuscule plage de galets, juste en dessous de Beachy Head. Pierre m'y a souhaité bonne chance, avant de refaire le chemin en sens inverse pour retrouver la France.

— Je n'en reviens pas, se navra Ron. Faut-il que notre défense côtière soit au-dessous de tout, pour que personne ne vous ait canardés quand vous êtes arrivés en vue des côtes anglaises.

— Rassurez-vous, nous avons aperçu de nombreux navires. Mais il faut croire que la chance était de notre côté, car aucun d'eux ne nous a repérés. Toujours est-il qu'après le départ de Pierre, je me suis aperçu que la falaise abrupte qui se dressait devant moi ne comportait pas le moindre sentier susceptible de me conduire à son sommet sans trop d'efforts.

Il adressa un clin d'œil à Kitty.

— Te souviens-tu de mes nombreuses randonnées dans la pampa argentine ? De mes expéditions d'alpinisme ? Eh bien, sache que, cette nuit-là, l'expérience que j'avais amassée en Amérique du Sud m'a sauvé la mise. Je n'étais cependant pas au bout de mes peines, les amis. Car, une fois parvenu tout là-haut, je me suis retrouvé nez à nez avec des membres de la Home Guard à la gâchette facile.

Il ne put s'empêcher d'en rire, maintenant qu'il était sain et sauf.

— Et pas moyen de les convaincre que je n'étais pas un espion allemand. À force de palabres, ils ont consenti à me présenter à leur officier supérieur, que je suis parvenu à convaincre d'appeler Cliffe. Au final, ils m'y ont ramené, à bord d'un Typhoon, s'il vous plaît. Fin des tribulations de Freddy Pargeter.

— Bienvenue à bord, mon vieux, fit Roger en posant une main sur l'épaule de son ami.

— Comment ça, « bienvenue à bord » ? s'écria Kitty, épouvantée. Tu ne vas quand même pas te remettre à voler ?

— Non, rassure-toi. Du moins, pas dans l'immédiat. Le commandant Black préfère que je reste au sol. Je vais être chargé de former en partie les nouvelles recrues qui ne cessent d'affluer chez nous.

— Dieu soit loué, souffla la jeune femme. Tu as déjà fait largement plus que ta part.

Bientôt, on s'attablait autour d'un parmentier de mouton. Les conversations allaient bon train, il y avait des sourires sur toutes les lèvres. Observant ses protégés sans mot dire, Peggy s'en réjouissait. Soudain, comme elle posait les yeux sur Roger, elle le surprit en train de contempler Kitty, qui parlait à son frère. *Ce garçon est amoureux d'elle*, se dit-elle. *Mais, de toute évidence, Kitty ne s'en rend pas compte. Oh là là… La vie devient de plus en plus compliquée. Pourvu que tout cela ne se termine pas dans les larmes…*

# 23

Assis dans le petit salon de Rosie, au-dessus du pub, Ron rongeait son frein. Il n'avait plus qu'Harvey en tête.

— Jamais je n'aurais dû faire une chose pareille, Rosie, pour sûr. Cette pauvre vieille bête me faisait confiance, et pas qu'un peu. Je peux jurer devant Dieu qu'il avait pigé ce qui l'attendait, parce qu'il a fallu que je le traîne littéralement sur le trottoir, puis que je le prenne dans mes bras une fois devant le cabinet du vétérinaire.

Rosie se tenait à côté de lui, sur le canapé, tandis que Monty s'était installé entre eux.

— Tu as pris la bonne décision, s'efforça-t-elle de consoler son ami. Monty est adorable, mais tu ne pouvais pas courir le risque de te retrouver, d'ici quelque temps, avec un autre chiot sur le seuil de la pension.

— Je sais, lâcha Ron dans un lourd soupir. Il n'empêche que j'ai trahi la confiance d'Harvey. C'est un très sale coup que j'ai fait là, à mon meilleur ami, par-dessus le marché.

Rosie posa la tête sur son épaule et lui prit la main.

— Je suis sûre qu'il va te pardonner, murmura-t-elle.

— J'en doute pas une seconde, maugréa Ron. Y'a pas plus fidèle que ce grand clébard. Mais je ne me sens pas mieux pour autant.

Il humait le parfum de la quinquagénaire, sentait sa joue contre la sienne… Il aurait dû s'apaiser… Mais il se représentait le malheureux Harvey sur la table d'opération, inconscient, impuissant face au praticien en train de le dépouiller à jamais de sa virilité…

Rosie passa la main sur son menton hérissé de barbe, avant de l'embrasser sur la joue.

— Quand dois-tu le récupérer ?

Il consulta la pendule, sur le manteau de la cheminée, surpris qu'une heure seulement se fût écoulée depuis qu'il avait remis son chien au vétérinaire.

— Pas avant 17 heures, répondit-il, puis il exhala un autre soupir, à fendre l'âme. J'espère que tout se passe bien. S'il lui arrivait quelque chose, je ne me le pardonnerais jamais.

— Je crois que tu as besoin de te changer les idées. Viens. Il ne fait pas bon ruminer, dans ces moments-là.

Ayant posé Monty sur le sol, elle se leva, puis tira Ron par le bras.

— Viens, on va aller se promener avec Monty au bord de la mer. Ça va nous faire du bien à tous les trois, de profiter du soleil et du bon air. Et si le troquet de l'esplanade est ouvert, on pourra s'offrir une tasse de café avant de rentrer.

Ron fit de son mieux pour paraître enthousiaste, mais il ne voyait plus que le regard d'Harvey, les grands yeux d'ambre débordants d'amour à l'instant où il avait quitté le cabinet. Il n'était certes pas du genre à prier, car sa foi, il l'avait jadis perdue quelque part dans les tranchées de la Somme, mais ce jour-là, il implora le Seigneur, dans le silence de son âme, de lui rendre son chien sain et sauf.

Fran, qui avait momentanément changé la cuisine en institut de beauté, avait coupé les cheveux de Kitty, avant de lui vernir les ongles. La matinée avait passé comme un songe, et la jeune aviatrice, à présent, contemplait le résultat avec émerveillement.

Tandis que l'infirmière s'affairait, rassemblait son matériel, balayait les cheveux sur le sol, Peggy lui fit promettre de lui réserver le même traitement juste avant le retour de Jim. Elle venait de remonter du jardin, où elle avait mis à sécher les couches de Daisy.

— Ton chauffeur t'attend en bas, indiqua-t-elle à Kitty. Il est en train de parler à ma fille.

La jeune femme ayant passé, autour de son cou, son sac à main et l'étui de son masque à gaz, elle s'empara de ses béquilles. Pour ne pas faire attendre plus longtemps le pompier, elle salua sa logeuse à la hâte, puis descendit l'escalier aussi vite que le lui permettait sa condition.

Mais ce n'était pas un pompier qui patientait au jardin. Elle éprouva un vif plaisir.

— Roger? Mais… Mais qu'est-ce que tu fais là?

Accroupi à côté du parc de Daisy, il l'amusait en agitant ses jouets. Il se remit debout, admira Kitty.

— Tu es superbe, fit-il en s'attardant sur sa nouvelle coiffure.

Kitty se sentit mal à l'aise – il n'était pas dans ses habitudes de la complimenter ainsi.

— Que se passe-t-il? s'enquit-elle.

Soudain désarçonné, le garçon détourna un instant le regard.

— J'espère que cela ne va pas te contrarier, mais, comme j'ai obtenu une permission, j'ai proposé à John Hicks de prendre le relais et d'être ton chauffeur pendant quelques jours.

— C'est très gentil de ta part, je suis extrêmement touchée. Mais tu dois avoir mieux à faire que de me conduire à l'hôpital, non?

Il secoua la tête.

— Ça me fait plaisir. Et je me suis dit qu'ensuite, nous pourrions aller pique-niquer. J'ai convaincu l'une des employées du NAAFI de nous préparer un panier. Il est dans la voiture.

Kitty se demanda pourquoi la perspective de passer du temps avec Roger l'exaltait à ce point.

— Excellente idée, commenta-t-elle avec douceur. Cela fait une éternité que je ne suis pas partie en pique-nique.

— Parfait. Sur ce, allons-y. Ton carrosse t'attend.

Kitty s'engagea dans l'allée, mais, d'abord, elle se retourna vers la porte du sous-sol.

Peggy s'y trouvait plantée, un large sourire lui barrant le visage :

— Amuse-toi bien, Kitty ! Et, surtout, tu peux rentrer à l'heure que tu veux.

La jeune femme gloussa, puis s'en fut. Sa logeuse était incorrigible, mais si elle s'imaginait qu'il se passait quelque chose entre Roger et elle, elle se fourrait le doigt dans l'œil.

Quelques minutes plus tard, les deux amis atteignaient l'hôpital.

— Je vais t'accompagner, dit Roger lorsque Kitty fut descendue de sa voiture, et je t'attendrai à l'extérieur du cabinet. Si ça ne te dérange pas.

— C'est inutile, voyons. Tout ira bien.

— Je n'en doute pas, vieille branche, mais je préfère rester tout près.

Elle fit silence un moment, puis :

— Au cas où on m'annoncerait de mauvaises nouvelles, c'est ça ?

Il acquiesça à contrecœur.

La jeune femme pénétra dans le hall d'entrée de l'établissement.

— Ne nous emballons pas, Roger, si tu veux bien, fit-elle avec résolution. La semaine est loin d'être passée.

Comme Kitty le lui avait demandé, Peggy rassemblait son linge sale pour le descendre au rez-de-chaussée. Elle fredonnait. Rien de tel qu'une idylle naissante pour égayer la journée, songeait-elle.

Elle sourit à Mme Finch, qui lisait encore les journaux du matin :

— Vous avez des ongles ravissants, la flatta-t-elle.

— Je sais ce que vous avez en tête, Peggy Reilly, répliqua la vieille dame en la considérant par-dessus ses demi-lunes. Mais à votre place, je ferais attention. Cette pauvre jeune femme a déjà suffisamment d'épreuves à affronter pour ne pas devoir, en plus, finir avec le cœur brisé.

— Oh… Je ne pense pas que Roger ait l'intention de la faire souffrir, bien au contraire. Il est fou d'elle, cela se voit comme le nez au milieu de la figure.

— À ceci près qu'il est pilote de chasse, et qu'en ces temps incertains, il ne fait pas bon tomber amoureux ni échafauder des projets.

— Oh, Cordélia…, soupira la logeuse en se laissant tomber sur la chaise la plus proche. C'est au contraire parce que l'époque est indécise qu'il faut tomber amoureux. Personne ne sait de quoi l'avenir sera fait, mais si nous renonçons à nos espoirs et à nos rêves, nous nous serons tous battus en vain.

— Mais Kitty n'éprouve pas de sentiments pour Roger.

— Je crois que si. C'est juste qu'elle ne s'en rend pas encore compte.

— Vous êtes vraiment une indécrottable romantique, sourit Mme Finch avec tendresse. Si on vous laissait faire, vous auriez déjà marié toutes vos jeunes locataires. Et où en serions-nous à présent ?

Peggy éclata de rire.

— Je me plaindrais à longueur de journée d'avoir une maison vide, et vous, vous vous ennuieriez à périr, parce que vous n'auriez plus personne auprès de qui vous lamenter…

Un peu plus tard, comme elle venait d'étendre le linge, Cordélia la prévint, par la fenêtre de la cuisine, que son chauffeur était arrivé – il devait l'emmener à son club.

Peggy gravit l'escalier en hâte pour s'assurer que sa pensionnaire n'avait rien oublié dont elle pût avoir besoin. Un vieux monsieur très élégant, une rose à la boutonnière de son veston, aidait Mme Finch à descendre les marches du perron, après quoi il veilla à ce qu'elle fût confortablement installée dans sa petite voiture.

Le sourire aux lèvres, Cordélia salua sa logeuse comme l'eût fait une reine. L'automobile s'éloigna. Elle avait beau railler les rêves bleus de Peggy, elle n'en appréciait pas moins la compagnie d'un homme séduisant.

Plus tard encore, alors que Peggy s'était installée au jardin pour déjeuner d'un sandwich après avoir fait du ménage dans la cuisine et le cellier, Ruby se présenta à la barrière.

— Quelle bonne surprise !

— J'espère que je ne vous dérange pas, hasarda la jeune femme, que son hôtesse fit asseoir à côté d'elle. Mais ma mère est à son travail, et j'ai pensé que c'était le meilleur moment pour vous parler.

— Tu es toujours la bienvenue, voyons. Monte donc te chercher une tasse, tu boiras du thé avec moi. Et, si tu veux, nous partagerons mon casse-croûte.

Ruby s'exécuta. À son retour, elle refusa la moitié du sandwich à la tomate que la maîtresse de maison lui tendait, se contentant de thé. Les deux amies bavardèrent d'abord sans façon, puis, très vite, la Londonienne en vint au sujet qui la préoccupait, et dont elle souhaitait s'ouvrir à son ancienne logeuse.

— Mike est remis sur pied, commença-t-elle, mais il n'a toujours pas retrouvé entièrement la vue. Oh, Peggy, si vous saviez… Je ne sais plus quoi dire ni quoi faire pour essayer de lui remonter le moral.

— J'aurais pourtant cru que tes visites quotidiennes l'aideraient à se sentir mieux.

Ruby baissa la tête.

— Il m'a dit qu'il ne voulait plus que je vienne le voir, et qu'il fallait que je l'oublie.

Les yeux embués de larmes, elle serra la main de Peggy.

— Seulement, je ne peux pas. Je l'aime, moi, vous comprenez ? Et s'il n'y voit plus que d'un œil, ça m'est égal.

— Mais pour lui, ça compte manifestement beaucoup. C'est un jeune homme robuste, en pleine santé, qui, pour le moment, se sent perdu. Donne-lui un peu de temps. Je suis certaine qu'au fond de lui, il n'a pas la moindre envie que tu l'abandonnes. Je crois plutôt qu'il ne sait plus très bien où il en est, et qu'il a peur.

Ruby continuait à lutter contre ses larmes.

— Mais il s'est montré tellement désagréable, ce matin… Il m'a dit de me chercher quelqu'un d'autre, et puis qu'il en avait assez de me voir tous les jours.

— Oh, ma chérie… Il souffre, tu sais.

— Je sais, oui, renifla la jeune femme. Mais moi aussi. En sortant de l'hôpital, je me suis mise à pleurer comme un bébé. Et en plus, j'ai dû rentrer chez nous à pied parce que j'avais raté l'autobus.

Cette fois, elle sanglotait.

— Ma mère est d'avis que je devrais laisser tomber, reprit-elle. Elle dit que j'en ai déjà assez bavé comme ça avec Ray sans m'encombrer maintenant d'un aveugle.

Peggy tiqua. Ethel aurait mieux fait de tenir sa langue. Même si elle ne songeait qu'au bien de son enfant, elle avait employé des mots inutilement cruels.

— Mais moi, je ne peux pas faire une chose pareille. Il a besoin de moi…

— Ruby, ma chérie…, fit la logeuse avec hésitation. Il faut d'abord que tu réfléchisses bien. Restes-tu auprès de lui parce que tu aurais l'impression de le trahir en le quittant ? Ou restes-tu à ses côtés parce que tu l'aimes et que tu n'envisages pas l'avenir sans lui ?

— Parce que je l'aime.

— As-tu parlé avec le médecin ou l'une des infirmières qui s'occupent de Mike ?

La jeune femme opina.

— L'infirmière Bennett m'a dit que la plupart des patients réagissaient de la même façon que Mike, parce qu'ils ne veulent pas devenir un fardeau pour leur entourage. Elle m'a dit de continuer à lui rendre visite, sans m'occuper de ce qu'il raconte.

— Judicieux conseil, il me semble. J'ai pourtant l'impression que tu n'es pas totalement convaincue.

— Et s'il ne veut vraiment plus de moi ? Ou bien s'il veut toujours de moi mais qu'on le renvoie au Canada ? Je ne peux quand même pas le suivre ?

Ruby se tut. Peggy alluma une cigarette.

— Au début, enchaîna la jeune femme d'une voix mal assurée, il se disait que, si son œil ne guérissait pas, son état-major lui dégotterait un emploi de bureau dans le secteur. Maintenant, il dit que l'armée ne voudra plus de lui du tout, qu'il n'est plus bon à rien.

— Oh, Ruby, soupira son hôtesse. Je crois qu'il va te falloir beaucoup de patience, et tu vas devoir le soutenir de ton mieux.

— Je sais, mais je commence à penser qu'il ne m'aime plus.

On tournait en rond.

— Écoute, ma chérie. Il faut que tu joues cartes sur table avec lui. Demande-lui de te dire ouvertement où il en est à propos de vous deux, et, en échange, explique-lui ce que tu éprouves. Pour le moment, c'est son orgueil qui parle. Il voudrait être parfait pour toi.

— Personne n'est parfait, commenta la jeune femme avec un sourire pâle. Même pas lui. Les hommes sont un peu bêtes, hein ?

— Ça leur arrive en effet, se mit à rire Peggy. Mais puisque ton cœur est pur, je sais déjà que tu trouveras la solution.

# 24

Parvenu au sommet de la colline, Roger arrêta sa voiture.

— Nous y voilà. Que penses-tu de la vue?

— Splendide.

Kitty descendit de l'auto.

— À croire que tu avais lu dans mes pensées, soupira-t-elle.

— J'ai pensé que le grand air te ferait du bien, après tout ce temps passé entre quatre murs.

Il retira la veste de son uniforme avec solennité, se débarrassa de sa cravate, avant de déboutonner le col de sa chemise.

— Et tu as eu raison, le complimenta son amie, humant l'air salin.

Roger déploya une couverture sur l'herbe, proposa à Kitty de s'y installer pendant qu'il allait chercher le reste.

Bientôt, il apportait le panier, un parasol jaune vif, puis de nombreux coussins, qu'il arrangea avec soin, veillant aussi à ce que l'inclinaison du parasol empêchât la jeune femme d'avoir le soleil dans l'œil. Celle-ci souriait en le voyant s'affairer, disposant les serviettes en tissu, les couverts, les assiettes en porcelaine. Il y avait même une adorable petite boîte contenant un réchaud à alcool, une bouilloire, une théière en argent et un pot à lait.

— Où diable as-tu déniché ça? lui demanda Kitty.

— Mon père me l'a prêtée. Il s'en sert quand il va chasser, ou quand il passe la journée aux courses. J'avais d'abord pensé prendre aussi le gramophone, poursuivit-il en remettant à son amie un chapeau de paille orné de rubans, mais j'ai fini par me dire que tu allais trouver que j'en faisais trop.

— En effet, sourit Kitty. Garde plutôt le gramophone pour toutes les fois où tu fais du gringue à une jeune beauté aux grands yeux, plus sensible que moi à tes indéniables charmes.

Le garçon poussa un soupir de tragédien, feignit de se sentir blessé jusqu'à l'âme.

— Tu n'es donc pas sensible à mes charmes?

— Ne sois pas bête, le taquina-t-elle. Je te connais trop bien, Roger Makepeace. Tu ne me la feras pas. Et puis, entre nous, encombrée de mon moignon, je n'ai rien d'une héroïne sentimentale.

— Il s'agit d'un très joli moignon, répondit galamment Roger. Et là, allongée parmi les coussins, tu me fais penser à Cléopâtre.

Kitty s'esclaffa.

— Sur ce, j'espère que tu as faim, parce qu'il y a de quoi faire. Œufs durs, fromage, flan à l'oignon, salade, sandwiches à la tomate. Avec du vrai beurre sur le pain. Et un diplomate en dessert.

La jeune femme avait l'eau à la bouche.

— T'arrive-t-il souvent d'organiser de pareilles agapes?

— J'ai simplement pensé que tu méritais d'être choyée. Maintenant, assieds-toi et profite du panorama pendant que je nous prépare du thé.

Obéissante, Kitty regarda les mouettes voler au-dessus de la Manche, dont les eaux scintillaient. Elle entendait triller les alouettes, tandis que, sous l'effet d'une brise tiède, les arbres bruissaient. Cela sentait bon la terre chaude, les ajoncs et le cerfeuil sauvage. La jeune femme exhala un soupir de contentement.

— Cela ne ressemble certes pas à la pampa argentine, observa Roger en vaquant à sa tâche, mais rien n'est plus agréable que la campagne anglaise par une belle journée d'été.

— C'est parfait, souffla Kitty. Merci.

— Pas de quoi, répondit le garçon sur un ton bourru. Ça me fait plaisir.

Bientôt, il remettait une tasse à son amie.

— Cela faisait une éternité que je n'avais pas pique-niqué au soleil avec une jolie fille, fit-il.

— La flatterie ne te mènera nulle part. Donne-moi plutôt un casse-croûte, je meurs de faim.

Elle mangea de tout, se régala, Roger mangeait aussi, et les jeunes gens bavardaient à bâtons rompus.

— Crois-tu que Freddy va se remettre à piloter ? s'enquit brusquement Kitty.

— C'est inévitable, vieille branche. Cloué sur le plancher des vaches, il n'est plus que l'ombre de lui-même. Comme nous tous, d'ailleurs. Tu es bien placée pour le comprendre, n'est-ce pas ?

— Oh, que oui, soupira la jeune femme. Je meurs d'envie de redécoller.

— Que dirais-tu de faire un sort au diplomate, à présent ? Notre conversation devient trop sérieuse à mon goût.

Bientôt, Kitty s'allongeait contre les coussins, puis, abaissant son chapeau sur ses yeux :

— C'était délicieux. Mais j'ai tellement mangé que je vais devoir m'accorder une petite sieste.

Elle ferma les paupières pendant que Roger faisait un peu de rangement. C'était le plus charmant des hommes, songeait-elle en le regardant à la dérobée. Et puis, contre toute attente, elle le jugeait soudain très beau. Ses yeux marron bordés de longs cils, son menton volontaire et sa superbe moustache... Il possédait également des lèvres charnues et bien dessinées... Qu'éprouverait-elle s'il l'embrassait ?

Cette pensée la sidéra, au point qu'elle piqua un fard. Sans doute l'excès de bonne chère lui jouait-il des tours. Incapable de dormir pour l'instant, elle se redressa.

— Cigarette ? lui proposa Roger.

— Oui, merci. Il reste du thé ?

Il remplit sa tasse, avant de s'asseoir, les coudes sur les genoux. Il fuma sa cigarette, le regard perdu vers la Manche.

— Tu sais, Kitty, fit-il au terme d'un long silence complice. Je t'admire énormément.

Il écrasa son mégot sous son talon.

— Non seulement tu affrontes ta situation présente avec un courage et une énergie qui forcent le respect, mais, de surcroît… je ne connais personne qui puisse engloutir de telles quantités de nourriture sans jamais prendre un gramme.

Kitty partit d'un grand rire.

— Espèce de…

Elle le frappa avec un coussin.

Il se redressa puis, avant qu'elle eût le temps de comprendre ce qui se passait, il se jeta sur elle.

— Qu'est-ce qui te prend ? protesta-t-elle en gigotant.

— Ne bouge pas, fit-il d'une voix rauque.

— Je t'interdis de…

C'est alors qu'elle perçut le bruit des moteurs d'un Messerschmitt 109. Et, déjà, les canons tonnaient sur les falaises de Cliffehaven. L'avion passa au-dessus d'eux en rugissant, et le pilote lâcha une rafale de mitrailleuse. Kitty cramponnait Roger, songeant que l'Allemand ne devait plus avoir d'yeux que pour son dos.

Puis, aussi soudainement qu'il était apparu, le Messerschmitt se volatilisa.

Roger se redressa un peu, la mine préoccupée :

— Tout va bien ?

Kitty hocha la tête, subjuguée par les yeux du jeune homme et la proximité de ses lèvres.

— Ça va, murmura-t-elle.

Au lieu de se relever, comme elle s'y attendait, le garçon la considéra avec intensité, soupira, puis l'embrassa. Son amie n'opposa aucune résistance…

Ron avait passé presque toute la journée à regarder l'heure, en sorte que, lorsqu'il eut fini d'aider Rosie à faire le ménage dans le pub, afin que tout fût prêt pour la réouverture de 18 heures, il refusa d'attendre plus longtemps. Ayant confié Monty à son amie, il descendit Camden Road d'un pas décidé, ne se souciant plus que d'Harvey.

Situé de l'autre côté de la grand-rue, le cabinet du vétérinaire donnait sur l'entrée septentrionale de Havelock Gardens. Il s'agissait d'une vaste demeure, en retrait d'une voie paisible et bordée d'arbres. Juste à côté se trouvait le cabinet médical où l'une des anciennes pensionnaires de Peggy, nommée Julie Harris, avait jadis exercé le métier de sage-femme.

Ron foula résolument l'allée gravelée en direction de la porte latérale. Lorsqu'il pénétra dans la salle d'attente, de nombreux clients patientaient déjà, avec leur chien, leur chat ou leur perruche.

— Je suis venu récupérer Harvey, dit-il d'une voix forte à la vieille maman du praticien, qui tenait lieu de secrétaire à son fils.

— Oh, oui. Jack souhaiterait s'entretenir avec vous, fit-elle en parcourant les notes que celui-ci avait gribouillées sur un bloc. Si vous voulez bien vous asseoir, il ne devrait pas tarder.

Une sueur glacée perla au front de Ron, que la terreur avait saisi.

— Pourquoi veut-il me voir ? s'enquit-il d'une voix rauque. Qu'est-ce qui s'est passé ?

— Je n'en ai pas la moindre idée, répondit la vieille dame d'un air distrait. Asseyez-vous, Ron. Il vous recevra dès que possible.

Ce dernier se laissa tomber sur la chaise la plus proche, le cœur battant et la cervelle envahie de funestes pensées. Il gigota un moment sur son siège, puis, n'y tenant plus, se mit à faire les cent pas dans la salle d'attente. Tout était sa faute.

Jack Barham passa la tête à la porte de son cabinet.

— Entrez, Ron.

Sans laisser au vétérinaire le temps de refermer la porte derrière eux, il le bombarda de questions.

— Il va parfaitement bien, se hâta de répondre Jack. Même s'il est encore un peu groggy à cause de l'anesthésique, et qu'il se sent à l'évidence très malheureux. Je tenais cependant à vous voir, car, en l'examinant, j'ai décelé chez Harvey un léger souffle au cœur.

— Son cœur? (Ron s'appuya à la table d'examen pour ne pas tomber, car il avait tout à coup les jambes en coton.) Je le trouve pourtant en pleine forme. Ce matin encore, il galopait dans les collines avec son chiot…

Jack hocha la tête et sourit.

— Je n'en doute pas. Rien ne vaut la présence d'un chiot dans une maison pour réveiller l'ardeur du chien plus âgé. Il n'empêche que le souffle au cœur est là, et bien là. C'est pourquoi je vous propose de le faire examiner régulièrement à partir d'aujourd'hui, afin que je puisse évaluer son état.

— J'arrive pas à y croire, maugréa Ron. Jamais je ne l'ai vu particulièrement essoufflé. Il ne se fatigue pas facilement non plus.

— Je vous le répète, il s'agit d'un *léger* souffle au cœur. N'allez pas vous imaginer qu'il est à l'article de la mort. Je l'ai examiné longuement, et pour le reste, tout est parfait. Je tiens à vous rassurer.

Il parcourut ses notes.

— Quel âge a-t-il?

— Six ans.

Jack sourit.

— Autrement dit, il lui reste de très belles années devant lui. Ne changez rien à son mode de vie ou d'alimentation. Contentez-vous de me l'amener deux fois par an pour un petit *check-up*.

Il considéra Ron avec compréhension.

— Vous avez attendu longtemps pour le faire castrer. Très longtemps, même. C'est pour cette raison que je vous suggère de m'amener Monty la semaine prochaine, pour que je m'en occupe aussi. Mieux vaut prévenir que de vous retrouver bientôt avec d'autres chiots sur les bras.

— Ah là là..., soupira Ron. Vous avez raison, Jack. Je vous l'amènerai le jour où vous retirerez ses fils à Harvey.

— Entendu. Je les verrai donc tous les deux mardis prochains, à 9 heures.

Le vétérinaire écrivit dans son cahier de rendez-vous, avant d'ouvrir la porte située à l'arrière du bâtiment. Ron le suivit, passa devant des paniers à chat et des cages à oiseaux, avant d'atteindre les vastes enclos réservés aux chiens.

Harvey se tenait assis contre le grillage, l'oreille et l'œil tombants. Malheureux comme les pierres, il donnait de petits coups de patte à la collerette en carton que le vétérinaire lui avait attachée autour du cou.

— Il faut qu'il la garde jusqu'à ce que je lui enlève les fils, exposa ce dernier. Je ne tiens pas à ce qu'il lèche sa plaie, ce qui risquerait de la rouvrir.

Il ouvrit le cadenas, puis la porte elle-même.

— Mon pauvre vieux, murmura Ron en caressant le dos de son compère. Je t'ai fait une drôle de vacherie, pas vrai ?

Harvey lui adressa un regard accusateur, en veillant à ne pas remuer la queue, qu'il avait coincée sous lui à dessein, puis il baissa de nouveau la tête, sans cesser de vouloir se débarrasser de son infamante collerette. Enfin, il daigna se lever, passa devant Ron et le vétérinaire pour se diriger vers la porte, devant laquelle il s'immobilisa. Il s'assit de nouveau, tourna la tête, considérant son maître avec dégoût, avant de se mettre à gratter pour lui faire comprendre qu'il voulait sortir.

— J'ai l'impression qu'il a une sacrée dent contre nous deux, observa Ron en tendant à Jack la somme qu'il lui devait.

— Une fois rentré chez lui, il se sentira mieux, commenta le praticien qui, ayant empoché l'argent, reprit le chemin de son cabinet.

Quant à Ron, jamais, de toute son existence, il ne s'était senti coupable à ce point. Il ouvrit la porte. Harvey se sentait vaincu, honteux, et, sans le moindre doute, il tenait son maître pour responsable des mauvais traitements dont il estimait être victime depuis le matin.

Il renifla, s'aventura dans la rue avec lenteur et circonspection, comme une vieille célibataire qui s'apprêterait à se rendre à l'église. Il leva la patte contre le mur, avant d'enquiller la rue d'un pas maintenant plus rapide.

Ron, qui le suivait, se navrait de le voir baisser la tête en marchant. Dans Camden Road, aux trottoirs bondés, on se retourna sur lui à maintes reprises, on le montra du doigt, on ricana dans son dos…

Un terrier, au bout de sa laisse, fonça soudain droit sur lui en jappant, mais Harvey, en échange, se mit à aboyer férocement, ce qui ne lui ressemblait pas, jusqu'à ce que la propriétaire du terrier se précipitât pour le prendre dans ses bras. Elle invectiva Ron, l'accusant de n'être pas capable de maîtriser sa sale bête.

La sale bête en question, sans attendre que les deux humains eussent fini de se quereller âprement, détala sans demander son reste, comme s'il ne désirait plus que de se réfugier dans la cuisine de la pension du Bord de mer, où, enfin, il se trouverait en sécurité.

Ron planta là son interlocutrice pour s'élancer aux trousses de son chien – il passerait à L'Ancre plus tard, pour y récupérer Monty.

# 25

À son retour, Harvey avait été consolé, complimenté et gâté par tous les habitants de la pension, Peggy allant jusqu'à lui offrir une cuillerée de viande hachée pour accompagner ses biscuits.

— J'aurais parié que quelque chose ne tournait pas rond, fit-elle à Ron, quand je vous ai vu à ce point grognon ce matin.

Elle était en train de faire ingurgiter à Daisy du gratin de légumes.

— Je ne voulais rien dire devant lui, grommela le vieil homme. Mieux valait qu'il ne sache pas ce qui l'attendait après sa promenade.

Peggy gloussa.

— Vous êtes un tendre, Ronan Reilly, sous vos airs renfrognés.

— Où est Kitty ? s'enquit-il.

Sa bru sourit de toutes ses dents.

— Elle est dans sa chambre, où elle se repose au terme d'une journée riche en rebondissements.

S'étant assurée que le reste de la maisonnée était tout ouïe, et sans plus se soucier de Mme Finch, qui la fusillait du regard, elle enchaîna, évoquant le pique-nique avec Roger, dont la jeune femme lui avait fait plus tôt le résumé.

— Je ne serais pas étonnée qu'à l'heure qu'il est, elle soit en train de rêver de lui, conclut-elle avec un soupir ému.

— Elle a complètement perdu la boule, maugréa Rita.

— Peggy aussi, commenta Mme Finch avec sécheresse. À l'en croire, il faudrait que le monde entier tombe amoureux.

— Si c'était le cas, intervint Ron, le fait est qu'on arrêterait de se taper dessus et qu'il ne serait plus question de cette fichue guerre. Moi, je me félicite que cette gamine ait enfin trouvé de quoi se réjouir le cœur. Elle en a assez bavé comme ça.

— Merci, Ron, fit Kitty, debout sur le seuil.

Elle adressa un large sourire à sa logeuse.

— Je savais que vous n'arriveriez pas à tenir votre langue bien longtemps.

Puis elle avisa Harvey, couché sur un tapis et profondément déprimé.

— Que s'est-il passé ? demanda-t-elle en le caressant, et elle examinait en même temps sa drôle de collerette. Il s'est battu ?

Ron lui expliqua tout. Elle poussa un soupir de soulagement, puis, se tournant vers le chien :

— Mon pauvre Harvey… C'est injuste, n'est-ce pas ?

Harvey gémit, pour faire comprendre à la jeune femme qu'on l'avait torturé, avant de rouler sur le dos, afin d'exposer, à la vue de tous, l'infamante cicatrice.

— Pour sûr qu'il va nous jouer le soldat amoché jusqu'à plus soif, se mit à rire Fran. Cela dit, on ne peut décemment pas le lui reprocher. Ça doit être une vraie plaie, de se trimballer partout avec cette collerette.

Kitty s'assit à la table, où elle se versa une tasse de thé pendant que les autres achevaient leur repas. Peggy la servit.

Comme à l'accoutumée, au dîner succédèrent des discussions débridées. On accabla la jeune femme de questions à propos de Roger. On voulait tout savoir de lui, si bien qu'au bout d'un moment, elle se sentit quelque peu harcelée.

Enfin, on desservit la table, puis l'on fit la vaisselle, après quoi Ron et les autres locataires s'en furent, à l'exception, bien entendu, de Mme Finch. Ron se rendit à L'Ancre, pour y récupérer Monty et boire une pinte de bière bien méritée, cependant qu'Harvey somnolait sur son tapis. Suzy avait rendez-vous avec Anthony aux Trois Furets, dans le village voisin, Sarah et Jane allaient au cinéma. Fran s'apprêtait à travailler toute la nuit au bloc opératoire.

— Il fait encore chaud, dehors, observa Rita. On pourrait s'y installer toutes les deux, et tu me parlerais encore de Roger. Ça te dit ?

Kitty acquiesça, heureuse de constater que son amie avait compris qu'elle avait besoin d'un peu de quiétude. Elle sortit, s'assit dans une chaise longue, y fuma une cigarette en attendant Rita. Le ciel se teintait d'orange et de rose, tandis que le soleil, lentement, disparaissait derrière les toits. Demain, songea Kitty, il ferait encore beau, et elle retrouverait Roger.

Le silence vola soudain en éclats – on entendait gronder à présent des avions de chasse britanniques qui se dirigeaient vers la Manche et, bien que Kitty ne pût les voir, elle savait, au vacarme qu'ils faisaient, qu'il se trouvait là-haut au moins deux escadrilles. Sans relâche, la RAF bombardait l'Allemagne, mais au moins, ce soir, Freddy et Roger ne comptaient pas parmi les pilotes.

Rita parut avec deux tasses de thé sur un plateau, ainsi que deux couvertures sous son bras.

— On est presque en septembre, exposa-t-elle. Les nuits commencent à être plus fraîches.

Elle s'assit à son tour, avala une gorgée de thé, avant de donner à son amie un petit coup de coude :

— Alors… Où est passée la fille qui refusait de tomber amoureuse en pleine guerre, celle qui tenait plus que tout à ne s'attacher à personne ?

— Un beau garçon a embrassé cette fille-là, pouffa Kitty. Voilà. Je n'en reviens toujours pas, tu sais. Qui aurait pu s'imaginer qu'on en arriverait là ?

— D'autant plus que tu connais Roger depuis de nombreuses années. Tu n'avais jamais deviné qu'il était fou de toi ? Je t'assure que ça sautait pourtant aux yeux.

— C'est aussi ce que m'a dit Peggy.

Kitty se tut un moment, le cerveau encombré d'un fouillis de pensées contradictoires.

— Crois-tu que j'ai bien fait ? reprit-elle soudain. Roger est pilote de chasse. Autrement dit, il exerce l'un des métiers les plus dangereux qu'on puisse imaginer…

— Je ne suis pas la mieux placée pour te donner des conseils. Je n'ai vécu qu'une petite amourette. Il voulait ce que je n'étais pas prête à lui offrir. Comme l'Américain de Fran, qui, au final, s'est révélé un fameux salopard.

— Roger n'a rien à voir avec ce genre de type, déclara Kitty avec fermeté. Bien sûr, il y a tout un tas de filles qui lui tournent autour, et je sais qu'il y prend du plaisir. Mais je le crois sincère, lorsqu'il m'assure qu'il m'aime, et qu'il n'aime que moi.

— Dans ce cas, je pense que tu n'as pas le choix. Tu verras bien ce qui se passera ensuite.

Rita sourit avec chaleur à son amie.

— On ne peut pas passer sa vie à craindre ce qui ne se produira peut-être jamais.

Kitty hocha la tête.

— Sauf que, s'il lui arrivait malheur, je ne le supporterais pas. À partir de maintenant, je vais être aux cent coups chaque fois qu'il partira en opération.

— C'est compréhensible. Surtout depuis la récente mésaventure de ton frère. Mais, encore une fois, n'attire pas le mauvais œil en ne pensant qu'au pire.

— Il y a aussi ma jambe. Il va me falloir encore de longues semaines avant de retrouver un semblant d'indépendance. Je ne peux pas exiger de Roger qu'il m'attende jusqu'à la Saint-Glinglin.

— Est-ce qu'il s'est plaint de quelque chose, aujourd'hui ? s'inquiéta Rita.

— Non…

— Et c'est bien lui qui t'a proposé de t'emmener chaque matin à l'hôpital pendant toute la durée de sa permission ?

Comme Kitty acquiesçait, son amie s'esclaffa :

— Tu n'as vraiment pas à t'en faire sur ce point, alors. Il t'a rencontrée bien avant ton accident, et il a accepté ce qui s'était passé. Il ne t'aurait pas fait de déclaration cet après-midi, s'il avait encore des doutes. Profite, Kitty, et oublie tout le reste.

Peggy surgit sur ces entrefaites.

— Je crois, s'immisça-t-elle aussitôt, que c'est la rapidité avec laquelle tout cela est arrivé qui te perturbe. Mais, si tu réfléchis bien, je suis certaine que tu te rendras très vite compte que tu étais tombée amoureuse de Roger bien avant aujourd'hui.

— Vous avez sans doute raison, mais je n'ai pas l'intention de me précipiter.

— Soit, opina la logeuse en allumant une cigarette. Mais n'oublie pas que Roger, lui, sait depuis longtemps qu'il t'aime. Il ne s'agit pas d'une révélation pour lui. Je ne serais pas étonnée qu'il ait déjà fait des projets d'avenir pour vous deux.

Son regard se perdit au loin.

— Jim et moi nous sommes mariés alors qu'il se trouvait en permission pendant la Première Guerre. Le lendemain de notre nuit de noces, il est parti pour la France. Durant les premiers mois, je me suis rongé les sangs.

Elle soupira.

— J'ai eu de la chance. Il a fini par revenir, ainsi que son père et son frère.

— Comment avez-vous fait pour supporter cette angoisse ?

— J'ai continué à croire de toutes mes forces qu'il ne lui arriverait rien.

Elle sourit à ses deux locataires.

— Nous nous sommes mariés en quatrième vitesse, mais jamais aucun de nous deux ne l'a regretté depuis.

Kitty réfléchissait, pesant le pour et le contre, lorsque les sirènes annonçant l'imminence d'un bombardement se mirent à hurler. Rita, aussitôt, l'aida à s'extraire du transat, avant de lui remettre ses béquilles. Elle l'expédia dans l'abri Anderson, tandis qu'elle continuait à s'affairer avec Peggy. Harvey, que les hululements stridents rendaient fou, devait, ce soir, ferrailler en outre avec sa collerette en carton. Après être cependant parvenu à suivre Kitty, il réussit à se glisser sous le banc, où, comme à l'accoutumée, il se mit à trembler. Ivre de terreur, rejointe par Peggy, Rita et Mme Finch, qu'on installa dans sa chaise longue, la jeune aviatrice n'était pas loin d'imiter l'animal. Ainsi, songea-t-elle, elle allait, chaque jour jusqu'au terme du conflit, s'épouvanter pour deux garçons au lieu d'un, les deux garçons qu'elle chérissait le plus au monde…

Il fut mis un terme à l'alerte deux heures plus tard. Les pensionnaires regagnèrent la cuisine en compagnie de leur logeuse, qui leur servit du chocolat chaud dans des tasses. Puis on alla se coucher. Kitty, peinant à s'endormir, se remémora l'après-midi qu'elle avait passé avec Roger, et finit par admettre, en revisitant des souvenirs plus lointains, que ce qui s'était déroulé aujourd'hui était écrit depuis très, très longtemps.

Le lendemain matin, Ron annonça à Peggy qu'il allait confier Monty aux bons soins de Rosie.

Elle s'assit lourdement sur l'une des chaises de la cuisine.

— Mais…, fit-elle en prenant le chiot dans ses bras pour lui piquer un baiser sur le crâne. Il est devenu un membre de notre famille à part entière.

— Je sais bien, mais Rosie se sent seule au pub. Il lui tiendra compagnie pendant mon absence.

— Je comprends, soupira Peggy. Et je pense que Rosie s'occupera de lui mieux que moi, qui ai toujours mille choses à faire.

— Alors, c'est entendu, fit Ron. La semaine prochaine, je l'emmènerai se faire castrer à son tour, puis, une fois qu'il sera remis sur patte, je le confierai à Rosie, dont il deviendra le chien de garde quand il aura grandi un peu.

— C'est bien beau, tout ça, se navra sa bru. Mais le fait est qu'il va beaucoup me manquer. Il va aussi drôlement manquer à Daisy.

— Ah, Peggy ma chérie… Il te restera toujours Harvey, et je suis certain que Rosie sera ravie que tu lui rendes visite avec Daisy de temps à autre, pour faire un petit coucou à Monty.

Ron ayant attaché une laisse au collier du chiot, il descendit l'escalier conduisant au jardin pour l'emmener en promenade, Harvey sur ses talons.

— Coucou ! Il y a quelqu'un ?

La voix venait de résonner au sous-sol.

— Roger ! s'exclama Kitty, comblée. Nous sommes dans la cuisine.

Le jeune homme gravit les marches quatre à quatre.

— Bonjour, ma chérie. Tu es resplendissante. Comme toujours.

— Bonjour, Roger, fit la jeune femme, soudain timide.

Ils s'immobilisèrent, les yeux dans les yeux, jusqu'à ce que Mme Finch se raclât la gorge pour leur rappeler qu'ils n'étaient pas seuls.

— Veuillez m'excuser, se reprit Roger, confus. Je manque à tous mes devoirs. Comment allez-vous, toutes les deux ?

— Très bien, répondit Peggy en s'efforçant de ne pas rire.

Mme Finch, qui n'avait pas ces préventions, prit la parole.

— Je vous trouve particulièrement pimpant, aujourd'hui, je me demande à quoi cela peut être dû.

Roger lui décocha un sourire radieux et se lissa la moustache.

— Je n'en ai pas la moindre idée. Sur ce, pardon, mais nous devons filer à l'hôpital.

— Nous sommes un peu en avance, observa Kitty, électrisée par les doigts qu'il venait de refermer sur les siens.

— Je sais. J'ai pensé que je pourrais te faire faire un tour dans Cliffehaven pour commencer. La mer est magnifique, aujourd'hui.

— Allez-vous nous la ramener pour le dîner? s'enquit Peggy.

Roger posa sur la jeune femme un regard d'adoration qui la bouleversa.

— J'ai prévu quelque chose pour ce soir, répondit-il, si Kitty est d'accord.

— Bien sûr qu'elle est d'accord, s'amusa la logeuse. Allez, ouste, et profitez bien de votre journée.

Ce soir-là, dans son lit, Kitty se remémora avec délice ces heures passées en compagnie de Roger. Après la visite au Dr Thorne, qui s'était montré ravi des progrès de sa patiente, le jeune homme l'avait emmenée dans un petit hameau situé au fond d'une vallée, à quelques kilomètres de Cliffehaven. Ils avaient déjeuné dans l'exquis jardin d'une auberge typique, d'où l'on pouvait admirer les collines environnantes, ainsi que de vastes et verdoyants paddocks peuplés de chevaux en train de brouter ou de sommeiller, debout, à l'ombre des arbres. Des alouettes trillaient dans un ciel sans nuage.

La propriétaire des lieux ayant indiqué aux deux jeunes gens qu'elle leur permettait de rester aussi longtemps qu'ils le souhaitaient dans ce jardin, dans le parfum des roses qui prenaient d'assaut les vieux murs de l'auberge, ils avaient bavardé là tout l'après-midi. Cela leur avait permis de découvrir que, s'ils venaient de mondes différents, ils possédaient beaucoup en commun – ils pratiquaient le même humour, avaient, sur bien des sujets, la même vision des choses, ils aimaient les mêmes films, la même musique… Et, bien sûr, ils partageaient la même passion pour le pilotage aérien.

Le soir, ils avaient dîné au restaurant, puis, après qu'ils se furent encore attardés autour d'une tasse de café, Roger avait reconduit Kitty à la pension.

Comme ses paupières se faisaient à chaque instant plus lourdes, elle se rappela, enfin, les nombreux baisers qu'ils s'étaient donnés au cours de la journée.

# 26

— Quelle cachottière tu fais, la taquina Charlotte quatre jours plus tard.

Roger, Freddy, Kitty et elle se trouvaient attablés à L'Ancre.

— Tu avais gardé ça pour toi.

— Roger ne vaut pas mieux, commenta Freddy. Jamais je ne me suis douté qu'il en pinçait pour ma sœur. Quel choc !

Son œil espiègle étincelait :

— Moi qui croyais qu'il avait bon goût...

Kitty lui assena un coup de coude dans les côtes.

— Je suis vraiment ravie de te revoir, dit-elle à Charlotte, tandis que les garçons se levaient pour se diriger vers le bar. Où en sont les préparatifs du mariage ?

— Nous avons décidé d'en avancer la date au 21 septembre. Après ce qui est arrivé à Freddy, nous nous sommes rendu compte que nous ne voulions plus attendre. Ma mère est hystérique, comme tu peux t'en douter, mais, au moins, il restera des fleurs dans le jardin pour assurer la décoration.

— Quand avez-vous pris ces dispositions ? l'interrogea Kitty, surprise de ne pas avoir été mise au courant.

— Ce matin.

Elle frissonna.

— J'ai failli le perdre… Si tu savais comme je me sens soulagée de le savoir derrière un bureau depuis son retour.

— Ce n'est facile pour personne, murmura Kitty en observant les deux garçons, en train de bavarder avec Ron et Rosie. La permission de Roger prend fin ce soir, à 18 heures. Et à peine aura-t-il regagné Cliffe qu'on l'enverra en opération.

— Il n'empêche que j'estime merveilleux que vous vous soyez enfin trouvés, tous les deux.

Elle étreignit son amie, puis l'on revint au mariage. Freddy et Roger, qui seraient alors en permission, viendraient chercher Kitty à la pension du Bord de mer la veille de la cérémonie, pour se rendre avec elle dans le Berkshire. Les deux garçons passeraient la nuit dans l'auberge du village, Kitty dormirait chez les parents de Charlotte. Un dîner serait organisé pour les amies de celle-ci, que Kitty connaissait pour la plupart, mais l'on ne s'attarderait pas, car la future mariée devait à tout prix s'offrir une bonne nuit de sommeil avant le grand jour.

La cérémonie aurait lieu dans l'église du village à 11 heures, le lendemain matin. Après le déjeuner, Roger raccompagnerait Kitty à la pension du Bord de mer, puis rejoindrait l'aérodrome, pour y reprendre sa tâche. Freddy et Charlotte, de leur côté, ce dernier ayant obtenu pour l'occasion une permission de plusieurs jours, passeraient leur lune de miel dans la région des Cotswolds, réputée pour son charme.

— Je t'ai déniché une superbe robe dans les affaires de ma mère, enchaîna Charlotte. Une robe en soie bleu turquoise. Une merveille. L'après-midi de votre arrivée, la couturière de maman passera chez nous pour faire les retouches nécessaires.

Kitty s'obligea à sourire – oserait-elle seulement participer aux noces de son amie avec une jambe en moins ?

— Si, avec ça, Roger ne te demande pas immédiatement en mariage, je n'y comprendrai plus rien.

— Tout cela est encore très frais pour nous, tu sais.

— Oui, mais ce serait tellement romantique, soupira Charlotte.

Kitty avala une gorgée de limonade qui ne pétillait guère. Son appréhension allait croissant. Au mariage de Charlotte se trouveraient les parents de Roger, qu'elle ne connaissait pas encore, et en dix-sept petits jours, elle n'aurait pas le temps de s'accoutumer assez à sa prothèse pour la porter ce jour-là. La robe aurait beau attirer les regards, comme Charlotte le laissait entendre, Kitty, elle, se sentirait, dedans, minable et grotesque.

— Je crois que tu devrais te trouver une autre demoiselle d'honneur, laissa-t-elle tomber calmement.

— Mais pourquoi ?

Charlotte n'en croyait pas ses oreilles.

Kitty lui fit part de ses doutes.

— Écoute-moi bien, Kitty. Nous nous sommes promis, il y a de nombreuses années, que chacune serait la demoiselle d'honneur de l'autre. Alors, béquilles ou pas béquilles, tu seras ma demoiselle d'honneur. Je refuse qu'il en aille autrement.

— Je vais faire tache parmi tes invités. Et s'ils se mettent à me regarder, ou à chuchoter dans mon dos, je ne le supporterai pas.

Cette fois, Charlotte croisa les bras sur sa poitrine.

— Tu veux que je te dise, Kitty Pargeter ? Tu es en train de sombrer dans la paranoïa. En ce moment même, l'un des clients de ce pub te dévisage-t-il ? Un autre murmure-t-il à l'oreille de son voisin en te montrant du doigt ? T'est-il déjà arrivé d'être la cible de moqueries ou de commentaires déplacés ?

Son amie fronça les sourcils.

— Non, en effet…, fut-elle obligée de reconnaître. Cela dit, ces jours-ci, je n'avais d'yeux que pour Roger. Certaines choses, autour de nous, auront pu m'échapper…

— Nous y voilà, commenta Charlotte qui, radoucie, lui prit la main. Tout se passe dans ta tête. Et je veux que tu tiennes ta promesse.

Kitty, soudain, se trouva décillée. Elle s'excusa auprès de sa meilleure amie, lui affirma, la main sur le cœur, qu'elle assisterait à son mariage. On se réconcilia tout à fait, si bien que, lorsque les deux garçons revinrent à la table, les jeunes femmes riaient aux éclats.

Désireux de passer quelques heures en tête-à-tête, Freddy et Charlotte s'en étaient allés explorer la campagne environnante dans la voiture qu'on leur avait prêtée – ils trouveraient, plus tard, un endroit où manger. Rosie, qui avait fermé L'Ancre, avait indiqué à Kitty et Roger qu'ils pouvaient y demeurer aussi longtemps qu'ils le souhaitaient. Lorsqu'elle monta à son appartement avec Ron et les chiens, les jeunes gens s'installèrent, chacun avec son verre, dans la courette pavée située derrière le pub.

Bientôt, hélas, l'horloge de la mairie sonna 17 heures. Roger frappa dans ses mains.

— J'essaierai de t'appeler tous les jours, promis. Et dès que j'aurai un peu de temps, je passerai te voir.

— Repose-toi plutôt entre tes missions. Inutile de te précipiter à la pension pour moi.

— Te voir me redonnera de l'énergie, répondit Roger, avant d'embrasser sa compagne avec douceur. J'aimerais tellement rester auprès de toi, murmura-t-il. Je viens de passer de merveilleuses journées, et la perspective de me séparer de toi me rend malade.

Kitty l'attira à elle. Il allait atrocement lui manquer aussi. Ses baisers, ses sourires allaient lui manquer, ses plaisanteries et son aisance à faire de chaque heure passée à ses côtés un moment inoubliable.

— Allez, vieille branche. Nous ferions mieux d'y aller, ou je risque d'arriver en retard.

Ils retournèrent à l'intérieur du pub, déposèrent leurs verres vides sur le comptoir, puis quittèrent les lieux par la porte latérale. Ils montèrent dans la voiture, qui s'ébranla en direction de la pension du Bord de mer.

— Fais bien attention à toi, souffla Kitty à Roger lorsqu'il se gara le long du trottoir, et elle jeta ses bras autour de son cou. N'oublie pas que je t'aime.

Elle avait les larmes aux yeux.

— Je te le promets, ma chérie.

Parvenue devant la barrière du jardin, elle ne put s'empêcher de se retourner. Debout à côté de sa voiture, Roger la contemplait. Il lui souffla un baiser.

Elle le lui rendit, puis ouvrit la barrière, avant de se ridiculiser tout à fait en éclatant en sanglots.

Une semaine s'était écoulée. Fidèle à sa parole, Roger téléphonait à Kitty chaque jour, et la jeune femme avait repris ses séances d'exercice au Memorial Hospital, où l'un ou l'autre des pompiers de la ville la conduisait chaque matin, puis la récupérait le soir. Pour les remercier tous, Kitty et Peggy avaient confectionné plusieurs gâteaux, qu'elles leur avaient offerts.

La logeuse, de son côté, jugeait cette semaine interminable, car le samedi, Jim allait enfin lui être rendu. Résolue d'ici là à s'occuper pour que le temps passât un peu plus vite, elle avait réquisitionné Ron afin qu'il l'aidât à débarrasser la salle de séjour des meubles superflus qu'on y avait entassés, et qui rejoignirent le sous-sol. Elle demanda ensuite à son beau-père de décrocher les doubles rideaux, afin qu'elle pût les dépoussiérer, puis les laver.

Lorsqu'il eut aussi retiré les planches plaquées contre les fenêtres, la logeuse fit le ménage, s'affaira pour redonner à la pièce son lustre d'antan en l'honneur de Jim. Elle polit le parquet, battit les fauteuils, cira la table et changea l'ampoule vissée au centre du plafond.

Ensuite, elle s'attaqua à la chambre conjugale, puis à l'entrée de la pension et, enfin, à la cuisine. Elle briquait, frottait, lavait et dépoussiérait… Une véritable tornade… Pourtant, le samedi n'en finissait toujours pas d'arriver.

Le mercredi après-midi, Mme Finch en eut assez.

— Vous allez vous épuiser, dit-elle à sa logeuse, et, résultat, lorsque Jim se montrera, vous ne serez plus bonne à rien. Calmez-vous un peu, pour l'amour du Ciel. Vous finissez par me donner le tournis.

— Je veux que tout soit parfait, plaida Peggy, qui lavait les rideaux de la cuisine dans l'évier. Il est parti depuis tellement longtemps… Je ne veux pas qu'il ait l'impression que tout est parti à vau-l'eau en son absence.

— Que vous êtes sotte, s'attendrit Cordélia. Croyez-vous vraiment qu'il se préoccupera de l'état du sol et des rideaux ? Voyons… Il n'aura d'yeux que pour vous, Peggy, et pour votre petite Daisy.

Peggy rinça les rideaux, les essora.

— Je sais bien, reconnut-elle. Mais si je ne m'affaire pas, je crois bien que je vais devenir folle.

— C'est nous qui allons devenir dingos avec tout ton ramdam, grommela Ron. Assieds-toi, nom de nom, et laisse-nous souffler.

Sa bru le considéra avec affection.

— Inutile d'être de mauvaise humeur, Ronan Reilly. C'est vous qui avez eu l'idée de confier Monty à Rosie. S'il vous manque, je n'y suis pour rien.

— Je ne pensais pas qu'elle le prendrait aussi vite. Je croyais qu'il allait rester ici jusqu'à ce que le véto lui enlève ses fils.

— Il se plaît chez Rosie ?

— Oh que oui. Il y est pourri gâté. Un vrai petit prince, parole.

Peggy descendit au jardin pour étendre ses rideaux.

Le linge de lit était déjà sec, qui n'attendait plus que le fer à repasser, au même titre que la plus belle robe de la logeuse, sur laquelle elle avait arrêté son choix pour accueillir son époux. Elle porterait également ses sandales blanches, Fran l'aurait aidée à se coiffer et elle lui aurait fait les ongles. À Daisy, elle enfilerait une adorable petite robe en coton et un bonnet qu'elle avait fini de broder la veille au soir. Jim n'aurait plus qu'à ouvrir les bras pour les serrer toutes les deux contre son cœur.

Puis, le soir, lorsque enfin ils se retrouveraient dans l'intimité de leur chambre, ils…

— Peggy !

En l'appelant à la fenêtre de la cuisine, Fran venait de faire voler en éclats son rêve éveillé.

— Je suis prête à m'occuper de vos cheveux et de vos ongles. Si on ne se magne pas un peu, je n'aurai pas le temps de faire un boulot soigné avant de devoir filer à l'hôpital.

— Si tu as l'intention de transformer cet endroit en institut de beauté, maugréa Ron à l'intention de l'infirmière, Harvey et moi, on débarrasse le plancher.

Il considérait, d'un œil réprobateur, les bigoudis sur la table, la brosse, le peigne et tout le fatras que Fran faisait surgir peu à peu de son *vanity-case*.

— Restez assis encore une minute ou deux, répondit la jeune femme, le temps que je vous débroussaille un peu.

— Il n'en est pas question, ma jolie.

— Oh, que si.

Et Fran, sans plus de cérémonie, de jeter une serviette de toilette sur les épaules du vieil homme en le contraignant à se rasseoir.

— Franchement, oncle Ron. Vous êtes plus hirsute que ce pauvre Harvey l'a jamais été.

Elle se mit à lui couper les cheveux.

Mme Finch gloussait, et Peggy, remontée entre-temps, souriait, car Ron, l'œil éteint et le sourcil en berne, semblait l'image même du désespoir – Harvey avait gentiment posé son menton sur son genou.

— C'est bien du tralala pour pas grand-chose, se plaignit-il amèrement.

— Quand j'aurai fini, vous serez content, repartit Fran. Et je suis sûre que ça plaira drôlement à Rosie.

Ce dernier argument fit mouche.

— Fais bien attention à ce que tu fais, lâcha-t-il néanmoins d'un ton menaçant, lorsque l'infirmière entreprit de lui tailler les sourcils.

— Bien sûr que je fais gaffe, s'amusa celle-ci. Mais, si vous préférez, je peux vous faire ça avec ma pince à épiler.

— Jamais de la vie ! Et maintenant, laisse-moi tranquille. C'est pas beau de torturer de cette façon un brave type.

— J'ai presque fini. Après, vous n'aurez plus qu'à vous raser.

— Je me suis déjà rasé la semaine dernière.

La jeune femme s'esclaffa.

— Et voilà, c'est terminé. Un bon coup de rasoir, une chemise propre, un pantalon et des chaussures potables, et on pourra presque finir par vous trouver joli garçon.

— Je t'en ficherais, moi, des jolis garçons, se récria Ron, l'œil pétillant de facétie. Allez, Harvey, fichons le camp avant qu'elle s'attaque aussi à toi.

Après son départ, Peggy se fit bichonner pendant deux bonnes heures. Fran commença par ses ongles, puis, lorsque le vernis fut en train de sécher, elle appliqua une lotion sur les cheveux propres de sa logeuse, qu'elle peigna. Ensuite vinrent les bigoudis.

— Les frisettes durent quatre jours, indiqua Fran. Samedi, vous serez encore toute belle. Et maintenant, je vais vous faire un masque.

— Qu'est-ce que c'est que ça ?

Peggy posa un regard soupçonneux sur la pâte vert pâle que sa pensionnaire mélangeait dans un bol.

— Ça ne risque pas de me provoquer une éruption de boutons, au moins ?

— Bien sûr que non.

La logeuse se tortilla sur sa chaise, avant de prendre une cigarette dans son paquet.

— J'espère. Je ne tiens pas à ce que Jim se retrouve avec une bonne femme couverte de pustules.

— Arrêtez de parler, maintenant. Ça va durcir en séchant et, si vous bougez ne serait-ce qu'un muscle, vous allez tout gâcher.

Peggy se tut, tandis que l'infirmière lui badigeonnait le visage. Avisant la mine amusée de Mme Finch, elle faillit éclater de rire.

— Et voilà, déclara Fran. Il ne me reste plus qu'à vous poser des rondelles de concombre sur les yeux pour faire disparaître vos cernes.

— Du concombre ? parvint à articuler la logeuse entre ses dents. Tu ne vas quand même pas gaspiller…

— Chut. J'ai juste prélevé deux fines rondelles. On va rien gaspiller du tout.

Ayant allumé sa cigarette, Peggy en tira une bouffée.

— Combien de temps ? susurra-t-elle.

— Environ une demi-heure. Après ça, vous aurez un teint lumineux, la peau plus douce et plus lisse.

— Je dois avouer, intervint Mme Finch, prête à pouffer, que vous avez une drôle d'allure, ma chère. Mais au moins, vous voilà assise, ce qui ne peut que vous être bénéfique.

On frappa à la porte. Les trois femmes sursautèrent.

— Vas-y, Fran, s'il te plaît, fit Peggy. Et, pour l'amour du Ciel, peu importe qui c'est, ne le fais surtout pas entrer dans la cuisine.

L'infirmière s'éclipsa. Peggy l'entendit ouvrir, échanger quelques mots avec quelqu'un, puis refermer la porte.

— C'était pour vous, Peggy, déclara la jeune femme, de retour dans la cuisine, et, à son ton, la logeuse devina qu'il ne s'agissait pas d'une bonne nouvelle.

Un frisson lui parcourut l'échine.

— Un télégramme ? murmura-t-elle en découvrant l'enveloppe en papier kraft entre les doigts de sa pensionnaire.

— Oui. Vous voulez que je vous le lise ?

Peggy secoua la tête, s'empara de l'enveloppe d'une main tremblante. Elle la déchira avec peine, le souffle court.

TOUTES PERMISSIONS ANNULÉES JUSQU'À PLUS AMPLE INFORMÉ * LETTRE SUIT * JIM

Elle éclata en sanglots, avant de s'élancer vers le refuge de sa chambre.

— Je suis éreintée, avoua Kitty au terme de sa quatrième séance dans la salle de physiothérapie.

Elle défit sa prothèse, avant de masser les muscles douloureux de ses cuisses.

Le Dr Thorne lui sourit.

— Cela ne me surprend pas. Vous avez beaucoup travaillé, aujourd'hui, et vous avez accompli des prouesses.

Il se pencha vers le moignon de sa patiente pour l'examiner.

— C'est parfait. Mais nous allons nous arrêter là pour le moment.

Comme Kitty allait répliquer, il lui coupa la parole.

— Demain, après une bonne nuit de repos, vous vous sentirez plus forte. N'oubliez pas ce que je vous ai dit mille fois au sujet de la patience.

— Je sais, mais il ne me reste plus que dix jours avant le mariage de mon amie Charlotte.

Elle enfila sa chaussette matelassée.

— Pensez-vous que, d'ici là, je réussirai à ne plus me déplacer qu'avec des cannes ?

— Je pense que ce serait déraisonnable. Marcher d'ici à la porte d'entrée est une chose, suivre la future mariée dans la travée centrale d'une église, puis rester debout une demi-heure avant d'effectuer le trajet dans l'autre sens en est une autre.

Il adressa à la jeune femme un regard plein de regrets.

— Je crois que vous profiterez bien mieux de ce merveilleux moment si vous vous en remettez à vos fidèles béquilles.

Kitty, déçue, soupira.

— Bah, fit-elle pour se redonner du courage. Au moins, je n'aurai pas besoin d'exhiber cette horrible chaussure.

— J'aime mieux ça, lui sourit le médecin en lui tendant ses béquilles. À demain, Kitty.

Celle-ci quitta la pièce, pour découvrir, quelques secondes plus tard, que Rita l'attendait déjà.

— Bonjour ! Tu es drôlement en avance, dis donc.

— Parce qu'il faut que je rentre à la pension le plus vite possible.

— Pourquoi ? Que se passe-t-il ?

— La permission de Jim a été annulée. Cette pauvre tante Peggy est au trente-sixième dessous.

— Oh non..., souffla Kitty. Quelle poisse. À la dernière minute, qui plus est.

— L'armée n'a jamais été réputée pour son bon cœur, commenta Rita avec aigreur.

— Y a-t-il quelqu'un avec elle ? s'enquit son amie en montant dans la camionnette.

— Fran a dû partir travailler, et les autres ne sont pas encore rentrées. J'ai appelé Ron à L'Ancre pour le prévenir. Si ça se trouve, il est déjà à la pension, pour prendre le relais de Mme Finch. La nouvelle l'a tellement bouleversée, elle aussi, qu'elle n'est vraiment plus la mieux placée pour soutenir Peggy.

C'était, pour cette dernière, un coup très dur, songea Kitty en chemin. Quelle cruelle déception...

— Nous devons trouver quelque chose pour lui remonter le moral, dit-elle à Rita lorsque celle-ci gara son véhicule.

— Je suis d'accord. On va commencer par préparer le dîner à sa place, ensuite on pourrait l'emmener prendre un verre à L'Ancre. Fran et Suzy sont de service, ce soir, mais je suis sûre que Jane ne verra pas d'inconvénient à garder Daisy pendant notre absence.

— Et mamie Finch ? Elle ne pourrait pas s'occuper de Daisy, pour permettre à Jane de se joindre à nous ?

Rita secoua la tête.

— Elle est tellement effondrée qu'un verre ne sera pas du luxe, je t'assure. D'autant plus qu'elle adore boire de temps en temps un petit porto à L'Ancre. L'ambiance du pub l'enchante. Sous ses airs trop sages, elle aime les endroits bondés. Elle observe les gens, et elle chante avec eux, au besoin.

Kitty sourit.

— Si tu ne me l'avais pas dit, je ne l'aurais jamais deviné. C'est une vieille dame tellement tranquille. Un peu guindée, même, quelquefois.

— C'est ce qu'elle voudrait nous faire croire, mais elle est restée très jeune d'esprit.

Elle eut un petit rire.

— Elle chante complètement faux, et, par deux fois au moins, Ron a dû la porter jusqu'à la pension parce qu'elle s'était envoyée deux grands verres de vin cuit.

Peggy était brièvement sortie de sa chambre pour appeler Martin, à qui elle avait demandé de prévenir Cissy que son père ne rentrerait pas à la maison. Lorsqu'elle eut regagné son lit, elle se rendit compte qu'elle ne pouvait éternellement se cacher ainsi, alors qu'il y avait tant à faire. Elle se lava le visage pour faire disparaître les derniers vestiges de son masque de beauté, avant de se coiffer en s'efforçant de retrouver un peu d'entrain.

Dans la cuisine, ses locataires s'affairaient, résolues à lui préparer le dîner qu'elle avait prévu de servir le samedi soir. Saucisses, purée de pommes de terre, haricots verts du jardin, le tout arrosé de cette sauce à la viande dont raffolait Jim. Ensuite devait venir un dessert, réalisé avec de la farine blanche qu'elle s'était procurée sous le manteau, sur lequel on aurait dû faire couler les dernières cuillerées de mélasse raffinée dont on disposait encore.

Hélas… Il n'y aurait pas de gâteau, pas de Jim ce week-end, et Peggy avait le cœur si lourd qu'elle se remit à pleurer.

— S'il te plaît, tante Peggy, fit tendrement Rita. Essaie de sécher tes larmes. Il va revenir, de toute façon. Un peu plus tard que prévu, c'est tout.

La logeuse se moucha, s'obligea à sourire.

— Pour tout dire, je suis plus en colère qu'autre chose. Comment les cadres de l'armée ont-ils pu annuler sa permission au dernier moment ? Sans même nous donner une petite idée du temps qui allait s'écouler d'ici à la prochaine ? C'est injuste pour tout le monde.

— Pour sûr, ma petite Peggy, que l'armée n'en fait qu'à sa tête, déclara Ron, qui venait de rentrer de L'Ancre, suite à l'appel de Rita. Sèche donc tes yeux, à présent, et régale-toi avec tout ce que ces demoiselles t'ont préparé.

Peggy contempla son assiette, généreusement garnie. Elle n'avait pas faim. Mais comme elle s'apprêtait à décliner l'invitation, elle s'aperçut que tous la fixaient, alors elle plongea sa fourchette dans la purée, dont elle avala une copieuse bouchée.

— Vous êtes formidables, les filles, murmura-t-elle. Merci.

— Surtout, fit Rita, qui donnait à manger à Daisy, tu ne dois rien laisser, tante Peggy. C'est que tu vas avoir besoin d'énergie, parce qu'après le repas, on t'emmène tous à L'Ancre. Il ne s'agirait pas que tu boives le ventre vide.

Peggy ne désirait pas se rendre au pub. Elle ne souhaitait que de rejoindre sa chambre et de s'y blottir en s'apitoyant sur son sort.

— Allez-y, vous. Moi, je garderai Daisy.

— Non, non, intervint Jane. C'est moi qui vais m'occuper de votre fille. Vous n'avez plus aucune excuse. Et puis, ce serait dommage de ne pas montrer à tout le monde votre nouvelle coiffure. Fran a encore fait des miracles.

La logeuse hocha la tête. Face à tant de gentillesse, elle ne pouvait que se soumettre.

Au terme du repas, qu'elle avait finalement apprécié, elle alluma une cigarette pour la fumer en buvant du thé.

Pendant ce temps, ses pensionnaires desservirent, avant de faire la vaisselle. C'était de si adorables jeunes femmes, si pleines d'attentions… Comment, ainsi entourée, aurait-elle pu ne pas se ragaillardir un peu ? En sorte que, bien qu'elle n'eût pas la moindre envie de passer la soirée dans un troquet enfumé, où Mme Finch, par surcroît, allait massacrer les chansons les unes après les autres d'une voix stridente, elle finit par songer qu'un ou deux verres de gin lui feraient du bien et l'aideraient à s'endormir.

— Je vais me changer, dit-elle en écrasant son mégot, toujours au bord des larmes.

Ayant refermé la porte derrière elle, elle s'assit lourdement au bord du lit, puis examina son reflet dans le miroir de la coiffeuse. Elle avait attendu Jim tellement longtemps, et voilà qu'on la contraignait à puiser de nouveau dans ses réserves pour y trouver la force de patienter encore. Mais, pour le moment, si elle tenait vraiment à se présenter à L'Ancre, elle allait devoir dissimuler de son mieux ses paupières gonflées et son teint blême.

Dans un soupir chargé de regrets, elle passa une main sur la courtepointe, puis s'en fut ouvrir la porte de son armoire, où dormaient ses quelques vêtements. Elle opta pour une robe bleu et blanc, dont Doris lui avait fait cadeau parce qu'elle n'en voulait plus, dénicha ses escarpins bleus, ajouta à sa tenue un gilet blanc qu'elle avait fini de tricoter la semaine précédente. Enfin, puisqu'on était en septembre et que les soirées fraîchissaient, elle décrocha son manteau de son cintre et le posa sur son lit.

Elle se vêtit, se maquilla, allant jusqu'à appliquer vaillamment un peu de rouge sur ses lèvres. Elle était prête. L'armée ne lui ferait pas mettre un genou en terre. Pas cette fois. Jamais.

Après avoir pris une profonde inspiration, elle quitta sa chambre. À l'exception de Ron, la maisonnée tout entière l'attendait dans le hall. Harvey lui lécha une main, avant de retourner à la cuisine.

— Tu es belle comme un cœur, la complimenta Rita en aidant Mme Finch à enfiler son manteau.

Peggy lui sourit avec reconnaissance.

— Dépêchez-vous, Ron ! s'impatienta Cordélia. Et n'oubliez pas votre porte-monnaie, parce que la première tournée est pour vous.

— Allez-vous vous taire, bon sang de bois ? gronda pour rire le vieil homme, tandis qu'Harvey ouvrait la marche.

Peggy mit son manteau à son tour, remercia Jane d'avoir bien voulu prendre soin de Daisy en leur absence. Bientôt, on se dirigeait vers L'Ancre d'un même pas.

Il était près de minuit lorsque Peggy parvint enfin à se retrancher de nouveau dans sa chambre. Elle alla d'abord voir Daisy, qui ronflotait béatement dans son lit à barreaux, puis elle se débarrassa de ses escarpins, avant de retirer ses vêtements un à un, qu'elle abandonna en tas sur le sol.

Ensuite, elle enfila sa vieille chemise de nuit aux tons passés, éteignit la veilleuse et se glissa dans son grand lit vide. Plus besoin, ici, de continuer à faire bonne figure, comme elle s'y était ingéniée durant toute la soirée. Plus besoin, non plus, de retenir ses larmes ou de museler à tout prix ses émotions.

Enfouissant son visage dans l'oreiller, elle put enfin laisser libre cours à sa déception, à son amertume et à son chagrin. Elle sanglota longtemps à gros bouillons.

# 27

Neuf jours s'étaient écoulés depuis qu'on avait livré à la pension l'affreux télégramme, et bien que Peggy eût tout fait pour dissimuler son désarroi, Kitty et les autres locataires avaient compris qu'elle souffrait en silence. Aussi, lorsqu'une lettre de Jim arriva, indiquant qu'il serait en permission, et cette fois pour de bon, à partir du 18 octobre, ce fut la maisonnée tout entière qui exhala un soupir de soulagement.

Kitty se cala mieux au fond du confortable siège en cuir, observant le profil délicat de Roger, qui roulait dans la campagne du Berkshire. Ce garçon était merveilleux, et elle l'aimait de toute son âme. Sachant combien elle appréhendait ce week-end, il s'était mis en quatre pour lui rendre les choses moins difficiles.

— Sommes-nous déjà arrivés ? s'enquit Freddy en s'étirant sur la banquette arrière, au milieu d'un fatras de vieux journaux.

Sa sœur se mit à rire.

— On dirait un gamin impatient, s'amusa-t-elle. Si tu te donnais la peine de regarder par la fenêtre, tu verrais que nous entrons dans le village.

— Dépêche-toi de t'arranger un peu, lui lança Roger en s'engageant dans l'unique rue de ce dernier, ralentissant ensuite pour tourner dans une vaste allée privée, flanquée d'une petite loge de gardien. Il ne s'agirait pas que tes futurs beaux-parents te prennent pour un pouilleux.

Freddy s'exécuta, mit sa veste de tweed, rajusta son nœud de cravate, avant de lisser les plis de son pantalon en sergé. Kitty, de son côté, avait hâte de revoir la maison des parents de Charlotte et ses superbes jardins s'étendant sur près d'un hectare.

La bâtisse parut après que la voiture eut négocié la dernière courbe de l'allée. Il s'agissait, à l'origine, d'un presbytère, mais l'occupant des lieux, incapable d'entretenir une pareille quantité de pièces avec ses maigres revenus, avait déménagé, avec son épouse et leur enfant, pour s'installer dans une maisonnette située de l'autre côté de l'église, et l'on avait vendu la demeure.

Cécilia et David Bingham y avaient posé leurs bagages en 1919, après leur mariage, et Charlotte était née dans la chambre bleue, qui donnait sur la roseraie à l'arrière de l'édifice.

Kitty adorait cet endroit, devenu sa deuxième maison lorsqu'elle était au pensionnat. Elle contempla avec émotion les trois rangs d'élégantes fenêtres depuis lesquelles, elle s'en souvenait, on pouvait admirer les pelouses toujours impeccablement tondues, ainsi que les parterres de fleurs aux couleurs éclatantes.

Le toit, robuste, se penchait sur les ouvertures du dernier étage, où les branches enchevêtrées d'une très vieille glycine se cramponnaient aux murs de briques. Au printemps, elles ployaient sous le poids des grappes de fleurs violettes au parfum capiteux. Aujourd'hui, ne demeuraient qu'une poignée de roses, à côté de la porte d'entrée.

— Ça, fit-elle à l'intention de Freddy et Roger, c'est la haie où Charlotte et moi établissions nos campements. Et cet arbre, là-bas, nous passions notre temps à y grimper, ajouta-t-elle avec tristesse. Je me demande ce qu'est devenue la cabane que David y avait construite exprès pour nous.

— Charlotte m'a expliqué que le bois avait fini par pourrir, lui apprit Freddy. Ils ont dû la démolir.

— Oh, oh, lança Roger, tandis que la voiture passait devant une fontaine, où un triton de pierre vidait pour l'éternité l'eau d'une cruche dans le bassin, voici notre comité d'accueil.

La porte de la demeure, en effet, était ouverte : Charlotte et ses parents patientaient sur la première marche du perron. Kitty se redressa, impatiente de les retrouver tous les trois, avant de s'apercevoir qu'ils n'étaient pas seuls.

— Ce ne sont tout de même pas tes parents ? fit-elle à Roger.

— Eh bien… Eh bien, si, répondit-il en fronçant les sourcils. Mais je te promets que j'ignorais qu'ils seraient là.

Il se rembrunit plus encore.

— Ils ont dû modifier leurs projets.

— Pardon, Kitty, intervint Freddy. J'ai oublié de te le dire. Cécilia leur a proposé de s'installer ici plutôt que dans la chambre d'hôtel qu'ils avaient réservée.

— Franchement, Freddy, se fâcha sa sœur. Ce que tu peux être pénible.

Roger immobilisa sa voiture.

— Je ne comprends vraiment pas pourquoi tu te sens si nerveuse à l'idée de rencontrer mes parents. Ils ont hâte de faire ta connaissance, je t'assure.

Kitty en doutait, mais l'heure n'était pas à la discussion, car, déjà, Charlotte s'était élancée pour ouvrir la portière de la voiture et se jeter au cou de son amie.

— Bienvenue, bienvenue ! Ta chambre est déjà prête et papa a fait réparer l'ascenseur. Nous allons nous amuser comme au bon vieux temps, Kitty ! Les autres filles arrivent ce soir, et papa nous a promis du champagne.

À peine Kitty fut-elle descendue de l'auto qu'elle se retrouva prise au piège d'un véritable tourbillon d'embrassades. Freddy prit Charlotte dans ses bras, la soulevant de terre pour la faire tournoyer autour de lui. La jeune femme riait aux éclats en l'implorant de la reposer sur le sol, tandis que Roger serrait la main de David, piquait un baiser sur la joue de Cécilia, avant de saluer ses parents. David Bingham assena aux deux garçons une formidable claque dans le dos. Enfin, Cécilia, qui n'avait rien perdu de son élégance ni de son apparente décontraction, embrassa Kitty.

— Bienvenue, ma chérie, murmura-t-elle. Si tu savais comme nous sommes heureux de t'avoir auprès de nous pour cette grande occasion.

Elle recula en évitant avec soin de poser le regard sur la jambe vide du pantalon de la jeune femme. David, pour sa part, faillit la jeter par terre en l'étreignant.

— Ravi de te revoir enfin ! fit-il d'une voix de stentor. Et, en dépit de ces vieilles béquilles, je te trouve plus resplendissante que jamais. Comme nous, tu dois avoir hâte d'être à demain, n'est-ce pas ?

Kitty sourit d'une oreille à l'autre. Elle avait toujours adoré le père de Charlotte.

— En effet, répondit-elle.

Comme David s'éloignait pour bavarder à présent avec Freddy, Roger la prit par la main.

— Ma chérie, permets-moi de te présenter mes parents. N'aie pas peur, ajouta-t-il en aparté, ils ne mordent pas.

Il se tourna vers une blonde très mince, qui devait approcher la cinquantaine, vêtue d'un tailleur en tweed lavande qui lui allait à ravir.

— Maman, voici ma bien-aimée Kitty.

— Comment allez-vous, lady Makepeace ? bredouilla celle-ci en lui serrant la main.

— Oh ma chère, je vous en prie, pas de chichis entre nous, répondit la mère de Roger en adressant à la jeune femme un chaleureux sourire. Appelez-moi Béatrice. Et je vous présente Edward, mon époux.

Ce dernier était un homme grand et large d'épaules, qui portait une culotte de golf et, aux pieds, une paire de brogues. Comme il serrait la main menue de Kitty dans sa volumineuse patte, celle-ci leva le regard vers son visage buriné, dans lequel étincelaient des yeux très bleus surmontés d'impressionnants sourcils – Ron lui-même en eût envié la luxuriance.

— Je me réjouis de faire enfin votre connaissance. Roger ne parle que de vous, et je comprends mieux pourquoi.

Il se tourna vers Béatrice.

— Elle est extra, tu ne trouves pas ?

Son épouse acquiesça, et Kitty se retint de rire.

— Venez, venez ! lança David. Il fait encore assez chaud pour que nous puissions prendre un verre dehors. Nous allons nous installer dans la roseraie. Suivez-moi.

Kitty, beaucoup plus détendue qu'à son arrivée, s'apprêtait à suivre Roger à l'intérieur de la maison, lorsqu'une main légère se posa sur son avant-bras.

— Pourrais-je vous parler quelques instants en privé ? lui demanda Béatrice.

La jeune femme, aussitôt, s'affola, car la mère de Roger lui barrait le passage. Celle-ci dut s'apercevoir de son trouble, car elle se mit à sourire.

— Edward et moi avions hâte de vous rencontrer, lui assura-t-elle. Roger vous adore, cela saute aux yeux, et nous sommes aux anges de constater que notre fils chéri a enfin trouvé la femme capable de le rendre heureux.

— Alors… Ma jambe ne vous contrarie pas ? Ni le fait que mes parents n'appartiennent pas à la même classe sociale que vous ?

— Grande sotte ! s'esclaffa Béatrice. Bien sûr que non. Au contraire. Nous admirons l'un et l'autre le courage dont vous avez fait preuve après votre accident.

— Merci, murmura Kitty. C'est très gentil de votre part.

— J'espère que vous vous sentez mieux, à présent que nous avons joué cartes sur table. Je sais ce que c'est. Si vous m'aviez vue le jour où j'ai rencontré les parents d'Edward pour la première fois. J'étais tétanisée.

Elle se pencha, son parfum délicat flottant jusqu'aux narines de Kitty.

— Sa mère était la pire des vieilles biques qu'il se puisse imaginer, et elle désapprouvait totalement notre relation. Contrairement à elle, je n'étais pas sortie de la cuisse de Jupiter, vous comprenez ?

— C'est vrai ? s'étonna la jeune femme.

Béatrice hocha la tête.

— Mon père était ouvrier, mais, comme il avait de l'ambition et des idées, à l'âge de quarante ans, il avait déjà fondé son entreprise de construction. Il a conçu et fabriqué quelques-unes des plus jolies maisons de Londres et des comtés environnants. Mais pour la mère d'Edward, il s'agissait toujours de commerce. Autrement dit, notre mariage était selon elle une mésalliance. Et elle n'en a jamais démordu.

— C'est affreux…

— En effet. Mais comme nous vivions dans le Wiltshire, alors qu'elle habitait Londres, je ne la voyais qu'une fois par an.

Kitty sourit – Béatrice lui plaisait énormément.

— Voilà qui est mieux, commenta celle-ci. Maintenant que nous sommes amies, allons faire un sort au champagne millésimé de David, avant qu'il ne fasse trop froid pour profiter de la roseraie.

Les trois heures suivantes passèrent comme un songe. On bavarda, on évoqua le mariage du lendemain, la lune de miel et le dîner organisé le soir même pour Charlotte et ses amies. S'il continuait de faire beau, et s'il ne prenait pas à la Luftwaffe l'idée saugrenue de bombarder la région, on tomba d'accord pour dire que tout serait parfait.

Après que Charlotte eut rendu une courte visite à sa grand-mère, qui vivait à présent dans la maison du gardien, à l'entrée de la propriété, en compagnie d'une vieille gouvernante, les convives s'attablèrent à l'ombre d'un grand parasol pour déguster un déjeuner léger, composé de jambon et de salade, suivis d'un peu de fromage, puis d'une tasse de café. Le jambon, divin, venait de la porcherie d'Edward Makepeace, qui avait aussi fourni le beurre, le fromage et le pain.

Deux villageoises, embauchées pour le week-end, se chargèrent de la vaisselle. Il y avait jadis des femmes de ménage, des jardiniers et des hommes à tout faire, mais, bien sûr, la guerre avait tout bousculé, de sorte que Cécilia, maintenant, gérait sa demeure sans l'aide de personne, ou presque.

L'une des villageoises reparut une demi-heure plus tard et tapota l'épaule de la maîtresse de maison.

— La couturière est arrivée, madame. Je lui ai dit de vous attendre au petit salon.

— Merci, Edna. Apportez-lui une tasse de thé, s'il vous plaît. Les filles ne vont plus tarder.

— Oui, madame.

Edna regagna la maison d'un pas de grenadier.

— Dépêche-toi, Kitty, fit Charlotte en se levant de table. Il me tarde de te voir dans la robe que j'ai choisie pour toi.

Son amie lui emboîta le pas, la suivit dans le petit couloir aux murs tapissés de livres menant au bureau de David. La robe d'un bleu chatoyant s'y trouvait accrochée à un cintre rembourré.

— Je vais dire bonjour à Mme Fowler pendant que tu te changes. Ne te tourmente pas, personne n'entrera avant que tu sois prête.

Lorsque Charlotte eut refermé la porte derrière elle, Kitty traversa la pièce pour soupeser le vêtement et tâter la douceur de la soie. Quelle couleur extraordinaire… On eût dit l'océan, car on y discernait, selon la lumière, des nuances de turquoise, de bleu ou de vert. La jeune femme décrocha la robe de son cintre, pour la poser sur le bureau.

Pressée à présent de l'essayer, elle se débarrassa de son chemisier et de son vilain soutien-gorge, puis, assise sur une chaise, elle défit sa sandale, avant d'ôter son pantalon. Enfin, elle passa la robe avec précaution, sentit sur son corps la délicieuse caresse de la soie.

Elle avait dû batailler un moment pour venir à bout de l'ensemble des petits boutons, mais cette fois, elle pouvait enfin se remettre debout. Saisissant ses béquilles en veillant à ne pas abîmer le vêtement, elle se tourna pour contempler son reflet dans la psyché apportée là exprès pour elle.

Ce bleu, décidément, faisait des prodiges. Il mettait en valeur le teint hâlé de la jeune femme et l'or de sa chevelure, faisait paraître plus profond encore le bleu de son regard. Quant à la soie, elle conférait à sa silhouette de jeune adolescent une élégance qu'aucune tenue, jusqu'alors, ne lui avait permis d'acquérir. Hélas… Les béquilles gâchaient tout…

Charlotte frappa à la porte, qu'elle ouvrit sans attendre que Kitty l'eût invitée à entrer.

— Tu es magnifique, souffla-t-elle. Cette robe était faite pour toi. Il ne suffit plus que de la raccourcir un peu.

— Je suis affreuse, déclara Kitty, au bord des larmes. Jamais je n'avais porté quelque chose d'aussi beau, je te l'accorde, mais à cause de ces maudites béquilles, le résultat est épouvantable.

— Dans ce cas, répondit son amie sans se laisser désarçonner, nous allons nous occuper d'elles.

Elle rouvrit la porte.

— Vous pouvez entrer, madame Fowler.

La petite bonne femme replète surgit, adressant à Kitty un large sourire avant de poser sa boîte à couture sur la table de travail.

— Bonjour, ma chère, fit-elle gaiement. Vous êtes absolument splendide.

— Comme vous pouvez vous en rendre compte, intervint Charlotte, il va falloir raccourcir un peu la robe, mais, surtout, nous avons besoin de votre aide pour rendre ces béquilles un peu plus attrayantes qu'elles ne le sont pour le moment.

— Bien, bien, bien…, fit l'adorable couturière en examinant Kitty de la tête aux pieds, manifestement satisfaite, avant de poser sur les béquilles un regard réprobateur. Je vais réfléchir à la question pendant que je m'occupe de l'ourlet.

Lorsqu'elles retournèrent au jardin près d'une heure plus tard, les deux amies gloussaient de plaisir. Le problème avait été résolu, avec une telle simplicité qu'elles continuaient de se demander pourquoi elles n'avaient pas envisagé d'emblée cette solution. Il avait fallu, cependant, que Charlotte filât chez sa grand-mère pour la deuxième fois de la journée, afin de lui emprunter ses vieilles béquilles.

— Je devine, à vous voir, qu'il se trame quelque chose, fit Roger. Que manigancez-vous, toutes les deux ?

— C'est un secret, répondit Kitty en embrassant sa joue tiédie par le soleil. Tu comprendras demain.

Ayant adressé un clin d'œil à Charlotte, elle leva sa coupe de champagne. Personne n'avait remarqué que les béquilles dont elle se servait maintenant n'étaient pas les siennes.

Lorsque la température commença à baisser, et qu'on vit le soleil disparaître peu à peu derrière les arbres, la joyeuse assemblée se retrancha dans la maison.

— Nous ferions bien d'y aller, Freddy, fit Roger. Sinon, le propriétaire du Bœuf risque de croire que nous ne viendrons pas et nous ne trouverons plus rien à manger en arrivant.

— Je lui ai téléphoné tout à l'heure pour le prévenir que vous auriez peut-être un peu de retard, le rassura David. Par ailleurs, j'ai pris la liberté d'ajouter deux couverts, pour Edward et moi, si vous n'y voyez pas d'inconvénient. Ces demoiselles n'auront pas la moindre envie de nous voir traîner dans leurs parages, et je suis prêt à parier que tous les quatre, nous allons passer une excellente soirée.

— Quelle riche idée, s'enthousiasma Freddy. Rien n'est plus pénible, pour un homme, que d'écouter déblatérer des femmes surexcitées et légèrement pompettes.

Il cligna de l'œil à l'intention de sa sœur.

— Dehors, fit-elle mine de se fâcher.

Puis, oubliant Freddy, elle se tourna vers Roger.

— À demain, murmura-t-elle. Surtout, empêche mon frère de trop boire. Ce serait épouvantable s'il se présentait devant l'autel avec une gueule de bois.

Bien que presque tous les regards se fussent posés sur eux, le jeune homme déposa un baiser sur les lèvres de Kitty.

— Tu peux compter sur moi. Fais de beaux rêves, ma chérie. À demain.

Tandis que Charlotte accompagnait son futur époux jusqu'à la voiture, Roger embrassa sa mère, avant de rejoindre son ami.

— Quant à nous, déclara Cécilia après le retour de sa fille, nous allons prendre un bain l'une après l'autre, puis nous offrir une courte sieste, afin d'être en pleine forme ce soir. Le dîner est prévu pour 20 heures, mais nos invitées devraient arriver vers 19 heures, ce qui nous laissera le temps de partager une coupe de champagne. De quoi nous mettre toutes de très bonne humeur.

Puis, s'adressant à Kitty :

— As-tu pensé à apporter une robe du soir, ma chérie ?

Celle-ci, qui n'ignorait pas que, chez les Bingham, on s'habillait toujours pour le dîner, avait rempli sa valise en conséquence.

— Oui, oui, répondit-elle. J'ai pris ma robe en soie crème, qui voyage avec moi à travers tout le pays depuis que la branche féminine de l'ATA m'a acceptée dans ses rangs. Et mon amie Sarah m'a prêté un châle indien en soie de toute beauté. Je devrais être présentable.

— Parfait ! tonitrua Edward Makepeace. Sur ces entrefaites, je m'en vais faire un somme. Il ne s'agirait pas que je fasse faux bond à mes camarades en m'endormant tout à l'heure le nez dans mon assiette.

Parvenu au seuil de la pièce, il se retourna :

— Quand partons-nous, David ?

— Dix minutes avant l'arrivée des jeunes femmes, répondit-il en adressant un clin d'œil à son épouse. Mais, surtout, ne vous mettez pas sur votre trente-et-un. Il ne s'agit que du Bœuf, après tout.

La soirée avait été un franc succès. Les amies d'enfance de Charlotte et de Kitty s'étaient montrées, envers cette dernière, aussi chaleureuses qu'autrefois, sans jamais l'observer à la dérobée, sans lui adresser de regards apitoyés. La jeune femme avait pu se détendre d'emblée, et profiter pleinement de ce moment complice.

Elles étaient dix à table, et bien que chacune se fût parée avec soin pour l'occasion, Charlotte sortait indéniablement du lot, grâce à sa robe de velours noir et aux diamants de sa grand-mère. Béatrice, pour sa part, s'était révélée une conteuse de premier ordre, qui, à plusieurs reprises, avait tenu son auditoire en haleine grâce à ses évocations de la vie à la campagne, des nombreux pièges qu'elle recelait et de ses personnages pittoresques. Elle avait encore raconté quelques anecdotes plutôt scabreuses, qui avaient remporté tous les suffrages.

À présent, Kitty se trouvait dans sa chambre, où était accrochée, à l'intérieur d'une armoire, sa superbe robe bleue, repassée de frais, fin prête pour le lendemain. Elle avait un peu trop bu, et se sentait recrue de fatigue au terme de cette longue et délicieuse journée – elle savait gré à Cécilia d'avoir, à 22 h 30, sifflé la fin des réjouissances. Ayant éteint la lumière, elle tira les rideaux pour contempler la Lune de son lit, en écoutant hululer les chouettes dans les arbres du domaine.

Ses paupières s'alourdissaient peu à peu, et elle allait s'endormir, lorsqu'on frappa doucement à sa porte.

— Ce n'est que moi, chuchota Charlotte. Tu dors ?

— Plus maintenant, répondit son amie dans un bâillement. Que se passe-t-il ?

— Je suis trop énervée pour dormir.

Elle ouvrit la porte pour la refermer aussitôt derrière elle.

— Puis-je rester dans ta chambre un moment ?

Sans attendre la réponse, elle se glissa dans le lit, du côté où Kitty ne se trouvait pas.

— Tu as les pieds gelés, gémit cette dernière.

— Pardon.

Charlotte pouffa.

— On se croirait revenues au temps de l'internat, tu ne trouves pas ? Tu te rappelles ? Il nous arrivait souvent de passer la nuit à bavarder et, l'heure venue, nous n'arrivions pas à nous lever.

Kitty eut un large sourire, cependant que le clair de lune les baignait toutes deux de sa pâle lueur. Elles avaient à nouveau treize ans…

— Essayons tout de même d'éviter la nuit blanche, souffla-t-elle. Je te rappelle que tu te maries demain.

— Je sais, gloussa Charlotte. C'est complètement fou.

Charlotte devait s'être éclipsée pendant que Kitty dormait, car, le lendemain matin, celle-ci ne la vit nulle part lorsque à 7 heures Cécilia lui apporta son petit-déjeuner sur un plateau.

— Prends ton temps, ma chérie, lui dit-elle en posant le plateau sur le lit. Il y aura de l'eau chaude pour tout le monde, et la coiffeuse n'arrivera que dans une heure. Je t'ai pris rendez-vous pour 9 heures.

— Merci.

La jeune femme avala une gorgée de thé, qui la revigora.

— Comment va Charlotte ce matin ? s'enquit-elle.

Sa mère sourit.

— Elle est radieuse. Elle nage dans le bonheur et déborde d'énergie. Je la comprends ô combien. Freddy est un garçon formidable, dont nous nous réjouissons qu'il s'apprête à devenir notre beau-fils.

Elle ouvrit la porte de la chambre.

— Lily, la coiffeuse, s'installera dans la chambre rose. Et maintenant, je te laisse, il me reste encore un tas de choses à faire.

Kitty prit son petit-déjeuner, songeant à ses parents, qui auraient tant aimé se trouver ici aujourd'hui, pour assister au mariage de leur fils. Mais, se refusant à broyer du noir en cette matinée exceptionnelle, elle s'en tint là de ses cogitations, et quitta son lit pour se rendre dans la salle de bains.

Bien que Lily, petite jeune fille pétulante qui jamais ne cessait de parler, l'eût un peu étourdie, Kitty rayonnait au sortir de la chambre rose, au point qu'elle avait laissé à la coiffeuse un pourboire plus important que ce qu'elle avait initialement prévu de lui remettre.

Elle dit bonjour à Charlotte, avant de l'expédier à son tour dans le salon improvisé de Lily.

— On se retrouve tout à l'heure, quand tu seras habillée, fit-elle.

Elle regagna sa chambre, dans laquelle elle repéra immédiatement les béquilles, que Cécilia avait dû monter juste après que Mme Fowler fut passée pour les lui déposer. Elle les essaya. Tout était parfait. Satisfaite, elle s'assit un moment sur un tabouret pour fumer une cigarette en se demandant comment Roger réagirait en découvrant cette nouvelle Kitty, tellement raffinée, qui s'avancerait tout à l'heure dans l'église, derrière Charlotte.

Elle écrasa son mégot dans un cendrier, consulta sa montre. Elle entreprit de se maquiller avec soin. Ensuite, s'étant lavé les mains pour en faire disparaître toute trace éventuelle de maquillage, qui eût risqué de salir sa tenue, elle se dirigea vers l'armoire. Bientôt, la soie murmurait sur sa peau, lui tirant un frisson de plaisir. De nouveau, elle se battit un moment avec l'impitoyable rangée de petits boutons. Quand, enfin, elle eut remporté la victoire, elle se planta devant le miroir à chevalet. Pour compléter sa tenue, elle avait ajouté un bandeau bleu canard, qui scintillait au soleil, ainsi qu'une sandale argentée, qu'elle avait empruntée à Suzy.

Comme elle contemplait une dernière fois son reflet pour s'assurer que tout était en ordre, elle entendit des pas sur le palier, puis des voix étouffées. L'heure était venue de descendre. Elle s'empara, avec une pointe de fébrilité, de ses béquilles revisitées, puis se dirigea vers le petit ascenseur autrefois utilisé par la grand-mère de Charlotte.

L'engin, dont l'exiguïté de la cabine eût rendu fou un claustrophobe, grinça terriblement, mais déposa la jeune femme au rez-de-chaussée sans encombre. Kitty se rendit au salon, où se trouvaient déjà David Bingham et les parents de Roger. Béatrice, très élégante, arborait un tailleur en soie gris pâle, un chapeau blanc à large bord, dont la coiffe s'ornait d'un ruban du même gris que son vêtement. Elle portait aussi des perles, aux oreilles et autour du cou, et des souliers gris à talons blancs. Les hommes, quant à eux, étaient tous deux vêtus d'un costume de matinée et, déjà, ils buvaient du whisky.

— Vous êtes à tomber par terre, commenta le père de Roger en découvrant Kitty. Regarde, Béatrice. Elle est à tomber par terre, n'est-ce pas?

Béatrice roula des yeux de sous le bord de son chapeau.

— En effet. Vous êtes splendide, ma chère.

Elle lui souffla un baiser.

— Magnifique. Et j'adore vos béquilles. Quelle excellente idée vous avez eue.

— C'est Mme Fowler qu'il faut remercier.

Kitty s'étant assise, elle montra ses béquilles à qui voulait les voir. De la bande de soie obtenue lorsqu'elle avait raccourci la robe, la couturière avait fait des rubans, qu'elle avait ensuite enroulés avec art autour des béquilles, ajoutant ensuite un exquis petit bandeau de roses en soie minuscules, d'un bleu foncé délicat, pour parfaire son travail.

David Bingham leva son verre dans la direction de la jeune femme:

— Chapeau, Kitty. Tu es belle à croquer. Sur ce, je vais monter voir si ma fille a fini de se pomponner. L'heure tourne.

— J'adore les mariages, soupira Béatrice. Pas vous ?

Prise au dépourvu, Kitty se mit à chercher frénétiquement un commentaire qui ne comportât aucune allusion à sa relation avec Roger. Cécilia la tira involontairement de ce mauvais pas en se matérialisant au moment opportun.

— Charlotte va descendre d'une minute à l'autre, annonça-t-elle, le souffle court en vérifiant l'inclinaison de son chapeau crème, après quoi elle lissa, d'une main nerveuse, sa robe et sa veste.

Les verres s'entrechoquèrent, Béatrice se chargeant de celui de Kitty lorsqu'on se dirigea vers le hall pour y accueillir la future mariée.

— Ça y est, nous descendons ! lança celle-ci depuis le palier. Vous êtes prêts ?

Après qu'on lui eut répondu en chœur, elle apparut en haut de l'escalier, au bras de son père. Elle attendit, avec une fièvre presque enfantine, les réactions des uns et des autres.

Des murmures admiratifs se firent entendre, et l'on resta bouche bée. Elle était si belle dans sa robe de soie crème, qui soulignait sa silhouette, et dont la traîne tombait harmonieusement. Dans ses cheveux très bruns admirablement coiffés, la tiare de diamants de sa grand-mère jetait des feux à chacun de ses mouvements de tête. Elle descendit l'escalier avec lenteur, le tulle de son voile flottant élégamment autour de son visage, et elle tenait entre ses mains un bouquet de roses crème agrémentées de fougères, tandis que des perles luisaient à ses oreilles et à son cou.

Cécilia et Béatrice se retenaient de fondre en larmes pour ne pas gâter leur maquillage, les deux hommes avaient perdu l'usage de la parole. Kitty, très ému, serra brièvement dans la sienne la main de son amie.

— Tu es magnifique, souffla-t-elle.

— Toi aussi, répondit Charlotte avec un sourire affectueux. C'est quand même autre chose que nos uniformes, tu ne trouves pas ?

— Il est l'heure de partir, déclara David, comme l'horloge de l'église sonnait midi. Tu es en retard, juste ce qu'il faut, Charlotte. Mais plus, ce serait te montrer cruelle envers ce pauvre Freddy.

Il fit sortir tout le monde. Les voitures patientaient, ornées de rubans blancs et de bouquets de bruyère, car la bruyère portait bonheur. Bientôt, elles s'ébranlaient, traversant presque au pas le village, dont les habitants s'étaient massés de part et d'autre de la rue pour voir passer la future mariée. Déjà, les chauffeurs immobilisaient leurs véhicules devant l'église, située en fait à deux pas de la demeure des Bingham, puis ils se précipitèrent pour ouvrir les portières et aider leurs passagers à descendre. Les villageois applaudirent en lançant des vivats.

Ensuite, Kitty attendit, avec Charlotte et son père, que tous les invités, ainsi que le bedeau, eussent pénétré dans l'église, et que l'on eût fermé ses portes.

— Es-tu prête, Charlotte ? demanda David.

— J'attends ce jour depuis l'instant où j'ai fait sa connaissance, répondit-elle posément.

L'homme embrassa le front de sa fille, avant d'abaisser le joli voile sur son visage.

— Alors, viens, mon enfant adorée. Nous allons te marier.

Avant de les suivre, Kitty cligna des yeux pour en chasser les larmes, car le bonheur de son amie lui allait à l'âme. Les portes de l'édifice religieux se rouvrirent, et le son de l'orgue vint jusqu'à eux.

Freddy et Roger patientaient à côté de l'autel, superbes tous les deux dans leur uniforme, et, comme Charlotte s'avançait vers eux dans une brume exquise de soie et de dentelle, son fiancé ne put s'empêcher de jeter un coup d'œil dans sa direction.

Roger fit de même et, lorsque son regard croisa celui de Kitty, celle-ci se sentit enveloppée dans tout l'amour qu'il irradiait. C'était soudain comme s'il s'agissait de son propre mariage.

L'orgue se tut, et la cérémonie commença. Charlotte confia son bouquet à Kitty.

Le service religieux fut long, durant lequel on chanta de nombreux cantiques, si bien que Kitty sentit la gagner, peu à peu, une intense fatigue. Mais elle tint bon, l'œil rivé au large dos de Roger qui, à présent, remettait les alliances à Freddy. Charlotte et lui échangèrent leurs consentements, puis le jeune homme souleva délicatement le voile de la mariée, avant de l'embrasser. Kitty rendit son bouquet à Charlotte, tandis qu'on se dirigeait maintenant vers la sacristie pour y signer le registre.

La jambe tremblante, Kitty vit avec soulagement Roger se diriger vers elle pour la prendre par le bras.

— Prends ton temps, ma chérie, murmura-t-il. Rien ne presse, et je vois bien que tu en baves.

Trop faible pour répondre, la jeune femme se concentra sur le court trajet jusqu'à la sacristie où Roger, plein de prévenance, approcha aussitôt une chaise, afin qu'elle pût s'asseoir et se reposer.

— Tu es irrésistible aujourd'hui, souffla-t-il à son oreille pendant que les photographes immortalisaient l'heureux couple en train de signer le registre. Tout juste si j'ai réussi à suivre la cérémonie, car je n'avais d'yeux que pour toi.

— Je peux en dire autant de mon côté, répondit Kitty avec timidité.

On prit encore quelques clichés, puis la musique redémarra, et les jeunes gens se dirigèrent vers la sortie de l'église en empruntant de nouveau la travée centrale. Comme elle avançait à ses côtés, Kitty mesura pleinement l'immense amour qu'elle éprouvait pour Roger – sans lui, la vie lui deviendrait intolérable. Elle devinait à sa mine qu'il partageait ses sentiments. Parvenus sur le parvis de l'église, ils échangèrent un sourire qui disait leurs espoirs et le désir ardent d'un avenir commun.

Le temps était clément et, en dépit des restrictions, Cécilia avait réussi à offrir à ses convives un véritable festin. La seule ombre au tableau fut le rugissement de plusieurs escadrilles de Hurricane et de Spitfire, qui passèrent, durant les agapes, au-dessus de la noce. Assise dans son fauteuil roulant, la grand-mère de Charlotte tenait salon comme une impératrice, cependant que les autres invités s'égaillaient dans la maison ou le jardin. Le champagne coulait à flots. Roger fit un superbe discours plein d'esprit, auquel Freddy répondit avec autant d'humour, puis l'heure vint, pour les jeunes mariés, de partir en lune de miel.

Puisant dans une détermination sans faille, Kitty était parvenue à tenir le coup tout l'après-midi, mais, comme la foule des invités se pressait sur le perron pour voir s'éloigner la voiture – tradition oblige, elle traînait après elle un cliquetis de boîtes de conserve et de fers à cheval –, force lui fut de s'avouer qu'elle en avait trop fait.

Elle s'en ouvrit à Roger. Une demi-heure plus tard, ils saluaient l'aimable compagnie pour reprendre la route de Cliffehaven.

La tête sur l'épaule de son compagnon, Kitty regardait, un peu ensommeillée, la chaussée devant eux, jouissant du calme et du silence.

— Quelle formidable journée, soupira-t-elle. Jamais Charlotte n'avait été aussi belle.

— Je n'ai vu que toi, répondit doucement Roger en lui piquant un baiser sur le crâne.

La jeune femme se blottit contre lui, heureuse, assouvie comme un chat.

— Cécilia m'a dit de garder la robe, murmura-t-elle. Lorsque j'aurai à nouveau deux jambes, peut-être pourrions-nous aller dans un endroit chic, pour que j'aie l'occasion de la porter ?

— Une jambe ou deux, s'amusa Roger, cela ne fait aucune différence pour moi, ma chérie. Quoi qu'il en soit, bien sûr que je t'emmènerai dans un endroit chic.

Il se tut un moment.

— Qu'est-ce que t'a dit Charlotte juste avant que Freddy et elle nous quittent, et qui vous a fait glousser toutes les deux ?

Kitty sourit. Son amie lui avait déclaré : « Tu es la prochaine sur la liste. Roger et toi formez un couple parfait. »

Mais cela resterait entre elles deux, petit moment délicieux au cœur d'une journée riche en émotion.

— Bah…, répondit-elle. Des histoires de filles, rien de plus.

Sans doute s'était-elle endormie en cours de route, car elle s'aperçut soudain qu'on approchait de Cliffehaven.

— Oh, je me sens mieux, dit-elle.

Elle se redressa sur son siège, rajusta son chemisier.

— Tant mieux, se réjouit Roger en empruntant le chemin des collines. J'ai bien vu que tu étais épuisée, même si tu t'es débrouillée comme un chef d'un bout à l'autre de la journée.

Il se gara, s'empara du thermos de café que Cécilia lui avait remis.

— Que faisons-nous ici ? s'enquit sa compagne. Je croyais que tu reprenais ton service ce soir ?

— Pas tout de suite.

Il remplit une tasse, qu'il lui tendit.

— Nous n'avons pas eu l'occasion de bavarder vraiment depuis hier soir. Je me suis dit que nous pourrions passer un petit moment ici, où nous aimons pique-niquer, avant que je te raccompagne à la pension.

Kitty but une gorgée brûlante en contemplant le paysage majestueux.

— Roger…, commença-t-elle sur un ton hésitant. J'ai une question à te poser.

Comme elle jetait un bref coup d'œil dans sa direction, elle le vit froncer les sourcils et se hâta de lui révéler le projet qu'elle ourdissait depuis maintenant deux semaines.

Lorsqu'elle eut fini de parler, Roger la serra dans ses bras.

— Je vais voir ce que je peux faire, dit-il. Mais je ne peux rien te promettre. Tu le comprends, n'est-ce pas ?

Elle acquiesça. Il l'embrassa.

Puis, sans lui laisser le temps de reprendre son souffle, il lui prit les deux mains et plongea son regard dans celui de la jeune femme :

— Kitty, veux-tu m'épouser ?

Elle écarquilla de grands yeux sous l'effet de la surprise.

— Tu es sûr de le vouloir vraiment ?

— Jamais je n'ai été aussi sûr de toute ma vie, répondit-il avec gravité. Et, vu la situation, je refuse de passer une journée de plus loin de toi.

Il serra plus fort les doigts de sa compagne.

— Je sais que ce n'est absolument pas romantique, et que je devrais mettre un genou en terre, mais cette journée a fini de m'ouvrir les yeux : je ne peux pas vivre sans toi.

— Oh, Roger, bien sûr que je souhaite devenir ta femme, parvint-elle à articuler malgré les larmes – elle pleurait de joie.

Un moment plus tard, il passa, à son annulaire, la superbe bague de fiançailles en diamant qui avait appartenu à sa grand-mère.

# 28

La première semaine d'octobre avait filé sans qu'on s'en aperçût, et Peggy ne tenait plus en place : non seulement Jim allait enfin venir en permission le week-end suivant, mais, aujourd'hui, Kitty s'apprêtait à convoler en justes noces avec Roger.

À la pension du Bord de mer régnait le plus terrible des chaos, car toutes les jeunes locataires ayant pris un jour de congé, elles ne cessaient plus de courir d'une chambre à l'autre en sous-vêtements. On prenait des bains, on s'affairait infatigablement. Fran, qu'on ne savait plus comment remercier de sa gentillesse, avait passé presque toute la matinée à coiffer ses compagnes et sa logeuse. Mme Finch était intarissable, Harvey galopait à travers la demeure, comme pris de folie… Ron s'était retranché dans sa chambre au sous-sol pour échapper au branle-bas.

Tandis qu'elle prenait une serviette de toilette dans le placard du premier étage, Peggy entendait papoter joyeusement Kitty, Charlotte et l'impayable Doreen, arrivée la veille au soir. La logeuse sourit, heureuse de voir sa maison revenir à la vie, émue, également, de savoir qu'à présent, l'avenir de Kitty s'annonçait radieux. La petite aviatrice en avait fait, du chemin, depuis leur première rencontre au Memorial Hospital…

Profitant que la salle de bains fût enfin libre, Peggy prit un bain à son tour et, moins d'un quart d'heure plus tard, elle avait regagné sa chambre, où elle se battait avec son corset. Elle revit Jim en train de s'esclaffer la première fois qu'il l'avait vue se harnacher de cette façon, lui assurant qu'elle n'avait pas à s'imposer le port de cet instrument de torture, puisqu'il chérissait ses rondeurs.

— Pas de rondeurs aujourd'hui, décréta-t-elle à Daisy, qui, debout dans son lit à barreaux, considérait sa mère avec de très grands yeux.

Lorsqu'elle se fut maquillée, elle enfila avec précaution la jolie robe bleu marine qu'elle avait lavée, puis repassée avec soin, avant de chausser ses escarpins bleu et blanc. Son chapeau avait certes connu des jours meilleurs, songea-t-elle en l'amarrant au moyen d'une épingle à cheveux, mais il faudrait bien qu'il fît l'affaire. Elle était en train de mettre sa seconde boucle d'oreille, lorsque Doreen la fit sursauter en braillant derrière la porte.

— Hé, Peggy ! Martin est arrivé ! Vous voulez que j'm'en dépatouille ?

— Bonté divine, souffla Peggy en jaillissant hors de sa chambre pour voler au secours de son beau-fils. Bonjour, Martin. Oh… Quelle élégance…

Il l'embrassa sur la joue.

— Je m'en serais voulu de n'être pas impeccable, alors qu'on m'a chargé de conduire la future mariée jusqu'à l'autel.

Il consulta sa montre.

— Pensez-vous qu'elle est déjà prête ?

— Certainement pas. Tu es très en avance, et, là-haut, c'est la pagaille la plus absolue, ajouta-t-elle en riant de bon cœur. Va donc chercher Ron, il se cache je ne sais où. Il y a du whisky dans la cuisine, gentiment offert par le père de Charlotte. Moi, je remonte aider Kitty à s'habiller. Je te préviendrai quand elle sera prête à descendre.

Pendant que la logeuse finissait d'attacher tous les petits boutons qui couraient dans le dos de sa robe, Kitty, plantée au beau milieu du désordre de sa chambre, contemplait son reflet dans le miroir avec stupéfaction.

La robe en dentelle blanche, que sa mère lui avait envoyée d'Argentine, représentait à ses yeux le plus merveilleux vêtement qu'il lui eût été donné de voir jusqu'alors – jamais elle ne serait plus belle qu'aujourd'hui, elle en avait la certitude. Décolleté rond, manches longues évasées, corsage baleiné…

Kitty observa la chaussure de sa prothèse, que Doreen avait peinte en blanc, afin qu'elle s'harmonisât avec son escarpin à talon plat. Elle éprouva un sentiment de triomphe. Elle avait tant rêvé de se déplacer, le jour de son mariage, sans devoir utiliser ses béquilles, et voilà que ce rêve était devenu réalité. Car elle n'avait plus besoin, à présent, que d'une simple canne, qu'on avait, pour l'occasion, décorée de rubans blancs, un peu comme ses béquilles pour les noces de Charlotte.

— Oh, Kitty…, soupira Peggy. Tu es tellement jolie.

L'émotion la submergeait.

— Roger a beaucoup de chance.

— C'est moi qui ai de la chance, répondit la future mariée avec douceur. Jamais je n'aurais cru… Surtout depuis mon accident… Je n'aurais jamais rêvé de… Et puis voilà que…

Elle ravala ses larmes et saisit le voile que sa mère lui avait aussi fait parvenir.

— Tenez, Peggy…

Celle-ci renifla, fixa le voile de tulle à la tiare de diamants que la mère de Roger avait prêtée pour la grande occasion. Elle fit gonfler le tissu léger pour qu'il retombât délicatement sur les épaules de la jeune femme.

— Et voilà, fit-elle. C'est parfait.

Jetant ses bras autour de sa logeuse, Kitty l'étreignit.

— Merci pour tout, Peggy, murmura-t-elle. Vous n'imaginez pas l'importance de ce que vous avez fait pour moi. Je vous serai à jamais reconnaissante d'être entrée dans ma vie.

— Ne t'avise surtout pas de me faire pleurer, repartit la logeuse, faussement bourrue. Ça a été un honneur pour moi, ma chérie, et un plaisir, de t'accueillir sous mon toit. Et je me sens tellement fière de toi aujourd'hui que je pourrais éclater.

Elle se moucha, posa la main sur la poignée de la porte.

— Je vais faire descendre tout le monde et demander à Martin de monter.

Kitty s'assit dans le silence de sa chambre en examinant à nouveau son reflet. Ce fut, devant sa porte fermée, un ballet de petits pas pressés et de voix animées. Elle savait maintenant ce que Charlotte avait éprouvé au même instant, et, bien qu'elle se sentît à la fois enfiévrée et un peu nerveuse, elle n'avait pas le moindre doute sur le fait que Roger et elle étaient faits pour être ensemble.

De menus coups discrets à sa porte la tirèrent de sa rêverie. Martin Black était superbe.

— Merci d'avoir accepté de faire cela pour moi, lui dit-elle.

— Cela me fait plaisir, répondit le commandant avec un regard appréciateur. Permettez-moi d'ajouter que je vous trouve sensationnelle.

Kitty s'étant emparée du petit bouquet de roses en soie roses et blanches, confectionné par Doreen, elle referma l'autre main sur sa canne, avant de prendre le bras de Martin.

— Hé ! tonitrua Doreen du rez-de-chaussée. Qu'est-ce que tu trafiques là-haut, poulette ? C'est qu'on poireaute tous, nous.

La future mariée pouffa, tandis qu'un sourire se peignait sur les traits de Martin.

— Nous ferions mieux d'y aller, dit-il. Ces vieux murs sont certes capables de résister aux bombes de la Luftwaffe, mais la voix de Doreen est d'une autre facture.

Ils traversèrent ensemble le palier, et Kitty rougit de plaisir en entendant les applaudissements monter du rez-de-chaussée lorsqu'elle parut en haut de l'escalier. Ces vivats lui confirmaient qu'aujourd'hui, elle était sans rivale, et qu'elle portait une robe exceptionnelle.

Elle baissa les yeux vers ses amis. Vêtu d'un costume, Ron rayonnait ; à ses bras se trouvaient, d'un côté la séduisante Rosie, de l'autre Charlotte, magnifique elle aussi. Fidèle à elle-même, Doreen arborait une tenue rouge vif, cependant qu'un bandeau violet et des paillettes d'or dans ses cheveux venaient parfaire son éclat.

Fran, vêtue de vert, n'était pas loin de la concurrencer, tandis que Suzy, Jane et Sarah avaient opté pour divers tons de bleu. Rita, toute de blanc et de rose vêtue, se révélait d'une féminité, d'une beauté époustouflantes. Mme Finch, bien que son chapeau de paille eût déjà commencé à s'affaisser sous le poids des roses en soie qu'on y avait cousues, était à croquer dans son tailleur jaune. Elle rivalisait d'élégance avec Peggy, vêtue d'une robe bleu marine – Daisy, qu'elle tenait dans ses bras, portait du rose. Harvey lui-même était de la partie, car on avait noué à son collier un nœud mauve, quoiqu'il ne comptât pas parmi les invités de la noce.

Se cramponnant au bras robuste de Martin, Kitty descendit les marches avec prudence. À peine eut-elle atteint le hall qu'on l'entoura pendant plusieurs secondes, après quoi la petite assemblée se fendit en deux, telles les eaux de la mer Rouge. On emboîta le pas à Kitty et Martin qui, déjà, se trouvaient sur le trottoir, face à une rangée de voitures noires étincelantes, dont le capot s'ornait d'un fanion de la Royal Air Force.

— Vous sentez-vous nerveuse ? s'enquit Martin comme leur automobile s'immobilisait devant la chapelle de la RAF, édifiée à Cliffe en 1915.

— Pas le moins du monde, répondit Kitty, pendant qu'ils attendaient que tous les invités se fussent engouffrés, les uns après les autres, dans l'édifice de bois.

— Dans ce cas, ne le faisons pas attendre plus longtemps.

Il serra dans la sienne la main de la future mariée.

Comme Charlotte, à présent, rajustait son voile, Kitty sentit la tête lui tourner un peu.

— Nous y voilà, souffla-t-elle. Souhaite-moi bonne chance.

— Tu n'en as pas besoin, répondit son amie en lui donnant un baiser.

Martin ayant adressé un signe de tête aux deux jeunes pilotes, ces derniers ouvrirent les portes de la chapelle avec componction. Lorsque Kitty y pénétra au bras du commandant, elle entendit retentir la *Water Music* de Haendel, mais elle ne se souciait que de Roger, debout auprès de son frère, à côté de l'autel. Comme il se tournait pour la voir, elle lut, dans son regard, une adoration si intense qu'elle crut bien défaillir. Elle cramponna plus fort l'avant-bras de Martin.

— Je te trouve étourdissante, souffla le futur marié une fois qu'elle l'eut rejoint.

— Parce que je suis heureuse, murmura-t-elle.

Le prêtre commença à parler.

Bientôt, ils échangeaient leurs consentements sans se lâcher des yeux, puis Roger souleva le voile de son épouse, qu'il embrassa avec tant de passion que de petits gloussements jaillirent ici et là parmi les fidèles assemblés. Les deux jeunes gens s'empourprèrent, mais lorsqu'il leur demanda de le suivre pour signer le registre, le prêtre souriait avec bienveillance. Charlotte et Freddy, bien entendu, étaient leurs témoins.

Comme ils regagnaient la chapelle, pour s'avancer à nouveau dans sa travée centrale, une fanfare de trompettes se fit entendre, dont les notes emplirent les lieux. Kitty ne lâchait plus Roger.

Les mariés se trouvant à présent sur le parvis, deux rangées d'officiers pilotes levèrent, dans un parfait ensemble, leur épée de cérémonie, cependant que saluaient deux rangées de pompiers appartenant à la caserne de Cliffehaven. Kitty se réjouit de découvrir John Hicks parmi eux, ainsi que ceux qui s'étaient donné la peine de la conduire chaque jour à l'hôpital, pour la ramener tous les soirs à la pension du Bord de mer. Martin, de son côté, les salua avec respect, les uns après les autres.

Une fois les invités dehors à leur tour, on s'embrassa, on se congratula ; ce fut un véritable festival de remarques admiratives. L'enthousiasme se manifestait de tous côtés. Au bout d'un moment, Roger souleva sa jeune épouse et l'embrassa avec fougue avant de la porter jusqu'au mess des officiers, où la réception devait avoir lieu.

Il était 15 heures. Le volume sonore allait croissant, et, lorsqu'on se mit à danser, les organisateurs de la fête en avaient un peu perdu le contrôle. Kitty, qui observait les danseurs, constata que Rita, sur la piste minuscule, se trouvait emportée dans un tourbillon endiablé par un jeune et fringant pilote. Elle eut la nette impression que, pour l'un comme pour l'autre, le monde autour d'eux n'existait plus.

— Avec qui Rita est-elle en train de danser ? demanda-t-elle à Roger.

— Avec Matthew Champion. Un type épatant. Doublé d'un excellent pilote.

— Il est célibataire ?

Roger s'esclaffa.

— En effet. Pourquoi me poses-tu cette question ? Tu es une femme mariée, si je ne m'abuse.

— Rita m'a l'air de le trouver tout à fait à son goût, et je ne tiens pas à ce qu'elle découvre ensuite, comme cette pauvre Fran avant elle, qu'il a une épouse et trois enfants qui n'attendent que lui pour renouer avec leur vie de famille.

Roger rit de nouveau.

— Tu ressembles de plus en plus à Peggy Reilly, ma parole. Allons, madame Makepeace, l'heure est venue pour nous de nous éclipser pour nous préparer à la prochaine étape de notre journée particulière. As-tu tout ce dont tu pourrais avoir besoin ?

Kitty ayant hoché la tête, les deux jeunes gens échangèrent un sourire entendu, avant de quitter le mess.

Freddy réclama le silence à plusieurs reprises avant de l'obtenir.

— S'il vous plaît ! Veuillez quitter les lieux, s'il vous plaît, annonça-t-il, pour saluer une dernière fois nos mariés, qui s'apprêtent à nous quitter pour partir en lune de miel.

Bras dessus, bras dessous avec Doreen, Peggy s'assura que ses locataires la suivaient de près, avant de s'écarter pour les pousser vers la sortie une à une. Dehors, il faisait froid, et le vent soufflait – la logeuse se félicita d'avoir confié quelques instants Daisy aux jeunes employées de la NAAFI.

— Oh, la vache…, souffla Doreen. Est-ce que vous voyez ce que je vois ?

Le silence se fit immédiatement parmi les invités de la noce. Kitty surgit d'un hangar vêtue d'un pantalon épais, d'un blouson d'aviateur en cuir, d'un casque et de lourdes bottes. Elle portait, sur son épaule, un parachute dans son sac. Comme Roger la rejoignait dans sa tenue d'aviateur, elle fit signe à la foule.

Aveuglée par ses larmes, Peggy vit à peine sa courageuse protégée gravir lentement une échelle menant au cockpit d'un Oxford. Elle s'installa sur le siège du pilote.

— Est-ce bien raisonnable ? fit-elle sans s'adresser à quiconque en particulier.

— Elle s'entraîne depuis mon mariage, lui répondit Freddy. Martin, qui a tout supervisé, a accepté qu'elle se reconvertisse dans le seul pilotage des Ox. Ma sœur a obtenu son brevet hier.

— Quel cran, sanglota Doreen, dont le mascara lui barbouillait à présent les joues. Elle avait bien dit qu'elle le ferait, la gosse. Et ça y est.

Peggy, qui n'assistait jamais à un mariage sans pleurer abondamment, avait apporté de nombreux mouchoirs, qu'elle distribua généreusement à la londonienne, à Charlotte, ainsi qu'à Mme Finch, avant d'essuyer ses propres larmes.

— Quel ratage ! brailla Doreen, tandis que les moteurs de l'avion se mettaient à rugir, et que l'appareil se dirigeait avec lenteur vers la piste d'atterrissage. Tu te maquilles, et tu finis par tout bousiller en chialant comme un veau.

Kitty observa la piste, avant de se tourner, tout sourire, vers son époux.

— Prêt à vous rendre dans le Lake District, monsieur Makepeace ?

— Absolument, madame Makepeace.

Elle l'embrassa.

— Alors, allons-y. Notre lune de miel vient officiellement de commencer.

L'Oxford accéléra, puis vint le décollage, au terme duquel la jeune aviatrice fit décrire un cercle à son appareil, au-dessus de l'aérodrome, afin de saluer une dernière fois les êtres merveilleux qui l'avaient soutenue. Elle était parvenue à reprendre les commandes d'un avion, et, dans un même mouvement, elle avait réussi, à la force du poignet, à reprendre les commandes de sa vie. Et désormais, avec Roger à ses côtés, elle se sentait capable de toutes les audaces.

*Cet ouvrage a été composé*
*par Atlant'Communication*
*au Bernard (Vendée)*

*Impression réalisée par*

NORMANDIE ROTO IMPRESSION S.A.S.
*à Lonrai (Orne)*

*en octobre 2021*
*pour le compte des Éditions de l'Archipel*
*département éditorial*
*de la S.A.S. Écriture-Communication*

*Imprimé en France*
N° d'impression : 2105001
Dépôt légal : novembre 2021